ФРЭН...
ФИЦ...

ФРЭНСИС СКОТТ ФИЦДЖЕРАЛЬД

НОЧЬ НЕЖНА

УДК 821.111-31(73)
ББК 84(7Сое)-44
Ф66

Francis Scott Key Fitzgerald
TENDER IS THE NIGHT

Перевод с английского *С. Ильина*

Редактор *Л. Сумм*

Художественное оформление серии «Белая птица»
Луизы Бакировой
Иллюстрация в марке серии «Белая птица»:
© lelevien / Shutterstock.com
Используется по лицензии от Shutterstock.com

Оформление серии «Pocket book» *А. Саукова*
Иллюстрация на обложке:
David Chestnutt / Alamy Stock Photo / DIOMEDIA

Фицджеральд, Фрэнсис Скотт.
Ф66   Ночь нежна / Фрэнсис Скотт Фицджеральд ; [перевод с английского С. Ильина]. — Москва : Эксмо, 2022. — 512 с.

ISBN 978-5-04-113292-7 (Белая птица)
ISBN 978-5-04-100577-1 (Pocket book)

«Ночь нежна» — удивительно тонкий и глубоко психологичный роман американского классика, который многие критики ставят даже выше «Великого Гэтсби», а сам автор называл «самым любимым своим произведением». И это не случайно: книга получилась во многом автобиографичной, Фицджеральд описал в ней оборотную сторону своей внешне роскошной жизни с женой Зельдой. Вожделенная американская мечта, обернувшаяся подлинной трагедией. В историю моральной деградации талантливого врача-психиатра он вложил те боль и страдания, которые сам пережил в борьбе с шизофренией супруги...
Но эта книга не о болезни или смерти – она о любви.

УДК 821.111-31(73)
ББК 84(7Сое)-44

ISBN 978-5-04-113292-7
ISBN 978-5-04-100577-1

© С. Ильин, перевод на русский язык, наследники, 2022
© Издание на русском языке, оформление. ООО «Издательство «Эксмо», 2022

ДЖЕРАЛЬДУ и САРЕ
Многих *fêtes*[1]

> И вот уже мы рядом. Ночь нежна...
> ...А здесь твоя страна
> И тот лишь свет, что в силах просочиться
> Сквозь ставни леса и засовы сна.
>
> *Джон Китс. Ода соловью*[2]

---

[1] Праздников (*фр.*). — *Здесь и далее примечания переводчика.*
[2] Перевод А. Грибанова.

ЧАСТЬ ПЕРВАЯ

I

На приятнейшем берегу Французской Ривьеры, примерно посередине пути от Марселя до итальянской границы, стоит большой, горделивый, розоватых тонов отель. Почтительные пальмы силятся остудить его румяный фасад, короткая полоска слепящего пляжа лежит перед ним. В последние годы он обратился в летнее прибежище людей известных и фешенебельных; но десять лет назад почти совершенно пустел после того, как в апреле его английская клиентура отбывала на север. Ныне вокруг него в изобилии теснятся летние домики, однако в пору, на которую приходится начало нашего рассказа, крыши всего лишь дюжины старых вилл дотлевали, точно кувшинки в пруду, посреди густого соснового леса, что тянулся от этого принадлежавшего семейству Госс «*Hôtel des Étrangers*»[1] до отделенных от него пятью милями Канн.

Отель и рыжеватый мольный коврик его пляжа составляли единое целое. Ранними утрами в воде отражались далекие Канны, их розовые и кремовые старинные укрепления, лиловатые,

---
[1] Отель для иностранцев (*фр.*).

ограждающие Италию Альпы, все они подрагивали на морской глади, колеблемые зыбью и кругами, которые расходились от достававших до нее усиков водорослей, покрывавших чистые отмели. Незадолго до восьми на пляж спускался мужчина в синем купальном халате; приготовляясь к купанию, он долго оплескивал себя холодной водой, громко пыхтел и крякал, а затем с минуту барахтался в море. После его ухода на пляже царил в течение часа покой. Вдоль горизонта ползли уходившие на запад торговые суда; во дворе отеля перекликались судомойки; на соснах подсыхала роса. А по прошествии этого часа на извилистой дороге, что тянется вдоль именуемой Маврскими горами гряды невысоких холмов, отделяющих побережье от собственно Прованса, начинали гудеть клаксоны автомобилей.

В миле от моря, там, где сосны сменяются запыленными тополями, одиноко стояла железнодорожная станция, — от нее июньским утром 1925 года а открытая двухместная машина повезла к отелю Госса двух женщин, мать и дочь. Лицо матери, еще сохранявшее следы миловидности, коим предстояло в скором времени скрыться под сеткой полопавшихся сосудиков, выражало спокойствие и приятную уверенность в себе. Однако взгляд каждого, кто их видел, мгновенно обращался к дочери, в чьих розовых ладонях, в щеках, словно подсвеченных восхитительным внутренним пламенем, красневших, как у ребенка после холодной вечерней ванны, присутствовала несомненная магия. Ее изящное чело отлого поднималось туда, где взметались волнами, завитками и ниспадавшими на него прядями пепельно-светлые и золотистые волосы, окаймлявшие лоб, как намет окаймляет геральдический щит. Большие, яркие, чистые, влажно сияющие глаза; щеки, озаренные натуральным румянцем, — это светилась под кожей кровь, которую разгонял по ее жилам мощный мотор молодого сердца. Тело девушки нежно медлило на самом краешке детства — ей было почти восемнадцать, утро ее жизни подходило к концу, но роса еще покрывала ее.

Когда внизу под ними показалась жаркая граница неба и моря, мать сказала:

— Чует мое сердце, не понравится мне здесь.

— А мне и так уж домой хочется, — ответила девушка.

Говорили они весело, но явно не знали, в какую сторону им податься, и незнание это уже наскучило обеим — к тому же двигаться абы куда, этого им было мало. Обе жаждали восторженного волнения, и жажда эта порождалась не столько необходимостью подстегнуть утомленные нервы, сколько ненасытностью заслуживших каникулы первых в школе учеников.

— Поживем там три дня — и домой. Я первым делом закажу по телеграфу каюту на пароходе.

С гостиничным портье разговаривала, снимая для них номер, девушка, — французская речь ее была пересыпана присловьями, но несколько заторможена, как будто девушке приходилось их припоминать. Номер они получили на первом этаже, и, распаковав вещи, она выступила сквозь французское окно под слепящий свет дня и немного прошлась по тянувшейся вдоль всего отеля каменной террасе. Походка у нее была балетная, торс не оседал при каждом шаге на бедра, но словно тянулся вверх, отталкиваясь от распрямленной поясницы. Здесь, на террасе, Розмари облило горячее сияние, бросившее ей под ноги четкую, усеченную тень, и девушка отступила назад — свет слишком резал глаза. В пятидесяти ярдах от нее жестокий блеск солнца отнимал у Средиземного моря одну краску за другой; под балюстрадой допекался на подъездной дорожке отеля полинявший «бьюик».

Вокруг было пусто, какое-то оживление замечалось только на пляже. Троица британских нянюшек вязала, украшая носки и свитера узорами викторианской Англии, узорами сороковых, шестидесятых, восьмидесятых годов, и сопровождая это занятие аккомпанементом следующих, словно магические заклинания, строгим правилам сплетен; ближе к воде обосновалось под полосатыми зонтами человек десять, а дети их гонялись по отмелям за безбоязненной рыбой или лежали нагишом, поблескивая под солнцем умащенной кокосовым маслом кожей.

Когда Розмари вышла на пляж, мимо нее пронесся и с восторженным воплем ворвался в море мальчик лет двенадцати. Чувствуя, как ее кожу покалывает от изучающих взглядов незнакомых людей, она сбросила купальный халат и последовала примеру мальчика. Проплыв лицом вниз несколько ярдов, она оказалась на отмели, и встала, покачиваясь, и побрела вперед, подволакивая стройные ноги, словно отяжелевшие от сопротивления воды. Зайдя в нее почти по грудь, Розмари оглянулась на пляж: лысый, одетый в купальное трико мужчина с моноклем в глазу, пучками длинных волос на груди и нагло лезущим в глаза глубоким пупком не сводил с нее изучающего взгляда. Розмари перехватила его, и мужчина выронил из глазницы монокль, вмиг затерявшийся среди украшавших его грудь замысловатых усов, и налил себе стаканчик чего-то из бутылки, которую держал в руке.

Розмари снова легла ничком на воду и отрывистым кролем поплыла к плоту для купальщиков. Вода и выталкивала ее, и нежно тянула вниз, подальше от зноя, обтекая волосы, забегая в укромные уголки тела. Розмари кружилась в ней и кружилась, переворачиваясь с боку на бок, обнимая ее, нежась в ней. До плота она добралась запыхавшейся, и там загорелая женщина с белейшими зубами окинула ее взглядом, и Розмари, устыдившись вдруг белизны своего тела, повернулась на спину и неторопливо направилась к берегу. Когда она вышла из воды, волосатый мужчина с бутылкой в руке заговорил с ней.

— А знаете — там за плотом акулы водятся, — национальности он был неопределенной, но по-английски говорил с неторопливой оксфордской протяжностью. — Вчера они сожрали двух английских моряков стоящего в Гольф-Жуане *flotte*[1].

— Боже мой! — воскликнула Розмари.

— Они всегда за *flotte* ходят, питаются отбросами.

И остеклянив глаза, дабы показать, что заговорил он с ней лишь из желания предупредить ее,

---

[1] Флот, соединение военных кораблей (*фр.*).

мужчина отступил на два семенящих шага и палил в стаканчик новую порцию выпивки.

Не без приятности смущенная, поскольку во время этого разговора внимание всех, кто сидел на пляже, вновь обратилось к ней, Розмари огляделась в поисках места, где она могла бы присесть. Понятно было, что каждое семейство безраздельно владело полоской песка, лежавшей непосредственно перед его зонтом; кроме того, люди то и дело переходили от зонта к зонту, переговаривались со знакомыми, и отходили, — словом, пляжем правил дух общности и попытка присоединиться к ней отдавала бы бесцеремонностью. Несколько дальше, где песок был усеян галькой и пучками сухих водорослей, расположилась компания с такой же белой, как у Розмари, кожей. Члены ее лежали не под пляжными зонтами, а под ручными парасолями, вообще ясно было, что они — не из здешних аборигенов. В конце концов Розмари выбрала себе место в пространстве, разделявшем людей смуглых и белокожих, и расстелила на песке свой халат.

Лежа на нем, она сначала слышала голоса, потом чьи-то шаги огибали ее, чьи-то тела заслоняли от солнца. Один раз шею Розмари овеяло теплое, запышливое дыхание любознательного пса; она чувствовала, как ее кожа понемногу пропекается солнцем, и вслушивалась в тихое, усталое «фа-фаа» испускавших дух волн. Потом ее ухо стало различать отдельные голоса, и она услышала, как кто-то с презрением рассказывает об «этом Норте», прошлой ночью похитившем из кафе в Каннах гарсона, чтобы распилить его надвое. Рассказ был обращен к беловолосой женщине в вечернем платье, очевидном реликте вчерашнего вечера, ибо на голове женщины еще сидела диадема, а на плече угасала разочаровавшаяся в жизни орхидея. Розмари, ощутив неясную неприязнь и к женщине, и к ее компании, отвернулась.

По другую от этой компании сторону ближе всех к Розмари лежала под шалашиком из зонтов и составляла некий список, выписывая что-то из раскрытой на песке книги, молодая женщина. Бретельки ее купального костюма были стянуты с плеч, спускавшаяся от нитки матовых жемчужин спина, где красноватая, где оранжево-коричневая, светилась под солнцем. Лицо женщины было и жестким, и миловидным, и несчастливым. Она взглянула Розмари в глаза, но не увидела ее. За нею лежал на песке крупный мужчина в жокейской шапочке и трико в красную полоску; за ним женщина с плота, *эта* ответила на взгляд Розмари и, несомненно, ее увидела; далее следовал мужчина с длинным лицом и золотистой львиной гривой — голубое трико, непокрытая голова, — он очень серьезно беседовал с молодым человеком в черном купальном костюме, явным латиноамериканцем, разговаривая, оба выкапывали из песка комочки водорослей. Люди эти, подумала Розмари, по большей части приехали сюда из Америки, но что-то отличает их от американцев, с какими она знакомилась в последние месяцы.

Некоторое время спустя она обнаружила, что мужчина в жокейской шапочке угощает свою компанию маленьким, тихим представлением — важно разгуливает с граблями по песку, якобы выковыривая из него гальку, и между тем разыгрывает некую понятную лишь посвященным пародию, удерживая ее невозмутимым выражением лица в зачаточном состоянии. Понемногу он добавлял к ней все более уморительные маленькие подробности, и наконец что-то сказанное им вызвало взрыв хохота. Даже те, кто, подобно Розмари, находился слишком далеко от него, чтобы расслышать хоть слово, наставляли на мужчину антенны внимания, и вскоре молодая женщина в жемчугах осталась единственным на пляже не увлеченным представлением человеком. Возможно, это сдержанность собственницы заставляла ее при каждом залпе смеха еще ниже склоняться над своим списком.

Внезапно прямо над Розмари прозвучал, словно бы с неба, голос обладателя монокля и бутылки:

— Вы потрясающе плаваете.

Она запротестовала.

— Отлично плаваете. Меня зовут Кэмпион. Тут одна леди говорит, что видела вас на прошлой неделе в Сорренто, знает, кто вы, и очень хотела бы познакомиться с вами.

Розмари, затаив раздражение, оглянулась и увидела обращенные к ней полные ожидания взгляды людей из незагорелой компании. Неохотно встав, она направилась к ним.

— Миссис Абрамс... миссис Мак-Киско... мистер Мак-Киско... мистер Дамфри...

— Мы знаем, кто вы, — громко сообщила дама в вечернем платье. — Вы Розмари Хойт, я сразу узнала вас в Сорренто и потом еще у портье спросила, и мы думаем, что вы совершенно дивная, и нам интересно, почему вы не вернулись в Америку, чтобы сняться еще в одном дивном фильме.

Они с преувеличенной предупредительностью раздвинулись, освободив для нее место. Несмотря на ее фамилию, дама, узнавшая Розмари, еврейкой не была. А была она одной из тех пожилых «своих в доску» женщин, которым хорошее пищеварение и невосприимчивость к любым печальным переживаниям позволяют с легкостью осваиваться среди людей нового поколения.

— А еще мы хотели предупредить вас, что в первый день здесь ничего не стоит обгореть, — весело продолжала она, — тем более *ваша* кожа дорогого стоит, но на этом пляже столько дурацких условностей, что мы побоялись к вам подойти.

II

— Мы думали — а вдруг вы тоже в заговоре состоите, — сказала миссис Мак-Киско, напористая, хорошенькая молодая женщина с тусклыми глазками. — Мы же не знаем, кто в нем участвует, а кто нет. Мой муж очень мило поговорил с одним мужчиной, а после выяснилось, что он там из верховодов, не самый главный, но почти.

— Заговор? — переспросила Розмари, не понявшая и половины услышанного. — А что, здесь существует какой-то заговор?

— Дорогая моя, *мы не знаем*, — с судорожным смешком дородной женщины ответила миссис Абрамс. — Мы-то в нем не участвуем. Мы — зрители, галерка.

— Миссис Абрамс — сама по себе заговор, — заметил мистер Дамфри, белобрысый, несколько женственный молодой человек.

Услышав это, мистер Кэмпион погрозил ему моноклем и сказал:

— Не будьте таким гадким, Ройал.

Розмари ощущала неудобство, глядя на них, и жалела, что с ней нет матери. Люди эти не нравились ей, особенно по сравнению с теми, кто заинтересовал ее на другом конце пляжа. Непритязательная, но непреклонная светскость матери неизменно помогала им обеим быстро и решительно выходить из нежелательных ситуаций. Розмари же приобрела известность всего полгода назад, и по временам французская чопорность ее ранней юности и демократические повадки Америки как-то перемешивались в ней, сбивая ее с толку, отчего она попадала вот в такие истории.

Мистера Мак-Киско, тощего, рыжего, веснушчатого мужчину лет тридцати, болтовня о «заговоре» нисколько не забавляла. Весь этот разговор он смотрел в море, а теперь, метнув быстрый взгляд в сторону жены, повернулся к Розмари и требовательно осведомился:

— Давно здесь?

— Первый день.

— О.

Решив, по-видимому, что вопрос его полностью переменил тему общего разговора, он поочередно оглядел всех остальных.

— На все лето приехали? — невинно осведомилась миссис Мак-Киско. — Если так, вы сможете увидеть, как развивается заговор.

— Бога ради, Виолетта, найди другую тему! — взорвался ее супруг. — Придумай, бога ради, какую-нибудь новую шуточку!

Миссис Мак-Киско качнулась в сторону миссис Абрамс и громко выдохнула:

— Нервничает.

— Я не нервничаю, — отрезал Мак-Киско. — Не нервничаю, и все тут.

Он рассвирепел, это было видно невооруженным глазом, — буроватая краска разлилась по лицу бедняги, потопив все его выражения в одном: совершеннейшего бессилия. Вдруг осознав, хоть и смутно, свое состояние, он встал и направился к воде. Жена последовала за ним, Розмари, ухватившись за представившуюся возможность, — за нею.

Мистер Мак-Киско набрал полную грудь воздуха, повалился в мелкую воду и принялся колошматить Средиземное море негнущимися руками, что, несомненно, подразумевало плавание стилем кроль, — впрочем, запасы воздуха в его легких вскоре закончились, и он встал в воде, оглянулся и, судя по его лицу, удивился, что берег еще не скрылся из глаз.

— Никак не научусь дышать. Никогда и не понимал толком, как люди дышат в воде.

Он вопросительно взглянул на Розмари.

— Насколько я знаю, выдыхают воздух в воду, — объяснила она, — а на каждом четвертом гребке поворачивают голову и вдыхают.

— Для меня дыхание — самое сложное. Ну что — плывем к плоту?

На раскачиваемом волнами плоте лежал, растянувшись во весь рост, мужчина с львиной гривой.

Когда миссис Мак-Киско, доплыв до плота, протянула к нему руку, край его, качнувшись, сильно ударил ее по плечу, и мужчина встрепенулся и вытянул ее из воды.

— Я испугался, что плот оглушил вас.

Говорил он медленно и смущенно, а лицо его — с высокими скулами индейца, длинной верхней губой, глубоко посаженными, отливавшими темным золотом глазами, — было таким печальным, каких Розмари и не видела никогда. И говорил он уголком рта, словно надеясь, что слова его станут добираться до миссис Мак-Киско неприметным кружным путем. Минуту спустя он перекатился в воду, оттолкнулся от плота, и какое-то время его длинное тело просто лежало на ней, сносимое волнами к берегу.

Розмари и миссис Мак-Киско не сводили с него глаз. Когда инерция толчка исчерпалась, он резко сложился пополам, худые ноги его взвились в воздух, а затем он весь ушел под воду, оставив на ней лишь малое пятнышко пены.

— Хороший пловец, — сказала Розмари.

В ответе миссис Мак-Киско прозвучала удивившая Розмари злоба:

— Хороший пловец, но плохой музыкант, — миссис Мак-Киско повернулась к мужу, который все же сумел после двух неудачных попыток выбраться из воды и, обретя равновесие, попытался принять эффектную позу, которая искупила бы его неудачи, но добился только того, что сильнее раскачал плот. — Я только что сказала про Эйба Норта: хороший человек, но плохой музыкант.

— Да, — неохотно согласился Мак-Киско. Ясно было, что он собственными руками создал мир, в котором обитала его жена, а потом разрешил ей позволять себе в нем кое-какие вольности.

— Мне подавай Антейла[1], — миссис Мак-Киско с вызовом взглянула на Розмари. — Антейла и Джойса. Не думаю, что вам случалось часто слышать в Голливуде о людях такого рода, а вот мой муж написал первую в Америке критическую статью об «Улиссе».

— Сигарету бы сейчас, — негромко сказал Мак-Киско. — Ни о чем другом и думать не могу.

— Вот кто понимает человека до тонкостей — ведь правда, Альберт?

Она внезапно примолкла. Женщина с жемчужными бусами присоединилась в воде к двум своим детям, а Эйб Норт, поднырнув под одного из них, поднялся с ним на плечах из воды, как вулканический остров. Ребенок вопил от страха и наслаждения, а женщина смотрела на них, и лицо ее было прелестно спокойным, но лишенным улыбки.

— Это его жена? — спросила Розмари.

— Нет, это миссис Дайвер. Они не в отеле живут.

Глаза миссис Мак-Киско не отрывались от лица женщины, словно фотографируя все. И спустя мгновение она порывисто повернулась к Розмари.

— Вы раньше бывали за границей?

— Да — училась в парижской школе.

— О! тогда вам, наверное, известно, что если человек хочет получить удовольствие от этой

---

[1] Джордж Антейл (1900—1959) — американский пианист и композитор-авангардист.

страны, он должен познакомиться с несколькими настоящими французскими семьями. А эти с чем отсюда уедут? — она повела левым плечом в сторону берега. — Цепляются за свою глупую маленькую клику. Мы-то, разумеется, приехали с массой рекомендательных писем и перезнакомились в Париже с самыми лучшими французскими художниками и писателями. Очень было приятно.

— Не сомневаюсь.

— Муж, видите ли, заканчивает свой первый роман.

— Вот как? — произнесла Розмари. Никаких особых мыслей в голове ее не было, она лишь гадала — удалось ли матери заснуть в такую жару.

— Идею он позаимствовал из «Улисса», — продолжала миссис Мак-Киско, — только там все происходит за двадцать четыре часа, а у мужа за сто лет. Он берет старого, пришедшего в упадок французского аристократа и противопоставляет его веку машин...

— Ой, Виолетта, ради бога, не пересказывай ты идею романа каждому встречному, — возмутился Мак-Киско. — Я не хочу, чтобы о ней стали болтать на всех углах до того, как выйдет книга.

Розмари возвратилась на берег, накинула халат на уже немного саднившие плечи и снова прилегла, чтобы погреться на солнышке. Мужчина в жокейской шапочке переходил теперь с бутылкой и несколькими стаканчиками от зонта к зонту; вскоре он и его друзья оживились и, сдвинув зонты, расположились под ними, — как поняла Розмари, кто-то из их компании уезжал, и они в последний раз выпивали с ним на берегу. Дети и те сообразили, что под зонтами идет веселье, и повернулись к ним, — Розмари казалось, что источником его снова стал мужчина в жокейской шапочке.

Полдень царил в небе и в море — даже белая линия стоявших в пяти милях отсюда Канн выцвела, обратившись в мираж прохлады и свежести; красный парусник тянул за собой прядку открытого, более темного моря. Казалось, что на всем береговом просторе жизнь теплится только здесь, в отфильтрованном зонтами солнечном свете, только под ними, среди красочных полос и негромких разговоров, и происходит что-то.

Кэмпион направился к Розмари, но остановился, не дойдя нескольких футов, и она закрыла, притворяясь спящей, глаза, потом приоткрыла немного, вгляделась в смутные, расплывчатые колонны, коими были его ноги. Он попытался протиснуться в песочного цвета облако, но облако уплыло в огромное жаркое небо. Розмари заснула по-настоящему.

Проснулась она вся в поту и увидела, что пляж опустел, остался только складывавший последний зонт мужчина в жокейской шапочке. Розмари лежала, помаргивая, и вдруг он, подойдя к ней, сказал:

— Я собирался разбудить вас перед уходом. Слишком обгорать с первого раза — мысль не из лучших.

— Спасибо, — ответила Розмари и посмотрела на свои побагровевшие ноги. — Боже мой!

Она весело засмеялась, приглашая его к разговору, однако Дик Дайвер уже понес тент и сложенный пляжный зонт к ожидавшей его машине, и Розмари вошла, чтобы смыть пот, в воду. Дик вернулся, собрал грабли, лопату, сито и укрыл их в расщелине скалы. Потом окинул пляж взглядом, проверяя, не оставил ли чего.

— Не знаете, сколько сейчас времени? — спросила Розмари.

— Около половины второго.

Оба повернулись к морю.

— Время неплохое, — сказал Дик Дайвер. — Не худшее время дня.

Он посмотрел на нее, и на миг вся она с нетерпеливой готовностью ушла в ярко-синюю вселенную его глаз. Но тут он поднял на плечо последнюю порцию пляжного сора и пошел к машине, а Розмари, выйдя из воды, стряхнула с халата песок и направилась в отель.

III

В зал ресторана они вошли за несколько минут до двух. Над пустыми столами простирался узор тяжелых потолочных балок, по стенам покачивались, следуя движениям сосен за окнами, тени. Двое собиравших грязные тарелки гарсонов громко болтали на итальянском, но с появлением двух женщин умолкли и принесли им уже успевший приостыть дежурный ленч.

— А я на пляже влюбилась, — сказала матери Розмари.

— В кого?

— Сначала в целую компанию очень милых людей. Потом в одного из мужчин.

— Ты разговаривала с ним?

— Совсем немного. Он такой красивый. Рыжеватый. — Розмари алчно набросилась на еду. — Правда, женат — обычная история.

Мать была ее ближайшей подругой и не упускала ни единой возможности дать дочери хороший совет — дело в театральной профессии не такое уж и редкое, однако миссис Элси Спирс отличалась от других матерей тем, что не пыталась отыграться на дочери за собственные неудачи. Жизнь не наделила ее ни горечью, ни сожалениями, — она дважды удачно выходила замуж и дважды вдовела, и с каждым разом веселый стоицизм ее только креп. Первый ее муж был кавалерийским офицером, второй военным врачом, от обоих остались кое-какие деньги, которые ей хотелось передать Розмари в целости и сохранности. Своей требовательностью к дочери она закалила характер Розмари, требовательностью к себе — во всем, что касалось работы и верности ей, — внушила дочери приверженность идеалам, которые определяли теперь ее самооценку, — на прочий же мир девушка смотрела глазами матери. «Сложным» ребенком Розмари никогда не была, а ныне ее защищали словно бы два доспеха сразу, материнский и свой собственный, — она питала присущее зрелому человеку недоверие ко всему, что банально, поверхностно, пошло. Впрочем, после неожиданного успеха Розмари в кино миссис Спирс начала думать, что пора уже отнять — в духовном смысле — дочь от груди; она скорее обрадовалась бы, чем огорчилась, если бы эти несговорчивые, мешающие привольно дышать, чрезмерно строгие представления об идеальном Розмари применила к чему-то еще, не только к самой себе.

— Так тебе здесь нравится? — спросила она.

— Неплохо было бы познакомиться с этой компанией. Тут есть и другая, но в ней приятного мало. Они узнали меня — похоже, нет на свете людей, которые не видели бы «Папенькину дочку».

Подождав, когда угаснет эта вспышка самолюбования, миссис Спирс прозаично спросила:

— А кстати, когда ты собираешься повидаться с Эрлом Брейди?

— Думаю, мы можем съездить к нему сегодня под вечер, — если ты уже отдохнула.

— *Ты* можешь — я не поеду.

— Ну, тогда отложим на завтра.

— Я хочу, чтобы ты поехала одна. Это недалеко — а говорить по-французски ты, по-моему, умеешь.

— Мам, а существует что-нибудь, чего я делать не должна?

— Ну ладно, поезжай попозже, но сделать это до того, как мы отсюда снимемся, необходимо.

— Хорошо, мам.

После ленча их одолела внезапная скука, нередко нападающая на американцев, заезжающих в тихие уголки Европы. Ничто их никуда не подталкивает, ничьи голоса не окликают, никто не делится с ними неожиданными обрывками их собственных мыслей, и им, оставившим позади шум и гам своей родины, начинает казаться, что жизнь вокруг них остановилась.

— Давай пробудем здесь только три дня, мам, — сказала Розмари, когда они возвратились в свой номер. Снаружи легкий ветерок размешивал зной, процеживая его через кроны деревьев, попыхивая жаром сквозь жалюзи.

— А как же мужчина, в которого ты влюбилась на пляже?

— Мамочка, милая, я только тебя люблю, никого больше.

Розмари вышла в вестибюль, чтобы расспросить Госса-*père*[1] о поездах. Портье, облаченный в светло-коричневый военный мундир, поначалу взирал на нее из-за стойки сурово, но затем все же вспомнил о приличествующих его *métier*[2] манерах. Она села в автобус и в обществе все той же пары раболепных гарсонов поехала на станцию; их почтительное безмолвие стесняло Розмари, ей хотелось попросить: «Ну что же вы, разговаривайте, смейтесь, мне вы не помешаете».

В вагоне первого класса стояла духота; яркие рекламные картинки железнодорожных компаний, изображавшие арльский Пон-дю-Гар, оранжский Амфитеатр, лыжников в Шамони, выглядели более свежими, чем простор неподвижного моря за окном. В отличие от американских поездов, увлеченных своей кипучей участью и с пренебрежением взирающих на людей из внешнего, не такого стремительного и запыхавшегося мира, *этот* был частью страны, по которой он шел. Его дыхание взметало осевшую на пальмовых листьях пыль, его угольная крошка смешивалась в садиках с сухим навозом. Розмари не сомневалась, что могла бы высунуться в окно и рвать руками цветы.

У каннского вокзала спали в своих машинах таксисты. Казино, модные магазины и огромные

---
[1] Отец (*фр.*).
[2] Ремесло, профессия (*фр.*).

гостиницы променада смотрели на летнее море пустыми железными масками окон[1]. Невозможно было поверить, что когда-то здесь буйствовал «сезон», и Розмари, не вполне равнодушной к поветриям моды, было немного неловко, — как если бы ее поймали на нездоровом интересе к чему-то отжившему; как если бы люди вокруг недоумевали, что она делает здесь в промежутке между весельем прошлой зимы и весельем следующей, в то время как на севере сейчас гремит и сверкает настоящая жизнь.

Стоило ей выйти из аптеки с купленным там пузырьком кокосового масла, как мимо нее прошла и села в стоявшую неподалеку машину несшая охапку диванных подушек женщина, в которой Розмари узнала миссис Дайвер. Длинная, низенькая черная собака залаяла, увидев ее, задремавший шофер вздрогнул и проснулся. Она сидела в машине — прелестное и неподвижное, послушное воле хозяйки лицо, безбоязненный и настороженный взгляд — и смотрела прямо перед собой и ни на что в частности. Платье ее было ярко-красным, загорелые ноги — голыми. Волосы — густыми, темными, золотистыми, как у чау-чау.

До поезда оставалось полчаса, и Розмари посидела немного в «*Café des Alliées*»[2] на Круазетт, чьи деревья купали столики в зеленых сумерках, и оркестр услаждал воображаемую толпу космо-

---

[1] В километре от Канн находится остров Сент-Маргерит, на нем стоит Форт-Рояль, тюрьма, в которой содержался таинственный человек в железной маске.

[2] Кафе «Союзники» (*фр.*).

политов сначала песенкой «Карнавал в Ницце», а после модным в прошлом году американским мотивчиком. Розмари купила для матери «Ле Темпс» и «Сетеди Ивнинг Пост» и, попивая «цитронад», открыла последний на воспоминаниях русской княгини — туманные обыкновения девяностых годов показались ей более реальными и близкими, чем заголовки французской газеты. То же гнетущее чувство преследовало ее и в отеле — Розмари, привыкшей видеть нелепости континента в подчеркнуто комическом или трагическом свете, не умевшей самостоятельно выделять существенное, начинало казаться, что жизнь во Франции пуста и затхла. И исполняемые оркестром печальные мелодии, напоминавшие меланхолическую музыку, под которую кувыркаются в варьете акробаты, лишь усиливали это чувство. Она была рада вернуться в отель Госса.

Наутро обнаружилось, что плечи ее слишком обгорели для купания, поэтому она и мать наняли машину — после долгой торговли, ибо Франция научила Розмари считать деньги, — и поехали вдоль Ривьеры, дельты множества рек. Водитель, русский боярин эпохи Ивана Грозного, оказался самозваным гидом, и полные блеска названия — Канны, Ницца, Монте-Карло — начали посверкивать под их апатичным камуфляжем, шепотом повествуя о престарелых королях, приезжавших сюда обедать или умирать, о раджах, забывавших глаза Будды ради английских танцовщиц, о русских князьях, погружавших здешние недели в балтийские сумерки давних пропахших икрою дней. Русский дух витал над побережьем, в его закрытых сейчас книжных магазинах и продуктовых лавках. Десятилетие назад, в апреле, когда завершался сезон, двери православной церкви запирались, а излюбленное русскими сладкое шампанское отправлялось до их возвращения в погреба. «Вернемся в следующем сезоне», — обещали они, и опрометчиво, как оказалось, обещали, потому что не вернулись уже никогда.

Приятно было ехать ввечеру обратно в отель — над морем, светившимся красками, таинственными, как у агатов и сердоликов детства, зеленым, точно сок зеленых растений, синеватым, точно вода в прачечной, винноцветным. Приятно было проезжать мимо людей, ужинавших под открытым небом перед своими домами, слышать, как в увитых лозами маленьких *estaminet*[1] неистово бренчат механические пианино. Когда машина съехала с шоссе и стала спускаться к отелю Госса по темнеющим склонам, поросшим деревьями, которые поднимались одно за другим из обильной зелени, над руинами акведуков уже висела луна...

Где-то в холмах за отелем были танцы, и Розмари, слушая музыку, проникавшую под ее призрачно освещенную луной москитную сетку, понимала, что неподалеку идет веселье, и думала о приятных людях, которых увидела на пляже. Думала о том, что сможет снова увидеть их утром и что тем не менее они явно привыкли довольствоваться собственным маленьким кругом и, когда их зонты, бамбуковые подстилки, собаки и дети занимают свои места на

---

[1] Кабачок, маленькое кафе (*фр.*).

песке, этот участок пляжа словно обносится забором. Во всяком случае, сказала себе Розмари, последние свои два утра она тем, другим, не отдаст.

IV

Все решилось само собой. Мак-Киско на пляже еще не появились, а едва Розмари разостлала свой халат, как двое мужчин — тот, в жокейской шапочке, и рослый блондин, распиливающий пополам гарсонов, — покинули свою компанию и подошли к ней.

— С добрым утром, — сказал Дик Дайвер. И присел на корточки. — Знаете, обгорели вы или не обгорели, но что же вы не появились вчера? Мы за вас волновались.

Она села и счастливым смешком поблагодарила их за то, что они заговорили с ней.

— Мы даже поспорили, — продолжал Дик Дайвер, — придете ли вы нынче утром. У нас куплена в складчину еда и вино — давайте считать, что мы приглашаем вас к столу.

Дик показался ей человеком добрым и обаятельным, а тон его обещал, что он возьмет ее под свое крыло и немного позже откроет ей целый новый мир, нескончаемую вереницу великолепных возможностей. Он представил Розмари своим друзьям, не назвав ее имени, но дав ей понять, что все они знают, кто она, однако уважают ее право на частную жизнь — учтивость, которой Розмари с тех пор, как приобрела известность, вне пределов своей профессиональной среды не встречала.

Николь Дайвер, чья смуглая от загара спина казалась подвешенной к нитке жемчуга, перелистывала поваренную книгу в поисках рецепта куриных ножек по-мэрилендски. Ей было, насколько могла судить Розмари, года двадцать четыре, и, не выходя из пределов традиционного словаря, лицо ее можно было описать как миловидное, казалось, впрочем, что задумывалось оно — и по строению, и по рисунку — с эпическим размахом, как если бы и черты его, и краски, и живость выражений — все, что мы связываем с темпераментом и характером, — лепились под влиянием Родена, а затем резец ваятеля стал отсекать кое-что, добиваясь миловидности, и остановился на грани, за которой любой маленький промах грозил непоправимо умалить силу и достоинства этого лица. Вот, создавая рот Николь, скульптор решился на отчаянный риск — он изваял лук купидона с журнальной обложки, который, однако ж, ни в чем не уступал по своеобразию прочим ее чертам.

— Надолго сюда? — спросила Николь. Голос ее оказался низким, почти хрипловатым.

Розмари вдруг поймала себя на мысли, что, пожалуй, они с матерью могли бы задержаться здесь еще на неделю.

— Не очень, — неопределенно ответила она. — Мы уже давно за границей — в марте высадились на Сицилии и понемногу продвигаемся на север. В январе я заработала на съемках воспаление легких, вот и приходится теперь поправлять здоровье.

— Боже милостивый! Как же это случилось?

— Перекупалась, — ответила Розмари неохотно, поскольку личных откровений она избегала. —

У меня начинался грипп, я его не заметила, а снималась сцена в Венеции, я там ныряла в канал. Декорация была очень дорогая, ну я и ныряла, ныряла, ныряла все утро. И мама, и мой доктор были на съемках, да толку-то... воспаление легких я все равно получила.

И она решительно, не дав никому и слова сказать, сменила тему:

— А вам нравится здесь — я про это место?

— Еще бы оно им не нравилось, — неторопливо произнес Эйб Норт. — Они его сами же и создали.

Благородная голова Эйба медленно повернулась, и взгляд, полный ласки и преданности, остановился на Дайверах.

— Правда?

— Отель остается открытым на лето всего лишь второй год, — объяснила Николь. — В прошлом мы уговорили Госса не отпускать повара, гарсона и слугу — это окупилось, а в нынешнем году окупится еще лучше.

— Но ведь вы в отеле не живете.

— Нет, мы построили дом в Тарме — это в холмах, немного выше отеля.

— Теоретически, — сказал Дик, передвигая зонт, чтобы убрать с плеча Розмари квадратик солнечного света, — все северные места — Довиль и так далее — давно освоены равнодушными к холоду русскими и англичанами, между тем половина наших американцев происходит из стран с тропическим климатом — оттого мы и прибиваемся к этим берегам.

Молодой человек латиноамериканской наружности переворачивал страницы «Нью-Йорк Геральд».

— Ну-с, а какой национальности эти персонажи? — внезапно спросил он и прочитал с легкой французской напевностью: — «В отеле «Палас» в Веве остановились: мистер Пандели Власко, мадам Бонасье, — я ничего не преувеличиваю, — Коринна Медонка, мадам Паш, Серафим Туллио, Мария Амалия Рото Маис, Мойзес Тейфель, мадам Парагорис, Апостол Александр, Иоланда Иосфуглу и Женевьева де Мом!» Особенно хороша на мой вкус Женевьева де Мом. Так и хочется съездить в Веве, полюбоваться на нее.

Он вдруг вскочил на ноги, потянулся — все в одно резкое движение. Он был на несколько лет моложе Дайвера и Норта. Высокий, с крепким, но слишком худым телом — если не считать налитых силой плеч и бицепсов. С первого взгляда он казался заурядно красивым, вот только лицо его неизменно выражало легкое недовольство чем-то, мутившее на редкость яркий блеск его карих глаз. И все же они западали в память и оставались в ней, даже когда из нее стиралась неспособность его рта выдерживать скуку и молодой лоб, изборожденный морщинами вздорного, бессмысленного раздражения.

— На прошлой неделе нам попались в новостях и кое-какие интересные американцы, — сказала Николь. — Миссис Эвелин Устриц и... как его звали?

— Мистер С. Мясо, — ответил Дайвер и тоже встал, взял грабли и принялся с серьезнейшим видом выгребать из песка мелкие камушки.

— Да-да, мистер С. Мясо — мороз по коже, не правда ли?

Розмари было спокойно с Николь — спокойнее даже, казалось ей, чем с матерью. Эйб Норт и Барбан, оказавшийся все же французом, завели разговор о Марокко, Николь, отыскав и записав рецепт, взялась за шитье. Розмари разглядывала вещи, принесенные этими людьми на пляж, — четыре больших, создававших теневую завесу зонта, складную душевую кабину для переодевания, надувную резиновую лошадку — новые вещи, она таких никогда не видела, плоды первого послевоенного расцвета индустрии предметов роскоши, нашедшие, судя по всему, в этих людях первых покупателей. Розмари пришла к выводу, что попала в компанию людей светских, и хотя мать учила ее сторониться таких, называя их трутнями, сочла, что к новым ее знакомым это определение не относится. Даже в их совершенной бездеятельности, полной, как в это утро, Розмари ощущала некую цель, работу над чем-то, направленность, творческий акт, пусть и отличный от тех, какие ей были знакомы. Незрелый ум ее не строил догадок касательно их отношений друг с другом, Розмари интересовало лишь, как они относятся к ней, — впрочем, она почувствовала присутствие паутины каких-то приятных взаимосвязей, и чувство это оформилось в мысль о том, что они, похоже, прекрасно проводят здесь время.

Она поочередно вгляделась в троих мужчин, как будто временно присваивая их. Каждый был представительным, хоть и по-своему; во всех присутствовала особая мягкость, бывшая, поняла она, частью их существования, прошлого и будущего, не обусловленной какими-то событиями, не имеющей ничего общего с компанейскими замашками актеров, — и почувствовала также разностороннюю деликатность, отличавшую их от грубоватого, готового на все содружества режиссеров, единственных интеллектуалов, каких она пока встретила в жизни. Актеры и режиссеры — вот и все, кого Розмари знала, — их, да еще разнородные, но неотличимые один от другого интересующиеся только любовью с первого взгляда студенты, с которыми она познакомилась прошлой осенью на йельском балу.

А эти трое были совсем разными. Барбан отличался меньшей, чем двое других, учтивостью, большей скептичностью и саркастичностью, манеры его были чисто формальными, даже небрежными. Эйб Норт скрывал под застенчивостью бесшабашное чувство юмора, которое и забавляло Розмари, и пугало. Серьезная по натуре, она сомневалась в своей способности произвести на него большое впечатление.

Но вот Дик Дайвер был само совершенство. Розмари безмолвно любовалась им. Кожа его, загорелая и обветренная, отливала краснотой. Красноватыми казались и короткие волосы — редкая поросль их спускалась по рукам Дика. Яркие, светившиеся резкой синевой глаза, заостренный нос. Сомнений в том, на кого он смотрит или с кем разговаривает, не возникало никогда, — и внимание его было лестным, ибо кто же смотрит на нас по-настоящему? — на нас разве что взгляды бросают, любопытные либо безразличные, вот и все. Голос Дика, чуть отдававший ирландской мелодичностью, словно упрашивал о чем-то весь окружающий мир, и тем не менее Розмари различала в нем тайную твердость, самообладание и самодисциплину — собственные ее достойные качества. О, Розмари, конечно, выбрала бы только его, и Николь, подняв на нее взгляд, увидела это, услышала легкий вздох сожаления о том, что Дик уже принадлежит другой женщине.

Незадолго до полудня на пляже появились Мак-Киско, миссис Абрамс, мистер Дамфри и синьор Кэмпион. Они принесли с собой новый большой зонт, который и воткнули, искоса поглядывая на Дайверов, в песок, а затем удовлетворенно забились под него — все, кроме мистера Мак-Киско, надменно оставшегося сидеть на солнцепеке. Дик, воровший граблями песок, прошел рядом с ними и вернулся к своим зонтам.

— Двое молодых людей читают на пару «Правила хорошего тона», — негромко сообщил он.

— В вышший швет пробиватьша надумали, — заключил Эйб.

Мэри Норт, дочерна загорелая молодая женщина, которую Розмари увидела в первый день на плоту, вернувшись из моря, улыбнулась, лукаво сверкнув зубами, и сказала:

— Итак, появились мистер и миссис Нишагу-назад?

— Они — друзья вот этого человека, — напомнила ей Николь, указав на Эйба. — Почему бы ему не подойти к ним, не поговорить? Вы больше не находите их привлекательными?

— Я нахожу их *очень* привлекательными, — заверил ее Эйб. — А вот *просто* привлекательными не нахожу, только и всего.

— Ладно, я *знала*, что этим летом на пляж набьется много народу, — сказала Николь. — На *наш* пляж, который Дик своими руками освободил от кучи камней.

Она поколебалась, а затем понизила голос так, чтобы ее не услышала троица сидевших под собственным зонтом нянюшек:

— И все-таки они лучше прошлогодних британцев, то и дело вопивших: «Разве море не синее? Разве небо не белое? Разве нос у малютки Нелли не красный?»

Розмари подумала, что не хотела бы получить Николь во враги.

— Вы еще драку не видели, — продолжала Николь. — За день до вашего появления женатый мужчина, тот, чье имя походит на название суррогатного бензина, не то масла...

— Мак-Киско?

— Да, так вот, они с женой поссорились, и та швырнула ему в лицо горсть песка. А он, естественно, уселся на женушку верхом и принялся возить ее физиономией по песку. Нас это... потрясло. Я даже хотела, чтобы Дик вмешался.

— Я думаю, — произнес Дик Дайвер, опуская отсутствующий взгляд на соломенный коврик, — пойти и пригласить их к обеду.

— Нет, только не это, — быстро сказала Николь.

— По-моему, это будет правильно. Они все равно уже здесь, так давайте к ним как-то прилаживаться.

— Мы и так уж хорошо ко всему приладились, — неуступчиво усмехнулась она. — Я не желаю, чтобы *и меня* возили носом по песку. Я женщина мелочная, неуживчивая, — объяснила она Розмари, а затем повысив голос: — Дети, наденьте купальные костюмы!

Розмари почувствовала, что это купание станет для нее символическим, что отныне всякий раз, услышав слово «купаться», она будет вспоминать о нем. Вся компания направилась к воде, более чем готовая к тому, чтобы нежиться в ней долго и неподвижно, перейти из жары в прохладу, как гурман переходит от обжигающего нёбо карри к холодному белому вину. Дни Дайверов походили своим распорядком на дни цивилизаций более давних, позволяя им обоим извлекать из того, что само шло к ним в руки, все до последней капли, использовать все ценное, чем чревата любая перемена, а Розмари не знала еще, что полную поглощенность купанием сменит веселая болтовня за прованским завтраком. И снова она почувствовала, что Дик опекает ее, и словно радостно подчиняясь приказу, направилась вместе со всеми к воде.

Николь вручила мужу удивительное одеяние, над которым трудилась последнее время. Он удалился в кабинку для переодевания и вышел оттуда, породив всеобщий ажиотаж, в прозрачных подштанниках из черного кружева. При внимательном рассмотрении выяснилось, впрочем, что кружева нашиты на телесного цвета ткань.

— Кунштюк, достойный гомика! — презрительно воскликнул мистер Мак-Киско и, быстро повернувшись к мистерам Дамфри и Кэмпиону, добавил: — О, прошу прощения.

Розмари же, увидев этот купальный наряд, пришла в совершенный восторг. Простодушная, она упивалась дорогостоящей простотой Дайверов, не сознавая всей их сложности и умудренности, не понимая, что на ярмарке нашего мира они выбирают качество, а не количество; что и простота их повадок, отдающая детской умиротворенностью, и благодушие, и предпочтение, отдаваемое ими тому, что попроще, все это — часть заключенной от безнадежности сделки с богами, все обретено в такой борьбе, какая ей и не снилась. Наружно Дайверы определенно представляли в то время последний итог эволюции их класса, отчего большинство людей выглядело рядом с ними нескладными, — на деле же в них уже шли качественные изменения, которых Розмари попросту не замечала.

После купания она стояла посреди этой компании, пившей херес и хрустевшей сухим печеньем. Дик Дайвер перевел на нее взгляд холодных синих глаз; добрые, крепкие губы его разделились, и он произнес задумчиво и неторопливо:

— Вы — единственная виденная мной за долгое время девушка, по-настоящему похожая на дерево в цвету.

А потом Розмари плакала и плакала, уткнувшись лицом в колени матери:

— Я люблю его, мама. Я отчаянно влюбилась в него — никогда, ни к кому ничего подобного не испытывала. А он женат, и она мне тоже нравится — все так безнадежно. Ох, как я люблю его!

— Интересно было бы познакомиться с ним.

— В пятницу мы приглашены на обед.

— Если ты полюбила, это принесет тебе счастье. Смеяться следует, а не плакать.

Розмари подняла взгляд на прекрасное, подрагивавшее в улыбке лицо матери и засмеялась. Мать всегда имела на нее большое влияние.

V

В Монте-Карло Розмари приехала почти настолько мрачной, насколько для нее это было возможно. Поднявшись по крутому склону холма к «Ла Тюрби», старому киногородку студии «Гомон», который тогда перестраивался, она постояла у зарешеченных ворот, ожидая ответа на несколько слов, написанных ею на визитной карточке, и думая, что за воротами вполне мог бы находиться и Голливуд. Там виднелись престранные остатки декораций некой снимавшейся недавно картины — развалившийся кусок индийской улицы, огромный картонный кит, чудовищное дерево, поросшее сливами величиной с бейсбольные мячи, — оно процвело здесь по чьему-то экстравагантному произволу и было таким же уместным в этом краю, как амарант, мимоза, пробковый дуб или карликовая сосна. За декорациями стоял домик, где можно было перекусить на скорую руку, и пара амбароподобных съемочных павильонов, а по всему городку расположились группки людей с размалеванными лицами, замерших в ожидании, в надежде.

Минут через десять к воротам торопливо приблизился молодой человек с волосами цвета канареечных перьев.

— Входите, мисс Хойт. Мистер Брейди сейчас на площадке, но очень хочет увидеться с вами. Простите, что вас заставили ждать, но, знаете, некоторые француженки так и норовят пролезть в...

Молодой человек, бывший, надо полагать, управляющим студии, открыл маленькую дверь в глухой стене павильона, и Розмари, довольная тем, что вступает в знакомый мир, последовала за ним в полутьму. В полутьме там и сям различались люди, обращавшие к Розмари пепельные лица, будто души чистилища, мимо которых проходит живой человек. Шепоты, негромкие голоса, а где-то, по-видимому далеко — мягкое тремоло небольшого органа. Обогнув задники стоявших углом декораций, они увидели белый, потрескивающий свет съемочной площадки, под которым неподвижно замерли лицом к лицу актер-француз — грудь, ворот и манжеты его сорочки были окрашены в ярко-розовый цвет, — и актриса-американка. Глаза обоих выражали упорство, как будто они уже простояли так не один час и за все это долгое время ничего не произошло, никакого движения. Софит вдруг погас, зашипев, и тут же включился снова; где-то вдали молоток, грустно постукивая, просил, чтобы его впустили куда-то; вверху появилось среди ослепительных юпитеров синее лицо, сказавшее нечто неразборчивое в потолочную тьму. Затем тишину нарушил прозвучавший впереди Розмари голос:

— Не стягивай чулки, малышка, так ты еще пар десять загубишь. А этот костюмчик пятнадцать фунтов стоит.

Произнесший эти слова надвигался, пятясь, на Розмари, и управляющий студии окликнул его:

— Эй, Эрл, — мисс Хойт.

Это была их первая встреча. Брейди оказался человеком подвижным, энергичным. Он пожал руку Розмари, окинул ее с головы до пят взглядом — обычное дело, всегда внушавшее ей и чувство, что она у себя дома, и ощущение некоторого превосходства над собеседником. Если к ней относятся как к реквизиту, она имеет право использовать любые преимущества, какие дает обладание им.

— Так и думал, что вы появитесь со дня на день, — сказал Брейди голосом чуть более повелительным, чем то требуется для спокойной личной жизни, и несущим следы отчасти вызывающего выговора кокни. — Хорошо прокатились?

— Да, но мы рады, что скоро вернемся домой.

— Не-е-ет! — возразил он. — Останьтесь еще ненадолго, мне нужно поговорить с вами. Должен вам сказать, что ваша картина «Папенькина дочка», — я посмотрел ее в Париже и сразу послал телеграмму на Побережье, чтобы выяснить, есть ли у вас новый контракт...

— Просто я должна... извините.

— Господи, какая картина!

Улыбаться в глупом согласии Розмари не желала и потому нахмурилась.

— Никому не хочется, чтобы о нем судили лишь по одной картине, — сказала она.

— Конечно — и правильно. Так какие у вас планы?

— Мама решила, что мне необходимо отдохнуть. Когда я вернусь, мы либо подпишем контракт с «Первой национальной», либо останемся в «Прославленных актерах».

— «Мы» — это кто?

— Моя мама. Делами у нас ведает она. Я без нее как без рук.

Он снова окинул ее взглядом, и что-то в Розмари потянулось к нему. Она не назвала бы это приязнью и уж тем более безотчетным обожанием, какое внушил ей утром на пляже другой мужчина. Так, подобие легкого щелчка. Брейди желал ее, и она, насколько то позволяли ее девственные чувства, невозмутимо обдумывала свою возможную капитуляцию. Зная при этом, что, распрощавшись с ним, через полчаса о нем забудет — как об актере, с которым целовалась на съемках.

— Вы где остановились? — спросил Брейди. — Ах да, у Госса. Так вот, у меня на этот год все расписано, однако письмо, которое я вам послал, остается в силе. Снять вас мне хочется больше, чем любую другую девушку, какая появилась со времен юной Конни Толмадж.

— И мне хочется сняться у вас. Почему вы не возвращаетесь в Голливуд?

— Терпеть его не могу. Мне и здесь хорошо. Подождите, мы снимем сцену, и я вам тут все покажу.

Он вышел на площадку и негромко заговорил с французским актером.

Прошло пять минут — Брейди продолжал говорить, француз время от времени переступал с ноги на ногу и кивал. Неожиданно ярко вспыхнувшие юпитеры облили эту пару гудящим сиянием и заставили Брейди задрать голову и что-то крикнуть вверх. В Лос-Анджелесе сейчас только и разговоров что о Розмари. Она невозмутимо пошла назад сквозь нагромождение тонких перегородок, ей хотелось вернуться туда. А иметь дело с Брейди в том настроении, которое, знала Розмари, сложится у него по окончании съемки, не хотелось, и она покинула киногородок, продолжая ощущать его колдовские чары. Теперь, когда она побывала на студии, Средиземноморье выглядело не таким притихшим. Ей нравились его пешеходы, и по пути к вокзалу она купила пару эспадрилий.

Мать Розмари была довольна тем, что дочь так точно выполнила ее указания, и все же ей хотелось поскорее пуститься в путь. Выглядела миссис Спирс посвежевшей, однако она устала; человек, которому довелось посидеть у одра смерти, устает надолго, а ей как-никак выпало посидеть у двух.

VI

Впавшая в благодушие от выпитого за ленчем розового вина, Николь Дайвер скрестила на груди руки так высоко, что покоившаяся на ее плече розовая камелия коснулась щеки, и вышла в свой чудесный, напрочь лишенный травы сад. Одну его границу образовывал дом, из которого сад вытекал и в который втекал, две других — старая деревня, а четвертую — утес, уступами спадавший к морю.

Вдоль стен, ограждавших сад от деревни, на всем лежала густая пыль — на извивистых лозах, на лимонных деревьях и эвкалиптах, на садовой тачке, оставленной здесь лишь мгновенье назад, но уже вросшей в тропинку, изнурившись и слегка затрухлявев. Николь всегда удивляло немного, что, повернув в сторону от стены и пройдя мимо пионовых клумб, она попадала в пределы столь прохладные и зеленые, что листья и лепестки сворачивались там от нежной сырости.

Шею Николь укрывал завязанный узлом сиреневый шарф, даже в бесцветном солнечном свете отбрасывавший свои отсветы вверх, на ее лицо, и вниз, к земле, по которой она ступала. Лицо казалось строгим, почти суровым, лишь в зеленых глазах Николь светилось сострадательное сомнение. Светлые некогда волосы ее теперь потемнели, и все-таки ныне, в двадцать четыре года, она была прелестнее, чем в восемнадцать, в пору, когда эти волосы затмевали ее красоту.

По тропинке, которая прорезала сплошную, как туман, поросль цветов, льнувшую к веренице белых камней по ее краям, Николь вышла на поляну над морем; здесь спали среди фиговых деревьев фонари, и большой стол, и плетеные кресла, и огромный рыночный зонт из Сиены теснились под великанской сосной, самым большим деревом сада. Николь постояла немного, отсутствующе вглядываясь в ирисы и настурции, вперемешку росшие у подножия сосны, словно кто-то бросил под ней на землю неразобранную пригоршню семян, вслушиваясь в жалобы и укоризны какой-то ссоры, разыгравшейся в детской дома. Когда эти звуки замерли в летнем воздухе, Николь пошла дальше между калейдоскопических, сбившихся в розовые облака пионов, черных и бурых тюльпанов и розовато-лиловых стеблей, венчавшихся хрупкими розами, сквозистыми, точно сахарные цветы в витрине кондитерской, — и наконец, когда исполнявшееся цветами скерцо утратило способность набрать еще большую силу, оно вдруг оборвалось, замерев в воздухе, и показались влажные ступеньки, спускавшиеся на пять футов к следующему уступу.

Здесь бил из земли ключ, обнесенный дощатым настилом, мокрым и скользким даже в самые солнечные дни. Обойдя его, Николь поднялась по лесенке в огород; шла она довольно быстро, движение нравилось ей, хотя временами от нее исходило ощущение покоя, сразу и оцепенелого, и выразительного. Объяснялось это тем, что слов она знала не много, не верила ни одному и в обычной жизни была скорее молчуньей, вносившей в разговоры лишь малую толику утонченного юмора — с точностью, которая граничила со скупостью. Впрочем, когда не знавшие Николь собеседники начинали неловко поеживаться от ее экономности, она вдруг завладевала разговором и пришпоривала его, сама на себя дивясь, — а потом отдавала в чьи-нибудь руки, резко, если не робко, точно услужливый ретривер, доказавший и умелость свою, и еще кое-что.

Пока она стояла в расплывчатом зеленом свете огорода, тропинку впереди пересек направлявшийся в свою мастерскую Дик. Николь молча подождала, пока он исчезнет из виду, потом прошла между грядок будущего салата к маленькому «зверинцу», где голуби, кролики и попугай осыпали ее неразберихой презрительных звуков, а там, спустившись на следующий выступ, приблизилась к низкой изогнутой стене и взглянула вниз, на лежавшее в семистах футах под ней Средиземное море.

Вилла Дайверов располагалась на краю еще в древности построенного в холмах городка Тарме. Прежде на ее месте и на принадлежавшей вилле земле стояли последние перед кручей крестьянские жилища — пять из них соединили, отчего получился большой дом, четыре снесли, чтобы разбить сад. Внешние их ограды остались нетронутыми, и потому с шедшей далеко внизу дороги вилла была неотличима от фиалково-серой массы городка.

Недолгое время Николь простояла, глядя вниз, на море, однако занять здесь свои неугомонные руки ей было нечем. В конце концов Дик вынес из его однокомнатного домишки подзорную трубу и нацелил ее на восток, на Канны. Николь ненадолго попала в поле его зрения, и он снова скрылся в домике, но сразу вышел оттуда с рупором в руке. Механических игрушек у него было много.

— Николь, — крикнул он, — забыл сказать, в виде последнего жеста милосердия я пригласил к нам на обед миссис Абрамс, беловласую женщину.

— Были у меня такие подозрения. Безобразие!

Легкость, с которой ее слова достигли Дика, показалась Николь унизительной для его рупора, поэтому она, повысив голос, крикнула:

— Ты меня слышишь?

— Да, — он опустил рупор, но сразу же, из чистого упрямства, снова поднял его ко рту. — Я собираюсь пригласить и еще кое-кого. Тех двух молодых людей.

— Ладно, — спокойно согласилась она.

— Мне хочется устроить вечер, по-настоящему *кошмарный*. Серьезно. С руганью, совращениями, вечер, после которого гости будут расходиться в растрепанных чувствах, а женщины падать в обморок в туалете. Вот подожди, увидишь, что у меня получится.

Он вернулся в свой домик, Николь же поняла, что муж впал в одно из самых характерных его настроений, в возбуждение, которое втягивает в свою орбиту всех и каждого и неотвратимо приводит к меланхолии личного его фасона, — Дик никогда не выставлял это свое состояние напоказ, однако Николь его узнавала. Какие-то вещи и явления возбуждали ее мужа с силой, совершенно не пропорциональной их значению, делая его обхождение с людьми поистине виртуозным. И это заставляло их, если они не были чрезмерно трезвыми или вечно подозрительными, зачарованно и слепо влюбляться в него. Но затем Дик неожиданно понимал, сколько сил потратил неизвестно на что и на какие сумасбродства пускался, и его постигало унылое отрезвление. И он с испугом оглядывался назад, на устроенные им карнавалы любовной привязанности, — так генерал может с оторопью вспоминать о массовой бойне, развязанной по его приказу ради удовлетворения общечеловеческой кровожадности.

Однако и недолгое пребывание в мире Дика Дайвера было переживанием замечательным: человек проникался верой, что именно *его* окружают здесь особой заботой, распознав возвышенную уникальность его назначения, давно похороненную под многолетними компромиссами. Дик мгновенно завоевывал каждого исключительной участливостью и учтивостью, которые проявлял с такой быстротой и интуицией, что осознать их удавалось лишь по результатам, к коим они приводили. А затем без всякой опаски раскрывал, дабы не увял первый цвет новых отношений, дверь в свой восхитительный мир. Пока человек сохранял готовность полностью отдаться этому миру, счастье его оставалось предметом особых забот Дика, но при первом же проблеске сомнений, вызываемых тем, что в мир этот впускают кого ни попадя, Дик попросту испарялся прямо на глазах у бедняги, оставляя ему столь скудные воспоминания о своих словах и поступках, что о них и рассказать-то нечего было.

В тот вечер, в половине девятого, он вышел из дома, чтобы встретить первых гостей, держа свой пиджак в руке и церемониально, и многообещающе — как держит плащ тореадор. Стоит отметить, что, поздоровавшись с Розмари и ее матерью, он умолк, ожидая, когда те заговорят первыми, словно дозволяя им опробовать свои голоса в новой для них обстановке.

Розмари полагала, если говорить коротко, что после подъема к Тарме и она, и ее мать, надышавшиеся свежего воздуха, выглядят почти привлекательно. Так же, как личные качества людей необычайных с ясностью проявляются в их режущих слух оговорках, дотошно просчитанное совершенство виллы «Диана» мгновенно явило себя, несмотря даже на случайные незадачи вроде мелькавшей на заднем плане горничной или неподатливости винной пробки. Когда появились, принеся с собой все треволения этого вечера, первые гости, простые домашние хлопоты дня, символом коих были дети Дайверов, еще ужинавшие на террасе со своей гувернанткой, мирно отступили перед ними на второй план.

— Какой прекрасный сад! — воскликнула миссис Спирс.

— Сад Николь, — сказал Дик. — Никак она не оставит его в покое — допекает и допекает, боится, что он чем-нибудь заболеет. А мне остается только ждать, когда сама она сляжет с мучнистой росой, «мухоседом» или картофельной гнилью.

Он решительно наставил указательный палец на Розмари и с дурашливостью, непонятно как создававшей впечатление отеческой заботы, сообщил:

— Я надумал спасти ваш рассудок от страшной беды — подарить вам пляжную шляпу.

Дик провел их из сада на террасу, разлил по бокалам коктейль. Появился Эрл Брейди, удивившийся, увидев Розмари. В сравнении со съемочной площадкой, резкости в повадках его поубавилось, он словно оставил свою ершистость у калитки виллы, но Розмари, мгновенно сравнив его с Диком Дайвером, сразу отдала предпочтение последнему. Рядом с Диком Эрл Брейди выглядел немного вульгарным, грубоватым, и все-таки по телу Розмари словно ток пробежал — ее снова потянуло к нему.

Он, как к старым знакомым, обратился к вставшим из-за стола детям:

— Привет, Ланье, ты как насчет попеть? Может, вы с Топси споете для меня песенку?

— А какую? — с готовностью поинтересовался мальчик, говоривший слегка нараспев, как это водится у растущих во Франции американских детей.

— Спойте «*Mon Ami Pierrot*».

Брат с сестрой, нисколько не стесняясь, встали бок о бок, и их благозвучные, звонкие голоса полетели по вечернему воздуху.

> Au clair de la lune
> Mon Ami Pierrot
> Prête-moi ta plume
> Pour écrire un mot
> Ma chandelle est morte
> Je n'ai plus de feu
> Ouvre-moi ta porte
> Pour l'amour de Dieu.

Пение смолкло, дети, принимая похвалы, стояли со спокойными улыбками на светившихся в последних лучах солнца лицах. И вилла «Диана» вдруг показалась Розмари центром вселенной. В таких декорациях наверняка должно происходить нечто запоминающееся навсегда. На душе у нее стало еще легче, когда она услышала, как звякнул колокольчик открываемой калитки, но тут на террасу поднялись новые гости — Мак-Киско, миссис Абрамс, мистер Дамфри и мистер Кэмпион.

Розмари ощутила укол острого разочарования и бросила быстрый взгляд на Дика, словно прося его объяснить столь несуразный выбор гостей. Однако ничего необычного на лице его не увидела. Горделиво приосанившись, он поприветствовал пришедших с подчеркнутым уважением к их бесконечным, хоть пока и не известным ему достоинствам. Розмари доверяла ему настолько, что мгновенно согласилась с правильностью присутствия Мак-Киско, словно с самого начала ждала встречи с ними.

— Мы с вами сталкивались в Париже, — сказал Мак-Киско Эйбу Норту, вошедшему вместе с женой почти по пятам за этой компанией, — собственно, сталкивались дважды.

— Да, помню, — ответил Эйб.

— А где именно, помните? — спросил не желавший остаться без собеседника Мак-Киско.

— Ну, по-моему... — однако Эйбу уже наскучила эта игра, — нет, не помню.

Разговор их заполнил неловкую паузу, а затем наступило молчание, и инстинкт внушил Розмари, что необходимо сказать кому-нибудь что-нибудь исполненное такта, однако Дик не стал пытаться как-то перегруппировать пришедших последними гостей или хотя бы стереть с лица миссис Мак-Киско выражение позабавленного высокомерия. Он не желал разрешать сложности их общения, поскольку понимал, что большого значения таковые не имеют, а со временем разрешатся сами собой. Гости эти ничего о нем не знали, вот он и сберегал силы для мгновений более важных, до времени, когда они поймут, что все идет хорошо и прекрасно.

Розмари стояла рядом с Томми Барбаном — тот пребывал сегодня в настроении особенно презрительном и, по-видимому, имел для этого некие веские основания. На следующее утро он уезжал.

— Возвращаетесь домой?

— Домой? У меня нет дома. Поеду на войну.

— На какую?

— На какую? А на любую. Газет я в последнее время не просматривал, но, полагаю, где-нибудь да воюют — как всегда.

— И вам все равно, за что сражаться?

— Решительно все равно — пока со мной хорошо обращаются. Оказавшись в тупике, я всегда приезжаю повидаться с Дайверами, поскольку знаю, что через пару недель меня потянет от них на войну.

Розмари замерла.

— Вам же нравятся Дайверы, — напомнила она Томми.

— Конечно, в особенности она, тем не менее они пробуждают во мне желание повоевать.

Розмари попыталась осмыслить сказанное им — и не смогла. У нее-то Дайверы вызывали желание навсегда остаться рядом с ними.

— Вы ведь наполовину американец, — сказала она — так, словно это могло что-то объяснить.

— И наполовину француз, получивший образование в Англии и успевший с восемнадцати лет поносить военную форму восьми стран. Надеюсь, однако, у вас не создалось впечатление, что я не люблю Дайверов, — я люблю их, в особенности Николь.

— Разве их можно не любить? — отозвалась Розмари.

Томми представлялся ей человеком очень далеким от нее. Подтекст его слов отталкивал Розмари, ей хотелось оградить свое преклонение перед Дайверами от кощунственной горечи Томми. Хорошо, что ей не придется сидеть рядом с ним за накрытым в саду столом, направляясь к которому она все еще думала о его словах: «В особенности Николь».

По пути к столу Розмари нагнала Дика Дайвера. Что бы ни попадало в орбиту его ясного и резкого блеска, все блекло, вырождалось в уверенность: вот человек, который знает все на свете. За последний год, а для нее это была целая вечность, Розмари обзавелась деньгами, определенной популярностью, знакомствами с очень известными людьми, и эти последние подавали себя как носителей тех же самых, но только неимоверно усиленных качеств, какие были присущи людям, знакомым вдове и дочери военного врача по парижскому пансиону. Розмари была девушкой романтичной, однако в ее карьере ничего такого пока не происходило. У матери имелись свои соображения относительно ее будущего, и она не потерпела бы сомнительных суррогатов любви, которых вокруг было хоть пруд пруди, протяни только руку, — да Розмари и сама была уже выше их, ибо, попав в мир кино, все же не стала его частью. И оттого, увидев по лицу матери, что Дик Дайвер понравился ей, увидев на этом лице выражение, говорившее «то, что нужно», Розмари поняла: ей дано разрешение пойти до конца.

— Я наблюдал за вами, — сказал Дик, и она сразу поняла, что говорит он всерьез. — Вы нравитесь нам все больше и больше.

— А я полюбила вас с первого взгляда, — тихо ответила Розмари.

Он сделал вид, что слова эти оставили его равнодушным — как если б они были сделанным из одной лишь воспитанности комплиментом.

— Новым друзьям, — сказал он, словно желая сообщить нечто важное, — часто бывает легче друг с другом, чем старым.

И, едва успев выслушать эту сентенцию, толком ею не понятую, Розмари оказалась за столом, который выхватывали из густевших сумерек неторопливо разгоравшиеся фонари. Мощный аккорд радости грянул в ее душе, когда она увидела, как Дик усаживает мать по правую руку от себя; Розмари же получила в соседи Луи Кэмпиона и Брейди.

В приливе восторженных чувств она повернулась, намереваясь поделиться ими, к Брейди, однако стоило ей назвать имя Дика, в глазах режиссера обозначилось циничное выражение, и Розмари поняла, что роль заботливого отца ему не по вкусу. В свой черед и она твердо отклонила попытку Брейди накрыть ее ладонь своей, после чего они заговорили об общем их ремесле. Розмари, слушая рассуждения Брейди, не сводила вежливого взора с его лица, однако мысли ее столь откровенно витали далеко от него, что она побаивалась, как бы Эрл не догадался об этом. Время от времени она улавливала несколько его фраз, а ее подсознание добавляло к ним остальные, — так человек замечает иногда звон часов лишь в середине их боя, и в сознании его удерживается всего только ритм первых, не сочтенных им ударов.

VII

В разговоре возникла пауза, Розмари взглянула туда, где между Томми Барбаном и Эйбом Нортом сидела Николь, чьи золотистые волосы словно вскипали и пенились в свете свечей. Прислушавшись, Розмари уловила приглушенные звуки ее грудного голоса и тут же вся обратилась в слух — Николь не часто произносила длинные фразы:

— Бедняга! Но почему вам захотелось распилить его?

— Естественно, чтобы посмотреть, что у гарсона внутри. Разве вам не интересно узнать, что кроется внутри гарсона?

— Старые меню, — издав короткий смешок, предположила Николь, — осколки разбитых фарфоровых чашек, чаевые и огрызки карандашей.

— Совершенно верно, но важно добыть научные доказательства этого. И разумеется, если мы будем добывать их посредством музыкальной пилы, она оградит нас от всяческой пачкотни и убожества.

— Вы намеревались, производя операцию, играть на пиле? — поинтересовался Томми Барбан.

— Нет, так далеко мы не зашли. К тому же он завопил, и это нас напугало. Мы опасались, что он надорвет горло или еще какой-нибудь важный орган.

— Мне это кажется до крайности странным, — сказала Николь. — Музыкант, использующий пилу другого музыканта, чтобы...

За полчаса застолья обстановка ощутимо переменилась: один гость за другим позабывал о чем-то для него важном — о заботах, тревогах, подозрениях, — и теперь они были просто гостями Дайверов, и в каждом проступила лучшая его сторона. Каждому стало казаться, что если он не проявит дружелюбия и заинтересованности, то ранит тем самым хозяев дома, а этого никто не хотел, и Розмари, видевшая старания гостей, любила их всех — за исключением Мак-Киско, который ухитрялся и здесь держаться особняком. Причиной тому была не злая воля, а его решимость укрепить посредством вина веселое настроение, в котором он сюда прибыл. Откинувшись на спинку кресла, соседствовавшего с креслами Эрла Брейди, к которому он обратился с несколькими уничижительными замечаниями насчет кино, и миссис Абрамс, к которой он и обращаться не стал, Мак-Киско взирал на Дика Дайвера, сидевшего наискосок от него по другую сторону стола, с сокрушительной ироничностью, воздействие коей ослабляли, впрочем, предпринимаемые им время от времени попытки втянуть Дика в разговор.

— Вы ведь дружите с Ван-Бьюреном Денби? — мог, к примеру, осведомиться Мак-Киско.

— Не уверен, что знаю его.

— Я думал, вы с ним друзья, — раздраженно настаивал он.

После того как тема «мистера Денби» рухнула под собственной тяжестью, Мак-Киско опробовал несколько других, столь же никому не интересных, но всякий раз сама уважительность проявляемого Диком внимания словно вгоняла его в паралич, и разговор, прерванный им, после недолгого оцепенелого молчания продолжался без него. Он попытался вмешиваться в другие беседы, однако это походило на пожимание перчатки, из которой вынута ладонь, и в конце концов Мак-Киско, состроив кроткую мину человека, попавшего в общество малых детей, полностью сосредоточился на шампанском.

Время от времени взгляд Розмари пробегал вдоль стола, ей хотелось, чтобы всем было хорошо, — хотелось так сильно, словно за ним сидели будущие ее приемные дети. На столе изысканно светилась изнутри ваза с пряными гвоздиками, свет ее падал на полное силы, терпимости, девичьей доброжелательности лицо миссис Абрамс, разрумянившейся, но в пределах приличия, от «Вдовы Клико»; за ней сидел мистер Ройал Дамфри, девическая смазливость которого выглядела в ласковой атмосфере этого вечера менее ошеломительной. За ним — Виолетта Мак-Киско, все ее приятные качества обнажились сейчас, как горная порода, и она махнула рукой на старания приладиться к положению тени своего мужа, карьериста без карьеры.

За нею сидел Дик, обремененный грузом вялых забот, от которых он на время избавил других, с головой ушедших в устроенный им прием.

За Диком — мать Розмари, как всегда совершенная.

Затем Барбан, учтиво и непринужденно беседовавший с нею, отчего он снова понравился Розмари. Затем Николь. Розмари вдруг увидела ее по-новому и нашла одной из самых красивых женщин, каких когда-либо знала. Ее лицо, лицо святой, Мадонны викингов, светилось за тонкой пеленой пылинок, завивавшихся, словно снежинки, вокруг пламени свечей, перенимало румянец у горевших в сосняке винноцветных фонарей. Она была спокойна, как само спокойствие.

Эйб Норт рассказывал ей о своем моральном кодексе. «Конечно, он у меня есть, — уверял

Эйб, — без морального кодекса не проживешь. Мой сводится к тому, что я не одобряю сожжения ведьм. Стоит кому-нибудь сжечь ведьму, как я просто на стену лезу». Розмари знала от Брейди, что Эйб — композитор, который после блестящего, очень раннего дебюта вот уж семь лет как ничего не написал.

За ним сидел Кэмпион, сумевший каким-то образом обуздать свое режущее глаз женоподобие и даже начавший навязывать соседям что-то вроде бескорыстной материнской заботы. За ним Мэри Норт с лицом столь веселым, что невозможно было не улыбнуться в ответ, увидев ее белоснежные зубы, — таким кружком упоения обведен был ее приоткрытый рот.

И наконец, Брейди, чья прямота обращалась мало-помалу в подобие светскости, замещавшей череду беспардонных заверений в присущем ему душевном здравии и умении сберегать его, отказываясь принимать в расчет человеческую уязвимость.

Розмари, ощущавшей — совсем как ребенок из какой-нибудь скверной книжки миссис Бёрнетт[1] — животворное облегчение, казалось, что она возвращается домой после ничтожных и неприличных похождений на далекой границе. Светляки плыли к ней по темному воздуху, где-то на одном из далеких нижних уступов обрыва лаяла собака. Стол словно вознесся немного к небу, как снабженная подъемным механизмом танцевальная

---

[1] Френсис Бёрнетт (1849–1924) — американская писательница, автор сентиментальных детских книг («Маленький лорд Фаунтлерой»).

площадка, дав сидевшим за ним людям почувствовать, что они остались наедине друг с другом в темной вселенной, питаясь единственной пищей, какая в ней есть, согреваясь ее единственным светом. И Дайверы начали вдруг, — как если бы приглушенный, странный смешок миссис МакКиско сказал им, что их гости уже достигли полной отрешенности от мира, — теплеть, светиться и расширяться, словно желая вернуть им, столь умело убежденным в их значимости, столь польщенным любезностью оказанного им приема, все, что они оставили в своей далекой стране, все, по чему скучали. Всего лишь на миг создалось впечатление, что Дайверы обращаются ко всем и каждому, кто сидел за столом, заверяя их в своем расположении к ним, в привязанности. И на миг лица, повернувшиеся к ним, стали лицами бедных детей на рождественской елке. А затем это единение распалось — миг, в который гости отважно воспарили над своей веселой компанией в разреженный воздух вдохновенных чувств, миновал прежде, чем они успели непочтительно вдохнуть его, и даже прежде, чем успели хотя бы наполовину понять, куда попали.

Однако в них вошла рассеянная повсюду вокруг магия горячего, сладкого Юга — она покинула шедшую на мягких лапах ночь и призрачный плеск Средиземного моря далеко внизу и растворилась в Дайверах, став частью их существа. Розмари наблюдала за тем, как Николь убеждает ее мать принять в подарок понравившуюся той желтую туалетную сумочку, говоря: «По-моему, вещи должны принадлежать тем, кому они по душе», как сметает в нее все желтое, что смогла отыскать, — карандаш, тубус губной помады, маленькую записную книжку — «все это один набор».

Николь ушла, а вскоре Розмари обнаружила, что и Дик покинул гостей, и одни разбрелись по саду, другие стали понемногу стекаться к террасе.

— Вы не хотите, — спросила у Розмари Виолетта Мак-Киско, — заглянуть в ванную комнату?

— Только не сейчас.

— А я, — объявила миссис Мак-Киско, — хочу заглянуть в ванную комнату.

И она — женщина прямая, откровенная — направилась к дому, унося с собой свою тайну, и Розмари проводила ее неодобрительным взглядом. Эрл Брейди предложил Розмари спуститься к стенке над морем, однако она чувствовала, что для нее настало время получить свою долю Дика Дайвера, когда тот вернется, и потому осталась сидеть за столом, слушая препирательства Мак-Киско с Барбаном.

— Почему вы хотите воевать с Советами? — наскакивал на него Мак-Киско. — С величайшим экспериментом, какой поставило человечество? Есть же Риф. По-моему, в том, чтобы сражаться на правой стороне, героизма больше.

— А как вы узнаёте, какая из них правая? — сухо осведомился Барбан.

— Ну... как правило, это ясно любому разумному человеку.

— Вы коммунист?

— Я социалист, — ответил Мак-Киско. — И Россия мне симпатична.

— Ладно, а я солдат, — приятным тоном уведомил его Барбан. — Моя работа — убивать людей. Я воевал с Рифом, потому что я европеец, и воевал с коммунистами, потому что они хотят забрать мою собственность.

— Из всех узколобых объяснений... — Мак-Киско завертел головой, надеясь образовать с кем-нибудь иронический союз, но никого не нашел. Он не понимал, с чем встретился в Барбане, ничего не знал ни о простоте его идей, ни о сложности подготовки. Нет, что такое идеи, Мак-Киско, конечно, знал и по мере развития его сознания обретал способность распознавать и раскладывать по полочкам все большее их число, — однако столкнувшись с человеком, которого он счел «тупицей», в котором не обнаружил вообще никаких знакомых ему идей, но личного превосходства над ним почувствовать все же не смог, пришел к заключению, что Барбан есть конечный продукт старого мира и, как таковой, ничего не стоит. Встречи Мак-Киско с представителями высших классов Америки оставили его при впечатлении, что они — неопределенные и косные снобы, которые упиваются своим невежеством и нарочитой грубостью, перенятыми у англичан, при этом он как-то забыл, что английское филистерство и грубость были умышленными, а применялись они в стране, позволявшей неотесанным малознайкам добиваться большего, чем где бы то ни было в мире, — идея, достигшая высшего развития в «гарвардских манерах» примерно 1900 года. Вот и Барбан, решил Мак-Киско, тоже «из этих», а будучи пьяным, торопливо забыл о своей зависти к нему, — что и привело его к нынешнему неприятному положению.

Розмари испытывала смутный стыд за поведение Мак-Киско, однако сидела внешне безмятежная, но пожираемая внутренним пламенем, и ждала возвращения Дика Дайвера. Со своего места за опустевшим, если не считать Барбана, Мак-Киско и Эйба, столом она видела тропинку, шедшую вдоль зарослей папоротника и мирта к террасе, и любовалась профилем матери в освещенном проеме двери — и почти уж собралась пойти к ней, как вдруг из дома выскочила миссис Мак-Киско.

Возбуждение словно прыскало из каждой ее поры. По одному только молчанию, с которым она отодвинула от стола кресло и села, по ее широко раскрытым глазам, по немного подергивавшемуся рту все поняли, что перед ними женщина, распираемая новостями, и все уставились на нее, и вопрос ее мужа: «В чем дело, Ви?» — прозвучал совершенно естественно.

— Дорогая... — сказала она всем сразу, а затем повернулась к Розмари, — дорогая... нет, ничего. Я, право же, не могу и слова выговорить.

— Вы здесь среди друзей, — сказал Эйб.

— В общем, дорогие мои, я увидела наверху такую сцену, что...

Она умолкла, загадочно покачав головой, и очень вовремя, поскольку Томми встал из-за стола и сказал ей вежливо, но резко:

— Не советую вам распространяться о том, что происходит в этом доме.

VIII

Виолетта вздохнула — тяжело и шумно — и постаралась изменить, что далось ей не без труда, выражение лица.

Наконец появился Дик, и безошибочный инстинкт велел ему разлучить Барбана и Мак-Киско и завести с последним, изображая любознательность и полное невежество, разговор о литературе, наконец-то позволивший Мак-Киско почувствовать столь необходимое ему превосходство. Потом все, кто оказался поблизости, помогли Дику перенести в дом лампы — кому же не по душе прогулка в темноте с горящей лампой в руках, да еще и с чувством исполнения полезного дела? Розмари тоже участвовала в этом шествии, терпеливо удовлетворяя тем временем неисчерпаемое любопытство Ройала Дамфри касательно всего, относящегося к Голливуду.

«Теперь, — думала она, — я заслужила возможность какое-то время побыть с ним наедине. Он и сам должен понимать это, потому что живет по тем же законам, какие преподала мне мама».

Розмари угадала верно, спустя недолгое время Дик разлучил ее со сбившейся на террасе компанией, и они вдвоем направились от дома к стене над морем, — Розмари не столько шла, сколько совершала разномерные шаги, то подчиняясь тянувшей ее вперед руке Дика, то вспархивая, как легкий ветерок.

Оба вглядывались в Средиземное море. Далеко внизу бухту пересекал, возвращаясь на один из Леринских островов, последний прогулочный катер, плывший точно воздушный шарик, отпущенный в небо Четвертого июля. Плыл между черными островами, ласково рассекая темные волны отлива.

— Я понял, почему вы так говорите о вашей матери, — сказал Дик. — По-моему, и она замечательно к вам относится. Ей присуща мудрость того разряда, какой в Америке встречается редко.

— Мама — само совершенство, — благоговейно произнесла Розмари.

— Я переговорил с ней о возникшем у меня плане, и она сказала, что продолжительность ее и вашего пребывания во Франции зависит только от вас.

«От *тебя*», — едва не выпалила вслух Розмари.

— А поскольку здесь все заканчивается...

— Заканчивается? — переспросила она.

— Ну да, заканчивается эта часть лета. На прошлой неделе уехала сестра Николь, завтра уезжает Томми Барбан. А в понедельник — Эйб с Мэри. Быть может, попозже летом тут и будет происходить что-нибудь занятное, но нынешнему веселью приходит конец. И мне хочется, чтобы оно погибло насильственной смертью, а не угасало сентиментально, — потому я и устроил сегодняшний обед. Я вот к чему клоню — мы с Николь собираемся в Париж, проводить отбывающего в Америку Эйба Норта, ну я и подумал, может быть, и вам захочется поехать с нами.

— А что говорит мама?

— По-моему, идея моя ей понравилась. Сама она ехать туда не хочет. Ей хочется, чтобы вы отправились в Париж без нее.

— Я не видела Парижа, с тех пор как выросла, — сказала Розмари. — С удовольствием посмотрела бы на него вместе с вами.

— Вы очень любезны. — Показалось ей или в голосе Дика и вправду вдруг зазвучал металл? — Знаете, вы ведь разволновали наше воображение, едва появившись на пляже. Столько живой энергии — мы были уверены, в особенности Николь, что это у вас профессиональное. Не стоит тратить ее — ни на отдельного человека, ни на компанию.

Интуиция Розмари словно криком кричала: он понемногу отдаляется от тебя, уходит к Николь, — и она попыталась задержать его, сказав с не меньшей сдержанностью:

— Мне тоже хотелось бы узнать о вас все — особенно о вас. Я уже говорила, что полюбила вас с первого взгляда.

Это был правильный ход. Однако расстояние, отделяющее небеса от земли, остудило душу Дика, убило порыв, который заставил его привести сюда Розмари, внушило мысль о слишком очевидной привлекательности этого соблазна, о том, что не стоит играть не выученную им роль в неотрепетированной сцене.

И он попытался внушить ей желание вернуться в дом, но это было непросто, а совсем потерять Розмари ему не хотелось. Она же, услышав его добродушную шутку: «Вы сами не знаете, чего хотите. Вам лучше у мамы об этом спросить», ощутила лишь, как на нее повеяло холодком.

Розмари словно гром поразил. Она прикоснулась к Дику, и гладкая ткань его костюма показалась ей подобием ризы. Она подумала, что сейчас упадет на колени, — и решилась сказать напоследок:

— По-моему, вы самый чудесный человек, какого я знаю, — если не считать маму.

— Вы чересчур романтичны.

Смех Дика понес их, словно ветерок, к террасе, и там он сдал Розмари на руки Николь...

А очень скоро наступило время прощания, и Дайверы постарались, чтобы оно не затягивалось. В их большой «изотте» должен был ехать Томми Барбан со своим багажом, — ему предстояло провести ночь в отеле, так легче было попасть на ранний поезд, — компанию Томми составляли миссис Абрамс, чета Мак-Киско и Кэмпион. Направлявшийся в Монте-Карло Эрл Брейди предложил забросить Розмари с матерью в их отель, с ними поехал и Ройал Дамфри, для которого места в машине Дайверов не осталось. Садовые фонари еще горели вокруг стола, за которым все они обедали. Дайверы бок о бок стояли у ворот, заново расцветшая Николь одаривала своей грациозностью ночь, Дик прощался с каждым гостем отдельно, называя его по имени. Розмари казалась мучительной мысль, что она уедет, а Дайверы останутся в своем доме. И она подумала снова: что же такое увидела из ванной комнаты миссис Мак-Киско?

IX

Черная, хоть и ясная ночь свисала, будто корзина с гвоздя, с единственной тусклой звезды. Напор плотного воздуха приглушал гудочки шедшей впереди машины. Шофер Брейди предпочитал езду неспешную — хвостовые огни первой машины появлялись время от времени, когда он поворачивал вместе с дорогой, но затем исчезли совсем. Однако минут десять спустя показались снова — на обочине. Шофер Брейди притормозил немного, но тут лимузин Дайверов медленно стронулся с места. Обгоняя лимузин, они услышали горланившие в нем невнятные голоса и увидели, что водитель его ухмыляется. Потом они ехали сквозь быстро сменявшие друг друга наслоения тьмы, и в конце концов прозрачная ночь привела их по обратившейся в «русские горки» дороге к громаде госсовского отеля.

Часа три Розмари продремала, а после лежала без сна в гамаке лунного света. Окутанная эротическим сумраком, она перебирала в голове различные возможности, способные привести к поцелую, но вскоре исчерпала все — да и сам поцелуй получался у нее каким-то расплывчатым, киношным. Она вертелась с боку на бок, — то была первая в ее жизни бессонница, — и старалась представить, как взялась бы за разрешение ее сложностей мама. При этом она не раз и не два выходила далеко за пределы собственного опыта, вспоминая обрывки давних, слышанных ею вполуха разговоров.

Розмари росла с мыслью о труде. Миссис Спирс расходовала скудные средства, оставленные ей мужьями, на образование дочери, а когда та в шестнадцать лет расцвела, — чего стоили одни только волосы, — отвезла ее в Экс-ле-Бен и без какой бы то ни было предварительной договоренности привела в номер отеля, где приходил в себя после болезни американский продюсер. И когда продюсер поехал в Нью-Йорк, они поехали с ним. Так Розмари сдала вступительный экзамен. Потом — обещавший относительный достаток успех — и этой ночью миссис Спирс сочла себя вправе тактично объясниться с дочерью:

— Ты воспитана для труда — не для одного лишь замужества. Теперь тебе подвернулся первый орешек, который придется разгрызть, и это хороший орешек — так действуй и откладывай все, что с тобой случится, в копилку твоего опыта. Сделай больно себе или ему — что бы ни случилось, оно тебя не разорит, потому что, экономически говоря, ты не девушка, а молодой мужчина.

Размышлять помногу Розмари не привыкла — разве что о безграничных достоинствах своей матери, — и потому этот окончательный обрыв пуповины лишил ее сна. Зодиакальный свет словно давил на высокие французские окна, и Розмари встала и вышла, чтобы согреть босые ступни, на террасу. Воздух пронизывали загадочные звуки; в кроне дерева, что стояло у теннисного корта, некая упорная птичка одерживала один порочный триумф за другим; с закругленной подъездной дорожки за отелем доносились чьи-то шаги, звучание которых определялось сначала пыльной дорогой, затем щебенкой, затем бетонными ступенями, а после все повторилось в обратном порядке, и шаги удалились. В далекой высоте проступала над чернильным морем черная тень холма, на котором жили Дайверы. Розмари подумала, что сейчас они там вдвоем, и словно услышала, как они все еще поют еле слышную песню, похожую на встающий в небо дым, на гимн, такой далекий от нее во времени и пространстве. Дети их спят, калитка заперта на ночь.

Она возвратилась в номер, набросила легкий халат, вставила ступни в эспадрильи и снова вышла через окно и пошла по непрерывающейся террасе к главной двери отеля — быстро, поскольку чувствовала, минуя чужие окна, наплывы истекающего из них сна. И остановилась, увидев сидевшего на широких белых ступенях парадной лестницы человека, и вскоре поняла — это Луи Кэмпион, да еще и плачущий.

Плакал он тихо, но истово, и тело его подрагивало в точности там, где подрагивает у плачущей женщины. Розмари поневоле вспомнила сцену, сыгранную ею в прошлом году, и спустившись по ступеням, тронула его за плечо. Кэмпион тихо взвизгнул, но тут же ее и узнал.

— Что с вами стряслось? — Взгляд Розмари был спокоен, добр и не впивался в него с жестоким любопытством. — Я могу вам помочь?

— Мне никто не может помочь. Я всегда это знал. И винить мне, кроме себя, некого. Вечно одно и то же.

— Так что случилось — вы не хотите мне рассказать?

Кэмпион посмотрел на нее, подумал.

— Нет, — решительно произнес он. — Станете постарше, узнаете, какие страдания причиняет людям любовь. Какие муки. Лучше быть юным и холодным, чем любить. Со мной это и раньше случалось, но такого еще не бывало — такой внезапности, — а ведь как хорошо все складывалось.

Физиономия его выглядела в разгоравшемся свете кошмарно. Ни единым движением лица или малейшей мышцы она не выдала внезапно охватившего ее отвращения. Однако обладавший тонким чутьем Кэмпион уловил его и резко сменил тему.

— Тут где-то должен быть Эйб Норт.

— Как это? Он же у Дайверов живет!

— Живет, но ему пришлось... вы разве не знаете, что случилось?

Неожиданно двумя этажами выше их распахнулась ставня и несомненно английский голос рявкнул:

— *Будьте любезны, умолкните!*

Розмари и Луи Кэмпион покорно спустились по ступенькам и направились к скамейке, врытой на дорожке, ведшей к пляжу.

— Так вы ничего не знаете? Дорогая моя, произошло нечто из ряда вон... — Он понемногу оживлялся, готовясь сообщить сногсшибательную новость. — В жизни не видел, чтобы все так вдруг... я всегда сторонился людей, склонных к насилию... встречи с ними на несколько дней укладывают меня в постель.

В глазах его уже блистало торжество. Розмари решительно не понимала, о чем он толкует.

— Дорогая моя, — выпалил он и коснулся ее бедра, сразу склонившись к ней всем телом, дабы показать, что прикосновение это не было с его стороны безответственной предприимчивостью — к Кэмпиону определенно возвращалась уверенность в себе. — Нас ожидает дуэль!

— Что-о?

— Дуэль на... на чем, пока не знаю.

— Между кем и кем?

— Давайте я вам все с самого начала расскажу. — Кэмпион набрал полную грудь воздуха и начал таким тоном, точно виновата во всем была она, однако он готов закрыть на это глаза. — Конечно, вы ехали в другом автомобиле. Что же, в определенном смысле вам повезло... Мне это обошлось в два года жизни, самое малое, — так неожиданно все случилось.

— Да что же произошло-то? — требовательно спросила она.

— Не знаю, с чего и начать. Сначала она принялась рассказывать...

— Кто?

— Виолетта Мак-Киско, — он понизил голос, словно не желая, чтобы его услышали прятавшиеся под скамейкой люди. — Только Дайверам ни-ни, потому что каждому, кто хоть слово им скажет, он грозился...

— Кто — он?

— Томми Барбан, так что вы уж не выдавайте меня. Никто из нас не понял ни слова из того, что пыталась рассказать Виолетта, потому что он все время перебивал ее, а потом вмешался муж, и вот пожалуйста, дорогая моя, — дуэль. Нынче утром, в пять, всего час остался. — Кэмпион вздохнул, внезапно вспомнив о собственных горестях. — Мне почти что *хочется* оказаться на его месте. Ну убьют меня, ну и пусть, все равно моя жизнь бессмысленна.

Он умолк и принялся в печали раскачиваться взад-вперед.

Вверху снова распахнулся чугунный ставень, и английский голос потребовал:

— *Нет, ну ей-богу, прекратите сию же минуту!*

И в тот же миг из отеля вышел явно расстроенный чем-то Эйб Норт и увидел на фоне белевшего над морем неба их силуэты. Розмари, не дав ему открыть рот, предостерегающе покачала головой, все трое прошлись по дорожке к следующей скамье. Только там Розмари заметила, что Эйб немного под мухой.

— А *вы-то* почему не спите? — спросил он.

— Да просто проснулась, — она чуть не засмеялась, но, вспомнив о голосе свыше, сдержалась.

— Соловей допек, — догадался Эйб и сразу поправился: — наверное. Ну что, этот распорядитель кружка кройки и шитья уже поведал вам о случившемся?

Кэмпион с достоинством произнес:

— Я знаю только то, что слышал своими ушами.

После чего встал и торопливо удалился. Эйб остался с Розмари.

— Почему вы с ним так неласковы?

— Я? — удивился Эйб. — Да он тут полночи слезу точил.

— Ну, может быть, у него горе какое-то.

— Может быть, может быть.

— Так что за дуэль? Между кем и кем? Мне сразу показалось, что у них в машине что-то неладно. Это правда?

— Полоумие полное, но правда.

X

— Скандал разразился, как раз когда автомобиль Эрла Брейди проезжал мимо остановившейся у обочины машины Дайверов, — так начал Эйб свой беспристрастный рассказ об этой переполненной людьми и событиями ночи, — Виолетта Мак-Киско надумала поведать миссис Абрамс то, что она узнала о Дайверах, — поднявшись на второй этаж их дома. Виолетта увидела там нечто, сильно ее поразившее. Однако Томми неколебимо стоял на страже дайверовских интересов. Конечно, она, Виолетта, особа вздорная и опасная, но это — вопрос личного отношения к ней, Дайверы же, как целое, имели для их друзей значение куда более серьезное, чем многие из них полагали. Естественно, это требовало от друзей определенных жертв — временами Дайверы кажутся всем не более чем чарующей балетной парой, недостойной внимания, превышающего то, какое мы уделяем сцене, и все-таки в отношении к ним присутствует нечто большее — у людей, знающих их историю. Так или иначе, Томми был одним из тех, кому Дик доверил заботу о спокойствии Николь, и когда миссис Мак-Киско позволила себе намекнуть на ее прошлое, отнесся к этому неодобрительно. И сказал:

— Миссис Мак-Киско, будьте любезны, не говорите ничего о миссис Дайвер.

— Я не с вами разговариваю, — огрызнулась она.

— Я полагаю, что вам лучше оставить Дайверов в покое.

— Они что, неприкосновенны?

— Оставьте их в покое. Найдите другую тему для разговора.

Он сидел рядом с Кэмпионом, на откидном сиденьице. Мне все это Кэмпион рассказал.

— А чего это вы тут раскомандовались? — поинтересовалась Виолетта.

Сами знаете, что такое разговоры, ведущиеся поздней ночью в машине, — одни бормочут что-то, другие, изнуренные вечеринкой, их не слушают, или дремлют, или просто томятся скукой. Так вот, некоторые из тех, кто ехал в машине Дайверов, поняли, что происходит, лишь когда машина остановилась и Барбан проревел громовым, перепугавшим всех голосом, каким только кавалерию на помощь призывать:

— Если вам угодно, выйдите здесь, — до отеля не больше мили, дойдете и пешком, а нет — так я вас как-нибудь доволоку. *Заткните вашей жене рот, Мак-Киско!*

— Вы грубиян, — ответил Мак-Киско. — Знаете, что вы сильнее меня. Да только я вас не боюсь, и если бы у нас существовал дуэльный кодекс...

Вот это было его ошибкой, потому что Томми — француз как-никак — потянулся к нему и ударил его по щеке, и шофер сразу стронул машину с места. Тогда-то вы мимо них и проехали. Женщины завопили. Так они в отель и прибыли.

Томми телефонировал в Канны знакомому, подрядил его в секунданты, Мак-Киско заявил, что видеть Кэмпиона в секундантах не желает, — да тот, собственно говоря, не очень-то и навязывался, и потому позвонил мне, ничего, правда не сказав, лишь попросив немедленно приехать.

Виолетта Мак-Киско грохнулась в обморок, миссис Абрамс привела ее в чувство, оттащила в свой номер, напоила бромом и уложила в постель. Добравшись сюда, я попытался урезонить Томми, но тот и слышать ни о чем, кроме извинений, не желал, а пьяный Мак-Киско извиняться не собирался.

Когда Эйб закончил, Розмари, подумав немного, спросила:

— Дайверы знают об этом?

— Нет, и не должны узнать. Чертов Кэмпион не имел права рассказывать вам что-либо, но раз уж рассказал... шоферу я объяснил, что, если он хотя бы рот раскроет, ему придется познакомиться с моей музыкальной пилой. Это мужская ссора, — впрочем, Томми давно уж не терпится повоевать.

— Надеюсь, Дайверы ничего и не узнают, — сказала Розмари.

Эйб посмотрел на часы.

— Я собираюсь подняться наверх, поговорить с Мак-Киско, — хотите составить мне компанию? — а то ему кажется, что у него совсем друзей не осталось. Уверен, он не спит.

Розмари представила себе отчаянное ночное бдение этого нервозного, расхлябанного человека. И, поколебавшись между жалостью и неприязнью, приняла предложение Эйба и поднялась с ним, пышущая утренней бодростью, наверх.

Мак-Киско сидел на кровати, пьяноватая воинственность его испарилась, хоть он и держал в руке бокал с шампанским. Выглядел он крошечным, злым, смертельно бледным. Не приходилось сомневаться, что он всю ночь пил и писал. Растерянно взглянув на Эйба и Розмари, он спросил:

— Что, уже пора?

— Нет, еще полчаса осталось.

Стол покрывали листы писчей бумаги — длинное, не без затруднений составленное письмо; последние страницы его были исписаны крупным, но почти неразборчивым почерком. В нежном, выцветавшем свете электрических ламп Мак-Киско нацарапал внизу свое имя, запихал листы, смяв их, в конверт и протянул его Эйбу:

— Это жене.

— Вы бы сунули голову под струю холодной воды, — предложил Эйб.

— Думаете, поможет? — с сомнением спросил Мак-Киско. — Да и совсем протрезветь мне как-то не хочется.

— Ну, пока на вас и смотреть-то страшно.

Мак-Киско послушно удалился в ванную комнату.

— Я оставляю все в жутком беспорядке, — сообщил он оттуда. — Даже не знаю, как Виолетте удастся вернуться в Америку. Страховки у меня нет. Я так и не собрался обзавестись ею.

— Перестаньте глупости говорить. Через час вы будете сидеть здесь и завтракать.

— Конечно, я знаю. — Он вышел с мокрой головой из ванной комнаты и уставился на Розмари так, точно увидел ее впервые в жизни. Внезапно глаза его наполнились слезами. — И романа я не закончил. Так обидно. Я вам не нравлюсь, — сказал он Розмари, — ну да что тут поделаешь. Я человек по преимуществу литературный, — он издал какой-то вялый, унылый звук, беспомощно покачал головой. — Столько ошибок совершил в жизни — не сосчитать. А ведь был когда-то из самых выдающихся — в определенном смысле...

Тема эта утомила его, и он ее бросил и попытался затянуться погасшей сигаретой.

— Нравиться-то вы мне нравитесь, — сказала Розмари, — но я не думаю, что вам стоит драться на дуэли.

— Да, надо было отлупить его, но чего уж теперь. Я позволил втянуть себя в историю, которая мне не к лицу. У меня, знаете ли, нрав очень вспыльчивый... — Он наставил на Эйба пристальный взгляд, словно ожидая от него возражений. А затем с испуганным смешком снова поднял к губам погасший окурок. Дыхание его участилось. — Вся беда в том, что дуэль-то я сам предложил, — если бы Виолетта заткнулась, я бы все уладил. Конечно, я и сейчас могу просто-напросто уехать или сидеть здесь, смеясь над этой глупостью, да только не думаю, что Виолетта смогла бы тогда сохранить уважение ко мне.

— Конечно, смогла бы, — сказала Розмари, — еще и большее, чем сейчас.

— Нет, вы ее не знаете. Стоит дать ей преимущество перед вами, и с ней становится так трудно. Мы женаты двенадцать лет, у нас была дочь, она умерла семилетней, а после такого сами знаете, что бывает. Мы оба немного пошаливали на стороне, ничего серьезного, однако это разделяет людей, — и сегодня ночью она назвала меня трусом.

Розмари испугалась, но промолчала.

— Ладно, постараемся обойтись без серьезных последствий, — сказал Эйб и открыл принесенную им с собой кожаную шкатулку. — Вот дуэльные пистолеты Барбана, я прихватил их, чтобы вы с ними освоились. Он возит их с собой в чемодане.

Эйб взвесил архаическое оружие на ладони. Розмари испуганно вскрикнула, Мак-Киско тревожно вгляделся в пистолеты.

— Ну, хотя бы дырявить друг друга из «сорок пятого» нам не придется, — сказал он.

— Не знаю, — отозвался жестокий Эйб. — Предполагается, что чем длиннее дуло, тем вернее прицел.

— А что насчет расстояния? — спросил Мак-Киско.

— Я тоже этим поинтересовался. Если одна из сторон желает смерти другой, они стреляются на восьми шагах, если готова довольствоваться простой раной — на двадцати, ну а когда дело идет лишь о защите чести — на сорок. Я с его секундантом о сорока и договорился.

— Это хорошо.

— В романе Пушкина, — припомнил Эйб, — описана замечательная дуэль. Противники стояли на краю пропасти, и если один попадал в другого, тому неминуемо приходил конец.

Мак-Киско это определенно показалось слишком несовременным и умозрительным — он вытаращил глаза и переспросил:

— Как это?

— Вы не хотите окунуться в море, освежиться немного?

— Нет... нет, я и плавать-то как следует не умею. — Мак-Киско вздохнул и беспомощно признался: — Не понимаю, к чему все это. И почему я в это влез.

То был первый по-настоящему серьезный поступок его жизни. В сущности, Мак-Киско принадлежал к тем, для кого чувственного мира попросту не существует, и, столкнувшись лицом к лицу с конкретным его проявлением, он испытал непомерное удивление.

— В общем-то, пора идти, — сказал Эйб, поняв, что Мак-Киско совсем раскис.

— Ладно, — тот глотнул из фляжки, сунул ее в карман и спросил не без свирепости: — А что будет, если я его убью, — меня в тюрьму посадят?

— Я помогу вам бежать через итальянскую границу.

Мак-Киско взглянул в лицо Розмари и, словно извиняясь, сказал Эйбу:

— Перед тем как мы поедем, мне нужно поговорить с вами с глазу на глаз.

— Надеюсь, никто из вас не пострадает, — сказала Розмари. — По-моему, вы совершаете страшную глупость — постарайтесь все-таки обойтись без нее.

XI

Внизу, в пустом вестибюле, она увидела Кэмпиона.

— Я заметил, вы наверх поднимались! — возбужденно воскликнул он. — Как там? Когда дуэль?

— Не знаю.

Ей не понравилось, что Кэмпион говорит о дуэли как о цирковом представлении с Мак-Киско в роли печального клоуна.

— Поедете со мной? — спросил он тоном человека, предлагающего хорошие места в партере. — Я нанял отельную машину.

— Нет, не хочу.

— Почему? Думаю, мне это обойдется в несколько лет жизни, но я не обменял бы такое событие ни на какие рассказы о нем. Мы на все издали посмотрим.

— Возьмите с собой Дамфри.

Монокль выпал из глазницы Кэмпиона, и, поскольку усы, в которых могло бы укрыться стеклышко, на сей раз отсутствовали, Кэмпион вернул его назад.

— Я его знать больше не желаю.

— Что же, боюсь, я с вами поехать не смогу. Это не понравится маме.

Как только Розмари вошла в свою спальню, миссис Спирс повернулась в постели и окликнула ее:

— Ты где была?

— Не смогла заснуть. Спи, мама.

— Иди сюда.

Розмари, услышав, как она садится, вошла в ее спальню и рассказала о том, что происходит.

— Почему бы тебе я вправду не поехать не посмотреть? — спросила миссис Спирс. — Близко к ним тебе подходить не придется, но ведь после кому-то может потребоваться твоя помощь.

Розмари представила себя в роли зрительницы, картина эта не понравилась ей, она попыталась возразить матери, однако сознание миссис Спирс было еще затуманено сном, к тому же она хорошо помнила пору, когда была женой врача, и помнила, как мужа вызывали ночами к умирающим и к людям, попавшим в беду.

— Нужно, чтобы ты сама решала, куда тебе пойти и как поступить, а обо мне не думала, — к тому же, снимаясь у Рэйни в рекламе, ты делала вещи и потруднее.

Розмари все равно не понимала, зачем ей ехать на место дуэли, но подчинилась уверенному, ясному голосу, который когда-то направил ее, двенадцатилетнюю, в служебную дверь парижского «Одеона», а после встретил у той же двери.

Выйдя на крыльцо отеля, она увидела увозившую Эйба и Мак-Киско машину и решила, что ей все же удалось отвертеться, но тут из-за угла показалась вторая. Упоенно попискивая, Луи Кэмпион втянул Розмари в дверцу и усадил рядом с собой.

— Я спрятался там, потому что они могли запретить нам ехать за ними. Видите, я даже кинокамеру прихватил.

Розмари беспомощно усмехнулась. Он был ужасен настолько, что уже и ужасным-то не казался, а просто не походил на человека.

— Интересно, почему миссис Мак-Киско не любит Дайверов? — спросила она. — Они были с ней так любезны.

— Дело не в этом. Она что-то увидела. Но что именно, мы из-за Барбана так и не узнали.

— А, выходит, вас огорчил не ее рассказ.

— О нет, — дрогнувшим голосом ответил Кэмпион, — просто когда мы вернулись в отель, произошло кое-что еще. Но теперь мне все равно — я умыл руки, раз и навсегда.

Они ехали за первым, шедшим вдоль моря автомобилем на восток и миновали Жуан-ле-Пен, посреди которого подрастал скелет нового казино. Был уже пятый час, под голубовато-серым небом, тарахтя, уходили в серовато-зеленое море первые рыбачьи лодки. И вот передняя машина свернула от моря в глубь безлюдной местности.

— Поле для гольфа! — воскликнул Кэмпион. — Я так и знал.

Он был прав. Когда машина Эйба остановилась, небо на востоке уже окрасилось в обещавшие знойный день красные с желтым тона. Велев водителю заехать в сосновую рощу, Кэмпион и Розмари обогнули, не покидая ее, выцветшее гладкое поле, по которому прохаживались вперед-назад Эйб с Мак-Киско, — последний время от времени вздергивал кверху голову, точно принюхивающийся кролик. В конце концов у дальней лунки показались двое, в которых наблюдатели признали Барбана и его французского секунданта — последний нес под мышкой футляр для пистолетов.

Вмиг оробев, Мак-Киско отступил за спину Эйба и надолго приложился к горлышку фляжки. Потом обогнул, закашлявшись, Эйба и направился прямиком к противникам, однако Эйб остановил его и пошел к ним сам, чтобы переговорить с французом. Солнце уже поднялось над горизонтом.

Кэмпион вцепился в руку Розмари.

— Не могу, — почти неслышно проскулил он. — Это уже слишком. Это обойдется мне в...

— Пустите, — бесцеремонно приказала Розмари. И зашептала по-французски отчаянную молитву.

Дуэлянты стояли лицом к лицу, правый рукав рубашки Барбана был засучен. Глаза его тревожно поблескивали под солнцем, но движение, которым он вытер о штанину ладонь, было неторопливым. Мак-Киско, которого бренди обратило в бесшабашного храбреца, сложил губы так, точно надумал посвистеть, и стоял, равнодушно задрав длинный нос в небо, пока к нему не вернулся с носовым платком в руке Эйб. Француз глядел в сторону. Розмари затаила дыхание и стиснула зубы, ей было страшно жалко Мак-Киско, а Барбана она ненавидела.

— Один — два — три! — звенящим голосом отсчитал Эйб.

Они выстрелили одновременно. Мак-Киско покачнулся, но устоял. Оба промахнулись.

— Все, довольно! — крикнул Эйб.

Участники дуэли сошлись в кучку, все вопросительно смотрели на Барбана.

— Я не считаю себя удовлетворенным.

— Что? — нетерпеливо спросил Эйб. — Разумеется, вы удовлетворены. Просто еще не поняли это.

— Ваш подопечный не желает стреляться дальше?

— Вы дьявольски правы, Томми. Вы настаивали на дуэли, мой клиент пошел вам навстречу.

Томми презрительно усмехнулся.

— Расстояние было просто нелепым, — сказал он. — Я непривычен к подобным фарсам, а вашему клиенту следует помнить, что он не в Америке.

— Америка тут решительно ни при чем, — резко ответил Эйб. И добавил примирительно: — Все это зашло слишком далеко, Томми.

Последовали недолгие переговоры, затем Барбан кивнул Эйбу и холодно поклонился своему недавнему противнику.

— Пожимать друг другу руки они не будут? — спросил француз.

— Они уже знакомы, — ответил Эйб. И сказал Мак-Киско: — Пошли, пора возвращаться.

Они повернулись к машине Эйба, и Мак-Киско, внезапно возликовав, схватил его за руку.

— Минуту! — спохватился Эйб. — Нужно вернуть пистолет Томми. Вдруг он ему снова понадобится.

Мак-Киско протянул Эйбу пистолет и грубо сказал:

— Черт с ним. Скажите ему, что он может...

— Сказать, что вы хотите продолжить дуэль?

— Нет уж, хватит, — выкрикнул Мак-Киско. — Я и так хорошо себя показал, верно? Не струсил.

— Вы были здорово пьяны, — напрямик сказал Эйб.

— Ничего подобного.

— Ну, ничего так ничего.

— Да и какая разница — был, не был?

Самоуверенности в нем все прибавлялось, и на Эйба он смотрел уже возмущенно.

— Какая разница? — повторил он.

— Если вы ее не видите, не о чем и говорить.

— Вы разве не знаете, что во время войны вообще никто не просыхал?

— Ладно, оставим это.

Однако эпизод еще не завершился. Услышав нагоняющие их поспешные шаги, они обернулись и увидели врача.

— *Pardon, Messieurs*, — отдуваясь, произнес он. — *Voulez-vous régler mes honorairies? Naturellement c'est pour soins médicaux seulement. M. Barban n'a qu'un billet de mille et ne peut pas les régler et l'autre a laissé son porte-monnaie chez lui*[1].

— Вот в чем на француза всегда можно положиться, — сказал Эйб и затем доктору: — *Combien?*[2]

— Давайте я заплачу, — предложил Мак-Киско.

— Нет-нет, я при деньгах. А опасности мы все подвергались одинаковой.

Эйб расплатился с врачом, а Мак-Киско тем временем метнулся в кусты, и там его вырвало. После чего он, побледневший еще пуще прежнего, засеменил сквозь розовеющий утренний воздух вслед за Эйбом к машине.

Кэмпион, отдуваясь, лежал навзничь в зарослях — единственная жертва дуэли, — а Розмари, на которую вдруг напал истерический смех, пинала и пинала его обутой в эспадрилью ступней. Она не остановилась, пока Кэмпион не поднялся на ноги, — сейчас для нее было важным только одно: пройдет несколько часов, и она увидит на пляже человека, которого все еще называла про себя «Дайверами».

XII

Ожидая Николь, они сидели вшестером в «Вуазене»: Розмари, Норты, Дик Дайвер и двое молодых французских музыкантов. Сидели и вгляды-

---

[1] Прошу прощения, господа. Не могу ли я получить мой гонорар? Натурально, лишь за медицинскую помощь. Господин Барбан рассчитаться не может, у него с собой только купюра в тысячу франков, а другой господин оставил бумажник дома (*фр.*).

[2] Сколько? (*фр.*).

вались в других посетителей ресторана, пытаясь определить, владеют ли те умением непринужденно вести себя на людях. Дик заявил, что ни одному американцу, кроме него, таковое не присуще, вот они и искали пример, опровергающий это утверждение. Пока что положение их казалось безнадежным — никто из входивших в ресторан не выдерживал и десяти минут без того, чтобы не поднять руку к лицу.

— Не стоило нам отказываться от навощенных усов, — сказал Эйб. — Конечно, Дик не *единственный* раскованный человек...

— Разумеется, единственный.

— ...но, возможно, он единственный, кто бывает таким в трезвом виде.

Вошел хорошо одетый американец с двумя женщинами, — мигом усевшись за столик, они непринужденно и естественно заозирались по сторонам. Американец же внезапно заметил, что за ним наблюдают, и рука его судорожно дернулась вверх, дабы разгладить несуществующую складку на галстуке. В другой компании, стоявшей в ожидании столика, присутствовал мужчина, непрерывно похлопывавший себя ладонью по гладко выбритой щеке, а его собеседник то и дело машинально поднимал ко рту и опускал наполовину выкуренную, погасшую сигару. Одни, более удачливые, поправляли очки или теребили свою лицевую растительность, другие же, лишенные и тех и другой, проводили пальцами по своим безусым губам, а то и безнадежно подергивали себя за мочки ушей.

Появился прославленный генерал, и Эйб, положившись на первый год, проведенный стариком в Вест-Пойнте, — год, до истечения которого ни один кадет не вправе подать в отставку и от которого никто из них никогда не оправляется, — предложил Дику пари на пять долларов.

Генерал стоял, ожидая, когда для него отыщут место, руки его свободно свисали по сторонам тела. Неожиданно он отвел их назад, словно собираясь спрыгнуть в воду, и Дик сказал: «Ага!», полагая, что генерал утратил самообладание, однако тот мигом пришел в себя, и все снова затаили дыхание — впрочем, мучения их подходили к концу, гарсон уже отодвигал для генерала кресло...

И тут старого воина что-то прогневало, и правая рука его взлетела вверх, чтобы проехаться по безупречно подстриженной седой голове.

— Вот видите, — самодовольно произнсс Дик. — Я — единственный.

Собственно говоря, Розмари в этом и не сомневалась. Дик, понимавший, что лучшей аудитории у него никогда не было, так веселил их компанию, что Розмари проникалась нетерпеливым неуважением ко всем, кто не сидел за их столиком. Они провели в Париже два дня, но мысленно так и остались под пляжным зонтом. Когда, как прошлой ночью, на балу в Пажеском корпусе, происходившее вокруг начинало пугать Розмари, которой только еще предстояло побывать на голливудском «Мэйферовском приеме», Дик приводил ее в чувство, начиная здороваться с окружающими, — не без разбора, ибо круг знакомых был у Дайверов, по всему судя, обширный. Неизменно оказывалось, что человек, к которому Дик обращался, не видел их невесть какое долгое время и встреча с ними его бесконечно радовала: «Бог ты мой, где же вы *прятались?*» — после чего Дайвер возвращался, восстанавливая ее единство, к своей компании, мягко, но навсегда отваживая каким-нибудь ироническим *coup de grâce*[1] пытавшихся пролезть в нее чужаков. И Розмари начинало казаться, что она знала этих чужаков в каком-то достойном сожаления прошлом, но, сойдясь с ними поближе, отвергла их, сбросила со счетов.

Компания была поразительно американской, а временами и вовсе не американской. Дик возвращал тем, кто входил в нее, их самих, прежних, еще не замаранных многолетними компромиссами.

Николь появилась в темном, дымном, пропахшем расставленной по буфетной стойке жирной сырой едой ресторане, похожая в ее небесно-голубом костюме на заблудившийся кусочек стоявшей снаружи погоды. Поняв по глазам ожидавших ее, что она прекрасна, Николь поблагодарила их лучезарной улыбкой признательности. Поначалу они были очень милы, обходительны и все такое. Затем это их утомило, и они стали забавно язвительными, а устав и от этого, принялись строить планы, множество планов. Они смеялись над чем-то (и не могли потом точно вспомнить, над чем) — смеялись долго, мужчины успели прикончить три бутылки вина. Троица сидевших за столом женщин представляла великие и вечные изменения американской жизни. Николь приходилась внучкой и поднявшемуся из низов американскому капиталисту, и графу из рода Липпе-Вайссенфельд.

---

[1] Смертельный, решающий удар (*фр.*).

Мэри Норт была дочерью мастера-обойщика, но среди ее предков числился и президент Тайлер. Розмари, происходившую из самой середки среднего класса, забросила на никем пока не исследованные вершины Голливуда ее мать. Их сходство друг с дружкой и отличие от столь многих женщин Америки состояло в том, что они были счастливы жить в мире, созданном мужчинами, — каждая сберегала свою индивидуальность с помощью мужчины, а не в противоборстве с ними. Каждая могла стать и прекрасной куртизанкой, и прекрасной женой — и не по случайности рождения, а по случайности еще большей: вследствие встречи или невстречи — со своим мужчиной.

Итак, Розмари находила приятным и это общество, и этот завтрак, тем более что людей за столом было семеро, а это — почти предельный размер хорошей компании. Возможно, и то, что она была человеком в их мире новым, действовало на них как катализатор, помогавший отбросить давние сомнения, питаемые ими насчет друг друга. Когда все поднялись из-за стола, гарсон направил Розмари в темное нутро, имеющееся у каждого французского ресторана; там она полистала под тусклой оранжевой лампочкой телефонную книгу и позвонила в компанию «Франко-американские фильмы». Да, конечно, у них имеется копия «Папенькиной дочки» — сейчас она на руках, но под конец недели они смогут устроить для нее просмотр на улице Святых Ангелов, дом 341, — ей нужно будет спросить мистера Краудера.

Накрывавший телефон колпак висел, собственно говоря, на тыльной стене гардероба, и, повесив трубку, Розмари услышала футах в пяти от себя, за рядом плащей на плечиках, два негромких голоса.

— ...так ты любишь меня?
— О *да*!

Это была Николь. Розмари замерла под колпаком, не решаясь выйти, — и тут прозвучал голос Дика:

— Я так хочу тебя — поедем сейчас в отель.

Николь тихо, прерывисто вздохнула. Смысл этих слов дошел до Розмари не сразу, но хватило и интонации, от бесконечной доверительности которой ее проняла дрожь.

— Хочу тебя.
— Я вернусь в отель к четырем.

Розмари стояла не дыша, слушая удалявшиеся голоса. Поначалу она даже изумилась, ибо считала Дайверов — в том, что касалось их отношений друг с другом, — людьми, лишенными личных потребностей, может быть, даже холодными. Потом ее окатил мощный поток эмоций, сложных, но неуяснимых. Она не понимала, влекли ее произнесенные Диком слова или отталкивали, понимала лишь, что задели за живое, и сильно. Возвращаясь в зал ресторана, она ощущала страшное одиночество, и все же вернуться туда следовало, в голове ее словно звучало эхо страстной благодарности, с которой Николь произнесла: «О *да*!» Точный настрой разговора, свидетельницей которого она стала, ей только еще предстояло уразуметь, однако, сколь ни далека от него была Розмари, сама душа ее говорила, что ничего дурного в нем нет, — она не испытывала отвращения, нападавшего на нее, когда ей приходилось разыгрывать на съемках некоторые любовные сцены.

Далека или не далека, однако она стала участницей происходившего, и этого уже не отменишь, и переходя с Николь из магазина в магазин, Розмари думала о назначенном свидании куда больше, чем сама Николь. Теперь Розмари смотрела на нее другими глазами, оценивала ее прелести заново. Конечно, Николь была самой привлекательной женщиной, какую Розмари когда-либо знала, — с ее твердостью, преданностью и верностью, с некоторой уклончивостью, которую Розмари, унаследовавшая от матери представления среднего класса, связывала с отношением Николь к деньгам. Сама Розмари тратила деньги, которые заработала, — она и в Европе-то оказалась потому, что в тот январский день шесть раз бросалась в бассейн, пока температура ее ползла от утренних 99° до 103°, на которых мама прервала это занятие.

С помощью Николь она купила на эти деньги два платья, две шляпки и четыре пары туфелек. Николь производила покупки, заглядывая в длинный, занимавший два листа бумаги список — впрочем, она не отказывала себе и в том, что попадалось ей на глаза в витринах. Нравившиеся, но не нужные ей вещи она покупала в подарок кому-нибудь из друзей. Она купила цветные бусы, складные пляжные матрасики, искусственные цветы, мед, кровать для гостей, сумки, шарфы, попугаев-неразлучников, утварь для кукольного домика и три ярда новой ткани креветочного цвета. Купила дюжину купальных костюмов, каучукового аллигатора, дорожные шахматы из золота и слоновой кости, большие льняные носовые платки для Эйба, два замшевых жакета от «Эрме» — один синий, как зимородок, другой цвета неопалимой купины, — все это приобреталось отнюдь не так, как приобретает белье и драгоценности куртизанка высокого полета, для которой они суть профессиональная экипировка и страховка на будущее, но из соображений совершенно иных. Николь была продуктом высокой изобретательности и тяжкого труда. Это для нее поезда, выходя из Чикаго, прорезали округлое чрево континента, чтобы попасть в Калифорнию; дымили фабрики жевательной резинки, и все длиннее становились конвейеры; рабочие смешивали в чанах зубную пасту и разливали по медным бочкам зубной эликсир; девушки быстро раскладывали в августе помидоры по консервным банкам, а в канун Рождества переругивались с покупателями в дешевых магазинах; метисы надрывались на бразильских кофейных плантациях, а изобретатели, пробившись в патентные бюро, узнавали, что их придумки уже использованы в новых тракторах, — и это были лишь немногие из тех, кого Николь облагала оброком: вся система, продвигаясь, шатко и с грохотом, вперед, давала Николь возможность лихорадочно предаваться таким ее обыкновениям, как залихватские закупки, и лицо ее румянилось от прилива крови — совсем как у пожарника, не покидающего свой пост, хоть на него и наползает стена огня. Она была иллюстрацией очень простых принципов, в самой себе содержащей свою роковую судьбу, и иллюстрацией настолько точной, что в исполняемой ею процедуре ощущалась грация, и Розмари решила попробовать когда-нибудь повторить ее.

Было почти четыре. Николь стояла с попугайчиком на плече посреди магазина — на нее напала, что случалось не часто, говорливость.

— Ну, а что было бы, не ныряй вы тогда в бассейн? Я иногда размышляю о подобных вещах. Знаете, перед самой войной — и перед самой смертью мамы — мы приехали в Берлин, мне было тогда тринадцать. Сестра собиралась на бал при Дворе, в ее бальной книжечке значились имена трех наследных принцев, это ей гофмейстер устроил. За полчаса до поездки туда у нее сильно закололо в боку, подскочила температура. Доктор сказал, что это аппендицит, что ей нужна операция. Но у мамы были свои планы: Бэйби, так зовут мою сестру, привязали под вечернее платье пузырь со льдом, и она отправилась на бал и протанцевала до двух. А в семь утра ее прооперировали.

Выходит, жестоким быть хорошо; все приятные люди жестоки к себе. Но уже пробило четыре, и Розмари все думала о Дике, ожидающем Николь в отеле. Она должна ехать туда, не должна заставлять его ждать. «Ну почему ты не едешь?» — думала Розмари, а затем вдруг: «Если тебе не хочется, давай я поеду». Однако Николь зашла еще в один магазин, чтобы купить им обоим по лифчику и отправить один Мэри Норт. И лишь выйдя оттуда на улицу, похоже, вспомнила — лицо ее приобрело отрешенное выражение, и она помахала рукой, призывая такси.

— До свидания, — сказала Николь. — Хорошо погуляли, правда?

— Замечательно, — ответила Розмари. Это далось ей труднее, чем она думала, все в ней протестовало, пока она смотрела, как уезжает Николь.

XIII

Дик обогнул поперечный траверс и пошел по дощатому настилу траншеи. Дойдя до перископа, на миг припал к окуляру, затем встал на стрелковую приступку и заглянул поверх бруствера. Перед ним простирался под тусклым небом Бомон-Амель, слева вставала страшная высота Типваль. Дик оглядел их через полевой бинокль, и горло его сжала печаль.

Пройдя до конца окопа, он присоединился к своим спутникам, ожидавшим его у следующего траверса. Дика переполняло волнение и желание поделиться им с другими, рассказать, что здесь происходило, даром что сам-то он в боях не участвовал — в отличие от Эйба Норта.

— В то лето каждый фут этой земли стоил жизни двадцати солдатам, — сказал он Розмари. Та послушно окинула взглядом голую равнину с невысокими шестилетними деревьями. Добавь Дик, что они находятся под артиллерийским обстрелом, она поверила бы ему. Любовь Розмари достигла той грани, за которой она наконец почувствовала, что несчастна, что ее одолевает отчаяние. И что ей теперь делать, не знала, — очень хотелось поговорить с матерью.

— С того времени умерли многие, да и мы скоро там будем, — сообщил всем в утешение Эйб.

Розмари с нетерпением ожидала ответа Дика.

— Видите тот ручеек? Мы могли бы дойти до него минуты за две. А британцы проделали этот путь за месяц, — вся империя медленно продвигалась вперед, передовые бойцы гибли, и на их место проталкивали сзади новых. А еще одна империя очень медленно отступала на несколько дюймов в день, оставляя убитых, обретших сходство с грудами окровавленных тряпок. Ни один европеец нашего поколения никогда больше не пойдет на это.

— Да они только что закончили с этим в Турции, — сказал Эйб. — А в Марокко...

— Там другое. Происходившее на Западном фронте повторить невозможно, во всяком случае, на долгое время. Молодые люди полагают, что у них это получится, — но нет. Они еще смогли бы сражаться в первой битве на Марне, но не в этой. Для *этой* требуется вера в Бога, долгие годы изобилия и огромной уверенности в будущем, строго определенные отношения между классами. Русские и итальянцы ничем на этом фронте не блеснули. Человеку требовалась тут благородная сентиментальная оснастка, корни которой уходили в незапамятные времена. Он должен был помнить празднования Рождества, почтовые открытки с изображением наследного принца и его нареченной, маленькие кафе Валанса и пивные под открытым небом на Унтер-ден-Линден, и обручения в мэрии, и поездки в Дерби, и бакенбарды своего дедушки.

— Сражения такого рода придумал еще генерал Грант — под Питерсбергом, в шестьдесят пятом.

— Нет, не он, Грант додумался всего лишь до массовой бойни. А такого рода сражения придумали Льюис Кэрролл, и Жюль Верн, и автор «Ундины», и игравшие в кегли сельские священники, и марсельские кумушки, и девушки, которых совращали в тихих проулках Вюртемберга и Вестфалии. Помилуйте, тут состоялась битва любви — средний класс оставил здесь столетие своей любви. И это была последняя такая битва.

— Вы норовите всучить командование здешним сражением Д. Г. Лоуренсу, — заметил Эйб.

— Весь мой прекрасный, любимый, надежный мир взлетел здесь на воздух при взрыве бризантной любви, — скорбно стоял на своем Дик. — Не правда ли, Розмари?

— Не знаю, — хмуро ответила она. — Это вы у нас все знаете.

Они немного отстали от остальных. Внезапно на головы их градом осыпались комья земли и камушки, а из следующего окопа донесся крик Эйба:

— Я снова проникся воинственным духом. Век любови штата Огайо стоит за моей спиной, и я намерен разбомбить ваш окоп.

Голова его высунулась из-за насыпи:

— Вы что, правил не знаете? Вы убиты, подорвались на гранате.

Розмари рассмеялась, Дик сгреб с земли ответную горсть камушков, но затем высыпал их из ладони.

— Я не могу шутить здесь, — сказал он почти извиняющимся тоном. — Порвалась серебряная цепочка, и у источника разбился золотой кувшин[1],

---

[1] «...доколе не порвалась серебряная цепочка, и не разорвалась золотая повязка, и не разбился кувшин у источника, и не обрушилось колесо над колодезем» (Екклезиаст, 12:6).

и все такое, однако старый романтик вроде меня ничего с этим поделать не может.

— Я тоже романтик.

Они выбрались из старательно восстановленной траншеи и увидели перед собой мемориал Ньюфаундлендского полка. Прочитав надпись на нем, Розмари залилась слезами. Подобно большинству женщин, Розмари любила, когда ей объясняли, что она должна чувствовать, любила, чтобы Дик указывал ей, что смешно, а что печально. Но сильнее всего ей хотелось, чтобы он понял, как она любит его, — понял сейчас, когда само существование этой любви лишало ее душевного равновесия, когда она шла, словно в берущем за сердце сне, по полю боя.

Дойдя до машины, все уселись в нее и поехали обратно в Амьен. Скудный теплый дождик сеялся на молодые низкорослые деревца, на подрост между ними, за окнами проплывали огромные погребальные костры, сложенные из неразорвавшихся снарядов, мин, бомб, гранат и амуниции — касок, штыков, винтовочных прикладов, кожи, шесть лет гнившей в земле. Неожиданно за поворотом показались белые верхушки бескрайнего моря могил. Дик попросил шофера остановиться.

— Гляньте, все та же девушка — и все еще с венком.

Они смотрели, как Дик вылезает из машины, подходит к девушке, растерянно стоявшей с венком в руках у ворот кладбища. Ее ждало такси. С этой рыженькой уроженкой Теннесси они познакомились утром в поезде, она приехала из

Ноксвилла, чтобы положить венок на могилу брата. Теперь по ее лицу бежали слезы досады.

— Похоже, Военное министерство дало мне неправильный номер, — тоненько пожаловалась она. — На том надгробье другое имя стоит. Я с двух часов искала, искала, но тут столько могил.

— Я бы на вашем месте просто положил венок на любую могилу, а на имя и смотреть не стал, — посоветовал ей Дик.

— Считаете, мне так поступить следует?

— Думаю, ваш брат это одобрил бы.

Уже темнело, дождь усиливался. Девушка опустила венок на первую же за воротами могилу и приняла предложение Дика отпустить такси и вернуться в Амьен с ними.

Розмари, услышав о ее злоключении, расплакалась снова — вообще, день получился каким-то мокроватым, и все же она чувствовала, что узнала нечто важное, хоть и не смогла бы сказать что. Впоследствии все послеполуденные часы вспоминались ею как счастливые, как один из тех, не отмеченных никакими событиями промежутков времени, что кажутся, пока их проживаешь, лишь связующим звеном между прошлым и будущим счастьем, а позже понимаешь: как раз они-то счастьем и были.

Амьен еще оставался в ту пору городком лиловатым и гулким, по-прежнему опечаленным войной, — какими были и некоторые железнодорожные вокзалы: парижский *Gare du Nord*[1], лондонский Ватерлоо. В дневное время подобные

---

[1] Северный вокзал (*фр.*).

города с их маленькими, прослужившими два десятка лет трамваями, пересекавшими огромные, мощенные серым камнем площади перед кафедральными соборами, как-то придавливали человека, сама погода казалась в них состарившейся и выцветшей, точно давние фотографии. Однако при наступлении темноты картина пополнялась возвратом всего, чем может порадовать французская жизнь, — бойкими уличными девицами, мужчинами, о чем-то спорившими в кафе, пересыпая свою речь сотнями «*Voilà*»[1], парочками, медленно уходившими, щека к щеке, в недорогое никуда. Ожидая поезда, вся компания сидела в большом пассаже, достаточно высоком, чтобы утягивать вверх табачный дым, болтовню и музыку, и оркестрик услужливо исполнил «Да, бананов у нас нет», и они поаплодировали — уж больно довольным собой выглядел дирижер. Теннессийка забыла о своих печалях и от души радовалась жизни, она даже принялась флиртовать с Эйбом и Диком, страстно округляя глаза, похлопывая то одного, то другого по плечам. А они ласково поддразнивали ее.

Потом они погрузились в парижский поезд, оставив бесконечно малые частицы вюртембергцев, прусских гвардейцев, альпийских стрелков, манчестерских пролетариев и старых итонцев продолжать их вечный неторопливый распад под теплыми струями дождя. Они жевали купленные в вокзальном ресторане бутерброды с сыром «Бель паэзе» и болонской колбасой, пили «Божоле». Николь казалась рассеянной, беспокойно по-

---

[1] Ну вот! Вот так! (*фр.*)

кусывала нижнюю губу, читала купленные Диком путеводители по полю сражения — собственно, он и сам успел быстро просмотреть эти брошюрки с начала и до конца, упрощая и упрощая прочитанное, пока оно не приобрело легкое сходство с одним из его званых обедов.

XIV

Когда они добрались до Парижа, выяснилось, что Николь слишком устала для запланированного ими осмотра ночной иллюминации Выставки декоративного искусства. Они довезли ее до отеля «Король Георг», и когда она исчезла за пересекающимися плоскостями, в которые освещение вестибюля обращало его стеклянные двери, подавленность Розмари как рукой сняло. Николь представляла собой силу — и в отличие от матери Розмари, далеко не благожелательную или предсказуемую, совсем наоборот. Розмари немного побаивалась ее.

В одиннадцать часов вечера она сидела с Диком и Нортами в кафе, недавно открывшемся на причаленной к набережной Сены барке. В воде мерцали огни мостов, покачивалась холодная луна. В пору их парижской жизни Розмари и ее мать иногда покупали по воскресеньям билеты на ходивший в Сюрен пароходик и плыли по Сене, обсуждая планы на будущее. Денег у них было мало, но миссис Спирс настолько верила в красоту Розмари, взлелеяла в ней такое честолюбие, что готова была поставить на «победу» дочери все, что имела; а Розмари в свой черед предстояло, как только у нее что-то начнет получаться, возместить все расходы матери...

Едва вернувшись в Париж, Эйб Норт стал словно бы окутываться винными парами; глаза его покраснели от солнца и спиртного. Розмари впервые сообразила, что он не упускает ни единой возможности зайти куда-нибудь и выпить, — интересно, думала она, как относится к этому Мэри Норт? Мэри была женщиной неразговорчивой, разве что смеялась часто, — столь неразговорчивой, что Розмари почти ничего в ней не поняла. Розмари нравились ее прямые темные волосы, зачесанные назад и спускавшиеся с макушки своего рода естественным каскадом, не доставляя ей особых забот, — лишь время от времени прядь их спадала, косо и щеголевато, на краешек лба Мэри, почти закрывая глаз, и тогда она встряхивала головой, возвращая эту прядь на место.

— Давай сегодня ляжем пораньше, Эйб, выпьем еще по бокалу, и будет, — тон Мэри был легким, но в нем ощущался оттенок тревоги. — Ты же не хочешь, чтобы тебя перекачивали в трюм парохода.

— Час уже поздний, — сказал Дик. — Пора расходиться.

Исполненное благородного достоинства лицо Эйба приняло упрямый вид, он решительно заявил:

— О нет. — Величавая пауза, затем: — Пока что нет. Выпьем еще одну бутылку шампанского.

— С меня довольно, — сказал Дик.

— Я о Розмари забочусь. Она прирожденная выпивоха, держит в ванной комнате бутылку джина и все такое, мне ее мать рассказывала.

Он вылил в бокал Розмари все, что оставалось в бутылке. В первый их парижский день она опилась лимонада, ее тошнило, и после этого она не пила ничего, однако теперь поднесла бокал к губам и пригубила шампанское.

— Это еще что такое? — удивился Дик. — Вы же говорили мне, что не пьете.

— Но не говорила, что и не буду никогда.

— А что скажет ваша мать?

— Я собираюсь выпить всего один бокал. — Это казалось ей необходимым. Дик пил немного, но пил, быть может, выпитое ею шампанское сблизит их, поможет ей справиться с тем, что она должна сделать. Розмари быстро глотнула еще, поперхнулась и сказала: — А кроме того, вчера был день моего рождения — мне исполнилось восемнадцать лет.

— Что же вы нам-то не сказали? — в один голос возмущенно спросили они.

— Знала, что вы поднимете шум, засуетитесь, а к чему вам лишние хлопоты? — Она допила шампанское. — Будем считать, что мы отпраздновали сейчас.

— Ни в коем случае, — заявил Дик. — Завтра вечером мы устроим в честь вашего дня рождения обед, чтобы вам было что вспомнить. Восемнадцатилетие — помилуйте, такая важная дата.

— Мне всегда казалось, что все происходящее до восемнадцати не имеет никакого значения, — сказала Мэри.

— Правильно казалось, — согласился Эйб. — И все происходящее после тоже.

— По мнению Эйба, ничто не будет иметь значения, пока мы не отправимся домой, — сказала

Мэри. — На сей раз он всерьез спланировал то, что будет делать в Нью-Йорке.

Мэри говорила тоном человека, уставшего рассказывать о том, что давно утратило для него всякий смысл, таким, словно в действительности путь, по которому шли — или не сумели пойти — она и ее муж, давно уже обратился всего лишь в благое намерение.

— В Америке он станет писать музыку, а я поеду в Мюнхен учиться пению, и когда мы встретимся снова, нам все будет по плечу.

— Замечательно, — согласилась Розмари, чувствуя, как выпитое ударяет ей в голову.

— А пока пусть Розмари выпьет еще немного шампанского. Это поможет ей понять, как работают ее лимфатические узлы. Они только в восемнадцать лет и включаются.

Дик снисходительно усмехнулся, он любил Эйба, хоть давно уже перестал возлагать на него какие-либо надежды:

— Медицина так не считает, и потому мы уходим.

Эйб, уловив его снисходительность, быстро заметил:

— Мне почему-то кажется, что я отдам мою новую партитуру Бродвею задолго до того, как вы закончите ваш ученый трактат.

— Надеюсь, — бесстрастно ответил Дик. — Очень на это надеюсь. Может быть, я и вовсе откажусь от того, что вы именуете моим «ученым трактатом».

— О, Дик! — испуганно и даже потрясенно воскликнула Мэри. Розмари никогда еще не видела у него такого лица — полностью лишенного выражения; она поняла, что сказанное им исключительно важно, и ей тоже захотелось воскликнуть: «О, Дик!»

Но он вдруг усмехнулся еще раз и прибавил:

— ...откажусь от этого, чтобы заняться другим, — и встал из-за стола.

— Пожалуйста, Дик, сядьте. Я хочу узнать...

— Как-нибудь расскажу. Спокойной ночи, Эйб. Спокойной ночи, Мэри.

— Спокойной ночи, Дик, милый.

Мэри улыбнулась, словно давая понять, что с превеликим удовольствием остается сидеть здесь, на почти опустевшей барке. Она была храброй, отнюдь не лишившейся надежд женщиной и следовала за своим мужем повсюду, обращаясь внутренне то в одного, то в другого человека, но не обретая способности заставить его отступить хотя бы на шаг от избранного им пути и временами с унынием осознавая, как глубоко упрятана в нем истово охраняемая тайна этого пути, по которому приходится следовать и ей. И все же ореол удачливости облекал ее — так, точно она была своего рода талисманом...

XV

— Так от чего вы решили отказаться? — уже в такси серьезно спросила Розмари.

— Ни от чего существенного.

— Вы ученый?

— Я врач.

— О-о! — она восхищенно улыбнулась. — И мой отец был врачом. Но тогда почему же вы...

Она умолкла, не закончив вопроса.

— Тут нет никакой тайны. Я не покрыл себя позором в самый разгар моей карьеры и на Ривьере не прячусь. Просто не практикую. Хотя, как знать, может быть, когда-нибудь и начну снова.

Розмари молча подставила ему губы для поцелуя. С мгновение он смотрел на нее, как бы ничего не понимая. Потом обвил шею Розмари рукой и потерся щекой о ее мягкую щеку, а потом еще одно долгое мгновение молча смотрел на нее. И наконец сумрачно сказал:

— Такой прелестный ребенок.

Она улыбнулась, глядя снизу вверх в его лицо, пальцы ее неторопливо теребили лацканы его плаща.

— Я люблю и вас, и Николь. В сущности, это моя тайна, я даже рассказать о вас никому не могу, потому что не хочу, чтобы еще кто-то знал, какое вы чудо. Честное слово: я люблю вас обоих — правда.

...*Он столько раз слышал эту фразу — даже слова были те же.*

Неожиданно она потянулась к нему, и пока его глаза фокусировались на лице Розмари, юность ее словно исчезла, она просто лишилась возраста, и Дик, перестав дышать, поцеловал ее. Когда поцелуй завершился, Розмари откинулась назад, на его руку и вздохнула.

— Я решила отказаться от вас, — сообщила она.

Дик удивился — уж не произнес ли он некие слова, подразумевавшие, что какая-то часть его принадлежит ей?

— Но это непорядочно, — ему не без труда, но удалось подделать шутливый тон, — я только-только начал проникаться к вам серьезным интересом.

— Я так любила вас... — Можно подумать, с тех пор годы прошли. Теперь из глаз ее капали редкие слезы. — Я вас та-а-ак любила.

Тут ему следовало бы рассмеяться, однако он услышал, как голос его произносит:

— Вы не только прекрасны, в вас есть подлинный размах. Все, что вы делаете — притворяетесь влюбленной, притворяетесь скромницей, — получается очень убедительным.

В темной утробе такси Розмари, пахнувшая купленными при содействии Николь духами, снова придвинулась, приникла к нему. И он поцеловал ее, но никакого наслаждения не испытал. Он знал, что ею правит страсть, однако и тени таковой ни в глазах Розмари, ни в губах не обнаружил; лишь ощутил в ее дыхании легкий привкус шампанского. Она прижалась к нему еще крепче, еще безрассудней, и он поцеловал ее снова, и невинность ответного поцелуя Розмари остудила его, как и взгляд, который она, когда их губы слились, бросила в темноту ночи, в темноту внешнего мира. Розмари еще не знала, что сосуд всего роскошества любви — это душа человека, и только в тот миг, когда она поймет это и истает в страсти, которой пронизана вселенная, Дик и сможет взять ее без сомнений и сожалений.

Отельный номер Розмари находился наискосок от номера Дайверов, немного ближе к лифту. Когда они подошли к его двери, Розмари вдруг заговорила:

— Я знаю, вы не любите меня, да и не жду от вас любви. Но вы сказали, что мне следовало известить вас о дне моего рождения. Ну вот, я известила и теперь хочу получить подарок — зайдите на минутку ко мне, и я вам кое-что скажу. Всего на одну минуту.

Они вошли, он закрыл дверь, Розмари стояла с ним рядом, не касаясь его. Ночь согнала с ее лица все краски, и сейчас она была бледнее бледного: выброшенная после бала белая гвоздика.

— Всякий раз, как вы улыбаетесь, — возможно, это безмолвная близость Николь помогла ему вернуться к отеческой манере, — мне кажется, что я увижу между вашими зубами дырку, оставшуюся от выпавшего, молочного.

Впрочем, с возвращением этим он запоздал, Розмари снова прижалась к нему, отчаянно прошептав:

— Возьми меня.

Он изумленно замер:

— Куда?

— Ну же, — шептала она. — Ох, пожалуйста, сделай все, как положено. Если мне не понравится, а так, скорее всего, и будет, пусть, я всегда думала об этом с отвращением, а теперь — нет. Я хочу тебя.

Собственно говоря, она и сама дивилась себе, поскольку даже вообразить не могла, что когда-нибудь произнесет такие слова. Она призвала на помощь все, что читала, видела, о чем мечтала за десять лет учебы в монастырской школе. И вдруг поняла, что играет одну из величайших своих ролей, и постаралась вложить в нее как можно больше страстности.

— Все происходит не так, как следует, — неуверенно произнес Дик. — Может быть, причина в шампанском? Давайте забудем об этом более или менее.

— О нет, *сейчас*. Я хочу, чтобы ты сделал это сейчас, взял меня, показал мне, я вся твоя и хочу этого.

— Ну, во-первых, подумали вы о том, как сильно это ранит Николь?

— А ей и знать ничего не нужно, ее это не касается.

Он мягко продолжил:
— Есть и еще одно обстоятельство — я люблю Николь.

— Но ты же можешь любить и кого-то другого, можешь? Вот я — люблю маму и люблю тебя... сильнее. Тебя я люблю сильнее.

— ...и в-четвертых, вы вовсе не любите меня, но можете полюбить потом, и это будет означать, что жизнь ваша начинается с ужасной путаницы.

— Нет, обещаю, я никогда больше не увижу тебя. Заберу маму, и мы сразу уедем в Америку.

А вот это Дика не устраивало. Слишком живо помнил он свежесть ее юных губ. И потому сменил тон.

— Это у вас просто минутное настроение.

— Ой, ну пожалуйста, даже если будет ребенок — пусть. Съезжу в Мексику, как одна девушка со студии. Это совсем не то, что раньше, раньше я ненавидела настоящие поцелуи. — Дик понял: она еще не отказалась от мысли, что это должно случиться. — У некоторых такие большие зубы, а ты другой, ты прекрасный. Я хочу, чтобы ты сделал это.

— По-моему, вы просто думаете, что есть люди, которые целуются не так, как другие, вот вам и хочется, чтобы я целовал вас.

— Ох, перестань посмеиваться надо мной — я не ребенок. Знаю, ты не любишь меня, — она вдруг сникла, притихла. — Но я и не ждала столь многого. Я понимаю, что должна казаться тебе пустышкой.

— Глупости. А вот слишком юной вы мне кажетесь. — Мысленно он прибавил: «...вас еще столькому придется учить».

Розмари, прерывисто дыша, ждала продолжения, и наконец Дик сказал:

— И в конце концов, обстоятельства сложились так, что получить желаемое вам все равно не удастся.

Лицо ее словно вытянулось от смятения и расстройства, и Дик машинально начал:

— Нам нужно просто... — но не закончил и проводил ее до кровати, и посидел рядом с ней, плакавшей. Его вдруг одолело смущение — не по причине этической неуместности происходившего, ибо произойти ничего и не могло, это было ясно, с какой стороны ни взгляни, — а самое обычное смущение, и ненадолго привычная грация, непробиваемая уравновешенность покинули Дика.

— Я знала, что ты мне откажешь, — всхлипывала Розмари. — Это была пустая надежда.

Дик встал.

— Спокойной ночи, дитя. Жаль, что все так получилось. Давайте вычеркнем эту сцену из памяти. — И он отбарабанил две пустых, якобы целительных фразы, предположительно способных погрузить Розмари в безмятежный сон: — Столь многие еще будут любить вас, а с первой любовью лучше встречаться целой и невредимой, особенно в плане эмоциональном. Старомодная идея, не правда ли?

Она подняла на него взгляд. Дик шагнул к двери; наблюдая за ним, Розмари понимала: у нее нет ни малейшего представления о том, что творится в его голове, — вот он сделал, словно в замедленной съемке, второй шаг, обернулся, чтобы еще раз взглянуть на нее, и ей захотелось наброситься на него и пожрать, целиком — рот, уши, воротник пиджака, захотелось окутать его собою, как облаком, и проглотить; но тут ладонь Дика легла на дверной шишак. И Розмари сдалась и откинулась на кровать. Когда дверь закрылась, она встала, подошла к зеркалу и начала, легко пошмыгивая носом, расчесывать волосы. Сто пятьдесят проходов щетки, как обычно, потом еще сто пятьдесят. Розмари расчесывала их и расчесывала, а когда рука затекла, переложила щетку в другую и стала расчесывать дальше...

XVI

Проснулась она поостывшей, пристыженной. Красавица, увиденная Розмари в зеркале, нисколько ее не утешила, но лишь пробудила вчерашнюю боль, а письмо от возившего ее прошлой осенью на йельский бал молодого человека, пересланное матерью и сообщавшее, что сейчас он в Париже, ничем не помогло — все казалось ей таким далеким, ненужным. Выходя из своего номера на мучительное испытание, которым грозила стать встреча с Дайверами, она чувствовала, что ее словно пригибает к земле двойное бремя бед. Впрочем, все это было спрятано под оболочкой, такой же непроницаемой, как та, под которой укрылась Николь, когда они встретились, чтобы съездить на примерки и пройтись по магазинам. Правда, слова, сказанные Николь по поводу робевшей продавщицы, послужили Розмари утешением: «Очень многие уверены, что люди питают к ним чувства куда более сильные, чем оно есть на деле, — полагают, что отношение к ним если и меняется, то лишь промахивая из конца в конец огромную дугу, которая соединяет приязнь с неприязнью». Вчерашняя не знавшая удержу Розмари с негодованием отвергла бы это замечание, сегодняшняя, желавшая по возможности умалить случившееся, приняла его всей душой. Она преклонялась перед красотой и умом Николь, но также изнывала — впервые в жизни — от ревности к ней. Перед самым ее отъездом из отеля Госса мать заметила, словно бы между делом (однако Розмари знала: именно этим тоном она и высказывает самые значительные свои суждения), что Николь поразительно красива, из чего с непреложностью следовало, что о Розмари такого не скажешь. Розмари, лишь недавно получившую право считать, что она вообще что-то собой представляет, это не так уж и волновало, собственная миловидность всегда казалась ей не исконной ее принадлежностью, а приобретенной, примерно как владение французским. Тем не менее в такси она приглядывалась к Николь, сравнивая ее с собой. В этом восхитительном теле, в губах, то плотно сжатых, то ожидающе приоткрытых навстречу миру, присутствовало все, что требуется для романтической любви. Николь была красавицей в юности и будет красавицей, когда кожа еще туже обтянет ее высокие скулы — немаловажный элемент прелести этой женщины. В юности Николь была белокожей саксонской блондинкой, теперь волосы ее потемнели, отчего она стала еще и прекраснее, чем прежде, когда они смахивали на облако и превосходили ее красотой.

Такси шло по рю де Сен-Пер.

— Вот здесь мы жили когда-то, — сообщила, указав на один из домов, Розмари.

— Как странно. Когда мне было двенадцать, мы с мамой и Бэйби провели одну зиму вон там, — и Николь ткнула пальцем в отель на другой стороне улицы, прямо напротив дома Розмари. Два закопченных фронтона взирали на них — серые призраки отрочества.

— Мы тогда только-только достроили наш дом в Лейк-Форесте и потому экономили, — продолжала Николь. — По крайней мере, экономили я, Бэйби и наша гувернантка, мама же просто путешествовала.

— И мы тоже экономили, — отозвалась Розмари, понимая, впрочем, что слово это имеет для них разное значение.

— Мама вечно осторожничала, называя его «маленьким отелем»... — Николь издала короткий, обворожительный смешок, — ...вместо «дешевого». Если кто-то из ее чванливых знакомых интересовался нашим адресом, мы никогда не говорили:

«Это такая захудалая нора в кишащем апашами квартале, спасибо и на том, что там вода из крана течет...» — нет, мы говорили: «Это такой маленький отель...» Притворяясь, что большие кажутся нам слишком шумными и вульгарными. Знакомые, естественно, сразу же нас раскусывали и рассказывали об этом всем и каждому, но мама говорила, что наш выбор жилья показывает, как хорошо мы знаем Европу. Она-то, конечно, знала — мама родилась в Германии. Другое дело, что *ее* матушка была американкой и вырастила дочь в Чикаго, отчего и мама стала скорее американкой, чем европейкой.

Через две минуты они встретились с остальной их компанией, и Розмари, вылезавшей из такси на рю Гинемер, напротив Люксембургского сада, пришлось снова собирать себя по частям. Они позавтракали в уже словно разгромленной квартире Нортов, глядевшей с высоты на простор зеленой листвы. Этот день, казалось Розмари, совсем не похож на вчерашний... Когда она оказалась с Диком лицом к лицу, взгляды их встретились — как будто две птицы коснулись друг друга крылами. И все выправилось, все стало чудесным, Розмари поняла, что он понемногу влюбляется в нее. Счастье забурлило в ней — словно некий насос принялся накачивать в ее тело живительный поток эмоций. Спокойная, ясная уверенность вселилась в Розмари и запела. Она почти не смотрела на Дика, но знала: все хорошо.

После завтрака Дайверы, Норты и она отправились на киностудию «Франко-американские фильмы», где их ожидал Коллис Клэй, ее молодой нью-хейвенский знакомый, которому она успела позвонить. Уроженец Джорджии, он придерживался до странного прямолинейных, даже трафаретных взглядов, которые исповедуют южане, получающие образование на севере страны. Прошлой зимой Розмари сочла его симпатичным, — они даже подержались за руки в автомобиле, который вез их из Нью-Хейвена в Нью-Йорк, — ныне Коллис показался ей пустым местом.

В просмотровой она сидела между ним и Диком, и пока механик устанавливал в проекционный аппарат бобину с «Папенькиной дочкой», администратор-француз суетился вокруг Розмари, старательно подделывая американский сленг.

— Да, люди, — сказал он, когда выяснилось, что в аппарате что-то заело, — опять у нас бананов нет.

Но тут погас свет, послышался щелчок, стрекот, и, наконец, она осталась наедине с Диком. В полутьме они обменялись взглядами.

— Розмари, милая, — прошептал он. Их плечи соприкоснулись. Николь беспокойно поерзывала на другом конце ряда, Эйб судорожно закашлялся, высморкался; потом все успокоилось, и картина началась.

Вот она — вчерашняя школьница — рассыпавшиеся по спине волосы неподвижны, как у керамической статуэтки из Танагры; и вот она — *ах, какая* юная и невинная — продукт любовных забот ее матери; и вот она — живое воплощение всей недоразвитости ее страны, вырезающей из картона очередную куколку, чтобы потешить свое пустое, достойное шлюхи воображение. Розмари вспомнила, как чувствовала себя в этом платье, —

особенно свежей и новенькой, под свежим юным шелком.

Папенькина дочка. Такая лапуленька, такая храбрулечка — и страдает? Ооо-ооо, сладенькая-распресладенькая, но не слишком ли сладенькая? От ее крохотного кулачка бегут без оглядки стихии похоти и порока; да что там, сам рок приостанавливает шествие свое; неминуемое становится минуемым; силлогизмы, диалектика и рационализм в полном составе — все отлетает от нее, как от стенки горох. Женщины забывают о ждущей их дома грязной посуде и плачут, даже в самом фильме одна плакала так много, что едва не вытеснила из него Розмари. Плакала по всей стоившей бешеных денег декорации, и в обставленной мебелью Данкена Файфа[1] столовой, и в аэропорту, и на яхтовых гонках, которые и мелькнули-то на экране всего два раза, и в метро, и, наконец, в ванной комнате. Но Розмари взяла над ней верх. Мир покушался на тонкость ее натуры, на ее отвагу и стойкость, и Розмари показала, чего может стоить борьба с ним, и лицо ее, еще не обратившееся в подобие маски, было и вправду столь трогательным, что в промежутках между бобинами к ней устремлялись чувства всех, кто сидел в зале. Во время одного такого перерыва включили свет, и после всплеска аплодисментов Дик совершенно искренне сказал ей:

— Я попросту изумлен. Вы наверняка станете одной из лучших наших актрис.

---

[1] Данкен Файф (1768–1854) — американский мебельный мастер.

Затем «Папенькина дочка» пошла снова: настали времена более счастливые, Розмари воссоединилась с папенькой в последней очаровательной сцене, из которой попер столь очевидный отцовский комплекс, что Дик содрогнулся от жалости ко всем психиатрам, которым доведется увидеть эту жуткую сентиментальщину. Экран погас, зажегся свет, наступила долгожданная минута.

— Я договорилась еще кое о чем, — объявила всей компании Розмари, — о пробе для Дика.

— О чем?

— О кинопробе, их как раз сейчас снимают.

Наступило ужасное молчание, затем послышался сдавленный смех не сумевших сдержаться Нортов. Розмари смотрела на Дика, до которого не сразу дошел смысл ее слов, — в первые мгновения лицо его подергивалось, совершенно как у озадаченного ирландца; и она поняла, что ошиблась, пойдя со своей козырной карты, хоть и не заподозрила еще, что карта наверняка будет бита.

— Мне не нужна никакая проба, — твердо заявил Дик, а затем, окончательно уяснив ситуацию, весело продолжил: — Я не смогу оправдать ваши надежды, Розмари. Киношная карьера хороша для женщины, но, боже ты мой, меня-то чего ради снимать? Я — пожилой ученый, с головой потонувший в семейной жизни.

Николь и Мэри стали наперебой уговаривать его — иронически — не упускать такую прекрасную возможность; они вышучивали Дика, немного обиженные на то, что им попозировать перед камерой не предложили. Однако Дик закрыл эту тему саркастическим выпадом в адрес актеров.

— Строже всего охраняются врата, за которыми ничего нет, — сказал он. — И может быть, потому, что люди стыдятся выставлять напоказ свою пустоту.

Сидя в такси с Диком и Коллисом Клэем, — они решили подвезти его, а потом Дик собирался заехать с Розмари в один дом на чаепитие (Николь и Норты принять в нем участие отказались, потому что им требовалось покончить с каким-то делом, которое Эйб откладывал до последнего), — Розмари укорила Дика:

— Я думала, если проба удастся, взять ее с собой в Калифорнию. И может быть, если бы она там понравилась, вы приехали бы туда и сыграли в моей картине главную роль.

Сказанное ею совсем доконало Дика.

— Все это, конечно, мило, но я предпочел бы просто увидеть *вас* на экране. Вы — едва ли не лучшее, что я на нем видел.

— Великая картина, — сказал Коллис. — Четыре раза ее смотрел. И знаю в Нью-Хейвене паренька, который смотрел двенадцать раз — как-то аж в Хартфорд ради нее поехал. А когда я привез Розмари в Нью-Хейвен, засмущался и не решился к ней подойти. Представляете? От этой девочки у всех ум за разум заходит.

Дик и Розмари обменялись взглядами, им хотелось остаться вдвоем, но Коллис этого не понимал.

— Давайте я провожу вас до нужного вам места, — предложил он. — А потом поеду к себе в «Лютецию».

— Лучше уж мы вас туда подвезем, — ответил Дик.

— Да мне так проще будет. И не составит никакого труда.

— Полагаю, все-таки будет лучше, если *мы* подвезем *вас*.

— Но... — начал было Коллис; и тут до него наконец дошло, и он завел с Розмари разговор о том, когда ему удастся снова увидеть ее.

В конце концов он, уязвленный выпавшей ему ролью третьего лишнего, покинул такси, приняв напоследок мину мрачного безразличия. И до обидного скоро такси остановилось у дома, адрес которого назвал водителю Дик. Он тяжело вздохнул:

— Идти — не идти?

— Мне все равно, — сказала Розмари. — Как захотите, так и сделаем.

Дик поразмыслил.

— Я-то, можно сказать, обязан пойти туда, — она хочет купить у моего знакомого несколько картин, а ему позарез нужны деньги.

Розмари пригладила волосы, пришедшие за несколько последних минут в слишком уж недвусмысленный беспорядок.

— Ладно, зайдем минут на пять, — решил Дик. — Боюсь только, эти люди вам не понравятся.

Наверное, они скучные и заурядные, предположила Розмари, или вульгарные и вечно пьяные, или нудные и назойливые — в общем, такие, каких Дайверы стараются избегать. Она была решительно не готова к тому, что ей предстояло увидеть.

XVII

Дом на рю Месье был перестроенным когда-то дворцом кардинала де Реца, однако во внутреннем его убранстве не осталось никаких следов прошлого — да и настоящего, каким его знала Розмари, тоже. Сложенная из камня оболочка дома содержала, скорее, будущее, и оттого человек, переступавший порог, если его можно было назвать так, и попадавший в длинный вестибюль, сооруженный из вороненой стали, позолоченного серебра и несметного числа обрезанных под какими угодно углами зеркал, ощущал что-то вроде удара электрическим током, резкую встряску нервов, противоестественную, как завтрак, состоящий из овсянки и гашиша. Ощущение это не походило на те, что получаешь в залах Выставки декоративного искусства, — здесь ты оказывался не перед экспонатом, а *внутри* его. Розмари овладело отчужденное, псевдоэкзальтированное чувство выхода на сцену, и она мигом поняла, что его испытывает каждый, кто здесь находится.

А находилось здесь человек тридцать, преимущественно женщин, словно изготовленных по образцам, сработанным Луизой М. Олкотт или мадам де Сегюр[1]; и все они передвигались в этой декорации с такой осторожностью и аккуратностью, с какими наши пальцы собирают с пола зазубренные осколки разбитого бокала. Ни о ком

---

[1] Луиза Мэй Олкотт (1832–1888) — американская писательница, автор романа «Маленькие женщины»; графиня Софья де Сегюр, урожденная Ростопчина (1799–1874) — французская детская писательница.

из этих людей в частности, ни обо всей их толпе нельзя было сказать, что они чувствуют себя в этом доме господами — подобно тому, как владелец произведения искусства может ощущать себя его полноправным господином, сколь бы загадочным и непонятным оно ни было; ни один из них не понимал назначения этой комнаты, поскольку, раскрываясь перед ними, она превращалась во что-то совсем другое; существовать в ней было так же трудно, как идти по отполированному до блеска эскалатору, для этого требовались качества, присущие уже упомянутым пальцам, — качества, которые и определяли, и сковывали движения большинства тех, кто сюда попадал.

Люди эти разделялись на две разновидности. К первой относились американцы и англичане, которые провели всю весну и лето в загуле, и теперь их поведением правили порывы, имевшие происхождение чисто нервическое. В определенные часы дня они были очень тихи и как будто спали на ходу, а затем вдруг словно с цепи срывались, учиняя ссоры, скандалы и совращения. Вторую, назовем ее эксплуататорской, составляли своего рода приживалы; это были люди сравнительно трезвые и серьезные, имевшие жизненную цель и не желавшие тратить время на всякого рода баловство. Им удавалось худо-бедно сохранять в этой обстановке уравновешенность, если здесь и наличествовал какой-либо «стиль» (помимо новизны в устройстве освещения), то задавали его они.

Этот Франкенштейн единым махом проглотил Дика и Розмари, сразу же разлучив их, и Розмари обнаружила вдруг, что обратилась в лицемерную маленькую особу, говорящую писклявым голосом и нетерпеливо ждущую, когда придет режиссер-постановщик. Впрочем, все вокруг до того походило на птичий базар, что положение Розмари не казалось ей более несообразным, чем чье-либо еще. Ну и полученная ею выучка тоже давала о себе знать, и после череды полувоенных поворотов, перегруппировок и марш-бросков она обнаружила, что предположительно беседует с опрятной, гладенькой девушкой, обладательницей милого мальчишечьего личика, хотя на самом деле внимание ее было приковано к разговору, который велся в четырех футах от нее, рядом с подобием стремянки, отлитым из пушечной бронзы.

Там сидела на скамеечке троица молодых женщин. Все высокие, худощавые, с маленькими головками, причесанными как у манекенов, — во время разговора эти головки грациозно покачивались над темными английскими костюмами, напоминая то цветы на длинных стеблях, то головы кобр.

— О, представления они устраивают прекрасные, — сказала одна низким грудным голосом. — Практически лучшие в Париже, и я — последняя, кто стал бы с этим спорить. Но в конечном счете... — она вздохнула. — Эти фразочки, которые он повторяет и повторяет... «старейший обитатель, заеденный грызунами». Смешно только в первый раз.

— Я предпочитаю людей, у которых поверхность жизни не так гладка на вид, — сказала вторая. — А *она* мне и вовсе не по душе.

— На меня они никогда большого впечатления не производили, и свита их тоже. Зачем, например, нужен окончательно перешедший в жидкообразное состояние мистер Норт?

— Об этом и говорить нечего, — сказала первая. — И все же, признай, *он* — самый обаятельный из всех известных тебе людей.

Тут только Розмари сообразила, что разговор идет о Дайверах, и все ее тело свела судорога негодования. А стоявшая перед ней девушка, словно сошедшая с плаката — накрахмаленная голубая рубашка, яркие голубые глаза, румяные щечки и очень, очень серый костюм, — продолжала говорить что-то и уже приступила к попыткам подольститься к Розмари. Девушка упорно отгоняла прочь все, что могло встать между ними, поскольку боялась, что Розмари не разглядит ее, отгоняла, пока между ними не осталась лишь завеса робкой шутливости, и тогда Розмари ясно разглядела девушку и никакого удовольствия не испытала.

— Может быть, мы позавтракаем, или пообедаем, или нет, позавтракаем — через день-другой? — упрашивала девушка. Розмари поискала глазами Дика и нашла рядом с хозяйкой — разговор с ней он завел, едва придя сюда. Взгляды их встретились, Дик легко кивнул, и в этот же миг три кобры заметили Розмари; их длинные шеи мгновенно вытянулись к ней, все трое нацелили на нее откровенно придирчивые взгляды. Розмари ответила им взглядом вызывающим, давая понять, что слышала их разговор. Затем она избавилась от своей назойливой визави, попрощавшись с ней вежливо, но отрывисто — в манере, которую только-только переняла у Дика, — и направилась к нему. Хозяйка — еще одна рослая, состоятельная американка, беззаботно выгуливавшая всем напоказ, как собачку, богатство своей страны, — осыпала Дика бесчисленными вопросами насчет отеля Госса, в который, по-видимому, хотела заглянуть, однако пробить броню его нежелания отвечать на них так и не смогла. Появление Розмари напомнило ей о забытой ею роли распорядительницы, и она, оглядываясь по сторонам, спросила: «Вы знакомы с очень, очень забавным мистером...» Взгляд ее обшаривал толпу в поисках человека, который мог бы заинтересовать Розмари, однако Дик сказал, что им пора. И они сразу же вышли, переступив через невысокий порог, в неожиданное прошлое, лежавшее за каменным фасадом будущего.

— Что, ужасно? — спросил Дик.
— Ужасно, — послушно согласилась она.
— Розмари?
— Да? — благоговейно мурлыкнула она.
— Мне страшно жаль.

Розмари вдруг затрясло от звучных, мучительных рыданий. «Есть у тебя носовой платок?» — спросила она, запинаясь. Однако времени на проливание слез не осталось, и они, теперь уже любовники, жадно набросились на оставшиеся у них быстрые секунды, а между тем за окнами такси выцветали зеленые и кремовые сумерки и сквозь тихую пелену дождя начали проступать, словно в дыму, огненно-красные, газово-голубые, призрачно-зеленые рекламные надписи. Было почти шесть часов, улицы наполнялись людьми, поблескивали бистро, и, когда машина повернула на север, мимо них проплыла во всем ее розоватом величии площадь Согласия.

Наконец они взглянули друг дружке в глаза, и каждый пролепетал, как заклинание, имя другого. Два приглушенных имени повисели в воздухе и стихли медленнее, чем другие слова, другие имена, чем звучащая в сознании музыка.

— Не знаю, что на меня нашло этой ночью, — сказала Розмари. — Бокал шампанского? Никогда себя так не вела.

— Ты просто сказала, что любишь меня.

— Я люблю тебя — этого не изменишь.

Вот теперь можно было поплакать — и она поплакала немножко в носовой платок.

— Боюсь, что и я люблю тебя, — сказал Дик, — а это не лучшее из того, что могло с нами случиться.

И снова прозвучали два имени, и любовников бросило друг к дружке, как будто само такси качнуло их. Груди Розмари расплющились, так крепко она прижалась к нему, губы ее, незнакомые, теплые, стали общим их достоянием. Они перестали думать, испытав почти болезненное облегчение, перестали видеть; они только дышали и искали друг дружку. Оба пребывали в ласковом сером мире мягкого похмелья усталости, где нервы стихают пучками, точно рояльные струны, а иногда вдруг потрескивают, как плетеные стулья. Нервы столь обнаженные, нежные, конечно же должны соединяться с другими, уста к устам, грудь к груди...

Они еще оставались в самой счастливой поре любви. Прекрасные иллюзии касательно друг дружки наполняли их, огромные иллюзии, обоим казалось, что взаимное причащение их происходит там, где никакие другие человеческие отношения значения не имеют. Оба полагали, что пришли туда невероятно невинными, и привела их череда совершенно случайных событий, столь многочисленных, что в конце концов оба вынуждены были признать: мы созданы друг для друга. И пришли они с чистыми руками — или так им представлялось, — проскочив под знак «движение запрещено» из простой любознательности и любви к тайнам.

Однако Дик прошел этот путь быстрее; они еще не достигли отеля, как он переменился.

— Сделать мы уже ничего не можем, — сказал он, чувствуя, как в душу его закрадывается страх. — Я люблю тебя, но это не отменяет сказанного мной прошлой ночью.

— Сейчас это не имеет значения. Я просто хотела, чтобы ты полюбил меня, — и если ты любишь, все хорошо.

— К несчастью, люблю. Однако Николь не должна узнать об этом — даже заподозрить ничего не должна. Нам с ней придется и дальше жить вместе. В определенном смысле это важнее, чем само желание совместной жизни.

— Поцелуй меня еще раз.

Он поцеловал, но сразу выпустил ее из рук.

— Николь не должна страдать, она любит меня, и я люблю ее, ты же понимаешь.

Она понимала — таково было одно из правил, которые она понимала очень хорошо: нельзя причинять людям боль. Розмари знала, что Дайверы любят друг друга, для нее это было исходным предположением. Но полагала, что отношения их довольно прохладны, похожи скорее на любовь, что связывала ее с матерью. Когда люди уделяют столько внимания посторонним — не указывает ли это на отсутствие сильных чувств между ними?

— И я говорю о настоящей любви, — продолжал Дик, догадавшись, о чем она думает. — О действенной — она гораздо сложнее того, что я мог бы о ней рассказать. Из-за нее и произошла та дурацкая дуэль.

— Как ты о ней узнал? Я думала, нам удалось скрыть ее от тебя.

— По-твоему, Эйб способен хранить тайну? — с язвительной иронией осведомился Дик. — Сообщи ее по радио, опубликуй в желтой газетке, но никогда не доверяй человеку, выпивающему больше трех-четырех стаканчиков в день.

Она рассмеялась, соглашаясь, все еще прижимаясь к нему.

— Теперь ты понимаешь, меня связывают с Николь отношения сложные. Она не очень сильна — только выглядит сильной. И это основательно все запутывает.

— Ой, давай ты расскажешь об этом потом! А сейчас поцелуй меня — люби меня. И я буду любить тебя, и Николь никогда не узнает об этом.

— Милая.

Они высадились у отеля, Розмари пропустила Дика вперед, чтобы любоваться им, обожать его. В поступи Дика ей чудилась настороженность — словно он вернулся сюда, совершив какие-то великие дела, и теперь спешит навстречу новым.

Организатор приватных увеселений, хранитель богато изукрашенного счастья. Шляпа — само совершенство, тяжелая трость в одной руке, желтые перчатки в другой. Розмари думала о том, как хорошо все они проведут с ним эту ночь.

Наверх поднимались пешком — пять лестничных маршей. На первой площадке остановились, чтобы поцеловаться; на второй она повела себя осмотрительно, на третьей еще осмотрительней. На полпути к следующей — их ожидали еще две — остановилась, чтобы легко чмокнуть его на прощание. И по его настоянию спустилась с ним на один марш, и они провели там целую минуту, а после все вверх, вверх. Наконец, прощание. Две руки, протянутые над диагональю перил — пальцы их встречаются и расстаются. Дик пошел вниз, чтобы сделать какие-то распоряжения на вечер, — Розмари вбежала в свой номер и уселась за письмо к матери, стыдясь того, что совсем по ней не скучает.

XVIII

Относясь к нормам светской жизни с искренним безразличием, Дайверы были тем не менее людьми слишком чуткими, чтобы не отзываться на ее современные ритмы и пульсации, и приемы, которые устраивал Дик, имели только одну цель — волновать людей, брать их за живое, а потому глоток свежего ночного воздуха, урываемый между следовавшими одно за другим развлечениями, становился лишь более драгоценным.

Прием той ночи словно перенял ритм балаганного фарса. Людей на нем было двенадцать, потом вдруг стало шестнадцать, и они, рассевшись четверками по машинам, отправились в быструю Одиссею по Парижу. Предусмотрено было все. Новые люди присоединялись к ним, словно по волшебству, сопровождали их, как знатоки того или этого, почти как гиды, и в какое-то из мгновений вечера исчезали, и их сменяли другие, и гостям начинало казаться, что они едва ли не весь этот день раз за разом получали нечто свеженькое. Розмари хорошо понимала, насколько это не похоже на любой голливудский прием, каким бы размахом и великолепием тот ни обладал. Одним из аттракционов вечера стал автомобиль персидского шаха. Где раздобыл его Дик и какую дал взятку, это никого не интересовало. Розмари отнеслась к нему всего лишь как к новому повороту сказки, которой стала в последние два года ее жизнь. Изготовленная в Америке машина имела специально для нее придуманное шасси. Колеса были отлиты из серебра, радиатор тоже; салон выложен «бриллиантами», которые придворному ювелиру еще предстояло заменить настоящими драгоценными камнями на следующей неделе, когда машину доставят в Тегеран. Сиденье сзади наличествовало только одно, поскольку шах должен ездить в одиночестве, и гости катались в этой машине по очереди — впрочем, некоторые предпочитали сидеть на устилавшем ее пол куньем меху.

Дик же был вездесущ. Розмари заверила сопровождавший ее повсюду образ матери, что никогда еще не знала человека настолько прелестного —

во всем, — каким был в тот вечер Дик. Она сравнивала его с двумя англичанами, которых Эйб упорно именовал, обращаясь к ним, «майором Хенгистом и мистером Хорса»[1], с наследником одного из скандинавских престолов, с только что вернувшимся из России писателем, с самим безудержно остроумным Эйбом, с Коллисом Клэем, повстречавшим где-то их компанию, да так в ней и застрявшим — в сравнении с Диком не шел никто. Его стоявшие за всем происходившим энтузиазм и самоотверженность восхищали Розмари, сноровка, с которой он перетасовывал гостей, — а все они были по-своему неповоротливы и так же зависели от его внимания, как пехотный батальон зависит от пищевого довольствия, — казалось, требовала от Дика усилий столь малых, что он успевал еще задушевно перемолвиться с каждым из гостей.

...Впоследствии Розмари вспоминала минуты, в которые была особенно счастлива. Самыми первыми стали те, что она провела, танцуя с Диком и сознавая: красота ее расцветает все ярче от близости его большого, сильного тела, пока они плывут и едва ли не взлетают над полом, как в радостном сне, — Дик вел ее с такой деликатностью, что она чувствовала себя то ве-

---

[1] Хенгист Кентский (ум. около 488 г.) — легендарный король Кента; имя его означает на древнеанглийском «жеребец». Предшественником Хенгиста был его брат Хорса (ум. 455), имя которого означает «лошадь». Оба родились в Германии и были приглашены (с дружинами) кельтским королем Британии Вортигерном для борьбы со скоттами, пиктами и римлянами.

ликолепным букетом, то куском драгоценной ткани, которым любуются пять десятков глаз. В какое-то мгновение они даже и не танцевали, а просто льнули друг к дружке. И была еще — уже ранним утром — минута, когда они остались наедине, и ее молодое, влажное, припудренное тело прижалось к нему, сминая усталую одежду, и замерло, смятое и само, рядом с чужими шляпами и плащами...

А смеялась сильнее всего она уже позже, когда шестеро из них, благороднейшие реликты этого вечера, ввалившись в сумрачный вестибюль отеля «Ритц», уверили ночного портье, что на улице стоит перед дверьми отеля генерал Першинг[1], которому захотелось икры и шампанского. «Он не терпит промедлений. А в его распоряжении каждый солдат и каждая пушка». Неведомо откуда сбежались перепуганные гарсоны, посреди вестибюля был накрыт стол, и в отель вступил изображавший генерала Першинга Эйб, они же стояли, бормоча в знак приветствия застрявшие в памяти обрывки военных песен. Гарсоны, поняв, что их обвели вокруг пальца, обиделись и ушли, а они, возмущенные таким пренебрежением, соорудили из всей мебели, какая нашлась в вестибюле, капкан для гарсонов — огромный, фантастический, похожий на причудливую машину с карикатуры Гольдберга. Эйб, осмотрев ее, с сомнением покачал головой:

---

[1] Джон Першинг (1860—1948) — американский военный, командовавший в Первую мировую войну американскими экспедиционными силами во Франции. В 1921 году возглавил Генеральный штаб США, в 1924-м вышел в отставку.

— Может, лучше спереть где-нибудь музыкальную пилу и...

— Все, хватит, — перебила его Мэри. — Когда Эйб вспоминает о пиле, это означает, что пора по домам.

И она озабоченно повернулась к Розмари:

— Мне нужно затащить Эйба домой. Поезд, который доставит его в порт, отходит завтра в одиннадцать. Это так важно, Эйб должен успеть на него, я чувствую, что от этого зависит все наше будущее, но если я начинаю на чем-то настаивать, он поступает в точности наоборот.

— Давайте я попробую его уломать, — предложила Розмари.

— Да? — неуверенно произнесла Мэри. — Ну, может, у вас и получится.

Потом к Розмари подошел Дик:

— Мы с Николь едем домой и подумали, что вам тоже захочется.

Лицо ее, освещенное ложной зарей, побледнело от усталости. Два чуть более темных пятнышка на щеках — вот и все, что осталось от дневного румянца.

— Не могу, — сказала она. — Я пообещала Мэри остаться с ними — иначе Эйба не уложить спать. Может быть, вам удастся с ним что-нибудь сделать?

— Вы разве не знаете? С человеком ничего сделать нельзя, — сказал Дик. — Будь он моим впервые напившимся соседом по комнате в колледже, я бы еще и попробовал. Но теперь с ним никто не справится.

— Так или иначе, а мне придется остаться. Он говорит, что ляжет спать лишь после того, как все мы съездим с ним на Алль[1], — почти с вызовом сказала она.

Дик быстро поцеловал ее в сгиб локтя, изнутри. Когда Дайверы уходили, Николь окликнула Мэри:

— Не отпускайте Розмари домой одну. Мы в ответе за девушку перед ее матерью.

...Некоторое время спустя Розмари, и Норты, и производитель кукольных пищалок из Ньюарка, и всенепременный Коллис, и рослый, роскошно одетый богач-индеец по имени Джордж Т. Лошадиный Заступник ехали в рыночном автофургоне, разместившись на многотысячной груде моркови. Прилипшая к волоскам морковок земля сладко пахла. Розмари сидела на самом верху груды и едва различала своих спутников в сумраке, поглощавшем их после каждого редко встречавшегося уличного фонаря. Голоса их доносились до нее как-то издали, словно они вели жизнь, не похожую на ее, не похожую и далекую, ибо в сердце своем она была с Диком и жалела, что осталась с Нортами, и желала оказаться сейчас в отеле, где он спал бы по другую от нее сторону коридора, — или чтобы он был сейчас здесь, рядом с ней, в теплой стекающей на них темноте.

— Не поднимайтесь сюда, — крикнула она Коллинсу, — морковки рассыплете.

И бросила одну в Эйба, сидевшего рядом с водителем, закоснелого, точно старик...

А еще позже она ехала наконец к отелю — уже

---

[1] Алль Сентраль — большой парижский рынок того времени.

совсем рассвело, и над церковью Сен-Сюльпис взмывали голуби. Все они вдруг рассмеялись, ибо знали: время еще ночное, позднее, и только люди на улицах заблуждаются, полагая, что настало жаркое, яркое утро.

«Вот я и побывала на безумной вечеринке, — думала Розмари, — и ничего в ней без Дика веселого нет».

Ей было грустно, она казалась себе преданной немножко, и вдруг краем глаза заметила некое движение. Огромный, стянутый ремнями, цветущий конский каштан плыл в длинном кузове грузовика к Елисейским Полям и просто-напросто сотрясался от хохота — совсем как прелестная женщина, попавшая в положение не самое благопристойное, но знающая, что прелести своей она ничуть не утратила. Зачарованно глядя на дерево, Розмари подумала вдруг, что ничем от него не отличается, и радостно засмеялась, и весь белый свет вмиг стал местом самым великолепным.

XIX

Поезд Эйба уходил с вокзала Сен-Лазар в одиннадцать, — и сейчас он одиноко стоял под грязным стеклянным сводом, реликтом семидесятых, эпохи Хрустального дворца; руки с сероватым оттенком, который появляется после двадцати четырех часов, проведенных без сна, он прятал, чтобы скрыть дрожь пальцев, в карманы плаща. Шляпа на голове Эйба отсутствовала, и потому видно было, что щеткой он лишь сверху прошелся по волосам, снизу они торчали кто куда. Узнать в нем человека, который две недели назад уплывал с пляжа Госса в море, было трудно.

Он оглядывал зал ожидания, ведя глазами справа налево — только глазами, для управления любой другой частью тела требовались нервные силы, которых у него не было. Мимо провезли новенькие чемоданы; хозяева их, будущие пассажиры, маленькие и смуглые, перекликались пронзительными мрачными голосами.

И в ту минуту, когда он начал прикидывать, не пойти ли ему в вокзальный буфет и не выпить ли, и пальцы его уже сжали в кармане волглый ком тысячефранковых купюр, маятник его взгляда, дойдя до точки возврата, уткнулся в призрак поднимавшейся в зал по лестнице Николь. Он вгляделся в ее лицо: выражения, появлявшиеся на нем, сменяя друг друга, прочитывались, казалось Эйбу, легко — так нередко бывает, когда смотришь на ожидаемого тобой человека, еще не знающего, что ты за ним наблюдаешь. Вот она нахмурилась, думая о детях — не столько радуясь им, сколько перебирая их, как кошка, пересчитывающая лапкой своих котят.

Стоило Николь увидеть его, выражение это сошло с ее лица; утренний свет становился, проходя сквозь стеклянную крышу, печальным и обращал Эйба, под глазами которого проступали сквозь багровый загар темные круги, в прискорбное зрелище. Они присели на скамью.

— Я пришла, потому что вы попросили меня об этом, — словно оправдываясь, сказала Николь. Эйб, похоже, забывший причину своей просьбы, ничего не ответил, и ей пришлось довольствоваться разглядыванием проходивших мимо пассажиров.

— Вот эта дама будет на вашем судне первой красавицей — вон сколько мужчин ее провожает, — теперь вы понимаете, почему она купила такое платье? — Николь говорила все быстрее и быстрее. — Понимаете, что купить его могла только красавица, отбывающая в кругосветное плавание? Да? Нет? Ну, проснитесь же! Это не платье, а целая повесть, — такое количество лишней ткани просто должно о чем-то рассказывать, а на судне непременно отыщется человек, одинокий настолько, что ему захочется выслушать этот рассказ.

Тут Николь прикусила язык; что-то она слишком разболталась — во всяком случае, слишком для нее; и Эйбу, который смотрел в ее ставшее серьезным, почти каменным лицо, трудно было поверить, что она вообще раскрывала рот. Он не без труда расправил плечи, приняв позу человека, который вот-вот встанет, чего Эйб делать вовсе не собирался.

— Вечер, когда вы затащили меня на тот странный бал — помните, в день святой Женевьевы... — начал он.

— Помню. Весело было, правда?

— Не сказал бы. И с вами мне на этот раз было невесело. Устал я от вас обоих, и это не бросается в глаза лишь потому, что вы устали от меня еще сильнее, — вы знаете, что я имею в виду. Не будь я так тяжел на подъем — попробовал бы обзавестись новыми друзьями.

Обыкновенно мягкая, Николь ощетинилась:

— По-моему, говорить гадости глупо, Эйб. Тем более что ничего такого вы в виду не имеете. Не понимаю, с какой стати вы махнули рукой на все сразу.

Эйб помолчал, изо всех сил стараясь не закашляться и не рассопливиться.

— Наверное, скучно стало. К тому же для того, чтобы начать двигаться куда-то, мне пришлось бы слишком далеко вернуться назад.

Мужчинам часто случается изображать перед женщинами беспомощных детей, но если они и вправду чувствуют себя беспомощными детьми, сыграть эту роль им почти никогда не удается.

— Это не оправдание, — твердо сказала Николь.

Эйбу становилось, что ни минута, все хуже, сил его только и хватало на сварливые, раздраженные отговорки. Николь решила, что самое для нее лучшее — сидеть, положив руки на колени и глядя прямо перед собой. Некоторое время оба молчали, каждый из них словно убегал и убегал от другого, не выкладываясь вконец лишь потому, что различал впереди кусочек синего простора — небо, не видимое никем другим. В отличие от любовников, у них не было прошлого; в отличие от супругов, не было будущего; и все же до этого утра Эйб нравился Николь больше, чем кто-либо еще, за исключением Дика, — а Эйб, большой, пуганный жизнью, многие годы любил ее.

— Устал я жить в мире женщин, — внезапно сказал он.

— Так создайте свой собственный.

— И от друзей устал. Хорошо бы льстецами обзавестись, подхалимами.

Николь старалась усилием воли заставить минутную стрелку вокзальных часов двигаться быстрее, но...

— Вы согласны? — требовательно спросил он.

— Я женщина, мое дело — удерживать все в целости и сохранности.

— А мое — рвать все в куски.

— Напиваясь, вы рвете в куски лишь самого себя, — сказала она теперь уже холодно, испуганно, неуверенно. Вокзал наполнялся людьми, однако ни одного знакомого лица Николь пока не увидела. И вдруг взгляд ее с благодарностью уперся в высокую девушку с подстриженными так, что получилось подобие шлема, соломенными волосами, — девушка опускала в почтовый ящик письма.

— Мне нужно поговорить вон с той женщиной, Эйб. Эйб, проснитесь! Вот дурень!

Эйб проводил ее снисходительным взглядом. Девушка обернулась, вроде бы испуганно, чтобы поздороваться с Николь, и Эйб узнал ее — это лицо попадалось ему где-то в Париже. Отсутствие Николь позволило Эйбу прокашляться в носовой платок — сильно, почти до рвоты, — и трубно высморкаться. Утро стояло теплое, белье Эйба намокло от пота. Пальцы дрожали так, что раскурить сигарету удалось лишь с четвертой спички; он понял: ему попросту необходимо добраться до буфета и выпить, но тут вернулась Николь.

— Зря я к ней подошла, — с ледяной улыбкой сообщила она. — Когда-то эта девица упрашивала меня прийти к ней в гости, а сегодня облила презрением. Смотрела, как на какую-то гнилушку. — Она издала сердитый смешок — словно две ноты высокой гаммы взяла. — Нет уж, пусть люди сами ко мне подходят.

Эйб, справившись с новым приступом кашля, на сей раз вызванным табачным дымом, заметил:

— Беда в том, что трезвым ты никого видеть не хочешь, а пьяного никто не хочет видеть тебя.

— Это вы обо мне? — снова усмехнулась Николь, по непонятной причине разговор с той девушкой поднял ей настроение.

— Нет — о себе.

— Ну так за себя и говорите. Мне люди нравятся, очень многие — нравятся...

Показались Розмари и Мэри Норт, они шли медленно, отыскивая Эйба, и Николь бросилась к ним с криками: «Эй! Привет! Эй!», и засмеялась, размахивая пакетом купленных ею для Эйба носовых платков.

Они стояли, испытывая неудобство, — маленькая компания, придавленная присутствием огромного Эйба: он был оказавшимся у них на траверзе разбитым галеоном, их угнетала его слабость и самотворство, ограниченность и ожесточенность. Все они чувствовали источаемое им импозантное достоинство, сознавали его достижения, пусть фрагментарные и давно превзойденные, но значительные. Однако устрашающую волю он сохранил, правда, когда-то она была волей к жизни, а теперь обращалась в волю к смерти.

Появился Дик Дайвер — олицетворение изысканной, светозарной арены, на которую три радостно вскрикнувшие женщины высыпали, точно мартышки, — одна уселась ему на плечо, другая на венчавшую голову Дика прекрасную шляпу, третья устроилась на золотом набалдашнике его трости. Теперь они могли забыть хотя бы на миг о великанской непристойности Эйба. Дик быстро уяснил положение и спокойно овладел им. Он вытянул каждую женщину из ее скорлупки в вокзальный зал, продемонстрировал его чудеса. Неподалеку от них некие американцы прощались голосами, создававшими каденцию воды, наполняющей большую старую ванну. Трем женщинам, обратившим спины к Парижу и выходившим на перрон, представлялось, что они склоняются над океаном, и тот уже преображает их, перемещает их атомы, чтобы создать коренную молекулу, которая станет основой при сотворении новых людей.

Сквозь зал текли к перронам состоятельные американцы с новыми открытыми лицами, интеллигентными, участливыми, бездумными, вдумчивыми. Лицо затесавшегося в их толпу англичанина казалось среди них резким и чуждым. На тех участках перрона, где американцы скапливались в немалых количествах, первое создаваемое ими впечатление — безукоризненности и богатства — начинало стушевываться, обращаясь в безликие сумерки их расы, которые сковывали и ослепляли и их самих, и тех, кто наблюдал за ними.

Николь вдруг схватила Дика за руку и крикнула: «Смотри!» Он повернулся как раз вовремя для того, чтобы стать свидетелем занявшего полминуты происшествия. В двух вагонах от них, у двери «пульмана», разыгралась сцена, выделявшаяся из общей картины прощания. Молодая женщина со шлемом волос на голове, — это к ней подходила Николь, — как-то странно, бочком, отскочила на несколько шагов от мужчины, с которым разговаривала, и торопливо сунула руку в сумочку, а следом в узком воздушном пространстве перрона сухо щелкнули два револьверных выстрела. Одновременно резко засвистел паровоз, состав тронулся, заглушив их. Эйб, махавший друзьям рукой из своего окна, явно ничего не заметил. Они же увидели, прежде чем сомкнулась толпа, что выстрелы попали в цель, увидели, как та оседает на перрон.

Прежде чем поезд остановился, прошло около ста лет. Николь, Мэри и Розмари стояли в стороне от толпы, ожидая возвращения нырнувшего в нее Дика. Вернулся он через пять минут — к этому времени толпа разделилась на две части — одна сопровождала носилки с телом, другая бледную, решительную женщину, которую уводили двое растерянных жандармов.

— Это Мария Уоллис, — торопливо сообщил Дик. — Стреляла в англичанина — понять, кто он, оказалось сложнее всего, потому что пули прошили его удостоверение личности.

Покачиваемые толпой, они быстро продвигались к выходу из вокзала.

— Я выяснил, в какой *poste de police*[1] ее отправили, сейчас поеду туда...

— Да у нее же сестра в Париже живет, — возразила Николь. — Давай лучше ей позвоним. Странно, что никто о ней не вспомнил. У сестры муж — француз, он наверняка сможет сделать больше нашего.

---

[1] Полицейский участок (*фр.*).

Дик поколебался, потом тряхнул головой и пошел вперед.

— Постой! — крикнула ему в спину Николь. — Глупо, какой от тебя может быть прок с твоим-то французским?

— По крайней мере, я позабочусь, чтобы они не впадали с ней в крайности.

— Они наверняка задержат ее, — живо заверила мужа Николь. — Она же *стреляла* в человека. Самое правильное — немедленно позвонить Лауре, у нее больше возможностей, чем у нас.

Дика она не убедила — кроме того, ему хотелось порисоваться перед Розмари.

— Подожди, — твердо сказала Николь и быстрым шагом направилась к телефонной будке.

— Если Николь берет что-то в свои руки, — с любовной иронией сказал Дик, — то уж берет целиком.

Розмари он видел впервые за это утро. Они переглядывались, стараясь отыскать друг в дружке следы вчерашних чувств. Поначалу каждый казался другому нереальным — потом теплый напев любви вновь зазвучал в их душах.

— Ты любишь помогать людям, верно? — сказала Розмари.

— Я всего лишь притворяюсь.

— Маме нравится помогать всем — но, конечно, у нее нет твоих возможностей. — Она вздохнула. — Иногда мне кажется, что я — самая эгоистичная женщина на свете.

В первый раз упоминание о ее матери скорее рассердило, чем позабавило Дика. Ему хотелось отодвинуть мать в сторону, вывести их роман из детской, на пороге которой упорно удерживала его Розмари. Однако Дик понимал: такое побуждение сулило ему утрату власти над собой — и что станет с влечением Розмари к нему, если он позволит себе расслабиться, хотя бы на миг? Дик видел, и не без испуга, что любовь их застывает на мертвой точке, а позволить ей стоять на месте нельзя, она должна куда-то идти — вперед или назад; и ему впервые пришло в голову, что Розмари, пожалуй, держит рычаг управления ею рукой более властной, чем его рука.

Но придумать что-либо он не успел, ибо вернулась Николь.

— Я поговорила с Лаурой. Новость я сообщила ей первой, ее голос то замирал, то снова крепчал, — как будто она теряла сознание и заново собирала волю в кулак. По ее словам, она знала — этим утром непременно что-то случится.

— Марии следовало бы работать у Дягилева, — мягко сказал Дик, стараясь вернуть жене душевное спокойствие. — У нее такое чувство обстановки, не говоря уж о чувстве ритма. Скажите, кому-нибудь из вас доводилось видеть отправление поезда, обошедшееся без пальбы?

Они спустились, стуча каблуками, по широким металлическим ступеням.

— Мне жалко бедного англичанина, — сказала Николь. — Потому она и говорила со мной так странно — пальбу собиралась открыть.

Николь усмехнулась, Розмари тоже, однако обеим было страшно и обе очень желали, чтобы Дик высказал о случившемся какое-либо суждение нравственного толка, избавив их от необходимости делать это самим. Желание это не было вполне осознанным, особенно у Розмари, давно привыкшей к свисту осколков такого рода происшествий над ее головой. Но сегодняшнее потрясло и ее. Дика же сотрясали в эти мгновения порывы другого, заново обретенного им чувства, мешавшие разложить все по полочкам каникулярного настроения, и потому обе женщины, ощущавшие, что чего-то им не хватает, чувствовали себя неопределенно несчастными.

Но тут жизни Дайверов и их знакомых выплеснулись, словно ничего и не случилось, на городскую улицу.

Однако случилось многое — Эйб уехал, и Мэри предстояло сегодня после полудня отправиться в Зальцбург, и это подводило черту под временем, проведенным ими в Париже. А может быть, ее подвели выстрелы, сотрясение воздуха, завершившее бог весть какую мрачную историю. Выстрелы стали частью их жизней: эхо жестокой расправы проводило их до тротуара, где, пока они ждали такси, двое стоявших рядом носильщиков беседовали, точно парочка обсуждающих результаты вскрытия судебных медиков.

— *Tu as vu le revolver? Il était très petit, vraie perle-un jouet.*

— *Mais, assez puissant!* — с видом знатока сообщил второй носильщик. — *Tu as vu sa chemise? Assez de sang pour se croire à la guerre*[1].

---

[1] — Ты револьвер заметил? Маленький такой, красивый — игрушка. — Но бьет по-настоящему! ... Рубашку его видел? Столько крови — как на войне (*фр.*).

XX

Когда они вышли на площадь, над ней медленно пропекалось под июньским солнцем облако выхлопных газов. Ужасное — в отличие от чистого зноя, оно обещало не бегство в деревню, но лишь дороги, удушаемые такой же грязной астмой. Пока они завтракали на воздухе, напротив Люксембургского сада, у Розмари начало сводить спазмами низ живота, на нее напали раздражение и капризная усталость — послевкусие того, что заставило ее на вокзале предъявить себе обвинение в эгоизме.

Дик о резких переменах, творившихся в ней, знать ничего не мог; он был глубоко несчастен и потому погружен в себя и слеп ко всему, что происходило вокруг, а слепота эта глушила донную волну воображения, которая питала обычно работу его ума.

После того как Мэри Норт покинула их в обществе итальянского учителя пения, который присоединился к ним за кофе, а затем повез ее к поезду, Розмари встала тоже, ей нужно было зайти на киностудию: «Повидаться кое с кем из тамошних служащих».

— И, да... если появится тот южанин, Коллис Клэй... — попросила она, — ...если он застанет вас здесь, скажите ему, что я не могла ждать, пусть позвонит мне завтра.

Происшедшее на вокзале как-то притупило чувства Розмари, и она присвоила себе привилегии ребенка, что автоматически напомнило Дайверам о любви, которую они питали к своим детям, и в результате Розмари получила резкий отпор:

— Вам лучше оставить записку у гарсона, — твердо и без какого-либо выражения сказала Николь, — мы уже уходим.

Розмари приняла его без обиды:

— Ладно, пусть будет как будет. До свидания, дорогие мои.

Дик потребовал счет; ожидая его, Дайверы сидели, неуверенно пожевывая зубочистки.

— Ну... — одновременно произнесли они.

Дик увидел, как губы Николь на миг искривились от горечи — на миг столь краткий, что только он и смог бы это заметить, он же предпочел притвориться, что ничего не увидел. О чем она думала? Розмари была всего лишь одной из десятка, примерно, людей, которых он «обрабатывал» в последние годы: в число их входили французский цирковой клоун, Эйб и Мэри Норты, танцевальная пара, писатель, художник, комедиантка из театра «Гран-Гиньоль», полоумный педераст из «Русского балета», подававший большие надежды тенор, которого Дайверы целый год подкармливали в Милане. Николь хорошо знала, с какой серьезностью относились все они к интересу и энтузиазму, проявляемым ее мужем; но помнила также, что, если не считать времени родов, Дик со дня их женитьбы не провел ни одной ночи вдали от нее. С другой же стороны, он обладал обаянием, которое просто невозможно было не пускать в ход, — те, кому оно присуще, должны постоянно держать себя в форме, продолжать и продолжать притягивать людей, которые им, в сущности, не нужны.

Но теперь Дик словно застыл и позволял минутам проходить без единого жеста самоуверенности с его стороны, без проявлений постоянно обновляемого радостного удивления: мы вместе!

Появился Коллис Клэй, южанин, он протиснулся между тесно составленными столиками и непринужденно поздоровался с Дайверами. Такие приветствия всегда неприятно поражали Дика — едва знакомый человек произносит: «Привет!», обращаясь к вам обоим, а то и всего к одному из вас. Сам он был так предупредителен с людьми, что в минуты апатии предпочитал не показываться им на глаза, а проявляемая в его присутствии бесцеремонность воспринималась им как вызов, бросаемый всей тональности его жизни.

Коллис, нисколько не сознавая, что явился на брачный пир без брачной одежды[1], возвестил о своем приходе так: «Опоздал, сколько я понимаю, — птичка уже упорхнула». Дику пришлось сделать над собой усилие, чтобы процедить что-то в ответ, извинить Коллиса, не поздоровавшегося первым делом с Николь, не сказавшего ей ни одного приятного слова.

Она почти сразу ушла, а Дик остался сидеть, допивая свое вино. Коллис ему, пожалуй что, нравился — он был из «послевоенных», общаться с ним было легче, чем с большинством южан, которых Дик знал в Нью-Хейвене десятилетием раньше. Он слушал, забавляясь, болтовню молодого человека, которой сопровождалась обстоятельная, неторопливая заправка трубки табаком. Полдень только-только миновал, в Люксембургский сад стекались на прогулку няни с детьми; впервые

---

[1] Отсылка к Матф., 22, 2–13.

за несколько месяцев Дик позволил этим часам дня течь без его участия.

И вдруг он почувствовал, как кровь застывает в его жилах, — до него дошло содержание доверительного монолога Коллиса.

— ...не такая она и холодная, как вы, наверное, думаете. Признаться, я и сам долгое время считал ее холодной. Но потом она попала в переделку с одним моим приятелем, мы тогда ехали на Пасху из Нью-Йорка в Чикаго, — Хиллис его фамилия, в Нью-Хейвене Розмари решила, что у него не все дома, — она ехала в одном купе с моей кузиной и захотела остаться наедине с Хиллисом, так что после полудня кузина пришла в наше купе и села со мной в карты играть. Вот, а часов около двух мы с ней отправились в их вагон, а там Розмари и Билл Хиллис ругаются в тамбуре с проводником — и Розмари белая как полотно. Вроде бы они заперлись и шторку на окне опустили и, я так понимаю, серьезными занялись делами, а тут проводник пошел билеты проверять и постучался в их дверь. Они подумали, что это мы шутки над ними шутим, и не впустили его, а когда впустили, он уже озверел. Стал допрашивать Хиллиса, из какого тот купе, да женаты ли они с Розмари, да почему заперлись, а Хиллис объяснял ему, объяснял, что ничего такого они не делали, и тоже завелся. Заявил, что проводник оскорбил Розмари, что он ему сейчас морду набьет, но проводник же мог бог знает какой шум поднять, пришлось мне их всех успокаивать, и, поверьте, с меня семь потов сошло.

Дик ясно представлял себе все подробности и даже завидовал парочке, попавшей в такой переплет, но чувствовал при этом, как в нем что-то меняется. Оказывается, чтобы выбить его из состояния равновесия, чтобы по нервам его пустились гулять волны боли, страдания, желания и отчаяния, требовался всего-навсего кто-то третий, пусть даже давно пропавший из виду, но затесавшийся когда-то между ним и Розмари. Дик прямо-таки видел ладонь, лежавшую на ее щеке, слышал участившееся дыхание Розмари, представлял себе распаленное возбуждение проводника, который ломится в дверь купе, и никому не подвластное тайное тепло за этой дверью.

Я опущу шторку, ты не против?

Да, опусти, слишком яркий свет.

А Коллис Клэй уже рассказывал — тем же самым тоном, так же подчеркивая отдельные слова, — о студенческих братствах Нью-Хейвена. К этому времени Дик успел сообразить, что молодой человек влюблен в Розмари — на какой-то удивительный, непонятный манер. История с Хиллисом, судя по всему, на чувства Коллиса никак не повлияла, разве что внушила ему радостную уверенность в том, что Розмари «тоже человек».

— В «Костях»[1] отличные ребята подобрались, — говорил Коллис. — Да и в других братствах, вообще-то говоря, ничем не хуже. В Нью-Хейвен теперь столько народу набилось, что мы не всех и принять-то можем, увы.

Я опущу шторку, ты не против?

Да, опусти, слишком яркий свет.

---

[1] «Череп и кости» — старейшее (основано в 1832 г.) тайное студенческое общество Йельского университета, ставшее прототипом множества других.

...Дик пересек Париж и очутился в своем банке. Выписывая чек, он поглядывал на череду столов, прикидывая, кому из сидящих за ними клерков отдать его на оформление. Он писал, стараясь с головой уйти в это занятие, скрупулезно изучая перо, кропотливо выводя букву за буквой на листке бумаги, лежавшем поверх высокой стеклянной столешницы. И только раз поднял затуманенный взгляд, чтобы окинуть им почтовый отдел банка, но затем постарался затуманить и душу, целиком уйдя в то, с чем имел дело, — в чек, в перо, в стеклянную поверхность стола.

Однако Дик так и не решил, кому отдать чек, кто из клерков с наименьшей вероятностью сможет угадать, в какое прискорбное положение он попал и кто окажется наименее разговорчивым. Здесь был Перрин, учтивый уроженец Нью-Йорка, не раз предлагавший Дику позавтракать вместе в Американском клубе; был испанец Казасус, с которым он обычно разговаривал о каком-нибудь общем знакомом, даром что ни одного из них не видел лет уж двенадцать; был Мачхауз, который всегда осведомлялся, желает ли он снять деньги со счета жены или с собственного.

Выписывая на корешке чека сумму и подчеркивая ее двумя линиями, Дик решил обратиться к Пирсу, — тот молод, и особо сложного представления разыгрывать перед ним не придется. Зачастую легче разыграть представление, чем наблюдать за ним.

Но сначала он направился в отдел почты, и работавшая там женщина грудью отпихнула от края стола едва не свалившийся с него листок бумаги, и Дик подумал, что мужчине никогда не научиться владеть своим телом так, как умеет женщина. Он взял корреспонденцию, отошел от стола, просмотрел ее: счет от немецкого концерна за семнадцать книг по психиатрии; счет из «Брентано»; письмо из Буффало — от отца, почерк которого с каждым годом становился все неразборчивей; открытка от Томми Барбана — штемпель Феса, несколько шутливых фраз; письма от цюрихских врачей, оба на немецком; внушающий определенные сомнения счет от каннского штукатура; счет от краснодеревщика; письмо от издателя балтиморского медицинского журнала; разного рода извещения и приглашение на выставку начинающего художника; а кроме того, три письма для передачи Николь и одно — Розмари.

Я опущу шторку, ты не против?

Он направился к Пирсу, но тот обслуживал клиентку, и Дик, спиной почуяв, что сидящий совсем рядом Казасус свободен, подошел к его столу.

— Как вы, Дайвер? — тепло осведомился Казасус. Он встал, улыбка раздвинула его усы. — Мы тут недавно разговаривали о Фезерстоуне, и я вспомнил вас — он сейчас в Калифорнии.

Дик округлил глаза, слегка наклонился вперед:
— В Калифорнии?
— Так я слышал.

Дик отдал ему чек и, чтобы не отвлекать внимание Казасуса, повернулся к столу Пирса и дружески подмигнул — это была их общая шутка трехлетней давности, Пирс крутил в то время роман с литовской графиней. Пирс подыгрывал, ухмыляясь, пока Казасус заполнял свои графы чека; заполнив их, он сообразил, что Дика, который нравится ему, задерживать больше не вправе, и потому снова встал, снял пенсне и повторил:

— Да, в Калифорнии.

Между тем Дик заметил, что Перрин, сидящий за первым в череде столом, беседует с боксером, чемпионом мира в тяжелом весе; по брошенному на него Перрином косому взгляду Дик понял: тот подумывал подозвать его и представить чемпиону, но в конечном счете решил этого не делать.

С энергией, накопленной им за стеклянным столиком, Дик пресек новую попытку Казасуса завести разговор, а именно: внимательно изучил чек; перевел взгляд на нечто важное, совершавшееся за первой мраморной колонной, уходившей к потолку справа от головы клерка; с нарочитой скрупулезностью распределил по рукам трость, шляпу и письма, раскланялся и удалился. Банковского швейцара Дик подмазал давным-давно, поэтому, как только он вышел на улицу, к бордюру подъехало такси.

— Мне нужно попасть на студию «Филмс Пар Экселенс» — это в Пасси, на маленькой улочке. Поезжайте к Мюэтт, а там я покажу.

События последних двух суток повергли Дика в растерянность, и сейчас он даже не взялся бы сказать, что собирается делать. Доехав до Мюэтт, он расплатился с таксистом и направился к студии пешком, а не дойдя немного до ее здания, перешел на другую сторону улицы. Внешне приличный, хорошо одетый господин, он был тем не менее полон колебаний и напоминал себе самому загнанного зверя. Чтобы восстановить былое достоинство, следовало отказаться от прошлого, от всего, чему он отдал последние шесть лет. Он начал торопливо прогуливаться вокруг квартала — бессмысленное занятие, достойное какого-нибудь таркингтоновского[1] подростка, — ускоряя шаг на трех его сторонах, где Розмари появиться не могла. Места здесь были унылые. На ближнем к студии доме висела вывеска «*1000 chemises*»[2]. Рубашки заполняли витрину — сложенные в стопки, обвязанные галстуками, набитые чем-то или разбросанные с претензией на грациозность по полу: «1000 рубашек» — поди-ка сосчитай. На доме по другую сторону студии значилось: «*Papeterie*», «*Pâtisserie*», «*Solde*», «*Réclame*»[3] — и висела фотография Констанс Толмадж в роли из «*Déjeuner de Soleil*»[4], а немного дальше обнаружились вывески более мрачные: «*Vêtements Ecclésiastiques*», «*Déclaration de Décès*» и «*Pompes Funèbres*»[5]. Жизнь и смерть.

Дик понимал: то, что с ним сейчас происходит, перевернет его жизнь, — оно резко выбивалось из ряда всего предшествовавшего, нисколько не было связано с впечатлением, которое он рассчитывал произвести на Розмари. Розмари всегда видела в нем образчик правоты, — а это блуждание вокруг квартала было как-никак вторжением в ее

---

[1] Бут Таркингтон (1869—1946) — американский писатель и драматург, автор романов из жизни подростков Среднего Запада.

[2] «1000 рубашек» (*фр.*).

[3] «Писчебумажный магазин», «Кондитерская», «Уцененные товары», «Реклама» (*фр.*).

[4] «Солнечный завтрак» (*фр.*).

[5] «Церковные облачения», «Регистрация смертей», «Ритуальные услуги» (*фр.*).

жизнь. Однако настоятельная потребность в нынешнем его поведении отражала некую скрытую реальность: он вынужден был прохаживаться здесь или стоять — манжеты сорочки обтягивают запястья, рукава пиджака заключают в себе, создавая подобие золотникового клапана, рукава сорочки, воротник упруго облегает шею, безупречно подстриженные рыжие волосы и маленький портфель в руке обращают его едва ли не в денди — подобно другому мужчине, посчитавшему некогда необходимым стоять во власянице и с посыпанной пеплом главой перед собором в Ферраре, Дик приносил дань всему, что не подлежит забвению, не искупается, не допускает изъятий.

XXI

Так прошли пустые три четверти часа, а затем у Дика состоялась неожиданная встреча. То есть именно то, что нередко случалось с ним, когда ему никого не хотелось видеть. В такие минуты он столь откровенно выставлял напоказ свою замкнутость, что нередко добивался полной противоположности желаемого — совершенно как актер, который, играя слишком сдержанно, лишь приковывает к себе общие взгляды, обостряет эмоциональное внимание публики, а заодно и пробуждает в ней способность самостоятельно заполнять оставляемые им пустоты. Точно так же и мы редко сочувствуем людям, которые нуждаются в нашей жалости и жаждут ее, — мы приберегаем сочувствие для тех, кто позволяет нам упражняться в жалости чисто умозрительной.

Примерно таким образом мог бы сам Дик проанализировать все последовавшее. Он мерил шагами улицу Святых Ангелов, и его остановил американец лет тридцати с худым, изуродованным шрамами лицом и легкой, но отчасти зловещей улыбкой. Незнакомец попросил огоньку, и пока он прикуривал, Дик, приглядевшись, отнес его к типу людей, который знал еще с ранней юности, — такой человек мог бить баклуши в табачной лавке, облокотившись о прилавок, разглядывая тех, кто входил в нее и выходил, и, возможно, даже оценивая их, хотя небесам только было ведомо, сколь малая часть его сознания занималась этим. Его можно было увидеть и в гаражах, с хозяевами которых он обсуждал вполголоса какие-то, не исключено, что и темные дела; в парикмахерских, в фойе театров — в подобных, по мнению Дика, местах. Временами такие лица всплывали в самых свирепых карикатурах Тада[1], — в отрочестве Дику часто доводилось подходить к расплывчатой границе преступного мира и окидывать ее испуганным взглядом.

— Как вам нравится Париж, приятель?

Не ожидая ответа, незнакомец зашагал рядом с Диком и ободряющим тоном задал второй вопрос:

— Сами-то откуда?

— Из Буффало.

— А я из Сан-Антонио, но еще с войны здесь застрял.

---

[1] Томас Алоизий Дорган (1877—1929) — американский карикатурист, подписывавший свои рисунки «Тад».

— Воевали?

— Да уж будьте уверены. Восемьдесят четвертая дивизия[1] — слыхали о такой?

Немного обогнав Дика, незнакомец направил на него взгляд, без малого угрожающий.

— Живете в Париже, приятель? Или так, проездом?

— Проездом.

— В каком отеле остановились?

Дику стало смешно — похоже, этот тип надумал обчистить нынче ночью его номер. Однако «тип» без труда прочел его мысль.

— При вашей комплекции меня вам бояться нечего, приятель. Бездельников, готовых ограбить любого американского туриста, здесь хватает, но меня вы можете не бояться.

Дик остановился, ему стало скучно:

— Интересно, откуда у вас столько свободного времени?

— Вообще-то у меня тут работа есть, в Париже.

— И какая же?

— Газеты продаю.

Контраст между устрашающими повадками и столь мирным занятием показался Дику нелепым, однако незнакомец подтвердил его, сказав:

— Вы не думайте, я в прошлом году кучу денег заработал — брал за номер «Санни таймс» по десять-двадцать франков, а тот всего шесть стоит.

Он достал из порыжелого бумажника газетную вырезку и протянул ее своему случайному попутчи-

---

[1] Американская пехотная дивизия. Создана в 1917-м, в 1918 году переброшена во Францию, использовалась как учебная часть, в боях не участвовала.

ку — то была карикатура: поток американцев стекает на берег по сходням груженного золотом корабля.

— Двести тысяч тратят за лето десять миллионов.

— А здесь, в Пасси, вы как оказались?

Незнакомец с опаской поозирался по сторонам.

— Кино, — непонятно сказал он. — Тут американская студия есть. Им нужны парни, которые по-английски кумекают. Вот я и жду, когда у них местечко освободится.

Дик быстро и решительно распростился с ним. Ему стало ясно, что Розмари либо ускользнула на одном из первых его кругов, либо ушла еще до того, как он здесь появился, и потому Дик зашел в угловое бистро, купил свинцовый жетон и, опустив его в аппарат, висевший в стенной нише между кухней и грязной уборной, позвонил в «Короля Георга». Он уловил в своем дыхании нечто от Чейна-Стокса, однако симптом этот, как и все остальное в тот день, послужил лишь напоминанием о его чувстве. Назвав телефонистке номер, он стоял с трубкой в руке, и смотрел в зал кафе, и спустя долгое время услышал странно тонкий голос, произнесший «алло».

— Это Дик — я не смог не позвонить тебе.

Пауза — затем храбро, в тон его чувствам:

— Хорошо, что позвонил.

— Я приехал в Пасси, к твоей студии — и сейчас там, напротив нее. Думал, может, мы покатаемся в Буа.

— О, я на студии всего минуту пробыла! Как жалко.

Молчание.

— Розмари.

— Да, Дик.

— Послушай, со мной происходит что-то невероятное из-за тебя. Когда ребенок возмущает покой пожилого джентльмена, все страшно запутывается.

— Ты не пожилой, Дик, ты самый молодой на свете.

— Розмари?

Молчание. Дик смотрел на полку, заставленную скромной французской отравой — бутылками «Отара», рома «Сент-Джеймс», ликера «Мари Бризар», «Апельсинового пунша», белого «Андре Фернет», «Черри-Роше», «Арманьяка».

— Ты одна?

Я опущу шторку, ты не против?

— А с кем, по-твоему, я могу быть?

— Прости, в таком уж я состоянии. Так хочется оказаться сейчас рядом с тобой.

Молчание, вздох, ответ:

— Мне тоже этого хочется.

За телефонным номером крылся номер отеля, где она лежала сейчас, овеваемая тихими дуновениями музыки:

> Двое для чая.
> Я для тебя,
> Ты для меня —
> Одниии.

Дик вспомнил ее припудренную загорелую кожу, — когда он целовал ее лицо, кожа у корней волос была влажной; белое лицо под его губами, изгиб плеча.

— Это невозможно, — сказал он себе и через минуту уже шёл по улице к Мюэтт, а может, в другую сторону — в одной руке портфельчик, другая держит, как меч, трость с золотым набалдашником.

Розмари вернулась за стол и закончила письмо к матери.

«...Я видела его лишь мельком, но, по-моему, выглядит он чудесно. Я даже влюбилась в него. (Конечно, Дика Я Люблю Сильнее — ну, ты понимаешь.) Он и вправду собирается ставить картину и чуть ли не завтра отбывает в Голливуд, думаю, и нам тоже пора. Здесь был Коллис Клэй. Он мне нравится, но виделась я с ним мало — из-за Дайверов, которые и вправду божественны, почти Лучшие Люди, Каких Я Знаю. Сегодня мне нездоровится, я принимаю Средство, хотя никакой нужды в нем Не вижу. Пока мы не встретимся, я даже Пробовать Рассказать тебе Обо Всем, Что Случилось, не буду!!! А потому, как получишь это письмо, *или, или, или телеграмму*! Приедешь ли ты сюда, или мне лучше ехать с Дайверами на юг?»

В шесть Дик позвонил Николь.

— У тебя какие-нибудь планы есть? — спросил он. — Может, скоротаем вечер тихо — пообедаем в отеле, а оттуда в театр?

— Думаешь, так? Я сделаю, как ты захочешь. Я недавно позвонила Розмари, она заказала обед в номер. По-моему, это всех нас немного расстроит, нет?

— Меня не расстроит, — ответил он. — Милая, если ты не устала, давай что-нибудь предпримем. А то вернёмся на юг и будем целую неделю гадать, почему мы не посмотрели Буше. Все лучше, чем киснуть...

Это был промах, и Николь тут же за него ухватилась:

— По какому случаю киснуть?

— По случаю Марии Уоллис.

Она согласилась на театр. Такое у них было обыкновение: стараться не уставать — тогда и дни лучше проходят, и вечера даются легче. А если они все же падали духом, что неизбежно, всегда можно было свалить вину за это на усталость других. Перед тем как покинуть отель, они — красивая пара, другой такой в Париже не найти — тихонько постучали в дверь Розмари. Ответа не последовало, и, решив, что она спит, Дайверы вышли в теплую, шумную парижскую ночь и для начала выпили в сумрачном баре Фуке вермута с горькой настойкой.

XXII

Проснулась Николь поздно, успев еще, прежде чем распахнуть длинные, спутанные сном ресницы, пробормотать что-то в ответ своему сновидению. Кровать Дика была пуста — и лишь минуту спустя Николь сообразила, что разбудил ее стук в дверь их номера.

— *Entrez!*[1] — крикнула она, однако ответа не услышала и, набросив халат, пошла и открыла дверь. За нею оказался *sergent-de-ville*[2], учтиво кивнув, он вошел в номер.

---

[1] Войдите! (*фр.*).
[2] Полицейский (*фр.*).

— Мистер Афган Норт — он здесь?
— Кто? Нет... он уехал в Америку.
— Когда он отбыл, мадам?
— Вчера утром.

Полицейский тряхнул головой и быстро покачал перед носом Николь пальцем.

— Этой ночью он был в Париже. Поселился здесь, однако его номер не занят. Мне сказали, что лучше спросить в вашем номере.

— Очень странно — мы видели, как он уезжал на поезде, который шел в порт.

— Так или иначе, нынче утром он был здесь. Даже *carte d'identité*[1] показывал. И вы тоже здесь.

— Мы ничего об этом не знаем! — изумленно воскликнула Николь.

Полицейский задумался. Пахло от него не очень приятно, однако он был довольно хорош собой.

— Вы не были с ним прошлой ночью?
— Нет, конечно.
— Мы арестовали негра. И мы убеждены, что наконец арестовали правильного негра.

— Поверьте, я совершенно не понимаю, о чем вы говорите. Если речь идет о нашем знакомом, мистере Абрахаме Норте, то, пусть даже он и был ночью в Париже, нам ничего на этот счет не известно.

Полицейский покивал, пососал верхнюю губу, он верил ей, но был разочарован.

— Так что случилось? — спросила Николь.

Полицейский выставил перед собой ладони,

---

[1] Удостоверение личности (*фр.*).

вытянул сжатые губы. Он успел оценить ее красоту, и теперь глаза его так и обрыскивали Николь.

— Что вы хотите, мадам? Обычная летняя история. Мистера Афгана Норта обокрали, он подал жалобу. Мы арестовали негодяя. Теперь мистеру Афгану следует опознать его и предъявить должные обвинения.

Николь потуже запахнула халат, попрощалась с полицейским. Озадаченная, она приняла ванну, оделась. Было уже за десять, она позвонила Розмари, но та не ответила, позвонила в контору отеля и услышала, что Эйб действительно поселился здесь в половине седьмого утра. Номер его, однако, остается не занятым. Надеясь на появление Дика, она посидела в гостиной их люкса и собралась уж уйти, когда зазвонил телефон. Портье:

— К вам мистайр Кроушоу, *un nègre*[1].

— По какому делу?

— Он говорит, что знает вас и доктайра. Говорит, что мистер Фримен, друг всех людей, сидит в тюрьме. Что это несправедливо и он желает увидеть мистайра Норта, пока его самого не арестовали.

— Мы ничего об этом не знаем, — объявила Николь и свирепо хлопнула трубкой по аппарату. Странное возвращение Эйба ясно дало ей понять, как сильно устала она от его гульбы. Выбросив его из головы, она покинула номер, отправилась к портному и там столкнулась с Розмари, и отправилась с нею на рю де Риволи покупать искусственные цветы и разноцветные бусы. Она

---

[1] Негр (*фр.*).

помогла Розмари выбрать бриллиант для матери и несколько шарфов и новомодных портсигаров для калифорнийских коллег. Николь купила сыну целую армию греческих и римских оловянных солдатиков, стоившую более тысячи франков. И на этот раз две женщины тратили деньги совершенно по-разному, и Розмари снова любовалась тем, как делает это Николь. Та нисколько не сомневалась, что расходует *свои* деньги, для Розмари же они все еще оставались чем-то чудотворно ссуженным ей, и это означало, что обходиться с ними следует очень осторожно.

Так весело было сорить деньгами в залитом солнечным светом чужеземном городе, ощущая здоровье своих тел и румянец лиц; ощущая предплечья и кисти рук, ощущая ступни и лодыжки, простирая первые и переступая вторыми с уверенностью женщин, которыми любуются мужчины.

Вернувшись в отель, они обнаружили Дика, веселого и по-утреннему свежего, и обе ощутили безоглядную детскую радость.

У Дика только что состоялся путаный телефонный разговор с Эйбом, каковой, судя по всему, провел утро, от кого-то прячась.

— Такого удивительного разговора у меня еще не было.

Говорил Дик не только с Эйбом, но и еще с десятком каких-то людей. Представлялись эти статисты по преимуществу так:

— ...тут один поговорить с вами хочет, он вроде как от нефтяного скандала сюда сбежал, ну, так он говорит... нет, от какого?

— Эй, там, заткнитесь... в общем, он влип в какую-то историю и не может вернуться домой. Сам-то я думаю... сам я думаю, что у него...

Несколько гулких глотков, дальнейшее — молчание.

А следом новое предложение:

— Я подумал, вам, как психологу, будет интересно...

Малопонятная личность, произнесшая это, явно никак не могла оторваться от трубки — вследствие чего была неинтересна Дику ни как психологу, ни в каком-либо ином его качестве. Затем произошел разговор с самим Эйбом:

— Алло.

— Ну и?

— Ну и алло.

— Вы кто?

— Ну... — веселое фырканье, а чье — непонятно.

— Ладно, сейчас я вам его дам.

Время от времени Дик слышал голос Эйба, перемежавшийся шаркотней ног, стуком упавшей трубки, далекими выкриками наподобие: «Нет, мистер Норт, нет, я...» Затем еще чей-то голос, бодрый, уверенный, произнес: «Если вы друг мистера Норта, приезжайте, заберите его».

После чего заговорил Эйб, торжественно и прозаично, заглушив все остальные шумы:

— Дик, я тут на Монмартре расовые беспорядки устроил. Собираюсь поехать и вытащить мистера Фримена из тюрьмы. Если объявится негр из Копенгагена, производитель сапожного крема, — алло, вы меня слышите? — так вот, если объявится кто-то еще...

И снова в трубке взревел хор несчетных голосов.

— Вы зачем вернулись в Париж? — спросил Дик.

— Я доехал до Эвре и решил прилететь обратно, чтобы сравнить его с Сен-Сюльписом. Нет, Сен-Сюльпис я в Париж возвращать не собирался. И барокко тоже! Разве что Сен-Жермен. Ради бога, погодите минутку, я вам сейчас здешнего официанта дам.

— Ради бога, не надо.

— Слушайте, Мэри уехала, все нормально?

— Да.

— Дик, вы должны поговорить с человеком, с которым я тут поутру познакомился, он сын морского офицера, так тот уже обегал всех докторов Европы. Я вам сейчас о нем расскажу...

Тут Дик положил трубку, может, это и было нехорошо, но ему требовалось дать передышку мозгам.

— Эйб был таким милым, — рассказывала Николь Розмари. — Таким милым. Давно, когда мы с Диком только еще поженились. Знали бы вы его в то время. Он приезжал к нам на несколько недель, и мы по временам забывали, что он вообще живет у нас. Иногда он играл, иногда часами сидел в библиотеке у молчавшего рояля и просто поглаживал его, как любимую женщину, а помнишь тогдашнюю нашу горничную, Дик? Она считала его привидением, Эйб, бывало, встречал ее в коридоре и говорил: «бууу», однажды это обошлось нам в чайный сервиз, но мы не расстроились.

Так было весело — так давно. Розмари завидовала им, воображая досужую жизнь, столь отличную от ее собственной: о досуге она мало что знала, но уважала за него Дайверов, никогда его не имевших. Думала о совершенном покое, не понимая, что они были так же далеки от покоя, как и она.

— Что с ним случилось? — спросила Розмари. — Почему он начал пить?

Николь покачала головой справа налево, размышлять об этом всерьез ей не хотелось.

— Сейчас так много умных людей разваливается на куски.

— Почему же «сейчас»? — спросил Дик. — Умные люди всегда ходили по лезвию ножа, других дорог у них не было — некоторые этого не выдерживали и опускали руки.

— Нет, тут что-то другое, куда более серьезное, — стояла на своем Николь, которой не нравилось, что Дик спорит с ней в присутствии Розмари. — Те же художники — Фернан, к примеру, — выпивкой не балуются. Почему в ней тонут только американцы?

Ответов на этот вопрос существовало так много, что Дик решил оставить его висеть в воздухе, пусть себе зудит в ушах Николь. Он начинал понемногу проникаться все более критическим отношением к ней. Да, он считал Николь самым привлекательным человеческим существом, какое когда-либо знал, да, он получил от нее все, в чем нуждался, и все-таки уже учуял запах боев, которые им только еще предстояло вести, и подсознательно вооружался, готовясь к ним, и час за часом ожесточался. Дик не предавался самотворству, но понимал, что поступает не очень красиво, позволяя себе слишком многое и на многое закрывая глаза в надежде, что Николь заприметит лишь простое волнение чувств, которое возбуждает в нем Розмари. Однако уверен ни в чем не был, — прошлой ночью в театре она заговорила вдруг об этой девушке, назвав ее ребенком.

Втроем они позавтракали в отеле среди ковров и неслышно ступавших по ним официантов, нисколько не походивших на шумных топтунов, которые подносили им обед вчера вечером. Их окружали американские семьи, глазевшие на другие американские семьи, с которыми им хотелось вступить в беседу.

За соседним большим столом расположилась компания, разобраться в которой им не удалось. Ее составляли: экспансивный — «вы-не-могли-бы-повторить-сказанное», — смахивавший на секретаря молодой человек и десятка два женщин. Не молодых и не старых, не принадлежавших к строго определенной социальной прослойке, и все-таки производивших впечатление некоего единства, людей более близких друг дружке, чем, скажем, жены, согнанные в табун мужьями, которые съехались на какой-то профессиональный конгресс. И уж куда более единых, чем обычные туристки.

Инстинкт заставил Дика воздержаться от насмешливого замечания, которое уже завертелось у него на языке, и спросить у официанта — кто это.

— Это матери — знаете, «Золотая звезда»[1], — объяснил тот.

---

[1] Речь идет об американском обществе матерей, дети которых пали на войне.

Они ахнули — кто громко, кто тихо. На глаза Розмари навернулись слезы.

— Те, что помоложе, наверное, жены, — сказала Николь.

Допивая вино, Дик снова вгляделся в них: в их счастливые лица, и почувствовал в достоинстве, которое наполняло этих женщин, подлинную зрелость немолодой Америки. Спокойные женщины, приехавшие сюда, чтобы оплакать своих мертвецов, поскорбеть о том, чего они не могли поправить, осеняли зал ресторана подлинной красотой. И на миг он ощутил себя снова скачущим на колене отца с верными долгу рейнджерами Мосби на бой. Ему пришлось сделать над собой усилие, чтобы вернуться за столик к двум его женщинам, к новому миру, в существование которого он так верил.

Я опущу шторку, ты не против?

XXIII

Эйб Норт сидел в баре «Ритца» с девяти утра. Когда он явился туда в поисках убежища, все окна были открыты и могучие лучи солнца выбивали пыль из прокуренных ковров и мягких сидений. Свободные, не обремененные никакими делами лакеи сновали по коридорам отеля, радуясь движению в пустом пространстве. Сидячий женский бар, находящийся напротив собственно бара, казался совсем маленьким, — трудно было представить, какая толпа набьется туда после полудня.

Знаменитый Поль, здешний буфетчик, еще не появился, однако проверявший запасы спиртного

Клод прервал, не выказав неуместного удивления, эту работу и смешал Эйбу порцию опохмелки. Эйб присел с ней на скамью у стены. После второй порции он начал приходить в себя и даже отлучился, чтобы побриться, в парикмахерскую. Ко времени его возвращения в баре уже был и Поль, приехавший в своей изготовленной по особому заказу машине, которую он оставлял — из скромности — на бульваре Капуцинов. Эйб нравился Полю, и тот подошел к нему, чтобы поговорить.

— Сегодня утром мне полагалось отплыть домой, — сказал Эйб. — Вернее, вчера — или когда это было? Не помню.

— А что ж не отплыли? — спросил Поль.

Эйб подумал-подумал и измыслил причину:

— Я читаю в «Либерти»[1] роман с продолжением, следующий выпуск вот-вот появится в Париже, и, уплыв, я пропустил бы его, а потом уж не прочитал бы.

— Хороший, наверное, роман.

— Ужжжасно хороший.

Поль хмыкнул, встал, помолчал, прислонясь к спинке кресла, а затем сказал:

— Если вы действительно хотите уехать, мистер Норт, то завтра на «Франции» отплывают двое ваших знакомых — мистер... как же его? — и Слим Пирсон. Мистер... никак не вспомню... высокий, недавно бороду отпустил.

— Ярдли, — подсказал Эйб.

— Мистер Ярдли. Оба поплывут на «Франции».

---

[1] Нью-йоркский еженедельник, издававшийся с 1924 по 1951 год. В нем печатался и Фицджеральд.

Поль повернулся, чтобы уйти, его ждала работа, однако Эйб попытался его задержать:

— Да, но мне еще придется в Шербур заехать. Туда отправился мой багаж.

— Так вы его в Нью-Йорке получите, — сказал, уходя, Поль.

Логика этого соображения дошла до Эйба не сразу — он уже привык, что за него думают другие, позволяя ему сохранять блаженное состояние безответственности.

Между тем в бар понемногу стекались клиенты: первым пришел огромный датчанин, которого Эйб где-то уже встречал. Датчанин сел по другую сторону зала, и Эйб догадался, что он собирается провести в баре весь день, выпивая, завтракая, разговаривая или читая газеты. Эйбу захотелось пересидеть его. В одиннадцать начали появляться студенты — не уверенные в себе, они старались держаться поближе друг к дружке. Примерно тогда Эйб и попросил лакея позвонить Дайверам; но пока тот дозванивался, успел связаться с несколькими знакомыми, а затем ему пришла в голову счастливая мысль: попробовать поговорить по всем телефонам сразу — получилась своего рода куча-мала. Время от времени мысли его обращались к необходимости отправиться в полицию и вытащить Фримена из тюрьмы, однако он отмахивался от любых необходимостей, как от части ночного кошмара.

К часу дня бар оказался набитым битком, сквозь общий шум пробивались голоса официантов, напоминавших клиентам, кто из них что выпил и съел и на сколько.

— То есть два виски с содовой... и одно... два мартини и одно... вы, мистер Кворетли, еду не заказывали... повторяли три раза. Получается семьдесят пять франков, мистер Кворетли. Мистер Шеффер сказал, что это его... а, последняя ваша была... Как скажете, так и сделаем... премного благодарен.

В этой суете Эйб остался без места и теперь стоял, легко покачиваясь и разговаривая с человеком, с которым только что познакомился. Чей-то терьер обвил поводком его ноги, но Эйбу удалось выпутаться, не упав, и тут же кто-то рассыпался перед ним в глубочайших извинениях. Потом его пригласили на ленч, однако он приглашение отклонил. Уже почти Бриглит, объяснил он, а у него на Бриглит одно дельце намечено. Немного погодя он, блеснув изысканными манерами алкоголика, мало чем отличающимися от манер арестанта или старого семейного слуги, попрощался с новым знакомцем и, совершив поворот кругом, обнаружил, что великая пора бара завершилась так же стремительно, как началась.

По другую сторону зала завтракал в своей компании датчанин. Эйб тоже заказал еду, но почти не притронулся к ней. Потом он сидел, радуясь возможности жить в прошлом. Спиртное умеет переносить счастливые мгновения прошлого в настоящее, чтобы мы пережили их заново, — и даже в будущее, обещая, что они наступят опять.

В четыре к нему подошел отельный лакей:

— Вы хотите увидеть цветного малого по имени Жюль Петерсон?

— О боже! Как он меня нашел?

— Я не говорил ему, что вы здесь.

— А кто же тогда? — Эйба качнуло так, что он едва не упал лицом в тарелку, впрочем, ему удалось удержаться.

— Он говорит, что уже побывал во всех американских барах и отелях.

— Скажите ему, что меня и здесь нет... — Лакей повернулся, но Эйб вдруг спросил: — А сюда он зайти может?

— Сейчас узнаю.

Получив этот вопрос, Поль оглянулся через плечо, покачал головой и подошел к Эйбу:

— Извините, этого я разрешить не могу.

Эйб с трудом поднялся на ноги и направился в сторону рю Камбон.

XXIV

Ричард Дайвер, выйдя с кожаным портфельчиком в руке из полицейского комиссариата седьмого аррондисмена, где оставил Марии Уоллис записку, подписанную «Диколь», — совсем как те письма, которыми он и Николь обменивались в начальную пору их любви, — направился к шившему его сорочки портному, и там подмастерья подняли вокруг него суету, совершенно несоразмерную тому, что он платил за их работу. Эти бедные англичане ждали от него столь много — от господина с изысканными манерами и лицом, говорившим, что он владеет секретом надежной, обеспеченной жизни, — и Дик стыдился смотреть им в глаза, как стыдился того, что портной вынужден виться вокруг его особы, сдвигая туда и сюда дюймовый кусочек шелка по рукаву сорочки. Покинув портного, он зашел в отель «Крийон», выпил в баре чашечку кофе и на два пальца джина.

Свет в отеле показался ему неестественно ярким, и только покинув его, Дик понял почему: на улицах смеркалось. Было всего четыре часа, но уже наступал вечер — ветреный, — на Елисейских Полях пела и опадала истончившаяся буйная листва. Дик свернул на рю де Риволи, прошел под аркадами двух площадей к своему банку, забрал почту. Потом остановил такси и под перестук начинавшегося дождя поехал по Елисейским Полям, сидя в машине наедине со своей любовью.

Двумя часами раньше в коридоре «Короля Георга» красота Розмари выглядела рядом с красотой Николь так, как выглядит рядом с картинкой из журнала девушка Леонардо. Сейчас одержимый, испуганный Дик ехал сквозь дождь, ощущая, как в нем бушуют страсти не одного мужчины, но многих, и не различая в своей душе никакой простоты.

Розмари открыла ему дверь, переполненная эмоциями, о которых никому, кроме нее, известно еще не было. Она обратилась в то, что иногда называют «бесенком» — за прошедшие сутки ей так и не удалось стать чем-то цельным, эти двадцать четыре часа она лишь играла с хаосом, в который погрузилась, как если бы судьба ее была складной картинкой — пересчитаем свои преимущества, сочтем надежды, дадим по отповеди Дику, Николь, матери, режиссеру, с которыми вчера познакомились, и все это — словно четки перебирая.

Перед тем как Дик стукнул в дверь, она только-только успела одеться и постоять у окна, глядя на дождь, думая о каком-то стихотворении, о переполненных водостоках Беверли-Хиллз. А открыв дверь, увидела Дика таким же неизменно богоподобным, каким он был для нее всегда, — примерно так же пожилые люди представляются косными и несговорчивыми тем, кто моложе их. Дика же, едва он увидел ее, охватило неотвратимое разочарование. Впрочем, отклик на безоглядную ласковость улыбки Розмари, на ее тело, продуманное до миллиметра — так, чтобы создать впечатление бутона, но и цветок обещать с гарантией, — родился в душе Дика мгновенно. Он отметил также отпечаток мокрой ступни на коврике за приоткрытой дверью ванной комнаты.

— Мисс Телевидение, — сказал Дик с легкостью, которой вовсе не ощущал. Он положил на туалетный столик перчатки и портфельчик, прислонил трость к стене. Властный подбородок его не позволял морщинкам страданий лечь вокруг рта, отгонял их наверх, к уголкам глаз, ко лбу, — как страх, который не следует показывать на людях.

— Подойди, присядь на мое колено, прижмись ко мне, — тихо попросил он, — дай мне полюбоваться твоим прелестным ртом.

Она подошла и села, и пока за окном замедлялась капель — кап... кааап... — прижалась губами к прекрасному, холодному образу, который сама же и создала.

Розмари несколько раз поцеловала его в губы, лицо ее разрасталось, приближаясь к лицу Дика; никогда еще не видел он чего-либо такого же ослепительного, как ее кожа, а поскольку красота иногда возвращает нас к лучшим нашим мыслям, он вспомнил о своей ответственности перед Николь, об ответственности *за* Николь, отделенную от него лишь двумя дверьми по другую сторону коридора.

— Дождь перестал, — сказал он. — Видишь солнце на черепицах?

Розмари встала, склонилась над ним и произнесла самые искренние ее за весь этот день слова:

— Ох, мы такие *актеры* — ты и я.

Она отошла к туалетному столику, однако едва успела поднести щетку к волосам, как услышала неторопливый, настоятельный стук в дверь.

Оба в ужасе замерли; упорный стук повторился, и Розмари, внезапно вспомнив, что дверь осталась не запертой, одним взмахом щетки покончила с волосами, кивнула Дику, чтобы тот быстро разгладил кроватное покрывало, на котором они сидели, и направилась к двери. Дик же сказал вполне естественно и не слишком громко:

— …поэтому, если вам не по душе выходить сегодня, давайте проведем наш последний вечер тихо и мирно.

Предосторожности оказались излишними, поскольку те, кто стоял за дверью, пребывали в положении до того неприятном, что им было не до замечаний, пусть даже самых кратких, по поводам, которые их не касались. А стояли там — Эйб, состарившийся за последние сутки на несколько месяцев, и очень испуганный, встревоженный темнокожий мужчина, которого Эйб представил как мистера Петерсона из Стокгольма.

— Из-за меня он попал в жуткий переплет, — сказал Эйб. — Нам нужен хороший совет.

— Пойдемте в наш номер, — предложил Дик.

Эйб настоял на том, чтобы и Розмари составила им компанию, и все пошли коридором к люксу Дайверов. Жюль Петерсон, невысокий, респектабельный, очень почтительный негр — в приграничных штатах такие голосуют за республиканцев — последовал за ними.

Вскоре выяснилось, что он официально числился свидетелем перепалки, которая произошла ранним утром на Монпарнасе; что сходил с Эйбом в полицейский участок и подкрепил его жалобу, согласно которой некий негр, установление личности коего стало целью начатого полицией расследования, вырвал у него из рук банкноту в тысячу франков. В сопровождении агента полиции Эйб и Жюль Петерсон возвратились в бистро и с опрометчивой поспешностью указали, как на преступника, на негра, который, что выяснилось несколько позже, появился там лишь после ухода Эйба. Полиция еще пуще запутала дело, арестовав известного негритянского ресторатора Фримена, который промелькнул в этой истории в самом начале, когда ее еще не окутал алкогольный туман, и тут же исчез. Подлинный преступник, всего-то и прикарманивший, по уверениям его друзей-приятелей, пятьдесят франков, которыми Эйб попросил его расплатиться за выпивку, появился на сцене лишь недавно и в роли несколько более зловещей.

Коротко говоря, Эйб ухитрился всего за час увязнуть в личных обстоятельствах, мыслях и эмоциях одного афроевропейца и трех афроамериканцев, проживавших во французской части Латинского квартала. Надежды выпутаться из этой истории у него пока не было даже и призрачной, и весь день перед ним в самых неожиданных местах и за самыми неожиданными углами возникали незнакомые негритянские лица, а настойчивые негритянские голоса требовали его к телефону.

Эйбу удалось улизнуть от всех этих негров — исключение составил Жюль Петерсон. Последний оказался в положении хорошего индейца, помогшего белому человеку. Пострадавшие от такой его измены негры гонялись не столько за Эйбом, сколько за Петерсоном, а тот гонялся как раз за Эйбом, на защиту которого очень рассчитывал.

У себя в Стокгольме Петерсон был мелким производителем сапожного крема, но прогорел, и теперь у него остался лишь рецепт крема и кое-какие инструменты его ремесла, уместившиеся в небольшую коробку. Однако новый его покровитель еще рано утром пообещал пристроить Петерсона к одному делу в Версале. Бывший шофер Эйба работал там сапожником, и Эйб авансом выдал Петерсону двести франков — в счет будущего заработка.

Розмари слушала этот вздор с неприязнью; для того, чтобы усмотреть в нем смешную сторону, ей попросту не хватало чувства юмора. Маленький человечек с его портативной фабричкой и лицемерными глазками, которые время от времени выкатывались от ужаса, показывая полукружья белков; Эйб с лицом, затуманенным настолько, насколько то допускали его изможденные тонкие черты, — все это было так же далеко от нее, как болезни и старость.

— Мне только шанс и нужен, — сказал Петерсон, выговаривая слова точно, но с неверной, присущей колониям интонацией. — Методы у меня простые, рецепт хорош настолько, что меня выжили из Стокгольма, разорили, потому что я не хотел его раскрывать.

Дик окинул его вежливым взглядом, ощутив некоторый прилив, а следом отлив интереса, и повернулся к Эйбу:

— Отправляйтесь в какой-нибудь отель и ложитесь спать. А как совсем протрезвеете, мистер Петерсон заглянет к вам и вы все обсудите.

— Но разве вы не понимаете, в какой он попал переплет? — возразил Эйб.

— Я подожду в коридоре, — предложил деликатный мистер Петерсон. — Возможно, вам будет трудно обсуждать мои проблемы при мне.

И он, изобразив короткую пародию на французский поклон, удалился. Эйб с неторопливостью локомотива поднялся на ноги.

— Похоже, я не очень популярен сегодня.

— Популярны, но ненадежны, — ответил Дик. — Мой вам совет: уходите из этого отеля — через бар, если угодно. Отправляйтесь в «Шамбор» или в «Мажестик», если вам требуется обслуживание получше.

— Выпить у вас не найдется?

— Мы в номере спиртного не держим, — солгал Дик.

Эйб безропотно протянул руку Розмари; он держал ее ладонь, медленно приводя в порядок свое лицо, пытаясь составить какую-нибудь фразу, но та не давалась ему.

— Вы самая... одна из самых...

Розмари жалела его и, хоть грязные руки Эйба были ей неприятны, издала вежливый смешок, словно давая понять, что не видит ничего необычного в человеке, медленно блуждающем во сне. Люди часто относятся к пьяному с непонятным уважением, примерно так же, как дикари к сумасшедшему. Скорее с уважением, чем со страхом. Человек, лишившийся всех сдерживающих начал, способный сделать что угодно, внушает порою завистливое почтение. Разумеется, впоследствии мы заставляем его дорого заплатить за этот миг впечатляющего превосходства над нами. Наконец Эйб повернулся к Дику с последней просьбой:

— Если я отправлюсь в отель и пропарюсь, и отскребусь, и немного посплю, и отражу набег сенегальцев, — можно мне будет прийти и скоротать вечерок у вашего очага?

Дик кивнул, не столько согласно, сколько насмешливо, и сказал:

— Вы явно переоцениваете ваши нынешние возможности.

— Готов поспорить, если б Николь была здесь, она разрешила бы мне прийти.

— Хорошо, — Дик достал из шкафа и поставил на стол в середине гостиной коробку, наполненную множеством картонных букв. — Если хотите поиграть в анаграммы, приходите.

Эйб заглянул в коробку с таким отвращением, точно ему предложили позавтракать этими буквами.

— Что еще за анаграммы? Мало мне сегодняшних чудес...

— Это такая тихая игра. Вы составляете из букв слова — любые, за исключением «выпивка».

— Уверен, вы и «выпивку» составить сможете. Могу я прийти, даже умея составлять «выпивку»?

— Вы можете прийти, если захотите поиграть в анаграммы.

Эйб покорно покачал головой.

— Ну, раз вы в таком настроении, тогда нет смысла... я вам только мешать буду, — и он осуждающе погрозил Дику пальцем. — Но не забывайте того, что сказал Георг Третий: если Грант напьется, хорошо бы он перекусал других генералов[1].

Он бросил на Розмари последний отчаянный взгляд из-под золотистых ресниц и вышел из номера. К его облегчению, Петерсона в коридоре не было. Ощущая себя всеми брошенным и бездомным, он отправился назад к Полю — спросить, как назывался тот корабль.

XXV

Когда он шаткой походкой удалился, Дик и Розмари коротко обнялись. Обоих покрывала парижская пыль, оба слышали сквозь нее запахи

---

[1] Эйб все перепутал. Это Георг II, которому доложили, что победоносный генерал Джеймс Вольф — сумасшедший, сказал: «Хорошо бы он перекусал других моих генералов». Грант возник здесь в связи с любившим выпить генералом Улиссом Грантом. Когда после какой-то из одержанных им побед президенту Линкольну донесли, что Грант пьяница, президент поинтересовался, где он берет виски, пояснив, что желал бы послать по бочонку столь замечательного напитка каждому из своих генералов.

друг друга: каучука, из которого был изготовлен колпачок самописки Дика, чуть слышный теплый аромат шеи и плеч Розмари. С полминуты Дик оставался неподвижным, Розмари вернулась к реальности первой.

— Мне пора, юноша, — сказала она.

Оба, сощурясь, смотрели друг на друга сквозь расширявшееся пространство, а затем Розмари произвела эффектный выход, которому научилась в юности и которого ни один режиссер усовершенствовать даже и не пытался.

Открыв дверь своего номера, она прямиком направилась к письменному столу, потому что вспомнила вдруг, что оставила на нем наручные часики. Да, вот они, накинув браслетку на руку, Розмари опустила взгляд к сегодняшнему письму матери и мысленно закончила последнюю фразу. И только тут исподволь учуяла, даже не оглянувшись, что в номере она не одна.

В любой обжитой комнате найдутся преломляющие свет вещи, замечаемые нами лишь наполовину: лакированное дерево, более или менее отполированная медь, серебро и слоновая кость, а помимо них, тысяча передатчиков света и тени, столь скромных, что мы о них почти не думаем, — верхние планки картинных рам или фасетки карандашей, верхушки пепельниц, хрустальных либо фарфоровых безделушек; совокупность их рефракций, обращенная к столь же тонким рефлексам зрения, равно как и к тем ассоциативным элементам подсознания, за которые оно, судя по всему, крепко держится, — подобно тому, как стекольщик сохраняет куски неправильной формы стекла: авось когда-нибудь да пригодятся, — она-то, возможно, и отвечала за то, что Розмари описывала впоследствии туманным словом «учуяла», то есть поняла, что в номере она не одна, еще не успев в этом убедиться. А учуяв, быстро обернулась, произведя что-то вроде балетного пируэта, и увидела распростертого поперек ее кровати мертвого негра.

Розмари вскрикнула «ааооо!», так и оставшиеся незастегнутыми часики со стуком упали на стол, в голове ее мелькнула нелепая мысль, что это Эйб Норт, а затем она метнулась к двери и понеслась по коридору.

Дайверы наводили порядок у себя в люксе. Дик осмотрел перчатки, которые носил в этот день, и метнул их в уже скопившуюся в углу чемодана кучку других, грязных. Повесил в гардероб пиджак и жилет, аккуратно расправил на плечиках сорочку — обычное его правило: «Несвежую сорочку носить еще можно, мятую — никогда». Только что вернувшаяся Николь опустошала над мусорной корзинкой нечто, приспособленное Эйбом под пепельницу, вот тут-то в дверь и ворвалась Розмари.

— *Дик! Дик!* Посмотрите, что там!

Дик трусцой добежал до номера Розмари. Там он опустился на колени, чтобы послушать сердце Петерсона и пощупать его пульс — тело было еще теплым, лицо, при жизни изнуренное и криводушное, стало в смерти грубым и горестным; коробка с материалами так и осталась зажатой под мышкой, но ботинок на свисавшей с кровати ноге был не чищен и подошва его протерлась до дырки. По французским законам Дик не имел права прикасаться к телу, тем не менее он немного сдвинул руку Петерсона — посмотреть, что под ней, — да, на зеленом покрывале появилось пятно, след крови останется и на одеяле.

Дик закрыл дверь, постоял, размышляя; но тут из коридора донеслись осторожные шаги и голос позвавшей его Николь. Приотворив дверь, он прошептал:

— Принеси с одной из наших кроватей *couverture*[1] и одеяло и постарайся, чтобы никто тебя не заметил. — А затем, увидев, как застыло ее лицо, быстро добавил: — Послушай, не расстраивайся, тут всего лишь ниггеры передрались.

— Побыстрее бы все кончилось.

Тело, снятое Диком с кровати, оказалось тощим и легким. Дик держал его так, чтобы еще текущая из раны кровь оставалась внутри одежды. Уложив тело рядом с кроватью, Дик сорвал с нее покрывало и верхнее одеяло, потом подошел к двери, приоткрыл ее на дюйм, прислушался — звон тарелок в конце коридора, громкое, снисходительное «Мерси, мадам», затем официант стал удаляться в сторону служебной лестницы. Дик и Николь быстро обменялись в коридоре охапками одеял. Расстелив покрывало поверх постели Розмари, он постоял в теплых сумерках, обливаясь потом и прикидывая, что делать дальше. Некоторые моменты прояснились для него сразу после осмотра тела: прежде всего, один из плохих индейцев Эйба шел по пятам за индейцем хорошим и застукал его в коридоре, а когда тот, испугавшись, попытался

___
[1] Покрывало (*фр.*).

укрыться в номере Розмари, ворвался туда и зарезал несчастного; далее, если позволить ситуации развиваться естественным порядком, на Розмари ляжет пятно, которого никакая сила на свете смыть не сумеет — дело Арбакла[1] было еще у всех на слуху. Ее контракт со студией строго и неукоснительно требовал, чтобы она не выходила из образа «папенькиной дочки».

Машинально попытавшись засучить рукава, хотя рубашка на нем была нижняя, безрукавная, Дик склонился над телом, ухватился за плечи его пиджака, ударом каблука распахнул дверь, выволок тело в коридор и постарался придать ему правдоподобную позу. Потом вернулся в номер Розмари, разгладил ворс плюшевого ковра. И наконец, перейдя в свой люкс, позвонил управляющему отеля.

— Мак-Бет? Говорит доктор Дайвер, очень важное дело. Нас никто не может услышать?

Хорошо, что он предпринял некогда усилия, позволившие ему крепко подружиться с мистером Мак-Бетом. Хоть какая-то польза от безоглядности, с которой он норовил сделать что-либо приятное сколь возможно большему числу людей...

— Мы вышли из нашего номера и наткнулись на мертвого негра... в коридоре... нет-нет, не из ваших служащих. Подождите минутку... я понимаю, вы не хотите, чтобы кто-то из постояльцев уви-

---

[1] Роско «Толстяк» Арбакл (1887—1933) — популярнейший американский комик немого кино. В 1921 году его обвинили в изнасиловании и непредумышленном убийстве актрисы Вирджинии Рапп. Последовал запрет на его фильмы. Суд присяжных оправдал Абракла, запрет был снят, но больше его в кино практически не снимали.

дел его, потому вам и звоню. Разумеется, я должен попросить вас не упоминать мое имя. Мне вовсе не хочется, чтобы французские бюрократы вцепились в меня мертвой хваткой лишь потому, что это я обнаружил тело.

Какое исключительное внимание к интересам отеля! Уже потому, что мистеру Мак-Бету довелось два дня назад своими глазами увидеть, как проявлял его доктор Дайвер, он готов поверить его рассказу, не задавая вопросов.

Мистер Мак-Бет появился через минуту, спустя еще минуту к нему присоединился жандарм. До этого мистер Мак-Бет успел прошептать Дику: «Будьте уверены, мы стоим на защите доброго имени каждого из наших клиентов. Я могу лишь поблагодарить вас за ваши усилия».

Мистер Мак-Бет без промедления предпринял единственный шаг, какой ему оставался, и шаг этот заставил жандарма подергать себя за усы в приливе неловкости и корыстолюбия. Он небрежно и коротко записал что-то в блокнот, позвонил в свой участок. Тем временем останки Жюля Петерсона перенесли — с поспешностью, которую он, как человек деловой, разумеется, оценил бы — в пустовавший номер одного из самых фешенебельных отелей мира.

Дик возвратился в свой люкс.

— Но что же случилось? — воскликнула Розмари. — Неужели все американцы Парижа только и знают, что стрелять друг в друга?

— Похоже, открылся сезон охоты, — ответил Дик. — А где Николь?

— По-моему, в ванной.

Дик спас Розмари, и она обожала его за это — грозные, как пророчества, картины кошмаров, которые могли последовать за случившимся, одна за другой мелькали в ее голове; и улаживавший все сильный, уверенный, учтивый голос Дика она слушала в истовом преклонении перед ним. Но прежде, чем она рванулась к нему душой и телом, внимание ее отвлекло нечто иное: он вошел в спальню и направился к ванной комнате. И теперь Розмари услышала также поток звучавших все громче и громче каких-то нечеловеческих слов, проникавший сквозь замочные скважины и щелки дверей и разливавшийся по люксу, и на нее снова напал ужас.

Розмари поспешила за Диком, решив, что Николь упала в ванной и расшиблась. То, что она увидела, прежде чем Дик бесцеремонно оттолкнул ее плечом и заслонил всю картину, оказалось совершенно иным.

Николь стояла на коленях перед ванной и раскачивалась из стороны в сторону.

— Это ты! — кричала она. — Ты явился, чтобы отнять единственное уединение, какое у меня есть, явился с окровавленным покрывалом. Ладно, я буду ходить в нем ради тебя — я не стыжусь, но как жаль, как жаль! В День Всех Дураков мы устроили на Цюрихском озере вечеринку, все дураки были там, я хотела выйти к ним в покрывале, но мне не позволили...

— Возьми себя в руки!

— ...и я сидела в ванной, а они принесли мне домино и сказали: надень это. Я надела. А что мне оставалось?

— Возьми себя в руки, Николь!

— Я и не ждала, что ты полюбишь меня, — слишком поздно, но ты хоть в ванную не лезь, в единственное место, где я могу побыть одна, не притаскивай сюда покрывала в крови и не проси меня постирать их.

— Возьми себя в руки. Встань...

Вернувшись в гостиную, Розмари услышала, как захлопнулась дверь ванной, и замерла, дрожа: теперь она знала, что увидела на вилле «Диана» Виолетта Мак-Киско. Зазвонил телефон, она взяла трубку и почти вскрикнула от облегчения, услышав голос Коллиса Клэя, проследившего ее до люкса Дайверов. Розмари попросила его подняться, подождать, пока она сходит за шляпкой, ей было страшно войти в свой номер одной.

ЧАСТЬ ВТОРАЯ

I

Когда весной 1917 года доктор Ричард Дайвер впервые приехал в Цюрих, ему было двадцать шесть лет — для мужчины возраст прекрасный, а для холостяка так и наилучший. И даже в военное время хорош он был и для Дика, уже приобретшего слишком большую ценность, стоившего стране расходов слишком серьезных, чтобы ставить его под ружье. Годы спустя ему представлялось, что и в этом прибежище он пребывал не в такой уж безопасности, однако в то время подобная мысль в голову Дику не приходила, — в 1917-м он с виноватой усмешкой говорил, что война никак его не коснулась. Призывная комиссия, к которой был приписан Дик, постановила, что ему надлежит завершить в Цюрихе научные исследования и получить ученую степень — как он, собственно, и задумал.

Швейцария была в то время островом, омываемым с одного бока грозой, грохотавшей над Горицией, а с другого — хлябями Соммы и Эне. Поначалу казалось, что в ее кантонах подозрительных иностранцев больше, чем недужных, однако догадаться, в чем тут причина, было трудно — мужчины, шептавшиеся в кафе Берна и Женевы, были, скорее всего, продавцами алмазов или коммивояжерами. Впрочем, никто не мог не заметить и сновавшие навстречу друг другу между веселыми озерами — Боденским и Невшательским — длинные поезда, нагруженные слепыми, одноногими и умирающими людскими обрубками. На стенах пивных и в витринах магазинов висели яркие плакаты, которые изображали швейцарцев, обороняющих в 1914 году свои границы, — молодые и старые, они с вдохновенной свирепостью взирали с гор на химерических французов и немцев; назначение плакатов состояло в том, чтобы уверить душу швейцарца: прилипчивое величие этих дней не обошло и тебя. Однако бойня продолжалась, плакаты выцветали, и, когда в войну топорно ввязались Соединенные Штаты, никто не удивился сильнее, чем их республиканская сестричка.

К этому времени доктор Дайвер успел побывать на самом рубеже войны и даже заглянуть за него: 1914-й он провел в Оксфорде как коннектикутский стипендиат Родса. Потом вернулся на родину, чтобы проучиться последний год в университете Джона Хопкинса и получить степень магистра. В 1916-м Дик ухитрился перебраться в Вену, полагая, что, если он не поспешит, великий Фрейд может погибнуть от взрыва сброшенной аэропланом бомбы. Вена и тогда уже устала от смертей, но Дику удалось раздобыть достаточно угля и нефти, чтобы сидеть в своей комнате на Даменштифф-штрассе и писать статьи, — впоследствии он их уничтожил, однако, переработанные, они составили костяк книги, опубликованной им в Цюрихе в 1920-м.

У большинства из нас имеется любимый, героический период нашей жизни — венский был таким для Дика Дайвера. Прежде всего он и понятия не имел о том, что ему присуще огромное обаяние, что расположение, которое он испытывает к людям и возбуждает в них, есть явление не столь уж и рядовое в среде здоровых людей. В последний его нью-хейвенский год кто-то отозвался о нем так: «счастливчик Дик» — и прозвище это застряло у него в голове.

— Ты большой человек, счастливчик Дик, — шептал он себе, расхаживая по комнате среди последних брикетов тепла и света. — Ты попал в самую точку, мой мальчик. А до тебя никто о ее существовании и не ведал.

В начале 1917 года, когда добывать уголь стало трудно, Дик сжег около сотни накопленных им научных монографий; и когда он бросал в огонь каждую из них, в нем посмеивалась уверенность, что он сам обратился в ее резюме, что сможет и пять лет спустя кратко изложить ее содержание, если оно того стоит. Так он и расхаживал час за часом — мирный ученый с половичком на плечах, ближе всех подошедший к состоянию неземного покоя, которому, о чем будет рассказано дальше, предстояло вскоре сойти на нет.

Впрочем, покамест покой длился, и Дик благодарил за это свое тело, которое в Нью-Хейвене вытворяло чудеса на гимнастических кольцах, а ныне плавало в зимнем Дунае. Квартирку он делил с Элкинсом, вторым секретарем посольства, к ним часто заходили две милые гостьи — ну и довольно об этом, много будете знать, скоро состаритесь (последнее относилось к посольству). Разговоры с Эдом Элкинсом пробудили в Дике первые легкие сомнения в качестве его мыслительного аппарата: ему никак не удавалось увериться в коренном отличии своих мыслей от мыслей Элкинса — человека, способного перечислить всех квотербэков, выступавших за Нью-Хейвен в последние тридцать лет.

— ...Не может же счастливчик Дик быть заурядным умником, ему потребна меньшая цельность и даже легкая ущербность. И если жизнь не наградила его таковыми, никакая болезнь, разбитое сердце или комплекс неполноценности тут не помогут, хоть ему и приятно было бы восстанавливать некую поломанную часть его устройства, пока она не станет исправнее прежней.

Дик посмеивался над собой за подобные рассуждения, именуя их лицемерными и «американскими» — как называл он любое безмозглое фразерство. Но при этом знал: расплатой за его цельность была неполнота.

«Бедное дитя! — говорит в Теккереевом «Кольце и розе» фея Черная Палочка. — Лучшим подарком тебе будет капелька невзгод»[1].

В определенном настроении он жаловался сам себе: «Ну что я мог поделать, если Пит Ливинг-

---

[1] У. М. Теккерей «Кольцо и роза, или История принца Обалду и принца Перекориля» (Пер. Р.Н. Померанцевой).

стон весь «День отбоя»[1] прятался в раздевалке, и как его, черта, ни искали, все равно не нашли? Вот и выбрали меня вместо него, а иначе не видать бы мне «Элайху»[2] как своих ушей, я там и не знал, почитай, никого. По справедливости-то, в раздевалке *мне* самое место было, а Питу в братстве. Я, может, и спрятался бы в ней, если б думал, что меня могут избрать. Да, но ведь Мерсер несколько недель заглядывал что ни вечер в мою комнату. Ну ладно, хорошо, знал я, что шансы у меня есть. Лучше бы я проглотил в душевой мой университетский значок и лишний комплекс заработал, вот и была бы мне наука».

В университете он после лекций часто беседовал на эту тему с молодым румынским интеллектуалом, и тот успокаивал Дика: «Нет никаких доказательств того, что у Гёте имелся какой-либо «комплекс» в нынешнем смысле этого слова — или, скажем, что он есть у Юнга. Ты же не философ-романтик, ты ученый. Память, сила, характер — и прежде всего здравый смысл. Знаешь, в чем будет состоять твоя проблема? — в самооценке. Я знавал человека, который два года отдал исследованиям мозга армадилла, идея была такая, что рано или поздно он узнает об этом мозге больше, чем кто-либо другой на свете. Я пытался доказать ему, что он вовсе не расширяет круг человеческих

---

[1] В конце учебного года в Йеле празднуется «День отбоя» (Tap Day), во время которого студентов младших курсов выбирают членами трех тайных обществ старшекурсников.
[2] «Элайху» — тайное общество старшекурсников Йельского университета. Названо в честь Элайху Йеля, одного из основателей университета.

познаний, что выбор его сделан наобум. И разумеется, он послал статью в медицинский журнал и получил отказ — журнал отдал предпочтение чьим-то коротким тезисам на ту же тему».

Когда Дик приехал в Цюрих, у него имелась далеко не одна ахиллесова пята — на полное оснащение сороконожки, пожалуй, не хватило бы, но их было много — иллюзии неисчерпаемой силы и здоровья, иллюзии сущностной доброты человека; иллюзии касательно своей страны — наследие вранья целых поколений первопроходцев, а вернее, их жен, которым приходилось убаюкивать своих деток уверениями, что никаких волков за дверьми их хижин днем с огнем не сыскать. А после получения докторской степени его отправили на работу в неврологический госпиталь, который создавался тогда в Бар-сюр-Обе.

Работа во Франции оказалась, к неудовольствию Дика, скорее административной, чем практической. Зато у него появилось время, чтобы закончить короткую монографию и собрать материал для следующей. Весной 1919-го он вышел в отставку и вернулся в Цюрих.

Все рассказанное нами до сей поры отдает биографией выдающегося человека, читатель которой лишен приятной уверенности в том, что герой ее, подобно Гранту, застрявшему в лавчонке Галены[1],

---

[1] Улисс Грант (1822—1885), прослужив в армии с 1843 по 1854 г., ушел в отставку в чине капитана. Некоторое время он занимался фермерством, а потом переехал в городок Галена, где до начала Гражданской войны работал в кожевенной лавке отца.

более чем готов откликнуться на призыв своей головоломной судьбы. Так, случайно увидев юношескую фотографию человека, которого знаем сложившимся, зрелым, мы приходим в замешательство и с изумлением вглядываемся в лицо пылкого, гибкого, крепкого незнакомца, в его орлиный взор. И потому самое лучшее — заверить читателя, что в жизни Дика Дайвера уже наступил решающий час.

II

Стоял сырой апрельский день, над Альбисхорном наискось плыли длинные тучи, на отмелях мерцала неподвижная вода. Цюрих обладает некоторым сходством с городами Америки. И тем не менее во все два дня, прошедших со времени его приезда сюда, Дик чувствовал: чего-то ему не хватает, а сегодня понял — появлявшегося у него на коротких французских улочках ощущения, что, кроме них, тут ничего больше и нет. В Цюрихе же было много чего и помимо Цюриха — крыши уводили взгляд вверх, к позванивавшим колокольцами коровьим пастбищам, а там он, добравшись до вершины холма, поднимался еще выше, — жизнь уходила по вертикали в открыточные небеса. Земля Альп, родина игрушек и канатных дорог, каруселей и звонких курантов, не знала слова *здесь*, — в отличие от Франции, с ее лозами, растущими прямо у твоих ног.

В Зальцбурге Дик как-то раз почувствовал, что на него со всех сторон смотрит столетие великой музыки, купленной или заимствованной; в лаборатории Цюрихского университета он, осторожно зондируя затылочный отдел мозга, как-то раз ощутил себя скорее игрушечных дел мастером, чем подобием смерча, которое проносилось двумя годами раньше сквозь старые красные здания Хопкинса, и даже гигантский Христос, иронически улыбавшийся в вестибюле одного из них, не мог его остановить.

И все же он решил на два года задержаться в Цюрихе, ибо высоко ставил игрушечное дело, бесконечную точность, бесконечное терпение.

Сегодня он отправился на встречу с Францем Грегоровиусом, работавшим в клинике Домлера, что стояла на берегу Цюрихского озера. Уроженец кантона Во, постоянный патолог клиники, Франц был на несколько лет старше Дика. Они встретились на остановке трамвая. Смуглое лицо Франца отзывалось величавостью Калиостро, с которой, впрочем, вступало в противоречие благочестивое выражение глаз; он был третьим из Грегоровиусов: дед его обучал самого Крепелина[1] еще в ту пору, когда психиатрия только-только выходила из тьмы времен. Человеком Франц был горделивым, горячим и застенчивым, верящим, что он обладает даром гипнотизера. Если бы родовой гений Грегоровиусов надумал отдохнуть, Франц, несомненно, стал бы превосходным клиницистом.

По дороге к клинике он попросил:

---

[1] Эмиль Крепелин (1856—1926) — немецкий психиатр, один из основателей клинической психиатрии.

— Расскажите мне о вашем военном опыте. Вы тоже изменились, подобно всем прочим? У вас все то же глупое и нестареющее американское лицо, да только я знаю, Дик, что вы не глупы.

— Войны я, можно считать, не видел, Франц, — и вы наверняка поняли это по моим письмам.

— Не имеет значения — у нас есть несколько пациентов с военным неврозом, которые всего лишь слышали издали звуки бомбежек. А несколько других просто читали газеты.

— По мне, так это чушь какая-то.

— Может, и чушь, Дик. Но наша клиника для богатых людей, и мы к этому слову не прибегаем. Скажите честно, вы кого приехали повидать — меня или ту девушку?

Они искоса глянули один на другого. Франц загадочно улыбнулся.

— Я, естественно, просматривал все ее первые письма, — официальным баском сообщил он. — Но когда начались изменения, деликатность запретила мне вскрывать остальные. И ее случай перешел в ваши руки.

— Так ей лучше? — спросил Дик.

— Более чем. Я веду ее, как, собственно, и основную часть английских и американских пациентов. Они зовут меня «доктор Грегори».

— Разрешите мне кое-что прояснить, — сказал Дик. — Я видел ее всего один раз, и это факт. Когда приходил попрощаться с вами перед отъездом во Францию. В тот день я впервые надел военную форму и чувствовал себя в ней каким-то аферистом — первым отдавал честь рядовым и так далее.

— А почему вы сегодня не в ней?

— Помилуйте! Меня демобилизовали три недели назад. Вот тогда я с той девушкой и познакомился. Расставшись с вами, я пошел, чтобы забрать мой велосипед, к тому из ваших зданий, что стоит у озера.

— К «Кедрам»?

— Чудесный, знаете ли, был вечер — луна вон над той горой...

— Над Кренцегом.

— ...я нагнал медсестру с молодой девушкой. Мне и в голову не пришло, что она — пациентка; я спросил сестру о расписании трамваев, мы пошли вместе. Девушка была чуть ли не самой хорошенькой из когда-либо встреченных мной.

— И сейчас такая.

— Американской формы она прежде не видела, мы разговорились, а потом я и думать о ней забыл... — Он умолк, сообразив, что разговор принимает слишком знакомое ему направление, и начал заново: — ...Другое дело, Франц, что у меня нет пока вашей закалки, и когда я вижу такую прекрасную оболочку, мне не по силам избавиться от сожалений о том, что под ней кроется. Тем все и кончилось... пока не стали приходить письма.

— Это лучшее из того, что с ней могло случиться, — мелодраматично сообщил Франц. — Перенос[1], причем самого благотворного толка. Я потому и отправился встречать вас, хоть сегодняшний день расписан у меня по минутам. Хотел отвести вас в мой кабинет и обстоятельно поговорить с ва-

---

[1] Впервые описанный Фрейдом психологический феномен — бессознательный перенос ранее пережитых чувств к одному лицу на совершенно другое.

ми до того, как вы с ней встретитесь. Собственно, я сегодня послал ее с несколькими поручениями в Цюрих, — в голосе его зазвенел энтузиазм. — Послал без сестры, с другой пациенткой, куда менее уравновешенной. Я очень горжусь этим случаем, с которым справился самостоятельно, пусть и не без вашей счастливой помощи.

Машина, шедшая берегом Цюрихского озера, въехала в тучную область пастбищ и невысоких холмов с шале на верхушке каждого. Солнце плыло по синему морю небес, внезапно открылся вид на швейцарскую долину во всей ее красе — приятные звуки и рокоты, свежие запахи доброго здоровья и вкусной еды.

Заведение профессора Домлера размещалось в трех старых зданиях и двух новых, все они стояли между небольшой возвышенностью и берегом озера. Основанное десять лет назад, оно было в то время первой современной клиникой душевных болезней; ни один неспециалист не узнал бы в нем, не приглядевшись как следует, прибежище для существ сломленных, неполноценных, опасных, хоть вокруг двух зданий и шла украшенная лозами, обманчиво невысокая стена. Когда машина въехала на территорию клиники, какие-то люди ворошили на ней граблями солому, кое-где развевались, как белые флаги, халаты сестер, которые сопровождали прогуливавшихся по тропинке пациентов.

Франц отвел Дика в свой кабинет, извинился и на полчаса исчез. Дик прошелся по кабинету, пытаясь составить психологический портрет Франца, исходя из сора на его письменном столе, из книг, принадлежавших ему, его отцу и деду, и книг, когда-то написанных последними, из огромной тонированной фотографии отца на стене, знака швейцарской почтительности к родителям. В комнате было накурено, Дик толкнул створки французского окна, и в нее ворвался конус солнечного света. Внезапно мысли Дика обратились к той девушке, к пациентке.

За восемь месяцев он получил от нее около пятидесяти писем. Первое содержало просьбы простить ее и объяснение: она слышала, что американские девушки пишут письма солдатам, которых даже не знают. Имя и адрес ей дал доктор Грегори, она надеется, что он не будет возражать, если она время от времени станет посылать ему несколько слов с добрыми пожеланиями и т. д. и т. п.

Интонацию узнать не составляло труда — бодрая и сентиментальная, она была позаимствована из популярных в Штатах романов в письмах, «Длинноногий папочка» и «Притворщица Молли». Однако этим сходство с романами и ограничивалось.

Письма делились на две категории: принадлежавшие к первой приходили до Перемирия и несли признаки патологии, принадлежавшие ко второй — с того времени по настоящее — были совершенно нормальны и свидетельствовали о немалой зрелости натуры. *Этих* писем Дик с нетерпением ждал в последние тусклые месяцы Бар-сюр-Оба, хотя и из первых сумел по кусочкам составить картину, содержавшую больше того, о чем догадывался Франц.

MON CAPITAINE[1]

Увидев Вас в форме, я подумала: какой он красивый. А потом подумала: *Je m'en fiche*[2], и на французов тоже, и на немцев. Вы тоже подумали, что я хорошенькая, но я это уже проходила, уже давно это переношу. Если Вы снова появитесь здесь с низменными и преступными намерениями, даже отдаленно не похожими на то, что меня учили связывать с ролью джентльмена, то — да поможет Вам Бог. Однако Вы производите впечатление человека более спокойного, чем

(2)

другие, мягкого, как большой кот. Я же неравнодушна лишь к изнеженным юношам. Вы неженка? Я знала нескольких, где-то там.

Извините меня за все это, я пишу Вам третье письмо и отправлю его немедленно или не отправлю совсем. А еще я много размышляла о лунном свете, чему существует немало свидетелей, которых я могла бы отыскать, если бы выбралась отсюда.

(3)

Они говорят, что Вы доктор, но, пока Вы остаетесь котом, это совсем другое. У меня очень болит голова, поэтому простите мне то, что я веду себя как простой человек с белым котом, думаю, это все объяснит. Я говорю на

---

[1] Мой капитан (*фр.*).
[2] Мне наплевать (*фр.*).

трех языках, английский четвертый, и уверена, что могла бы принести пользу как переводчица, если бы Вы договорились об этом во Франции, уверена, я справилась бы с чем угодно, нужно только всех ремнями связать, как в среду. Сейчас

(4)
суббота, и Вы далеко и, возможно, убиты.

Когда-нибудь вернитесь ко мне, я-то всегда буду здесь, на этом зеленом холме. Если, конечно, они не позволят мне написать отцу, которого я очень люблю. Извините за это. Я сегодня сама не своя. Напишу, когда мне станет получше.
Cherio

Николь Уоррен
Извините за все.

КАПИТАН ДАЙВЕР

Я знаю, самоанализ не приносит добра человеку вроде меня, чрезмерно нервному, однако мне хочется, чтобы Вы знали, каковы мои обстоятельства. В прошлом году — или когда это было? — в Чикаго, я дошла до того, что не могла разговаривать со слугами или ходить по улице и все ждала, что кто-нибудь мне все объяснит. Таков был долг того, кто понимает. Слепому нужен поводырь. Да только никто не говорил мне всего — говорили лишь половину, а я уже слишком запуталась, чтобы сообразить, что к чему. Один мужчина вел себя очень мило — он был французским офицером и все понимал.

(2)

Поднес мне цветок и сказал, что тот «*plus petite et moins entendue*»[1]. Мы были друзьями. А потом отобрал его. Мне стало хуже, но объяснений я ни от кого не услышала. У них была песня про Жанну из Арка, и они все пели ее мне, и это была просто низость, — я всегда плакала, услышав ее, потому что с головой у меня тогда было все в порядке. Еще они говорили что-то о спорте, но я в то время была к нему равнодушна. И наступил день, когда я пошла по Мичиганскому бульвару, милю за милей, и наконец они догнали

(3)

меня на автомобиле, но я в него не села. В конце концов они затащили меня внутрь, и там были санитарки. После этого случая я все начала понимать, поскольку чувствовала, что происходит с другими. Теперь Вы знаете, каковы мои обстоятельства. Ну и какой же мне толк сидеть здесь с докторами, которые все время талдычат одно и то же о том, с чем я должна справиться, что ради этого я здесь и нахожусь. Поэтому я написала сегодня отцу,

(4)

чтобы он приехал и забрал меня отсюда. Я рада, что Вам так интересно исследовать людей и отсылать их назад. Это, должно быть, очень забавно.

И снова, в другом письме:

---
[1] Еще меньше и еще неопытнее (*фр.*).

Вы должны пропустить Ваше следующее исследование и написать мне письмо. Они только что прислали мне кое-какие граммофонные пластинки на случай, если я забуду заученное мной, а я их все перебила, и сиделка со мной не разговаривает. Пластинки-то были на английском, так что сиделки ничего и не поняли бы. Один чикагский доктор говорил, что я всех обманываю, но на самом деле имел в виду, что я шестой близнец, а он таких еще ни разу не видел. Но я была тогда очень занята — сходила с ума — и мне было все равно, что он говорит; когда я очень занята, потому что схожу с ума, мне, как правило, все равно, что они там говорят, пусть хоть миллионным близнецом называют.

Вы сказали, что можете научить меня играть. Что ж, я думаю,

(2)

любовь — это главное, что у нас есть или должно быть. Как бы то ни было, я довольна, что Ваш интерес к исследованиям не дает Вам сидеть сложа руки.
Tout à vous[1],

Николь Уоррен

Были и другие письма, в чьих беспомощных *cæsuras*[2] таились ритмы более мрачные.

ДОРОГОЙ КАПИТАН ДАЙВЕР

Пишу Вам, поскольку больше обратиться не к кому, а мне представляется, что, если эта фарсическая ситуация очевидна для меня, женщи-

---

[1] Вся ваша (*фр.*).
[2] Цензуры (*лат.*).

ны очень больной, она должна быть очевидной и для Вас. Мое психическое расстройство осталось позади, но я совершенно разбита и унижена — по-видимому, этого они и добивались. Моя семья относится ко мне с постыдным пренебрежением, просить у нее помощи или жалости бессмысленно. С меня довольно, притворяться и дальше, что происходящее с моей головой излечимо, значит просто-

(2)

напросто губить свое здоровье и попусту тратить время.

Я нахожусь в каком-то полусумасшедшем доме, потому что никто здесь не считает правильным говорить мне правду о чем бы то ни было. Если б я только знала, что происходит, как знаю теперь, я, полагаю, выдержала бы это, поскольку женщина я достаточно сильная, однако те, кому следовало бы, не сочли правильным меня

(3)

просветить. И теперь, когда я знаю, когда заплатила за знание такую цену, они сидят здесь, ничтожные люди, и говорят, что мне следует верить в то, во что я верила прежде. Особенно один старается, но теперь я знаю.

Я все время одинока, отделена от друзей и родных Атлантикой и брожу по здешнему заведению в каком-то полуоцепенении. Если бы Вы нашли для меня место переводчицы (французский и немецкий я знаю как родной язык, итальянский — очень прилично и немного

(4)

говорю по-испански) или в Красном Кресте, или в госпитале, правда, на медицинскую сестру мне еще пришлось бы учиться, Вы стали бы для меня благословением свыше.

И снова:
Поскольку Вы не примете мои объяснения происходящего, то могли бы, по крайней мере, объяснить мне, что думаете сами, потому что у Вас лицо доброго кота, а не подозрительная физиономия из тех, что, похоже, пользуются здесь таким успехом. Доктор Грегори дал мне Ваш снимок, на нем Вы не так красивы, как в форме, зато выглядите моложе.

MON CAPITAINE
Очень приятно было получить от Вас открытку. Я так рада, что Вы с таким удовольствием увольняете медицинских сестер — о, я прекрасно поняла Ваши слова. Вот только с первой минуты с Вами я думала, что Вы совсем другой.

ДОРОГОЙ КАПИТАН
Сегодня я думаю одно, завтра другое. В сущности, это и есть моя главная беда, если не считать безумной несговорчивости и отсутствия чувства меры. Я с удовольствием приняла бы любого психиатра, какого Вы мне предложите. Здесь они нежатся в ваннах, распевая

(2)

«Играй у себя на заднем дворе», как будто у меня есть задний двор или какая-либо надежда, которую я могу отыскать, глядя назад либо вперед. Они попробовали проделать это снова и снова в кондитерской, и я чуть не ударила продавца гирькой, да они меня удержали.

Больше я к Вам писать не буду. Я слишком неуравновешенна.

Следующий месяц прошел без писем. А затем случилась неожиданная перемена.

— Я медленно возвращаюсь к жизни...
— Сегодня цветы и облака...
— Война закончилась, а я почти ее и не заметила...
— Как же добры Вы были! Наверное, за Вашим лицом белого кота скрыта великая мудрость, правда, по снимку, который дал мне доктор Грегори, этого не скажешь...
— Сегодня ездила в Цюрих, какое странное чувство испытываешь, снова увидев город...
— Сегодня мы были в Берне, там такие милые часы.
— Сегодня мы забрались так высоко, что увидели асфодели и эдельвейсы...

Затем писем стало приходить меньше, и он отвечал на каждое. В одном говорилось:

Мне хочется, чтобы кто-нибудь влюбился в меня, как влюблялись когда-то юноши — сто лет назад, когда я еще не заболела. Полагаю, впрочем, что пройдут годы, прежде чем я смогу всерьез рассчитывать на что-то подобное.

Однако стоило Дику по какой-либо причине промедлить с ответом, как происходил взрыв нервной тревоги, похожей на тревогу влюбленной: «Наверное, я Вам прискучила, или: «Боюсь, я злоупотребляла Вашим терпением», или: «Ночью я думала о том, что Вы заболели».

Дик и вправду заболел — инфлюэнцей. А оправившись, был так слаб, что сил его хватало лишь на необходимую официальную переписку, к тому же вскоре воспоминания о Николь заслонило живое присутствие висконсинской телефонистки из штаба в Бар-сюр-Обе. Обладательница алых, как у девушки с плаката, губ, она была известна в офицерских столовых под не вполне приличным прозвищем «Распределительный щиток».

В кабинет вернулся преисполненный чувства собственной значимости Франц. Дик подумал, что он мог бы, наверное, стать неплохим клиницистом, что громкие, отрывистые каденции, посредством которых Франц призывал к порядку медицинских сестер и пациентов, свидетельствуют не о нервозности его, но о великом и безвредном тщеславии. Свои подлинные, куда более упорядоченные эмоции Франц держал при себе.

— Итак, о девушке, Дик, — сказал он. — Конечно, мне хочется узнать, как вы жили, и рассказать, как жил я, но сначала о ней, — я так долго ждал возможности рассказать вам все.

Он протянул руку к шкафчику, в котором хранил документы, достал стопку бумаг, но, перебрав их и решив, что они только помешают, положил на стол. И приступил к рассказу.

III

Года полтора назад доктор Домлер вступил в неопределенного толка переписку с проживашим в Лозанне американцем, мистером Деверё Уорреном, из чикагских Уорренов. Они условились о встрече, и в один прекрасный день мистер Уоррен приехал в клинику со своей шестнадцатилетней дочерью Николь. Девочка явно была не в себе и, пока мистер Уоррен получал консультацию, гуляла по территории клиники с сопровождавшей ее сиделкой.

Уоррен оказался человеком необычайно красивым, выглядевшим лет на сорок без малого. Он был во всех отношениях образчиком рафинированного американца — рослый, широкоплечий, прекрасно сложенный (*«un homme très chic»*[1] — сказал, описывая его Францу доктор Домлер). Большие серые глаза его немного покраснели от яркого солнца — он занимался греблей на Женевском озере, — а общий облик мистера Уоррена говорил: все, что есть в этом мире лучшего, — к его услугам. Разговор шел на немецком, поскольку, как очень быстро выяснилось, образование мистер Уоррен получил в Гёттингене. Он нервничал и очевидным образом принимал происходившее близко к сердцу.

— У моей дочери умственное расстройство, доктор Домлер. Я обращался ко многим специалистам, нанимал для нее медицинских сестер, два раза дочь прошла курс лечения покоем, однако справиться с ее болезнью не удалось, и мне настоятельно посоветовали обратиться к вам.

— Хорошо, — сказал доктор Домлер. — Попробуйте начать с самого начала, расскажите мне все.

---

[1] Роскошный мужчина (*фр.*).

— Начала не существует, по крайней мере, случаев безумия, насколько я знаю, среди ее родни — и с той, и с другой стороны — не отмечалось. Мать Николь умерла, когда девочке было одиннадцать, с тех пор я стал для нее и отцом, и матерью — не без помощи гувернанток, конечно, — и отцом, и матерью.

Слова эти сильно тронули его самого. Доктор Домлер увидел слезы в уголках его глаз и впервые заметил, что дыхание мистера Уоррена отдает виски.

— В детстве она была существом совершенно очаровательным — все безумно любили ее, то есть все, кому доводилось иметь с ней дело. Она все схватывала на лету и просто купалась в счастье. Любила читать, рисовать, танцевать, играть на пианино — да все любила. Жена не раз говорила, что Николь — единственный наш ребенок, никогда не плакавший по ночам. У меня есть еще старшая дочь и был сын, он умер, но Николь была... Николь была... Николь...

Он умолк, доктор Домлер пришел ему на помощь:

— Была совершенно нормальным, веселым, счастливым ребенком.

— Вот именно.

Доктор Домлер ждал продолжения. Мистер Уоррен покачал головой, протяжно вздохнул, бросил на доктора Домлера быстрый взгляд и снова уставился в пол.

— Месяцев восемь назад, а может быть, шесть или десять — не могу точно вспомнить, где мы были, когда она начала странно вести себя, совершать сумасбродные поступки. Впервые я услышал об этом от ее сестры... потому что мне-то Николь неизменно казалась все той же, — так торопливо, точно он ждал каких-то обвинений, добавил мистер Уоррен, — той же самой прелестной девочкой. Первая история была связана с камердинером.

— О да, — сказал доктор Домлер, кивая так важно, точно он — совершенно как Шерлок Холмс — ожидал, что в этом месте рассказа непременно объявится камердинер, и только камердинер.

— У меня лет десять служил камердинер — швейцарец, кстати сказать, — он поднял взгляд, ожидая от доктора Домлера патриотического одобрения. — И Николь вбила себе в голову нечто совершенно бредовое. Решила, что он к ней подъезжает, — конечно, я в тот раз поверил дочери и прогнал его, но теперь понимаю, какой это было чушью.

— Что, по ее словам, он сделал?

— Вот это самое главное и есть — доктора ничего из нее вытянуть не смогли. Она лишь смотрела на них так, точно они сами должны знать, что он сделал. Но, безусловно, подразумевала, что он непристойным манером заигрывал с ней, в этом она у нас никаких сомнений не оставила.

— Понимаю.

— Я, конечно, читал об одиноких женщинах, которым начинает казаться, будто у них мужчина под кроватью прячется и прочее, но откуда взялись такие мысли у Николь? Она могла получить любого молодого человека, только помани. Когда мы жили в Лейк-Форесте — это летний поселок под Чикаго, у нас там дом, — она целыми днями играла с юношами в гольф или в теннис. И некоторые были к ней очень неравнодушны.

Пока Уоррен распространялся перед старым, сухим доктором Домлером, какая-то часть мыслей последнего раз за разом обращалась к Чикаго. В молодости ему представилась возможность поработать в тамошнем университете младшим научным сотрудником и преподавателем — и может быть, разбогатеть и обзавестись собственной клиникой, вместо того чтобы стать, как сейчас, мелким держателем акций этой. Однако представив себе, что ему придется раскинуть скудную, как он полагал, сеть его знаний по тамошним просторам, по всем их пшеничным полям и бескрайним прериям, доктор оробел. Впрочем, он немало прочитал о Чикаго тех дней, о великих феодальных династиях Арморов, Палмеров, Филдов, Крейнов, Уорренов, Свифтов, Мак-Кормиков и многих других, а с тех пор у него перебывало изрядное число пациентов из этого слоя чикагского и нью-йоркского общества.

— Ей становится все хуже, — рассказывал между тем Уоррен. — Начались припадки или что-то такое, и говорит она вещи все более и более безумные. Ее сестра записала кое-какие из них, — он протянул доктору много раз сложенный листок бумаги. — Говорит почти всегда о мужчинах, которые собираются напасть на нее, о знакомых ей мужчинах или увиденных на улицах — о каких угодно...

Он обстоятельно рассказал о тревоге и страданиях родных, об ужасах, через которые вынуждены проходить в таких обстоятельствах семьи, о бесплодных усилиях, предпринятых ими в Америке, и наконец, об их вере в перемену обстановки, вере, заставившей его махнуть рукой на немецкие подводные лодки и доставить дочь в Швейцарию.

— ...на крейсере Соединенных Штатов, — не без надменности уточнил Уоррен. — Подвернулся счастливый случай, который позволил мне это устроить. И могу добавить, — сконфуженно улыбнулся он, — что деньги, как говорится, не вопрос.

— Разумеется, — сухо согласился Домлер. Он все пытался понять, почему этот человек лжет ему. Или, если он на сей счет заблуждается, что за фальшь пропитала собой и его кабинет, и этого красивого господина в костюме из твида, мужчину, который с такой непринужденностью, с легкостью спортсмена расположился в его кресле? Там, за окнами, бредет под февральским небом трагедия, юная птица со сломанными крыльями, а здесь ему говорят слишком мало, да к тому же и врут.

— Я хотел бы... поговорить с ней... несколько минут, — сказал доктор Домлер, перейдя на английский, словно этот язык мог как-то сблизить его с Уорреном.

Позже, когда Уоррен, оставив дочь в клинике, вернулся в Лозанну и прошло несколько дней, доктор и Франц записали в истории болезни Николь:

Diagnostic: Schizophrénie. Phase aiguë en décroissance. La peur des hommes est un symptôme de la maladie, et n'est point constitutionnelle.... Le pronostic doit rester réservé[1].

---

[1] Диагноз: шизофрения. Острая, запущенная фаза заболевания. Боязнь мужчин — всего лишь симптом, и отнюдь не врожденный... Прогноз по необходимости сдержанный.

И стали со все возраставшим интересом ожидать обещанного мистером Уорреном второго визита.

Однако он не спешил. Прождав две недели, доктор Домлер отправил ему письмо. Молчание продолжалось, и доктор решился на то, что в те дни называли «*une folie*»[1] — телефонировал в «Гран-Отель» Веве. И услышал от слуги мистера Уоррена, что тот в настоящую минуту укладывает вещи, намереваясь отплыть в Америку. При мысли о том, что заплатить за этот звонок сорок швейцарских франков придется клинике, на выручку доктору Домлеру пришла текшая в его жилах кровь гвардейцев Тюильри, и мистеру Уоррену пришлось-таки подойти к телефону.

— Ваш приезд... необходим абсолютно. От него зависит здоровье вашей дочери... зависит все. Иначе я снимаю с себя ответственность.

— Но, помилуйте, доктор, вы же для того и существуете. А меня вызвали домой, срочно!

Доктору Домлеру не доводилось еще вести разговор на таком расстоянии, однако ультиматум свой он изложил в выражениях столь решительных, что исстрадавшийся американец сдался. Через полчаса после его второго приезда на Цюрихское озеро он сломался, плечи его под прекрасно подогнанным пиджаком затряслись от ужасных рыданий, глаза покраснели пуще, чем от солнца над Женевским озером, и доктора услышали чудовищную историю.

— Так получилось, — хрипло произнес он. — Я не знаю как... не знаю.

---

[1] Сумасбродство (*фр.*).

После смерти ее матери маленькая Николь стала каждое утро приходить ко мне в спальню и залезать в мою постель. Я жалел малышку. О, позже, куда бы мы ни ехали в машине или на поезде, мы всегда держались за руки. Она пела мне песенки. Мы говорили друг дружке: «Не станем сегодня ни на кого обращать внимание... пусть нас будет только двое... этим утром ты моя», — в голосе его проступил надломленный сарказм. — Люди твердили: какая чудесная пара, отец и дочка, — многие вытирали глаза. Мы были как любовники... а потом вдруг стали любовниками... и через десять минут после того, как это случилось, я мог бы застрелиться... но я, наверное, такой проклятый Богом выродок, что мне не хватило бы смелости.

— Что потом? — спросил доктор Домлер, снова вспомнив о Чикаго и о спокойном бледном господине в пенсне, который тридцать лет назад принимал его в Цюрихе. — Это имело продолжение?

— О нет! Она почти... она сразу словно оледенела. Просто сказала: «Не беда, папочка, не беда. Это ничего не значит. Не беда».

— Последствий не было?

— Нет. — Последнее короткое рыдание, затем он несколько раз высморкался. — Не считая множества нынешних.

Рассказ Уоррена завершился. Доктор Домлер откинулся на спинку столь любимого буржуазией покойного кресла и резко сказал сам себе: «Мужлан!» — и это было одно из тех немногих житейских и только житейских суждений, какие он позволил себе за последние двадцать лет. Затем:

— Отправляйтесь в Цюрих, проведите ночь в отеле, а утром приезжайте сюда, поговорим.

— А после?

Доктор Домлер вытянул перед собой руки, разведя их достаточно широко для того, чтобы удержать на них молодую свинью.

— Чикаго, — порекомендовал он.

IV

— Так мы поняли, с чем имеем дело, — продолжал Франц. — Домлер сказал Уоррену, что мы возьмемся за лечение, если он согласится не приближаться к дочери в течение неопределенного времени, абсолютный минимум — пять лет. Впрочем, оправившегося от первого срыва Уоррена заботило только одно: чтобы сведения о его истории не просочились в Америку.

— Мы набросали план лечения и стали ждать. Прогноз был плохим: сами знаете, в таком возрасте процент излечений — даже при использовании так называемой социальной терапии — крайне мал.

— Первые ее письма производили тяжелое впечатление, — согласился Дик.

— Очень тяжелое и очень типичное. Я долго колебался, прежде чем решился выпустить самое первое за пределы клиники. А потом подумал: Дику будет полезно знать, чем мы тут заняты. Вы проявили большое великодушие, отвечая на них.

Дик вздохнул.

— Она была такая хорошенькая — к первому письму прилагались ее фотографии. А мне в первый тамошний месяц занять себя было нечем. Да и писал я ей, в сущности, только одно: «Будьте хорошей девочкой, слушайтесь докторов».

— Этого оказалось довольно — у нее появился принадлежащий к внешнему миру человек, о котором она могла думать. А прежде не было никого, только сестра, но они, кажется, не очень близки. Помимо того, чтение ее писем помогало и нам — мы судили по ним о ее состоянии.

— Ну и хорошо.

— Теперь вы понимаете, что произошло? Николь ощутила свою причастность к жизни — дело, может быть, не столь уж и существенное, но позволившее нам заново оценить подлинную уравновешенность и силу ее характера. Сначала она испытала то, первое потрясение. Потом попала в закрытую школу, наслушалась разговоров девочек и просто из чувства самосохранения утвердилась в мысли, что она тут ни при чем, — а это прямая дорога в призрачный мир, населенный мужчинами, которые оказываются тем более порочными, чем с большей любовью и доверием ты к ним относишься...

— Она когда-нибудь рассказывала о том... кошмаре?

— Нет, и надо сказать, в октябре, когда ее поведение начало вроде бы становиться нормальным, мы зашли в тупик. Если бы ей было лет тридцать, мы позволили бы ей перестраиваться самостоятельно, однако девочка слишком юна, и мы боялись, что она может лишь закрепить все, что в ней изломано и перекручено. Поэтому доктор Домлер сказал ей напрямик: «Теперь вы в долгу только перед собой. Это ни в коем случае не означает, что жизнь ваша кончена, — она лишь начинается» — и так далее и тому подобное. На самом деле у нее великолепно развитый ум, доктор дал ей почитать кое-что из Фрейда, не многое, и она очень заинтересовалась. Собственно говоря, девочка стала здесь общей любимицей. Однако она скрытна, — добавил Франц и, помявшись: — Мы гадали, не содержат ли письма, которые она самостоятельно отправляла из Цюриха, чего-нибудь проливающего свет на состояние ее разума и планы на будущее.

Дик поразмыслил.

— И да, и нет — если хотите, я привезу вам эти письма. Похоже, у нее появились надежды и нормальная жажда жизни — даже некоторая романтичность. Иногда она упоминает о «прошлом» примерно так же, как люди, которые посидели в тюрьме. Никогда не поймешь, говорят ли они о своем преступлении, или о заключении, или обо всем этом опыте в целом. В конце концов, я для нее всего лишь подобие манекена.

— Разумеется, я очень хорошо понимаю ваше положение и просто обязан еще раз поблагодарить вас. Потому я и хотел поговорить с вами до того, как вы увидитесь с девушкой.

Дик усмехнулся:

— Вы боитесь, что она с ходу бросится в мои объятия и повиснет у меня на шее?

— Нет, не то. Но хочу попросить вас быть очень осмотрительным. Вы нравитесь женщинам, Дик.

— Тогда да поможет мне Бог! Ладно, я буду осторожным и отталкивающим — стану жевать чеснок перед каждой встречей с ней и отпущу колючую щетину. Она еще бегать от меня будет.

— Только не чеснок! — сказал Франц, принявший его слова за чистую монету. — Так вы себе всю карьеру испортите. Но вы ведь отчасти шутите.

— ...могу еще изобразить хромоту. Ну, а порядочной ванны в моем нынешнем жилище так и так нет.

— Теперь вы просто шутите, — сказал Франц, успокоившись, или, вернее, приняв позу успокоившегося человека. — Хорошо, расскажите о себе, о ваших планах.

— План у меня только один, Франц, стать хорошим психиатром, может быть, величайшим из когда-либо живших.

Франц приятно усмехнулся, поняв, впрочем, что на сей раз Дик не пошутил.

— Это очень хорошо и очень по-американски, — сказал он. — Нам это сделать труднее.

Он встал, подошел к французскому окну.

— Отсюда мне виден Цюрих — вон колокольня Гроссмюнстера. В одном из его склепов погребен мой дед. А если перейти от собора по мосту, попадешь на могилу моего предка Лафатера[1], прах которого не приняла бы ни одна церковь. Рядом с его могилой стоит памятник другому предку, Генриху Песталоцци[2], и еще один, доктору Альфреду Эшеру[3]. Ну а кроме них, у меня всегда есть

---

[1] Иоганн Каспар Лафатер (1741–1801) — швейцарский поэт, богослов и физиогномист.

[2] Иоганн Генрих Песталоцци (1746–1827) — швейцарский педагог.

[3] Иоганн Генрих Альфред Эшер (1819–1882) — швейцарский промышленник и политик, строитель Готардской железной дороги.

Цвингли[1] — перед моими глазами вечно маячит пантеон героев.

— Да, я понимаю, — Дик встал. — Я ведь всего-навсего хвастаюсь. Все только начинается. Во Франции большинству американцев не терпится вернуться в Штаты, но не мне, я буду получать армейское жалованье до конца года и только за то, что стану посещать лекции в университете. И как это правительству удается угадывать своих будущих гениев? Потом съезжу на месяц домой, повидаюсь с отцом. А потом вернусь — мне предложили работу.

— Кто?

— Ваши соперники — клиника Гислера в Интерлакене.

— И близко не подходите, — предостерег его Франц. — Они что ни год набирают с десяток молодых докторов, а потом те уходят. Сам Гислер страдает маниакально-депрессивным психозом, а в клинике заправляют его жена со своим любовником, вы, разумеется, понимаете, что это должно остаться между нами.

— А что ваша американская затея? — легким тоном осведомился Дик. — Мы с вами отправляемся в Нью-Йорк и основываем наисовременнейшее заведение для миллиардеров.

— Ну, студентом чего только не наболтаешь.

Обедал Дик в обществе Франца, его новоиспеченной жены и пахнувшей жженой резиной собачки, в стоявшем на краю клиники коттедже.

---

[1] Ульрих Цвингли (1484—1531) — швейцарский церковный реформатор.

Он испытывал смутную подавленность — не по причине их бережливости или, как можно было предвидеть заранее, присутствия фрау Грегоровиус, но из-за внезапно открывшейся ему узости их горизонтов, с которой Франц, похоже, совершенно смирился. Для Дика границы аскетизма размечались совсем иначе, Дик видел в нем средство к достижению цели, быть может содержащее в себе зерна будущего триумфа, а намеренно корнать свою жизнь, втискивать ее в полученный по наследству костюм — об этом ему не хотелось и думать. В домашней жестикуляции Франца и его супруги, не без труда передвигавшихся по тесному домику, отсутствовала и грация, и готовность к риску. Послевоенные месяцы, прожитые Диком во Франции, как и проводившееся с американской расточительностью избавление от армейского имущества, изменили его воззрения. А кроме того, мужчины и женщины уделяли ему во Франции слишком много внимания и, возможно, его возврат в самую сердцевину огромных швейцарских часов объяснялся интуитивным пониманием того, что для серьезного человека оно губительно.

Он легко убедил Кете Грегоровиус в ее обаятельности, но сам понемногу внутренне закипал от пропитавшего все вокруг запаха цветной капусты и одновременно с отвращением понимал, что в нем зарождается мелочная суетность, прежде ему не свойственная.

«Господи, так в конечном счете я такой же, как все? — думал он, вдруг просыпаясь той ночью. — Совершенно такой же, как все?»

Беспокойство для социалиста постыдное, но в тех, кто выполняет бо́льшую часть редчайшей в мире работы, его можно только приветствовать. Правда же состояла в том, что вот уже несколько месяцев в Дике совершался подспудный распад юношеских представлений, позволяющий человеку решить, стоит ему или не стоит посвящать жизнь тому, во что он больше не верит. В мертвенные, белесые часы цюрихского рассвета, вглядываясь в освещенную уличным фонарем буфетную дома напротив, он думал о том, что хочет быть хорошим, добрым, храбрым и мудрым, но это так трудно. А еще он хотел быть любимым, если это удастся выдержать.

V

Из распахнутых французских окон на веранду центрального корпуса лился свет, темнели здесь только простенки да причудливые, соскальзывавшие на клумбу гладиолусов тени железных кресел. За окнами переходили из комнаты в комнату какие-то люди, из их-то вереницы и выделилась мисс Уоррен — поначалу расплывчатая, но затем, когда она увидела Дика, очертания ее стали приобретать все бо́льшую отчетливость, а едва девушка переступила порог, на лицо ее упал последний отблеск света, и она словно вынесла его с собой из дома. В походке Николь присутствовал ритм — всю эту неделю что-то звучало в ее ушах, летняя песня пылкого неба и привольной прохлады, и теперь, с появлением Дика, пение стало столь громким, что она могла бы во весь голос вторить ему.

— Здравствуйте, капитан, — сказала она, отрывая от него взгляд с таким трудом, точно их обоих уже оплели некие путы. — Присядем?

Она стояла неподвижно, двигались только глаза, **вмиг** обшарившие веранду.

— Почти уж лето.

Следом за ней вышла из дома женщина, приземистая, с шалью на плечах, и Николь представила ее:

— Сеньора...

Франц, извинившись, ушел, Дик придвинул поближе друг к другу три кресла.

— Прекрасная ночь, — сказала сеньора.

— *Muy bella*[1], — согласилась Николь и повернулась к Дику. — Надолго сюда?

— Если вы о Цюрихе, то надолго.

— Первая по-настоящему весенняя ночь, — сообщила сеньора.

— До какого времени останетесь?

— По меньшей мере до июля.

— А я уезжаю в июне.

— Июнь в этих местах прелестный, — заметила сеньора. — Вы могли бы провести его здесь, а уехать в июле, когда наступит жара.

— Куда собираетесь? — спросил Дик у Николь.

— Сестра решит, надеюсь, там будет весело, ведь я столько всего пропустила. Но, возможно, они сочтут, что для начала мне стоит поехать в какое-нибудь тихое место — может быть, в Комо. Вы не хотите побывать в Комо?

— Ах, Комо... — начала было сеньора.

---

[1] Очень красивая (*исп.*).

Внутри дома инструментальное трио разразилось увертюрой к «Легкой кавалерии» Зуппе. Николь воспользовалась этим, чтобы встать, в полной мере явив Дику свою молодость и красоту, и сердце его судорожно сжалось, омытое всплеском эмоций. Она улыбнулась трогательной детской улыбкой, вместившей всю юность, затерявшуюся в нашем мире.

— Слишком громкая музыка, не поговоришь, может быть, пройдемся немного? *Buenas noches, Señora*[1].

— *G't night – g't night*[2].

По двум ступенькам они сошли на дорожку — и миг спустя сумрак поглотил их. Николь взяла Дика под руку.

— У меня есть пластинки — сестра прислала из Америки, — сказала она. — Когда приедете в следующий раз, я вам их поставлю, я знаю одно место, где можно завести граммофон и никто его не услышит.

— Это будет чудесно.

— Вы знаете «Индустан»? — мечтательным тоном поинтересовалась она. — Я его раньше не слышала, мне так понравилось. А еще у меня есть «Почему их зовут малышами?» и «Рад, что могу довести тебя до слез». Вы, наверное, танцевали под них в Париже, да?

— Я и в Париже-то не был.

Ее кремового тона платье становилось, пока они шли, то голубым, то серым, очень светлые во-

---

[1] Спокойной ночи, сеньора (*исп.*).
[2] Спокойной ночи (*англ. искаж.*).

лосы ослепляли Дика — всякий раз, как он поворачивался к ней, Николь легко улыбалась, а стоило им приблизиться к какому-то из горевших пообок дорожки фонарю, лицо ее озарялось ангельским светом. Она благодарила его за все — так, точно он сводил ее на веселую вечеринку, — и Дик понемногу переставал понимать, как он относится к ней, ее же уверенность в себе лишь возрастала, Николь охватывало волнение, бывшее слепком всех волнений, владевших когда-либо миром.

— Мне теперь позволяют делать все, что я захочу, — говорила она. — А еще я дам вам послушать две хороших песенки — «Подожди, когда коровы вернутся домой» и «Прощай, Александр».

В следующий раз, неделю спустя, он немного опоздал, Николь ждала его на развилке дорожек, которой он не смог бы миновать, покинув дом Франца. Волосы ее, зачесанные над ушами назад, спадали на плечи, и казалось, что лицо Николь только что выступило из них, как сама она могла выступить из леса под ясный свет луны. Неведомое отпустило ее. Дику хотелось, чтобы у Николь не было прошлого, чтобы она была просто заблудившейся девушкой, не имеющей дома — помимо ночи, из которой она появилась. Они пошли к тайнику, в котором Николь припрятала граммофон, свернули за угол мастерской, вскарабкались на большой валун и присели за низкой стеной, глядя на мили и мили холмистой ночи.

Теперь они были в Америке, и даже Франц, считавший Дика беспутным соблазнителем, и представить себе не мог, что эти двое зайдут столь далеко. Им было так жаль, дорогой; они ехали навстречу друг дружке в такси, моя сладкая; оба предпочитали всему на свете улыбку и встретились в «Индустане», а после, должно быть, поссорились, кому это знать и кому оно важно, но кто-то из них ушел, оставив другого в слезах, в унынии и печали.

Меленькие мелодии, связующие утраченные времена и будущие надежды, извивались в ночь кантона Вале. Когда граммофон замолкал, сверчок заполнял паузу своей единственной нотой. Время от времени Николь останавливала музыку и пела Дику сама.

> Lay a silver dollar
> On the ground
> And watch it roll
> Because it's round...

Невинные губы ее раскрывались, но дыхание как будто и не овевало их. Внезапно Дик встал.

— Что случилось? Вам не понравилось?

— Конечно, понравилось.

— Меня этой песенке наша кухарка научила еще дома.

> Баба, она ж не знает,
> Какой у нее классный мужик,
> Пока его не прогоняет...

— Нравится?

Она улыбнулась ему, постаравшись вложить в эту улыбку все свои мысли и чувства и вручить их Дику, пообещав отдать себя за сущую мелочь, за миг ответного движения души, за уверенность в том, что он радостно примет ее. Минута за минутой сладостность и свежесть этой ночи стекались к ней от тихих ив, из всего сумрачного мира.

Она тоже встала и, споткнувшись о граммофон, на миг припала к Дику, упершись руками в ямку под его плечом.

— У меня есть еще одна пластинка, — сказала она. — Слышали вы «Пока, Летти»? Наверное, слышали.

— Честное слово, вы так и не поняли, — ничего я не слышал.

Не знал, не обонял, не пробовал на вкус, мог бы добавить он, не считая девушек с жаркими щеками в жарких укромных комнатах. Юные девы, которых он знал в Нью-Хейвене 1914 года, целовали мужчин, и говорили: «Ну вот!», и упирались руками им в грудь, отталкивая. Теперь же чудом спасшийся от погибели беспризорный ребенок норовил принести ему в дар квинтэссенцию целого континента...

VI

Следующая их встреча произошла в мае. Завтрак в цюрихском ресторане стал для Дика упражнением в осмотрительности. Он понял, что логика его существования недоступна Николь, но, когда какой-то сидевший за соседним столиком мужчина уставился на нее и глаза его вспыхнули — внезапно и устрашающе, как не обозначенный на карте маяк, — Дик обратил к нему полный учтивой угрозы взгляд, заставивший наглеца отвернуться.

— Это всего лишь зевака, — улыбаясь, объяснил он Николь. — Разглядывал ваше платье. Откуда у вас их столько?

— Сестра говорит, что мы теперь очень богаты, — смиренно ответила она. — После смерти бабушки.

— Я вас прощаю.

Он был старше Николь — в мере достаточной, чтобы получать удовольствие от ее юного тщеславия и прелести; от того, как она, покидая ресторан, на краткий миг замирает перед вестибюльным зеркалом, чтобы увидеть себя в его неподкупной амальгаме. Он был доволен тем, что она разрабатывает пальцы, беря все новые октавы, по-новому осознавая свое богатство и красоту. Дик честно старался изгнать из головы Николь навязчивую мысль о том, что это он сшил ее заново из разодранных лоскутов, и радовался, наблюдая, как она обретает счастье и уверенность в себе без какой-либо помощи с его стороны; беда состояла, однако же, в том, что все обретенное ею Николь приносила к его стопам, как подношения священной амброзии, жертвенного мирта.

Первую неделю лета Дик провел, заново устраиваясь в Цюрихе. Он пересмотрел свои статьи и армейские записи, скомпоновав из них будущий текст «Психологии для психиатров». Издатель, как он полагал, у него имелся, и Дик, подыскав бедного студента, договорился о том, что тот отутюжит текст, изгнав из него ошибки в немецком языке. Франц счел издание этой книги поступком опрометчивым, Дик указал в ответ на обезоруживающую скромность ее темы.

— Добавить к собранным мной сведениям какие-то новые я уже не смогу, — сказал он. — А сдается мне, эта тема не стала фундаментальной лишь потому, что никто и никогда всерьез к ней не относился. Недостаток нашей профессии в ее привлекательности для человека отчасти ущербного, надломленного. В лоне ее он компенсирует свою неполноценность, ухватываясь за клиническую, «практическую» сторону дела — и побеждает без борьбы.

— Вы, Франц, это другая история, судьба выбрала для вас профессию еще до того, как вы родились, — и благодарите Бога за то, что у вас нет «склонности» к ней. Я же подался в психиатры благодаря слушавшей одни со мной лекции девушке из оксфордского колледжа Святой Хильды. Может быть, я и банален, но мне не хочется, чтобы нынешние мои идеи смыло несколькими десятками кружек пива.

— Ну хорошо, — ответил Франц. — Вы американец. Вы можете проделать это, не понеся профессионального ущерба. Но мне такого рода обобщения не по душе. Этак вы скоро начнете сочинять книжицы под названием «Глубокие мысли для непосвященных», до того упрощенные, что они просто-напросто с гарантией задуматься никого не заставят. Будь мой отец жив, он только посмотрел бы на вас, Дик, и крякнул. А после снял с шеи салфетку, сложил ее, вот так, взял салфеточное кольцо, вот это, — Франц указал на него — кабанья голова, вырезанная из темного дерева, — и сказал: «Ну, на мой взгляд...» — и тут посмотрел бы на вас еще раз и подумал: «Да что толку?» — и продолжать не стал бы, а крякнул бы снова; чем наш с ним обед и закончился бы.

— Сейчас я одинок, — запальчиво ответил Дик, — но завтра это может перемениться. И тогда я тоже стану складывать салфетки, как ваш отец, и крякать.

Франц помолчал немного, потом спросил:
— Как там наша пациентка?
— Не знаю.
— Ну, теперь-то вы должны знать о ней многое.
— Она мне нравится. Она привлекательна. Вы, собственно, чего хотите, чтобы я водил ее в горы любоваться эдельвейсами?
— Нет, но, полагаю, раз вы сочиняете научные книги, у вас должны быть какие-то идеи на ее счет.
— К примеру, идея насчет того, чтобы посвятить ей всю мою жизнь?

Франц повернулся к кухне, крикнул жене:
— *Du lieber Gott! Bitte, bringe Dick noch ein Glas-Bier*[1].
— Нет, хватит, мне сегодня еще с Домлером разговаривать.
— Мы считаем, что нам нужна определенная программа. Прошло четыре недели — ясно, что девочка влюбилась в вас. Живи мы в обычном мире, нас это не касалось бы, но здесь, в клинике, мы кровно заинтересованы в ней.
— Как доктор Домлер скажет, так я и сделаю, — согласился Дик.

Впрочем, ему не верилось, что Домлер способен пролить на эту историю какой-то новый

---

[1] Радость моя! Принеси, пожалуйста, Дику еще стакан пива (*нем.*).

свет — он, Дик, сам был ее непредсказуемым элементом. И что бы он себе ни думал, все теперь зависело от него. Это напомнило ему эпизод из детства: все домашние искали и найти не могли ключ от буфета, в котором хранилось столовое серебро. Дик-то знал, что спрятал его под носовым платком в верхнем ящике материнского комода, и испытывал тогда некую философическую отстраненность, — она же овладела им и теперь, когда он пришел с Францем в кабинет профессора Домлера.

Обрамленное прямыми бакенбардами лицо профессора, прекрасное, как заросшая лозами веранда изысканного старого дома, обезоружило Дика. Ему доводилось встречать людей более одаренных, но ни один из них не превосходил Домлера личными качествами.

...Полгода спустя он подумал о том же, увидев Домлера мертвым, — свет на веранде погас, лозы его бакенбард щекотали жесткий белый воротник, битвы, которые разворачивались перед узкими глазами профессора, навсегда затихли под его хрупкими мягкими веками...

— ...добрый день, сэр, — Дик принял стойку «смирно», как в армии.

Профессор Домлер переплел спокойные пальцы. Франц заговорил тоном не то офицера связи, не то секретаря, но старший по званию прервал его на середине фразы.

— Мы прошли определенный путь, — спокойно произнес он, — и теперь наибольшую помощь можете оказать нам вы, доктор Дайвер.

Сбитый с толку Дик признался:

— Я не очень понимаю, чем могу быть полезен.

— Дело отнюдь не в вашей личной реакции, — сказал Домлер, — дело главным образом в том, что так называемый «перенос», — он бросил короткий иронический взгляд на Франца, и тот ответил ему таким же, но более добродушным, — следует прервать. Мисс Николь прекрасно со всем справляется, однако ее состояние не позволит ей пережить то, что она может истолковать как трагедию.

Франц снова попытался вставить слово, но доктор Домлер повел рукой по воздуху, заставив его замолчать.

— Я понимаю, что положение ваше затруднительно.

— Да, это так.

Профессор откинулся на спинку кресла и засмеялся, поблескивая узкими серыми глазами, а отсмеявшись, сказал:

— Возможно, и вы прониклись к ней определенными чувствами.

Дик, сообразив, что его заманили в умело расставленную западню, засмеялся тоже.

— Она красива, а на это откликается каждый, в определенной степени. Я не имею намерения...

И снова Франц попытался сказать что-то, и Домлер опять остановил его, задав Дику вопрос:

— Вы не думали о том, чтобы уехать отсюда?

— Уехать я не могу.

Доктор Домлер повернулся к Францу:

— Ну, тогда мы можем отослать куда-нибудь мисс Уоррен.

— Как скажете, профессор Домлер, — согласился Дик. — Положение действительно непростое.

Профессор Домлер начал привставать из кресла, точно безногий, опирающийся на костыли.

— Но профессиональное! — негромко воскликнул он.

И, вздохнув, снова осел в кресло, ожидая, когда в комнате утихнет эхо его восклицания. Дик понял: кульминация миновала, однако уверенности, что он прошел ее без потерь, у него не было. Зато Франц получил наконец возможность высказаться.

— Доктор Дайвер — человек тонкий, — сказал он. — И сколько я понимаю, для того чтобы справиться с любой ситуацией, ему довольно лишь разобраться в ней. На мой взгляд, Дик способен помочь нам здесь, на месте, и уезжать никому не придется.

— Что вы на этот счет думаете? — спросил у Дика профессор Домлер.

Дик понимал: он ведет себя как упрямец, — а молчание, наступившее после того, как профессор задал свой последний вопрос, позволило ему сообразить, что бесконечно пребывать в бездействии он не сможет, — и неожиданно для себя выложил все:

— Я наполовину влюблен в нее — и мысль о женитьбе уже приходила мне в голову.

— Те-те-те! — выпалил Франц.

— Подождите, — попытался остановить его Домлер.

Однако Франц ждать не желал:

— Как! Провести половину жизни домашним доктором, и сиделкой, и Бог весть кем еще — да ни в коем случае! Я повидал таких больных, и немало.

Только один из двадцати выздоравливает при первой попытке лечения — нет, вам лучше никогда ее больше не видеть!

— Что скажете? — спросил Домлер у Дика.

— Разумеется, Франц прав.

VII

Разговор о том, что должен сделать Дик: самоустраниться со всей возможной добротой и мягкостью, закончился уже под вечер. Когда доктора поднялись наконец из кресел, Дик посмотрел в окно — там сеялся легкий дождик, под которым ждала его где-то полная надежд Николь. Когда же он вышел, на ходу застегнув на все пуговицы дождевик и надвинув на глаза шляпу, то почти сразу наткнулся на нее, стоявшую под навесом главного входа.

— Я вспомнила место, в котором мы еще не бывали, — сказала она. — Когда я болела, то сидела вечерами внутри со всеми прочими, слушала их разговоры и ничего не имела против — люди как люди. Но теперь я, разумеется, понимаю, что они больны и это... это...

— Вы скоро уедете отсюда.

— Да, скоро. Моя сестра Бесс — правда, все зовут ее Бэйби — приедет через пару недель, чтобы отвезти меня куда-то, а потом я вернусь сюда на последний месяц.

— Сестра старше вас?

— О да, и намного. Ей двадцать четыре, она совершенная англичанка. Живет в Лондоне с сестрой моего отца. И помолвлена была с англичанином, но он погиб — я ни разу его не видела.

Ее лицо, казавшееся в расплывчатом закатном свете, что пробивался сквозь редкий дождь, выточенным из золотистой слоновой кости, содержало обещания, никогда прежде Диком не виденные: высокие скулы, отдаленный намек на бледность, скорее спокойствие, чем взволнованность, — все это приводило на ум породистого жеребенка, существо, чья жизнь сулила не проекцию юности на понемногу сереющий экран, но подлинный расцвет; лицо ее будет красивым в зрелости, оно будет красивым и в старости: об этом говорило и строение его, и строгая экономность черт.

— Что это вы разглядываете?

— Да просто думаю, что вы наверняка будете счастливы.

Николь это испугало:

— Я? Ну, хуже, чем было, уже не будет.

Она привела его к навесу, под которым хранились дрова, и села, скрестив ноги в спортивных туфлях, плащ ее немного перекрутился вокруг тела, щеки порозовели от влажного воздуха. Николь серьезно посмотрела Дику в глаза, а затем принялась вглядываться, словно запоминая ее, горделивую — даром что стоял он прислонившись к деревянному столбу, — осанку Дика; в его лицо, которое после всякой вспышки веселья или шутливости неизменно старалось вернуть себе выражение серьезной внимательности. Эту особенность Дика, которой так шла его ирландская рыжеватость, Николь знала меньше всех прочих и побаивалась ее, но тем сильнее желала исследовать, — то была самая мужская его сторона: другую, более вышколенную, уважительную предупредительность его глаз, она, как это свойственно большинству женщин, считала принадлежащей ей безусловно.

— По крайней мере, — сказала Николь, — я попрактиковалась здесь в нескольких языках. С двумя моими докторами разговаривала по-французски, с сиделками по-немецки, с парой уборщиц и одной из пациенток по-итальянски, во всяком случае, это походило на итальянский, а у другой переняла немало испанских фраз.

— Это хорошо.

Он все пытался нащупать правильную манеру поведения с ней, но никакие логические соображения помочь ему в этом не могли.

— ...и в музыке тоже. Надеюсь, вы не думаете, что мне только рэгтаймы и нравятся. Я упражнялась каждый день, а в последние месяцы прослушала в Цюрихе курс по истории музыки. Собственно, временами только она и позволяла мне не опускать руки — музыка да еще рисование. — Николь вдруг наклонилась, отодрала от подошвы одной из своих туфель начавшую отставать полоску резины и снова подняла взгляд на Дика. — Мне хотелось бы зарисовать вас сейчас, вот в этой позе.

Когда Николь рассказывала о своих успехах, надеясь заслужить его одобрение, Дику становилось грустно.

— Завидую вам. А меня сейчас только моя работа и волнует.

— О, по-моему, для мужчины это хорошо, — быстро сказала она. — А женщине, как я считаю, следует накопить побольше пусть и малых, но достижений — тогда у нее будет что передать детям.

— Наверное, — с намеренным безразличием согласился Дик.

Николь притихла. Дику хотелось, чтобы она продолжала говорить, это позволило бы ему с большей легкостью изображать занудное равнодушие, однако Николь молчала.

— Вы молодец, — сказал он. — Постарайтесь забыть о прошлом и не слишком утомляться в ближайший год или около того. Возвращайтесь в Америку, заведите побольше светских знакомств, влюбитесь в кого-нибудь — и будьте счастливы.

— Я не могу влюбиться.

Она сбила носком поврежденной туфли кокон пыли с полена, на котором сидела.

— Ну конечно, можете, — стоял на своем Дик. — Если и не в этом году, то рано или поздно. — И беспощадно добавил: — Вы можете жить совершенно нормальной жизнью, обзавестись целой кучей прелестных детишек. Одно уж то, что вы, в вашем-то возрасте, сумели полностью выздороветь, доказывает: провоцировавшие вашу болезнь факторы себя практически исчерпали. Женщина вы молодая и будете идти по жизни вперед еще долгое время после того, как ваши здешние знакомые сойдут, визжа и плача, в могилу.

...Однако в глазах ее плескалась боль, слишком большую дозу нового лекарства она приняла, слишком жестоким было напоминание.

— Я знаю, что еще долгое время не буду годна для замужества, — смиренно сказала она.

Дик был слишком расстроен, чтобы добавить что-то еще. Он смотрел в поле, стараясь вернуть себе жестокую бесцеремонность.

— Все наладится — здесь все очень верят в вас. Да вот доктор Грегори, он так гордится вами, что, пожалуй...

— Ненавижу доктора Грегори.

— Ну, это вы зря.

Мир Николь распадался, но он ведь и был непрочным, сотворенным на скорую руку, а за ним продолжали борьбу ее настоящие чувства и инстинкты. Неужели всего только час назад она ждала Дика у входа в центральное здание, любуясь своими надеждами, точно приколотым к поясу букетиком?

...Платье, стань для него накрахмаленным, пуговица, держись что есть сил, цвети, нарцисс, — воздух, стань спокойным и сладким.

— Да, приятно будет снова зажить, не зная беды, — пробормотала она. В голове Николь мелькнула шальная мысль: может, рассказать ему, как она богата, в каких огромных домах жила, сколь большую ценность представляет, — Николь словно обратилась на миг в своего деда, барышника Сида Уоррена. Впрочем, она одолела искушение, грозившее спутать и сбить всю шкалу ее ценностей, отогнала его туда, где ему самое место, — в запертый чулан викторианского дома, даром что у самой Николь дома теперь не осталось, лишь пустота и боль.

— Пора возвращаться в клинику. Дождь прекратился.

Дик шел рядом с ней, понимая, что она несчастна, жаждая снять губами капли дождя с ее щеки.

— Мне прислали несколько новых пластинок, — говорила она. — Так не терпится их послушать. Знаете...

Дик думал, что в этот же вечер, после ужина, он постарается окончательно закрепить разрыв с Николь, а еще ему хотелось от души пнуть ногой в зад Франца, который принудил его совершить дело столь подлое. Он ждал в вестибюле центрального здания, поглядывая на берет, не намокший, как у Николь, от ожидания, но прикрывавший недавно прооперированную голову. Мужчина в берете встретился с Диком глазами и подошел к нему:

– *Bonjour, Docteur.*
– *Bonjour, Monsieur.*
– *Il fait beau temps.*
– *Oui, merveilleux.*
– *Vous êtes ici maintenant?*
– *Non, pour la journée seulement.*
– *Ah, bon. Alors-au revoir, Monsieur*[1].

Довольный тем, как он справился с разговором, бедняга в берете удалился. Дик ждал. В конце концов сверху спустилась сиделка, доставившая ему сообщение.

— Мисс Уоррен просит простить ее, доктор. Ей необходимо полежать. Ужинать она будет наверху.

Сиделка умолкла, ожидая его ответа, наполовину надеясь услышать, что, разумеется, от такой сумасшедшей, как мисс Уоррен, ничего другого и ожидать не приходится.

— О, понимаю. Ну что же... — Дик проглотил ставшую вдруг обильной слюну, приказал сердцу

---

[1] Здравствуйте, доктор. – Здравствуйте, месье. – Хорошая погода. – Да, превосходная. – Вы теперь здесь работаете? – Нет, просто приехал на денек. – Вот оно что. Ну, до свидания, месье (*фр.*).

колотиться помедленней. — Надеюсь, ей станет лучше. Спасибо.

Такой поворот озадачил и раздосадовал его. Но, во всяком случае, освободил от дальнейшего.

Оставив Францу записку с просьбой извинить его за то, что к ужину он не придет, Дик направился полями к остановке трамвая. А дойдя до платформы, увидев ее вызолоченные весенним закатом перила и стекла торговых автоматов, почувствовал вдруг, что и остановка, и клиника застряли между двумя состояниями — центробежным и центростремительным. И испугался. Спокойно на душе Дика стало, лишь когда его каблуки застучали по солидным камням цюрихской мостовой.

Он ожидал получить назавтра весточку от Николь — и не получил ни слова. Уж не заболела ли? — подумал он, и позвонил в клинику, и поговорил с Францем.

— Она спускалась сегодня к ленчу, как и вчера, — сказал Франц. — Выглядит немного рассеянной, словно бы витающей в облаках. Как все прошло?

Дик предпринял попытку перескочить разделяющую мужчин и женщин альпийскую пропасть.

— До сути дела мы не добрались — по крайней мере, я так думаю. Я старался изображать холодность, однако мне кажется, для того чтобы изменить ее установку, если она укоренилась достаточно прочно, этого мало.

Возможно, тщеславие его было уязвлено тем, что он не сумел нанести *coup de grâce*.

— Исходя из того, что она сказала сиделке, я склонен считать, что она все поняла.

— Хорошо.

— Это лучшее, что с ней могло случиться. И она не выглядит перевозбужденной — всего лишь витающей в облаках.

— Хорошо, ладно.

— Возвращайтесь поскорее, Дик, нам нужно поговорить.

VIII

Несколько следующих недель Дик провел в состоянии величайшего недовольства собой. Патологическое зарождение и механический разрыв его отношений с Николь оставили в душе Дика тусклый металлический привкус. На чувствах Николь сыграли самым бессовестным образом, — каково было б ему, если бы кто-то обошелся вот так с его чувствами? Да, необходимость принудила его отказаться от счастья, но, засыпая, Дик видел, как Николь идет по дорожке клиники, помахивая широкополой соломенной шляпой...

Один раз он увидел ее воочию: проходил мимо «Палас-отеля», когда на изогнутую полумесяцем подъездную дорожку этого внушительного здания свернул величавый «роллс». В огромной машине сидели показавшиеся ему маленькими, покачиваемые, как поплавки, мощью избыточной сотни ее лошадиных сил, Николь и еще одна молодая женщина — ее сестра, решил Дик. Николь заметила его и испуганно приоткрыла губы. Дик сдвинул шляпу на лоб и проследовал дальше, однако на миг вокруг него шумно закружили все гоблины Гроссмюнстера. Он попытался выбросить эту встречу из головы, включив ее в меморандум, который содержал обстоятельный отчет о течении недуга Николь и вероятностей нового «натиска» такового вследствие стрессов, коими неизбежно снабдит ее жизнь, — как и все меморандумы, этот показался бы убедительным кому угодно, только не его автору.

Суммарная ценность всей затеи свелась к тому, что он еще раз понял, насколько сильно разбередила история с Николь его душу, — и самым решительным образом взялся за поиски противоядия. Одним из возможных был звонок телефонистки из Бар-сюр-Оба, ныне объезжавшей Европу — от Ниццы до Кобленца, — совершая отчаянную обзорную экскурсию, пытаясь повидаться со всеми мужчинами, каких она знала в свои ни с чем не сравнимые веселые денечки; другим — старания договориться о месте на государственном транспорте, отплывавшем домой в августе; третьим — напряженная работа над корректурой книги, которую предстояло предложить осенью на рассмотрение немецким психиатрам.

Книгу эту Дик уже перерос; теперь ему хотелось заняться настоящей «черновой работой»; он подумывал о том, чтобы подыскать в Америке какую-нибудь программу научного обмена, которая позволит получить европейскую ординатуру.

А между тем он задумал новую книгу: «Попытка единой практической классификации неврозов и психозов, основанная на рассмотрении полутора тысяч до-крепелиновских и после-крепелиновских историй болезни, и их возможной диагностики различными современными школами психиатрии», а дальше звучный подзаголовок — «С хронологией возникавших независимо от них частных мнений».

По-немецки это выглядело бы просто-напросто монументально[1].

Дик въезжал в Монтрё, неторопливо давя на педали и поглядывая, когда удавалось, на Югенхорн; блеск озера в просветах череды прибрежных отелей слепил его. Время от времени на глаза ему попадались компании английских туристов, появившихся здесь впервые за последние четыре года и озиравшихся по сторонам с подозрительностью людей, которые начитались детективных историй — похоже, они опасались, что в этой сомнительной стране на них могут в любую минуту наброситься прошедшие немецкую выучку диверсанты. Среди груд каменного сора, когда-то принесенного сюда горными потоками, шло строительство, — места эти пробуждались от спячки. В Берне и Лозанне, через которые Дик проезжал, направляясь на юг, у него озабоченно спрашивали, приедут ли в этом году американцы. «Не в июне, так хоть в августе?»

Он был в кожаных шортах, армейской рубашке и горных ботинках. В рюкзаке лежал хлопковый костюм и перемена белья. На станции глионского

---

[1] Ein Versuch die Neurosen und Psychosen gleichmässig und pragmatisch zu klassifizieren auf Grund der Untersuchung von fünfzehn hundert pre-Krapaelin und post-Krapaelin Fällen wie siz diagnostiziert sein würden in der Terminologie von den verschiedenen Schulen der Gegenwart — а дальше звучный подзаголовок — Zusammen mit einer Chronologic solcher Subdivisionen der Meinung welche unabhängig entstanden sind.

фуникулера он сдал велосипед в багаж и посидел со стаканом пива на террасе станционного буфета, следя за мелким жучком, который сползал по горному склону под углом в восемьдесят градусов. В ухе Дика запеклась кровь — результат спринтерского броска, осуществленного им в Ла Тур-де-Пей, где он вообразил себя недооцененным гонщиком. Дик попросил у официанта водки и протер ею ушную раковину, глядя, как фуникулер подходит к станции. А убедившись, что велосипед его погружен, забросил рюкзак в нижнее отделение вагонетки и забрался туда же сам.

Пол у вагонетки канатной дороги наклонен примерно под тем углом, какой придает своей шляпе не желающий быть узнанным мужчина. Из находившегося под полом бака с шумом выливалась вода. Дик порадовался изобретательности этой выдумки, — бак второй вагонетки, той, что сейчас была на самом верху, заполнялся в эту минуту горной водой, и, когда ее снимут с тормоза, сила тяжести потянет верхнюю вагонетку вниз, и она потянет вверх нижнюю, ставшую без воды более легкой. Восхитительно. Между тем двое усевшихся напротив Дика британцев разговаривали о кабеле канатной дороги.

— Те, что делали в Англии, служили пять-шесть лет. Пару лет назад немцы предложили более низкую цену, и, как ты думаешь, сколько времени способен протянуть их кабель?

— Сколько?

— Год и десять месяцев. Потом швейцарцы продают его итальянцам. Там кабели вообще не проверяют.

— Насколько я понимаю, если он лопнет, Швейцария наживет ужасные неприятности.

Кондуктор захлопнул дверцу, позвонил по телефону коллеге, и вагонетка, рывком снявшись с места, поползла к малой соринке на вершине изумрудной горы. И после того, как она миновала крыши домов, пассажирам открылась круговая панорама Во, Валэ, Швейцарской Савойи и Женевы. В середине панорамы покоилось озеро, охлаждаемое прорезающими его потоками Роны, и это был истинный центр Западного Мира. Лебеди плыли по нему, как лодки, и лодки, как лебеди, теряясь, и те и другие, в ничтожестве бездушной красоты. День стоял яркий, солнце посверкивало внизу на травянистом берегу и в белых двориках Курзала. Люди, проходившие по ним, теней не отбрасывали.

Когда показались Шильон и островной дворец Саланьон, Дик еще раз обвел глазами вагонетку, которая шла сейчас над самыми высокими домами побережья, и с обеих ее сторон то возникали, то исчезали спутанные и красочные купы листвы и цветов. То был парк, разбитый по сторонам канатной дороги; в вагонетке даже висела табличка: «*Défense de cueillir les fleurs*»[1].

Рвать цветы по пути наверх не полагалось, однако они так и лезли в проплывавшую мимо них вагонетку — длинные стебли роз Дороти Перкинс терпеливо просовывались в каждое ее отделение и, неторопливо покачавшись, возвращались к своим кустам. Ветви их проделывали это снова и снова.

---

[1] Рвать цветы запрещается (*фр.*).

В ближнем к Дику отделении — впереди и выше его — стояла компания англичан, восхищенно вскрикивавших, любуясь видом, но вот они засуетились и расступились, пропуская двух молодых людей, с извинениями перелезших в отделение самое заднее, отделение Дика. Молодой человек с глазами как у чучела оленя был итальянцем, девушкой — Николь.

Запыхавшиеся от усилий, которых потребовал переход из одного отделения в другое, они уселись, смеясь, на скамью, сдвинув в ее угол двух англичан, и Николь сказала: «Привет!» Глядеть на нее было одно удовольствие, Дик сразу увидел: что-то в ней переменилось, а следом понял что — хитросплетенные волосы Николь были теперь подстрижены, как у Ирен Касл[1], завиты и немного взбиты. Она была в зеленовато-голубом свитере и белой юбочке теннисистки и пуще всего походила на первое майское утро — даже намека на клинику в ней не осталось.

— Пуфф! — выдохнула она. — Этот уж мне кондуктор. На остановке нас точно арестуют. Доктор Дайвер — граф де Мармора.

— Ну и ну! — Николь провела, отдуваясь, рукой по новой прическе. — Сестра купила билеты в первый класс — для нее это дело принципа.

Она и Мармора обменялись взглядами, и Николь воскликнула:

— И оказалось, что первый класс — это катафалк какой-то, прямо за спиной машиниста. Окна

---

[1] И р е н К а с л (1893–1969) — американская танцовщица и актриса, сделавшая модной короткую стрижку «под мальчика».

занавешены — а ну как дождь пойдет, — и ничегошеньки оттуда не видно. Но сестра у меня — женщина горделивая...

И снова Николь и Мармора рассмеялись, соединенные юношеской близостью.

— Вы куда направляетесь? — спросил Дик.

— В Ко. Вы тоже? — Николь оглядела его наряд. — Это ваш велосипед впереди прицеплен?

— Мой. Собираюсь в понедельник спуститься на побережье.

— А меня на раму не посадите? Нет, правда — посадите. Я ничего веселее и представить себе не могу.

— Помилуйте, да я снесу вас вниз на руках, — горячо запротестовал Мармора. — Скачусь вместе с вами на роликах или сброшу вас с горы, и вы полетите легко, точно перышко.

Лицо Николь светилось от счастья — снова стать перышком, а не свинцовой гирькой, плыть по воздуху, а не влачиться по жесткой земле. Наблюдать за ней — это уже было праздником — застенчивой, рисующейся, гримасничающей, жестикулирующей, хотя временами некая тень накрывала ее и достоинство давнего страдания пронизывало, коля иголками кончики пальцев. Дику хотелось отойти от нее как можно дальше, он боялся стать напоминанием о том, что Николь оставила позади. И потому решил переменить отель.

Когда фуникулер вдруг остановился, те, кто воспользовался им впервые, взволновались, боясь навсегда остаться в небе. Но причина состояла лишь в том, что кондукторам двух вагонеток —

шедшей вверх и шедшей вниз — потребовалось поговорить о чем-то своем. И скоро вагонетка пошла все вверх, вверх — над лесной тропой, потом над ущельем и снова над сплошь заросшим нарциссами склоном горы, восходившим из-под ног пассажиров прямо в небо. Теннисисты прибрежных кортов Монтрё обратились в пылинки, что-то новое почуялось в воздухе: свежесть, претворявшаяся в музыку, пока вагонетка вскальзывала в Глион — там оркестр играл в парке отеля.

Когда они пересаживались на горный поезд, музыка потонула в шуме воды, изливавшейся из гидравлической камеры. Ко виднелся прямо над головами их, в тысяче его гостиничных окон горело уходящее солнце.

Все переменилось, зычный паровоз потащил пассажиров кругами, кругами, словно по вертикальному штопору, поднимаясь и поднимаясь, с пыхтеньем пронизывая облака, и на миг лицо Николь исчезало в косом дыму, а потом они снова врывались в потерянное было полотнище ветра, и с каждым оборотом отель разрастался в размерах, пока они вдруг не остановились на самой макушке заката.

Дик закинул рюкзак на плечо и пошел суматошным перроном к своему велосипеду. Николь шла рядом.

— Вы остановитесь в нашем отеле? — спросила она.

— Мне приходится экономить.

— Может, придете к ужину? — Суматоха продолжилась и в багажном отделении. — А, вот и моя сестра — доктор Дайвер из Цюриха.

Дик поклонился женщине лет двадцати пяти, высокой, уверенной в себе. Устрашающая и уязвимая, решил он, вспомнив других дам с чуть потрескавшимися, сложенными в цветок губами.

— Я загляну после ужина, — пообещал Дик. — Мне нужно сначала освоиться здесь.

Он катил велосипед по перрону, чувствуя, как взгляд Николь провожает его, чувствуя беспомощность ее первой любви, чувствуя, как эта любовь вторгается в его душу. Поднявшись на три сотни ярдов к другому отелю, он снял номер и, уже погрузившись в ванну, сообразил, что ни одной из десяти последних минут не помнит, а помнит лишь хмельной туман в голове, пронизанный чьими-то голосами, голосами ничего не значащих людей, ничего не знающих о том, как сильно его любят.

IX

Дика ждали, без него вечер казался неполным. Он все еще оставался для них чем-то непредсказуемым, предвкушение встречи с ним было написано на лицах мисс Уоррен и молодого итальянца так же ясно, как на лице Николь. Гостиную отеля, комнату с баснословной акустикой, освободили, чтобы устроить танцы, почти от всей мебели, оставив лишь столики и стулья для публики — небольшого собрания англичанок определенного возраста, с бархотками на шеях, крашеными волосами и лицами, напудренными до розоватой серости; и определенного же возраста американок в белых, как снег, париках, черных платьях и с вишневыми губами. Мисс Уоррен и Мармора сидели за угловым столиком, Николь стояла ярдах в сорока от них, в противоположном по диагонали углу, и Дик, войдя, услышал, как она говорит:

— *Вы меня слышите? Я не повышаю голос.*

— Прекрасно слышим.

— *Здравствуйте, доктор Дайвер.*

— Что вы делаете?

— *Вы знаете, что люди в центре зала не слышат моих слов, а вот вы слышите.*

— Нам официант об этом сказал, — сообщила мисс Уоррен. — Связь из угла в угол, как по радио.

Диком владело волнение, охватившее его, едва он поднялся сюда, на вершину горы, и ощутил себя одиноким кораблем в океане. Вскоре к ним присоединились родители Марморы. К Уорренам они относились с явным уважением, — насколько понял Дик, их состояние как-то зависело от миланского банка, который как-то зависел от состояния Уорренов. Что касается Бэйби Уоррен, ей не терпелось побеседовать с Диком, не терпелось с силой, которая бросала ее навстречу любому новому мужчине, — словно некие жесткие узы связывали ее с ним, и она считала, что следует как можно скорее добраться до их конца. Во время разговора она скрещивала и перекрещивала ноги, как это часто делают высокие беспокойные девственницы.

— ...Николь говорила мне, что вы приняли в ней участие, которое очень помогло ей поправиться. Я одного не понимаю — что, предположительно, должны делать *мы*, — доктора в санатории высказались на сей счет очень туманно, только и сказали мне, что ей следует позволить вести себя естественно и веселиться. Я знала, что

Марморы сейчас здесь, и попросила Тино встретить нас у фуникулера. Что было дальше, вы видели — Николь первым делом подговорила его перелезть вместе с ней через бортик вагонетки, чтобы попасть в другое отделение, оба повели себя как сумасшедшие...

— Ну, это как раз совершенно нормально, — усмехнулся Дик. — Я назвал бы это хорошим признаком. Они просто распускали друг перед другом хвосты.

— Но мне-то как понять, что нормально, а что нет? Я и ахнуть не успела, как она, это еще в Цюрихе было, подстригла волосы, потому что увидела в газете какую-то картинку.

— И это нормально. У нее шизоидный склад личности — постоянное стремление к эксцентрике. Тут ничего изменить невозможно.

— А что это значит?

— Только то, что я и сказал — эксцентричность.

— Хорошо, но как отличить эксцентричность от безумия?

— Никакого безумия больше не будет — Николь бодра и счастлива, бояться вам нечего.

Бэйби снова поменяла расположение перекрещенных ног — она словно вместила в себя всех недовольных своей участью женщин, сто лет назад влюблявшихся в Байрона, и тем не менее, несмотря на трагическую историю с офицером гвардии, в ней ощущалось нечто деревянное, онанистичное.

— Я не возражаю против ответственности, — объявила она, — но я в недоумении. В нашей семье никогда такого не было — мы понимаем, что Николь перенесла какое-то потрясение, и, по моему мнению, оно связано с неким юношей, однако, в сущности, мы ничего не знаем. Отец говорит, что пристрелил бы его, если бы смог что-то выяснить.

Оркестр играл «Бедную бабочку», молодой Мармора танцевал со своей матерью. Для всех них эта мелодия была относительно новой. Слушая ее, глядя на плечи Николь, болтавшей с Марморой-старшим, волосы которого походили на фортепьянную клавиатуру — темные пряди перемежались в них белыми, — Дик подумал сначала о плечах скрипки, а затем о бесчестье, о тайне. Ах, бабочка... мгновения переходят в часы...

— На самом деле *у меня* имеется план, — твердо, но словно бы и оправдываясь, сказала Бэйби. — Вам он может показаться совершенно непрактичным, но ведь доктора говорят, что за Николь нужно будет присматривать еще несколько лет. Не знаю, хорошо ли вы знаете Чикаго...

— Совсем не знаю.

— Ну так вот, есть Чикаго северный и есть южный, и они совсем разные. Северный шикарен и так далее, мы всегда жили в нем — ну, во всяком случае, давно, однако множество старых семей, старых чикагских семей, если вы понимаете, о чем я, все еще живут в южном. Там же находится и университет. Некоторым эта часть города представляется консервативной, но, так или иначе, на северную она не похожа. Не знаю, понимаете ли вы меня.

Дик кивнул. Не без определенного напряжения, однако следить за ходом ее мыслей ему удавалось.

— Разумеется, у нас там куча связей, — отец финансирует работу нескольких университетских кафедр, оплачивает стипендии и так далее, вот я и думаю, если мы заберем Николь домой и познакомим ее с тамошними людьми, — понимаете, она очень музыкальна и говорит на стольких языках, — она, может быть, полюбит какого-нибудь хорошего врача, а лучшего для нее и желать не приходится...

Дика так и подмывало расхохотаться: Уоррены надумали купить для Николь врача... А нет у вас хорошего доктора, который мог бы нам пригодиться? И все, о Николь можно не беспокоиться, семья вполне способна купить ей молодого врача, на котором и краска еще не успела обсохнуть.

— А ну как у доктора возникнут возражения? — машинально спросил он.

— Желающие получить такой шанс всегда найдутся.

Музыка смолкла, танцевавшие возвращались по местам, и Бэйби торопливо зашептала:

— Такой вот у меня замысел. Постойте, а где же Николь? Опять куда-то сбежала. Может быть, наверх, в свой номер? Ну что мне с ней делать? Никогда же не знаешь — то ли с ней все хорошо, то ли ее разыскивать надо.

— Возможно, ей просто захотелось уединиться — люди, долго жившие в одиночестве, привыкают к нему. — Впрочем, поняв, что мисс Уоррен его не слушает, Дик оставил эту тему. — Пойду посмотрю.

К этому мгновению окрестности заволокло туманом — как будто весна опустила занавес.

Дику казалось, что все живое стеснилось к отелю. Он миновал несколько подвальных окон, за которыми сидели на койках, разыгрывая в карты литровую бутылку испанского вина, младшие официанты. Когда же он вышел на прогулочную площадку, над белыми вершинами Альп замерцали звезды. В середине изогнутой подковой террасы, с которой открывался вид на озеро, неподвижно стояла меж двух фонарей Николь. Дик, неслышно ступая по траве, приблизился к ней. Она обратила к нему лицо, на котором было написано: «Ну вот и *вы*», и на миг он пожалел, что пришел сюда.

— Ваша сестра разволновалась.

— О! — Она привыкла к тому, что за ней присматривают. Однако, сделав над собой усилие, пояснила: — Мне иногда начинает казаться... кажется, что всего слишком много. Я вела такую тихую жизнь. Вот и сейчас — слишком много музыки. Мне от нее захотелось плакать...

— Я понимаю.

— Этот день получился таким волнующим.

— Да.

— Я не хочу делать ничего, как это называется — антисоциального, — я и так уж доставила всем слишком много хлопот. Но этим вечером мне захотелось куда-нибудь сбежать.

Дику пришло вдруг в голову — как умирающему может прийти в голову, что он забыл сказать, где лежит его завещание, — что Домлер и стоявшие за ним призрачные поколения психиатров «преобразовали» Николь; и еще — что ей придется теперь объяснять и объяснять очень многое. Впрочем, отметив про себя мудрость этих мыслей, он решил идти пока на поводу у внешнего смысла сложившейся ситуации и потому сказал:

— Вы славная девушка — вот и доверяйте прежде всего собственной самооценке.

— Я вам нравлюсь?

— Конечно.

— А вы... — Они медленно шли к темноватому концу «подковы», до которого оставалось еще ярдов двести. — Если бы я была больна, вы... ну, то есть была бы я девушкой, с которой вы... ладно, это сентиментальная чушь, но вы же понимаете, о чем я.

Дик понимал, что влип по уши, что ведет себя на редкость безрассудно. Николь была так близко, он сознавал, что дыхание его учащается, однако на помощь ему пришла профессиональная выучка, подсказавшая, что следует издать юношеский смешок и отпустить какое-нибудь банальное замечание.

— Вы сами себя передразниваете, дорогая моя. Я знал когда-то больного, который влюбился в свою сиделку... — Под аккомпанемент их шагов анекдотец пошел как по нотам. Но внезапно Николь оборвала его коротким чикагским «Брехня!».

— Весьма вульгарное выражение.

— Ну и что? — вспыхнула она. — Вы думаете, что я лишена здравого смысла — да, до болезни у меня его не было, зато есть теперь. И если бы я не понимала, что вы — самый привлекательный мужчина, какого я встречала, вам следовало бы счесть меня сумасшедшей. Ладно, так уж мне не повезло, но притворяться, что я *не знаю*, — увольте — обо мне и о вас я знаю все!

Дик чувствовал себя вдвойне неловко. Он вспомнил слова старшей мисс Уоррен о молодых врачах, которых можно будет купить на скотопригонных дворах южного Чикаго, и мгновенно ожесточился.

— Вы прелестная девушка, но я не умею влюбляться.

— И мне ни единого шанса не даете.

– *Что?*

Дерзость ее, сама по себе подразумевавшая право на вторжение в чужую жизнь, поразила Дика. Он не мог представить себе ни единого шанса, которого была бы достойна Николь Уоррен, да и получи она какой угодно, тут же начнется хаос.

— Дайте его сейчас.

Произнесено это было негромко, голос Николь словно тонул в ее груди, растягивая тесный корсаж платья, под которым Дик услышал, когда она подступила вплотную к нему, удары сердца. Прикосновение юных губ, вздох облегчения, пронизавший тело Николь под рукой, которой он все крепче прижимал ее к себе. Никаких планов у него не осталось, все выглядело так, точно Дик соорудил наобум какую-то смесь, которую невозможно вновь разложить на составные части, — атомы ее стали, соединившись, неразделимыми, на них можно только махнуть рукой, снова обратиться в отдельные атомы им больше не суждено. Он держал Николь в объятиях, пробовал на вкус, а она изгибалась и изгибалась, приникая губами к его губам, открывая себя заново, с облегчением и торжеством погружаясь в любовь, утопая в ней, Дик же мысленно благодарил небеса просто за то, что он вообще существует, пусть даже как отражение в ее влажных глазах.

— Боже мой, — выдохнул он, — как приятно вас целовать.

Слова словами, но Николь уже завладела им и отпускать не собиралась. Изображая кокетливость, она высвободилась из рук Дика, отступила в сторону, оставив его в подвешенном состоянии, как этим днем в фуникулере. Она чувствовала: вот оно, пусть знает, каково это — тешить себя одной лишь надеждой; пусть думает о том, что сможет делать со мной; Господи, как чудесно! Я получила его, он мой. Теперь ей полагалось бы, следуя обычному порядку вещей, ускользнуть от него, однако все происходившее было таким сладким и новым, что Николь медлила, желая пропитаться этой новизной.

И вдруг ее пронзила дрожь. В двух тысячах футов под собой она увидела ожерелье и браслет огней, Монтрё и Веве, а дальше за ними — тусклый кулон Лозанны. Откуда-то снизу сюда поднимались тихие звуки танцевальной музыки. Голова Николь прояснилась, совершеннейшее хладнокровие вернулось к ней, она мысленно перебирала сантименты своего детства — так же неторопливо, как напивается после боя солдат. И все-таки она еще побаивалась Дика, который стоял рядом с ней в характерной для него позе — прислонясь к железной ограде, тянувшейся по краю «подковы». И эта боязнь заставила ее сказать:

— Помню, как я ждала вас в парке... стояла, держа себя в руках, будто корзинку с цветами. Во всяком случае, такой я себе казалась... душистой и мягкой... и только ждала, когда мне удастся вручить эту корзинку вам.

Дик вздохнул, нетерпеливо повернул ее к себе, она несколько раз поцеловала его, лицо Николь разрасталось всякий раз, как приближалось к его лицу, руки ее лежали на его плечах.

— Сейчас польет.

С засаженных виноградом склонов за озером донесся бухающий звук — это пушки стреляли по несущим град тучам, стараясь их разорвать. Свет на прогулочной площадке погас и тут же вспыхнул снова. Гроза налетела быстро, вода сначала пала с небес, потом к ней добавились потоки, лившие с гор, звучно омывая дороги, бурля в каменных канавах; а следом пришла и тьма, страшное небо, неистовые нити молний, гром, который раскалывал мир вокруг, рваные, губительные тучи, летевшие над отелем. Горы и озеро исчезли, отель припал к земле посреди грохота, хаоса и тьмы.

Но Дик и Николь уже вбегали в вестибюль, где их дожидались обеспокоенные Марморы и Бэйби Уоррен. Так весело было выскочить из мокрой мглы, захлопнуть двери, и стоять, и смеяться, подрагивая от растревоженных чувств, — с каплями дождя на одежде и с ветром, еще гудевшим в ушах. Оркестр играл в бальной зале вальс Штрауса, вдохновенный, спутывающий все мысли.

...Чтобы доктор Дайвер взял да и женился на душевнобольной пациентке? Но как же это случилось? С чего началось?

— Вы еще вернетесь сюда, когда переоденетесь? — спросила Бэйби Уоррен, внимательно их оглядев.

— Мне не во что переодеться, разве что в шорты.

Шагая во взятом взаймы дождевике к своему отелю, он иронически похмыкивал.

«*Такой* шанс — о да! Боже мой, они решили купить ей врача? Ладно, но пусть лучше держатся за того, которого отыщут в Чикаго». Он устыдился своей грубости и, чтобы загладить вину перед Николь, напомнил себе, что никогда еще не встречал ничего столь же юного, как ее губы, и вспомнил капли дождя, стекавшие, точно пролитые из-за него слезы, по мягкому, поблескивавшему фарфору ее щек... а около трех часов ночи его разбудила оставленная грозой тишина, и он подошел к окну. Красота Николь поднималась к нему по склону горы, вступала через окно в его комнату, призрачно шелестя шторами...

...На следующее утро он поднялся до высоты в две тысячи метров, к вершине Роше де Не, и приятно удивился, увидев там потратившего на такое же путешествие выходной кондуктора своего вчерашнего вагона.

Оттуда Дик спустился в Монтрё, поплавал в озере и к обеду вернулся в свой отель. Там его ожидали две записки.

«Я не стыжусь прошлой ночи — это было лучшее, что случилось со мной за всю мою жизнь и, даже если я никогда больше Вас не увижу, *Mon Capitaine,* я буду рада, что это случилось».

Ну что же, записка обезоруживающая, — грузной тени доктора Домлера пришлось отступить, — Дик вскрыл второй конверт.

ДОРОГОЙ ДОКТОР ДАЙВЕР! Я звонила Вам, но не застала. Могу ли я попросить Вас оказать мне очень большую услугу? Непредвиденные обстоятельства призывают меня в Париж, а быстрее всего добраться туда можно из Лозанны. Не могли бы Вы взять с собой Николь в Цюрих, — Вы ведь возвращаетесь туда в понедельник, — и отвезти ее в санаторий? Или я прошу Вас слишком о многом?

С искренним уважением,

Бесс Эван Уоррен.

Дик разозлился — мисс Уоррен прекрасно знала, что он обременен велосипедом; тем не менее записка была составлена в таких выражениях, что ответить отказом он не мог. Но какова сводня! Сладкое соседство плюс богатство Уорренов!

Он ошибался: Бэйби Уоррен подобных намерений не имела. Она оценила Дика с чисто практической точки зрения, сняла с него мерку покоробленным метром англофилки и сочла оставляющим желать лучшего, хоть он и показался ей весьма привлекательным. На ее взгляд, Дик был чрезмерно «интеллектуален», и она записала его в разряд потрепанных снобов, с которыми зналась когда-то в Лондоне, — для человека, способного оказаться по-настоящему приемлемым, он слишком уж выставлял себя напоказ. Бэйби не увидела в нем ничего, отвечавшего ее представлениям об аристократе.

К тому же еще и несговорчив — прерывал ее на полуслове, да и взгляд его с полдесятка раз становился критическим, как у некоторых неприятных людей. Еще в детскую пору Николь ее свободное, непринужденное поведение не нравилось Бэйби, а теперь она благоразумно свыклась с мыслью, что ее младшая сестра — «человек конченый»; как бы то ни было, доктор Дайвер совсем не тот врач, какого она желала бы видеть в лоне их семьи.

Бэйби всего лишь хотела самым невинным образом использовать его как вовремя подвернувшееся средство передвижения.

И все-таки исполнение ее просьбы привело к результату, на который, как думал Дик, она рассчитывала. Любая поездка по железной дороге может оказаться кошмарной, тягостной или комичной; она может быть своего рода пробным полетом; а может — прообразом другого путешествия, так же как день, проведенный вами в обществе друга, может показаться слишком длинным, ведь вон сколько времени проходит от утренней спешки до мгновения, когда оба вы понимаете, что проголодались, и отправляетесь перекусить. Полдень минует, поездка начинает казаться бесцветной и какой-то похоронной, но под конец ее все вдруг убыстряется. Дик грустил, видя жалкую радость Николь, однако ей возвращение в единственный дом, какой она знала, сулило облегчение. В тот день между ними не было плотской любви, но когда он оставил ее перед печальной дверью дома у Цюрихского озера и она обернулась, чтобы посмотреть на него, Дик понял: ее проблема навсегда стала для них общей.

X

В сентябре навестившая Цюрих Бэйби Уоррен пригласила доктора Дайвера на чаепитие.

— По-моему, это неблагоразумно, — сказала она. — И я не уверена, что мне понятны ваши мотивы.

— Не будьте такой грубой.

— В конце концов, Николь — моя сестра.

— Что вовсе не дает вам права на грубость. — Дика злило, что он знает столь многое, а рассказать ей не может. — Николь богата, но это не обращает меня в афериста.

— В том-то и дело, — упрямо и обиженно подтвердила Бэйби. — Николь богата.

— А кстати, сколько у нее денег? — спросил Дик.

Она испуганно дернулась, а Дик, усмехнувшись про себя, продолжил:

— Видите, как это глупо? Я, пожалуй, предпочел бы поговорить с кем-нибудь из мужчин вашей семьи...

— За все, что связано с Николь, в семье отвечаю я, — неуступчиво заявила Бэйби. — И дело вовсе не в том, что мы считаем вас аферистом. Мы просто не знаем, кто вы.

— Я доктор медицины, — сказал Дик. — Мой отец — священник, правда, сейчас он почти отошел от дел. Мы жили в Буффало, стало быть, изучить мое прошлое не сложно. Я учился в Нью-Хейвене, получил стипендию Родса. Мой прадед был губернатором Северной Каролины, а кроме того, я прямой потомок Безумного Энтони Уэйна[1].

— Кто такой Безумный Энтони Уэйн? — с подозрением спросила Бэйби.

— Безумный Энтони Уэйн?

— По-моему, в этой истории безумных уже хватает.

Он безнадежно покачал головой, и тут на террасу отеля вышла и остановилась, оглядываясь, Николь.

— Он был слишком безумен, чтобы оставить потомкам такое же состояние, как у Маршалла Филда[2], — сказал Дик.

— Все это очень хорошо...

Бэйби была права и знала это. Ее отец и какой-то священник — тут и сравнивать нечего. Уоррены были герцогами, только что без титула, — одна лишь фамилия их, будучи занесенной в регистрационный журнал отеля, поставленной под рекомендацией, использованной в сложной ситуации, творила с людьми психологические чудеса, а это, в свой черед, сформировало представления Бэйби о ее положении в обществе. Она многое узнала об этих тонкостях от англичан, которые знали о них все вот уже двести лет. Чего она не знала, так это того, что по ходу их разговора Дик дважды подходил вплотную к тому, чтобы бросить ей в лицо

---

[1] Энтони Уэйн (1745—1796) — американский генерал и государственный деятель, получил прозвище Безумный за отвагу, проявленную во время Войны за независимость.

[2] Маршалл Филд (1834—1906) — чикагский миллионер.

отказ от женитьбы, встать и уйти. Положение спасла Николь, отыскав глазами их столик и просияв, она направилась к ним, светлая, свежая, выглядевшая в этот сентябрьский день обновленной.

«Здравствуйте, адвокат. Завтра мы уезжаем в Комо, пробудем там неделю, а оттуда вернемся в Цюрих. Вот я и захотела, чтобы вы с сестрой все уладили, тем более что нас не волнует, сколько денег я получу. Мы собираемся провести в Цюрихе два очень тихих года, а на это средств Дика хватит. Нет, Бэйби, я гораздо практичнее, чем ты думаешь... Деньги нужны мне лишь на покупку одежды и кое-каких вещей... Боже, но это куда больше, чем... Неужели семья может позволить себе расстаться с такими деньгами? Да я и потратить-то их никогда не смогу. И у тебя столько же? Так много? Но почему ты получила больше... это из-за того, что меня сочли недееспособной? А, ну хорошо, пусть моя доля подрастает... Нет, Дик никакого отношения к этому иметь не желает. Придется мне раздуваться от важности сразу за двоих... Бэйби, в том, что такое Дик, ты смыслишь не больше, чем в... Так где мне расписаться? О, простите.

...Как хорошо, когда мы вместе и совсем одни, правда, Дик? И ничего мы другого не можем, только становиться все ближе друг к другу. Скажи, мы так и будем любить и любить? Да, но я люблю сильнее, я сразу чувствую, когда ты отдаляешься от меня, даже чуть-чуть. Какое же это чудо, просто быть, как все, — протянешь руку, и вот он, ты, теплый, рядом со мной в постели.

...Будьте любезны, позвоните моему мужу в клинику. Да, книжка хорошо продается повсюду, — они хотят издать ее на шести языках. Я должна была сделать французский перевод, но в последнее время сильно уставала... все боюсь упасть, я такая тяжелая, неуклюжая... как сломанная неваляшка, которая не может стоять прямо. Ко мне прижимается под сердцем холодный стетоскоп, а самое сильное мое чувство: *«Je m'en fiche de tout»*[1]... Ох, та бедняжка в больнице, с синим младенцем — уж лучше бы мертвый. Разве не чудесно, что нас теперь трое?

...По-моему, это неразумно, Дик, — у нас сколько угодно причин снять квартиру побольше. Почему мы должны наказывать себя за то, что у Уорренов денег больше, чем у Дайверов? О, спасибо, *cameriere*[2], но мы уже передумали. Вон тот английский священник говорит, что у вас в Орвието великолепное вино. Не терпит перевозок? Наверное, потому мы о нем никогда и не слышали, хоть вино и любим».

Озера утоплены в бурую глину, склоны все в складках, как животы. Фотограф снял меня — волосы свисают за поручни суденышка, идущего к Капри. «Прощай, Голубой грот, — пел лодочник, — ско-о-оро свидимся снова». А после — вниз по жаркому зловещему голенищу итальянского сапога, где ветер шумит, огибая жутковатые замки, и мертвые смотрят на нас с холмов.

...Судно мне нравится, мы гуляем вдвоем по палубе, в ногу. Тут есть один ветреный угол, каждый

---

[1] Плевать я на все хотела (*фр.*).
[2] Слуга в отеле (*фр.*).

раз, как мы огибаем его, я наклоняюсь вперед, сопротивляясь нажиму ветра, и потуже запахиваю плащ, но стараюсь не сбиться с ритма, который задает Дик. На ходу мы распеваем такую вот чепуху:

> Ох — ох — ох — ох,
> Это другие фламинго, не я,
> Ох — ох — ох — ох,
> Это другие фламинго, не я...

С Диком весело, — люди в шезлонгах смотрят на нас, какая-то женщина пытается расслышать, что мы поем. Песня надоедает Дику — что же, Дик, погуляй один. Когда ты один, твоя походка меняется, дорогой, как будто воздух становится плотнее и тебе приходится пробиваться сквозь тени шезлонгов и дым, стекающий вниз от пароходных труб. Ты почувствуешь, как твое отражение перескальзывает из глаз в глаза у тех, кто смотрит на тебя. Ты больше не защищен слоем изоляции, но, полагаю, чтобы отпрянуть от жизни, нужно притронуться к ней.

Я сижу на раме спасательной шлюпки, смотрю в море, волосы мои развеваются и сияют. Мой силуэт неподвижно рисуется в небе, это судно создано для того, чтобы нести меня вперед, в синюю безвестность будущего, я — Афина Паллада, благоговейно вырезанная из дерева и закрепленная к носу галеры. В публичных туалетах плещется вода, и агатово-зеленое дерево водяной пыли преображается и жалуется за кормой.

...Мы много поездили в этом году — от залива Вуллумулу до Бискры. На самом краю Сахары мы въехали в тучу саранчи, и наш шофер благодушно сообщил, что это не саранча, а шмели. Ночами — низкое небо, заполненное чужим бдительным Богом. О, бедные маленькие племена Улед-Наила; ночь выдалась шумной — били барабаны сенегальцев, пели флейты, стенали верблюды, и туземцы топотали вокруг в сандалиях, сделанных из старых автомобильных покрышек.

Но я тогда снова взялась за старое, поезда и пляжи были мне безразличны. Потому он и повез меня путешествовать — после рождения второго ребенка, моей девочки, Топси, меня опять окутала тьма.

...Если бы я могла перемолвиться с мужем, но он счел нужным бросить меня здесь, оставить в руках людей, которые ничего не умеют. Вы говорите, что у моего ребенка черная кожа, — нелепость, дешевая шуточка. Мы отправились в Африку лишь для того, чтобы осмотреть Тимгад, потому что главный мой жизненный интерес — археология. Я устала быть незнайкой и все время выслушивать напоминания об этом.

...Когда я прихожу в себя, мне хочется быть достойным человеком, Дик, таким, как ты... я изучила бы медицину, но теперь уже слишком поздно. Нам нужно потратить мои деньги и обзавестись домом — я устала от квартир, устала ждать твоего возвращения. Тебе же надоел Цюрих, ты не можешь найти здесь время для сочинения книги, а ведь сам говоришь, что ученый, который не пишет, расписывается в собственной слабости. А я обозрею все поле человеческого знания, выберу в нем что-нибудь и изучу — будет за что держаться, если я снова начну разваливаться на куски. Ты поможешь мне, Дик, и я больше не буду чувствовать себя такой виноватой. Мы с тобой заживем у теплого пляжа и оба станем коричневыми и молодыми.

...Этот дом будет рабочим прибежищем Дика. О, идея пришла нам в голову одновременно. Мы дюжину раз проезжали мимо Тарме, но однажды поднялись туда и увидели пустые дома, только в двух хлевах и теплилась жизнь. Землю мы купили через одного француза, однако военный флот, прознав, что американцы приобрели часть деревни в холмах, мигом прислал сюда шпионов. Они перерыли в поисках пушек все строительные материалы, и в конце концов Бэйби пришлось подергать ради нас за кое-какие ниточки в Париже, в *Affaires Etrangères*[1].

Летом на Ривьеру никто не приезжает, поэтому мы не ожидаем наплыва гостей, будем работать. Французов здесь мало — на прошлой неделе появилась Мистингетт[2] (и удивилась, обнаружив, что отель открыт), был еще Пикассо и человек, сочинивший «*Pas sur la Bouche*»[3].

...Дик, почему ты записал нас в отеле как «мистера и миссис Дайвер» вместо «доктора и миссис Дайвер»? Я спрашиваю просто так — просто пришел в голову вопрос... Ты учил меня, что работа — это все, и я тебе верю. А еще ты говорил, что человек — это знания, что, перестав узнавать

---

[1] Министерство иностранных дел (*фр.*).
[2] Псевдоним Жанны-Флорентины Буржуа (1875—1956) — французской певицы, киноактрисы и клоунессы.
[3] «Только не в губы» (*фр.*) — оперетта (1925).

новое, он становится как все, и главное — занять высокое положение до того, как ты перестанешь накапливать знания. Если ты хочешь перевернуть все с ног на голову, будь по-твоему, но должна ли и твоя Николь ходить, как ты, на руках, мой милый?

...Томми называет меня молчуньей. Когда я в первый раз выздоровела, мы часто разговаривали с Диком до поздней ночи — сидим в постели, курим, а как начнет светать, ныряем под одеяла и утыкаемся носами в подушки, чтобы свет не бил в глаза. Иногда я пою, играю с животными, и друзья у меня есть — та же Мэри. Мы с ней разговариваем, однако ни она меня не слушает, ни я ее. Разговоры — мужское занятие. Если я разговариваю, то представляю себе, что я — Дик. Я уже и сыном побывала, вспоминая, какой он разумный и неторопливый. Иногда я становлюсь доктором Домлером, может, придется как-нибудь перенять что-то и у вас, Томми Барбан. По-моему, Томми влюблен в меня, но спокойно, утешительно. Впрочем, и этого довольно, чтобы их с Диком отношения немного испортились. В общем и целом все идет так хорошо, как никогда прежде. Я среди друзей, они любят меня. Тихий пляж, муж, двое детей. Все в полном порядке — только я никак не могу закончить перевод чертова рецепта курицы по-мэрилендски на французский. Песок согревает мои ступни.

— Да, посмотрю. Тут столько новых людей — а, вон та девушка, — да. На кого, вы говорите, она похожа? Нет, не довелось, возможностей смотреть американские картины у нас тут мало. Розмари —

как? Ну, для июля у нас как-то шумно стало — мне это кажется странным. Да, обворожительна, и все же людей иногда бывает слишком много.

XI

Доктор Ричард Дайвер и миссис Элси Спирс сидели в «*Café des Alliées*» под прохладной и пыльной августовской листвой. Марево, стоявшее над пропеченной землей, затмевало слюдяной блеск моря, редкие порывы мистраля, долетавшие, просачиваясь сквозь горы Эстерель, до побережья, покачивали в гавани рыбачьи лодки с их указующими в бесцветное небо мачтами.

— Письмо я получила сегодня утром, — рассказывала миссис Спирс. — Сколького вам пришлось натерпеться от этих негров! Но Розмари пишет, что с ней вы вели себя просто чудесно.

— Розмари следовало бы наградить за долготерпение. Положение было пиковое, и единственным, кого оно не коснулось, оказался Эйб Норт, быстренько смывшийся в Гавр, — да он, наверное, ничего пока о случившемся и не знает.

— Мне жаль, что это так расстроило миссис Дайвер, — сдержанно сказала она.

Розмари написала:

Николь, похоже, помешалась. Я не хочу ехать с ними на юг, потому что у Дика и без меня забот полон рот.

— Она уже оправилась, — почти сердито сказал Дик. — Стало быть, завтра вы покидаете Канны. А отплываете когда?

— Сразу же.

— Боже мой, как жаль, что вам приходится уезжать.

— Мы рады, что побывали здесь. Прекрасно провели время — благодаря вам. Вы первый мужчина, ставший небезразличным Розмари.

Новый порыв ветра прилетел с порфировых холмов ла Напуля. В воздухе ощущался намек на то, что земля спешит навстречу другой погоде; роскошная середина лета, когда время словно останавливается, осталась позади.

— Конечно, у Розмари случались увлечения, но рано или поздно она передавала своих мужчин мне, — миссис Спирс засмеялась, — на предмет посмертного вскрытия.

— Выходит, я легко отделался.

— С вами я ничего поделать не смогла бы. Она влюбилась в вас еще до нашего с вами знакомства. И я сказала ей: действуй.

Дик понял, что в ее планах ни он, ни Николь не фигурировали — и понял, что аморальность миссис Спирс проистекала из ее невмешательства. То было ее законное право, пенсия, на которую вышли чувства этой женщины. В борьбе за выживание женщины способны почти на все, это жизненная необходимость, и обвинять их в таком выдуманном мужчинами преступлении, как «жестокость», попросту глупо. До тех пор пока суета любви и страданий не выплеснется за некие разумные пределы, миссис Спирс будет взирать на нее с отстраненностью и юмором евнуха. Ей и в голову не придет, что Розмари может что-то грозить, — или она твердо уверена: не может?

— Если сказанное вами справедливо, это чувство не принесло ей никакого вреда, — он решил идти до конца, притворяясь, что все еще способен думать о Розмари объективно, как о чужой ему женщине. — Да она с ним уже и справилась. И все же — сколь многие значительные периоды жизни начинаются с событий по видимости случайных.

— *Это* случайным не было, — не сдавалась миссис Спирс. — Вы — ее первый мужчина, ее идеал. Она говорила об этом в каждом письме.

— Розмари так хорошо воспитана.

— Вы и она — самые воспитанные люди, каких я когда-либо знала, однако писалось это всерьез.

— Моя воспитанность — лишь ухищрение сердца.

Что было отчасти правдой. Отец говорил Дику: нечто от присущего молодому южанину умения вести себя в обществе прижилось после Гражданской войны и на севере. И Дик часто прибегал к этому умению и столь же часто относился к нему с презрением, как к протесту, который направлен не против неприятного себялюбия, но против неприятного впечатления, им производимого.

— Я полюбил Розмари, — внезапно признался он. — Хоть и говорю вам об этом главным образом из потворства моим слабостям.

Эти слова и самому Дику показались странными, слишком чопорными, — словно рассчитанными на то, что столики и стулья «*Café des Alliées*» запомнят их навсегда. Дик уже ощущал отсутствие Розмари под здешними небесами: приходя на пляж, он вспоминал ее обожженное солнцем плечо; в Тарме ходил, затаптывая следы, оставленные ею в парке; и вот теперь оркестр заиграл «Карнавал в Ницце», эхо почивших увеселений прошлого года, и кто-то затанцевал, но ее среди них не было. Всего лишь за какую-то сотню часов ей удалось овладеть всей темной магией мира — слепящей белладонной, кофеином, что обращает телесные силы в нервную энергию, обманчивой гармоничностью мандрагоры.

И Дик силком заставил себя поверить, что разделяет с миссис Спирс ее отстраненность.

— Вы с Розмари так несхожи, — сказал он. — Мудрость, полученная ею от вас, пошла на создание ее личности — маски, которую она обращает к миру. Она не склонна к размышлениям; подлинная ее суть — ирландская, романтическая и нелогичная.

Миссис Спирс знала и другое: при всей ее хрупкой наружности, Розмари, истинная дочь капитана медицинской службы США доктора Хойта, сильно походила на молодого мустанга. Вскрытие показало бы, что под прелестной оболочкой Розмари кроются притиснутые друг к другу, огромные сердце, печень, это вместилище отваги, и душа.

Прощаясь с Элси Спирс, Дик сознавал все ее великое обаяние, сознавал, что она значит для него больше, чем просто последний, не по собственной воле задержавшийся в Каннах фрагмент Розмари. Не исключено, что Розмари он попросту выдумал, а вот выдумать ее мать ему не удалось бы никогда. Если манто, слава, бриллианты Розмари — это плоды его воображения, то тем более приятно было ощущать благоволение ее матери и знать, что он ничего тут не нафантазировал. Весь облик ее выражал ожидание — быть может, мужчины, занятого чем-то более важным, нежели она: сражением, хирургической операцией, во время которых нельзя ни торопить его, ни лезть ему под руку. Когда мужчина покончит с ними, она будет ждать его без нетерпения и досады, сидя у стойки какого-нибудь бара и перелистывая газету.

— Всего доброго, и хорошо бы вам обеим не забывать, как сильно мы, Николь и я, вас полюбили.

Вернувшись на виллу «Диана», Дик поднялся в свой кабинет и растворил ставни, ограждавшие эту комнату от ослепительного полуденного блеска. На двух длинных столах лежали в систематическом беспорядке материалы, собранные им для книги. Посвященный Классификации том I, уже напечатанный малым тиражом на средства Дика, пользовался определенным успехом. Сейчас он вел переговоры о переиздании. Том II был задуман как расширенный, развернутый вариант его первой маленькой книги «Психология для психиатров». Подобно многим до него, Дик уже обнаружил, что идей у него раз-два и обчелся, — что небольшое собрание его статей, ныне вышедшее пятидесятым немецким изданием, есть эмбрион всего, о чем он когда-либо размышлял и что знает.

Однако сейчас это внушало Дику тревогу. Он сожалел о годах, впустую потраченных им в Нью-Хейвене, но главным образом его беспокоило противоречие между все возраставшей роскошью, в которой жили Дайверы, и сопровождавшей ее потребностью показать себя. Вспоминая рассказ румынского знакомца о человеке, который потратил годы на изучение мозга армадилла, Дик начинал подозревать, что усердные немцы сидят сейчас вокруг библиотек Берлина и Вены и строчат свое, понемногу бессовестно опережая его. И почти уже решил оставить работу в нынешнем ее виде и опубликовать недокументированный том в сотню тысяч слов, который послужит введением к последующим более академичным трудам.

И сейчас, расхаживая по кабинету под лучами предвечернего солнца, он окончательно утвердился в этом решении. Новый план позволит ему к весне сдать книгу издателю. Если обладающего его энергией человека, думал Дик, целый год преследуют все возрастающие сомнения, это указывает на какой-то изъян в его замысле.

Он разложил по стопкам страниц с заметками к книге позолоченные бруски металла, которые служили ему пресс-папье. Подмел пол — слуги в кабинет не допускались, — прошелся моющим средством по умывальной, она же уборная, починил ширму и отправил заказ в Цюрихский издательский дом. А затем выпил унцию джина, вдвое разбавив ее водой.

За окном он увидел в парке Николь. Надо бы пойти, поговорить с нею, — перспектива, которая тяжким грузом легла ему на сердце. Придется изображать перед ней совершенную безупречность — сегодня, завтра, на следующей неделе, в следующем году. Тогда, в Париже, он всю ночь прижимал ее к себе, пока Николь крепко спала, наглотавшись люминала; а рано утром постарался нежными словами, заботливостью уничтожить ее еще не успевшее даже оформиться замешательство и зарылся лицом в ее ароматные волосы, и она снова заснула. Тогда он перешел в соседнюю комнату и договорился по телефону обо всем, что ему требовалось. Розмари следовало перебраться в другой отель, снова стать «Папенькиной дочкой» и даже отказаться от прощания с ними. Владельцу отеля, мистеру Мак-Бету, надлежало обратиться в трех китайских обезьянок. Втиснув в чемоданы многочисленные коробки и свертки с покупками, Дик и Николь в полдень выехали на Ривьеру.

Тогда-то и наступила реакция. Едва они устроились в купе спального вагона, Дик увидел, что Николь ожидает ее, и реакция пришла, быстро и страшно, еще до того, как поезд прошел через предместья, — а тем временем инстинкты твердили Дику только одно: соскочить, пока поезд не набрал полный ход, вернуться, найти Розмари, посмотреть, чем она занята. Он открыл книгу, нацепил, глядя в нее, пенсне, зная, что Николь наблюдает за ним, лежа напротив на полке. Читать он не смог и потому притворился усталым, закрыл глаза и прилег, но она все равно наблюдала и, хоть веки ее наполовину слипались от насланного снотворным похмелья, чувствовала облегчение и была почти счастлива, ведь Дик снова принадлежал только ей.

С закрытыми глазами стало еще хуже, поскольку так в него с легкостью вторгался ритм находки и утраты, однако нельзя было допустить, чтобы Николь поняла, какое беспокойство снедает его, и потому Дик пролежал до полудня. За ленчем он немного взбодрился, — вкусная еда неизменно приходит человеку на помощь; тысячи ленчей в кафе и ресторанах, спальных вагонах, буфетах, в аэропланах были, если вспомнить их все, могучим подспорьем. Привычная торопливость поездных официантов, бутылочки с вином и минеральной водой, великолепная кухня экспресса «*Paris–Lyons–Méditerranee*»[1] создавали иллюзию, что все осталось как прежде, и тем не менее это была первая поездка в обществе Николь, ведшая его скорее прочь от чего-то, чем к чему-то. Он выпил всю бутылку вина (не считая бокала, налитого им Николь), они поговорили о доме, о детях. Но стоило им вернуться в купе, на них снова напало молчание, подобное давешнему, в ресторане напротив Люксембургского сада. Удаляясь от мест, в которых ты изведал горе, всегда почему-то считаешь необходимым повторить обратным порядком шаги, которые привели тебя в них. Непривычное нетерпение овладело Диком, а Николь вдруг сказала:

— По-моему, плохо, что мы вот так бросили Розмари, — думаешь, с ней все будет хорошо?

— Конечно. Она способна позаботиться о себе, где бы ни оказалась... — И сообразив, что такая характеристика, пожалуй, принижает ее, Дик добавил: — В конце концов, Розмари — актриса и, хоть она всегда может рассчитывать на мать, ей просто необходимо уметь самой блюсти свои интересы.

— Она такая привлекательная.

— Она еще ребенок.

---

[1] «Париж–Лион–Средиземноморье» (*фр.*).

— Но привлекательный ребенок.

Так они перебрасывались бессмысленными словами, и каждый говорил то, что, по его мнению, должен был думать другой.

— Она не так умна, как я поначалу думал, — подсказывал Дик.

— Она очень сообразительна.

— Не очень... от нее исходит устойчивый аромат детской.

— Она прелестна — совершенно прелестна, — отрешенно, однако с напором сказала Николь, — и так хороша была в картине.

— Режиссер попался умелый. Если как следует разобраться, личность ее там не видна.

— А по-моему, видна. И я понимаю, какой очаровательной должны находить ее мужчины.

Сердце Дика сжалось. Какие мужчины? И сколько их?

Я опущу шторку, ты не против?
Да, опусти, слишком яркий свет.

Где она сейчас? С кем?

— Пройдет год-другой, и ей станут давать больше лет, чем тебе.

— Ничего подобного. Я как-то сделала с нее набросок на театральной программке. Думаю, ее молодости хватит надолго.

У обоих в тот вечер было неспокойно на душе. Через пару дней Дик постарается изгнать из памяти призрак Розмари, не дожидаясь, когда тот навсегда обоснуется в их доме, однако сейчас ему не хватало на это сил. Обойтись без боли бывает порою труднее, чем отказать себе в удовольствии, а в те мгновения память владела им настолько, что Дику оставалось только одно — притворствовать. Но делать это становилось все труднее, потому что теперь Николь, которой за столькие-то годы следовало бы научиться распознавать в себе тревожные симптомы и защищаться от них, раздражала Дика. За последние две недели она срывалась дважды: в первый раз во время ночного обеда в Тарме, когда он обнаружил Николь в ее спальне обессилевшей от полоумного смеха, с которым она объясняла миссис Мак-Киско, что та не сможет попасть в ванную комнату, потому что ключ от нее бросили в колодец. Миссис Мак-Киско была поражена, возмущена, сбита с толку, но тем не менее кое-что поняла, пусть и немногое. Дика случившееся не так уж и встревожило, поскольку Николь быстро раскаялась в своем поведении. Она даже позвонила в отель Госса, однако Мак-Киско оттуда уже съехали.

Второй срыв, парижский, был совершенно иным, да и первый приобрел после него совсем иное значение. Возможно, он был пророчеством, говорившим о новом цикле, новом *pousse*[1] ее болезни. Пройдя через совершенно непрофессиональные, долгие страдания во время рецидива, случившегося после рождения Топси, Дик волей-неволей приобрел некоторую закалку, научился мысленно отделять Николь больную от Николь здоровой. Однако из-за этого ему стало труднее отличать свою профессиональную, бывшую средством самозащиты бесстрастность от новой холод-

---

[1] Рецидив (*фр.*).

ности, поселившейся в его сердце. Безразличие, лелеем ли мы его или от него отворачиваемся, — пусть себе выдыхается, — обращается в пустоту, и Дик понемногу научился опустошать свою душу, освобождать ее от Николь и против собственной воли отрицать само ее существование, относиться к ней с эмоциональным пренебрежением. В книгах нам иногда встречается фраза «шрамы зарубцевались» — вольная аналогия с заболеванием кожи, — но в жизни такого просто-напросто не бывает. Открытые раны, да, встречаются и порой даже стягиваются до размера булавочного острия, но все равно остаются ранами. Следы страданий разумнее сравнивать с утратой пальца или приобретением слепоты на один глаз. Мы можем не вспоминать о них даже раз в году, но, вспоминая, знаем — ничего тут поправить нельзя.

XII

Николь он нашел стоявшей посреди парка, перекрестив руки так, что ладони легли ей на плечи. Она направила на него прямой взгляд серых глаз, взгляд ожидающего чуда ребенка.

— Я ездил в Канны, — сказал он. — Столкнулся там с миссис Спирс. Она отплывает завтра. Хотела приехать, попрощаться с тобой, но я эту идею истребил в зародыше.

— Жаль. Я была бы рада увидеть ее. Она мне нравится.

— И как по-твоему, кого еще я встретил? Бартоломью Тейлора.

— Не может быть.

— Физиономию этого старого многоопытного пройдохи проглядеть невозможно. Он ищет площадку для разъездного зверинца Чиро, который свалится нам на голову в следующем году. Подозреваю, что миссис Абрамс была своего рода аванпостом.

— А Бэйби так возмущалась, когда мы в то первое лето отправились в эти края.

— В сущности, им решительно все равно, где бить баклуши, поэтому не понимаю, отчего они не желают остаться мерзнуть в Довиле.

— Может, стоит распустить слух о холере или о чем-нибудь в этом роде?

— Я сказал Бартоломью, что люди определенного склада мрут в этих местах как мухи, — а грудной младенец проживет не дольше, чем пулеметчик на фронте.

— Не верю.

— И правильно делаешь, — признал Дик. — Он так мило вел себя. Прелестная получилась картинка — мы с ним пожимаем друг другу руки на бульваре. Встреча Зигмунда Фрейда с Уордом Макаллистером[1].

Разговаривать Дику не хотелось — ему хотелось побыть наедине с собой, тогда размышления о книге и о будущем, глядишь, и вытеснят мысли о любви и сегодняшнем дне. Николь понимала это, но понимала темно и трагически, немного ненавидя мужа на манер домашнего животного, желающего, впрочем, потереться о его плечо.

---

[1] Сэмюэль Уорд Макаллистер (1827—1895) — составитель списка 400 семейств Нью-Йорка, которые, по его мнению, образовывали «сливки общества».

— Милая, — легко сказал Дик.

Он вошел в дом, успев забыть, что собирался здесь делать, но быстро вспомнив — да, рояль. Дик присел за него, насвистывая, и заиграл на слух:

> Just picture you upon my knee
> With tea for two and two for tea
> And me for you and you for me...

Мелодия эта принесла с собой внезапное понимание: Николь, услышав ее, мигом поймет, что он тоскует по временам двухнедельной давности. И Дик, прервав игру на первом попавшемся аккорде, встал из-за рояля.

Куда пойти? Он окинул взглядом дом, построенный Николь на деньги ее деда. Дику принадлежала здесь лишь его мастерская да земля под ней. Годовой доход в три тысячи долларов и то немногое, что приносили переиздания его книги, позволяли Дику оплачивать одежду и личные траты, содержание винного погреба и расходы на образование Ланье, сводившиеся пока что к выплате жалованья гувернантке. Ни одна семейная трата даже не мыслилась без долевого участия Дика. Жизнь он вел довольно аскетичную, ездил, если его не сопровождала Николь, третьим классом, вина пил самые дешевые, одежду старался не занашивать, а за мотовство строго наказывал себя — все это позволяло ему сохранять, пусть и с оговорками, финансовую независимость. Впрочем, начиная с определенного времени это стало затруднительным — Дайверам снова и снова приходилось решать, на что потратить деньги Николь. Естественно, она, желавшая, чтобы муж навсегда остался с ней, чтобы ему всегда было покойно, потворствовала любому проявлению расхлябанности с его стороны, все чаще окатывая Дика если не потоками, то струйками денег и вещей. Типичным образчиком сил, которые разъединяли их, начиная со времени первых простых договоренностей, достигнутых в Цюрихе, было вызревание мысли о вилле над обрывом — мысли, возникшей когда-то лишь как общая их фантазия.

— Как было бы приятно, если... — таким было начало, обратившееся в: — Как будет приятно, когда...

Приятного было мало. Болезнь Николь и так-то мешала его работе, а тут еще доход ее увеличивался в последнее время с такой быстротой, что начинал эту работу принижать. К тому же ради ее излечения он годами изображал непреклонного домоседа, лишь изредка позволявшего себе пускаться во все тяжкие, и это притворство, эта не требующая якобы никаких усилий мешкотность становились все более утомительными, поскольку с неизбежностью обращали его в предмет досконального исследования. И сейчас, обнаружив, что он и играть то, что ему хочется, не может, Дик понял: жизнь его усовершенствовали до того, что дальше уже и некуда. Он долго еще сидел в гостиной, вслушиваясь в гудение электрических часов некоторое время.

В ноябре почерневшие волны перехлестывали через дамбу, заливая береговую дорогу, — та летняя жизнь, что еще теплилась здесь, прервалась окончательно, и безлюдные пляжи, иссеченные дождем и мистралем, нагоняли тоску. Отель Госса закрылся на предмет ремонта и расширения, на летнем казино Жуан-ле-Пена все разрастались, принимая угрожающий вид, строительные леса. Наезжая в Канны и Ниццу, Дик и Николь знакомились с новыми для них людьми — оркестрантами, рестораторами, энтузиастами садоводства, судостроителями (Дик купил старую корабельную шлюпку), членами *Syndicat d'Initiative*[1]. Они поближе узнали свою прислугу, часто обсуждали воспитание детей. В декабре Дик решил, что Николь поправилась окончательно, и, прожив месяц в совершенном спокойствии — без поджатых губ, беспричинных улыбок, необъяснимых высказываний, — они отправились под Рождество в Швейцарские Альпы.

XIII

Прежде чем войти внутрь, Дик сбил шапкой снег со своего темно-синего лыжного костюма. Большой зал, пол которого покрывали оспины, оставленные за два десятка лет сапожными гвоздями, был расчищен для танцев, и около восьмидесяти юных американцев, живших в школах под Гштадом, скакали в нем под развеселые звуки «Не приводите Лулу» или взвивались в воздух при первых барабанных ударах чарльстона. То была колония людей молодых, незатейливых и расточительных — впрочем, *Sturmtruppen*[2] настоящих

---

[1] Синдикат инициативы (*фр.*) — организация (обычно местная), занимавшаяся изысканием новых ресурсов.
[2] Штурмовой отряд (нем.).

богачей отдавал предпочтение Санкт-Морицу. Бэйби Уоррен считала, что, присоединившись здесь к Дайверам, она проявила незаурядную самоотверженность.

Окинув взглядом мягко покачивавшуюся толпу со вкусом одетых людей, Дик быстро отыскал сестер — они, столь импозантные в их лыжных костюмах, лазурном у Николь и кирпично-красном у Бэйби, бросались в глаза, точно афиши. Молодой англичанин что-то говорил им, но сестры, упоенно и сонно вглядывавшиеся в танцующую молодежь, не обращали на него никакого внимания.

Румяное от недавней прогулки по снегу лицо Николь просияло, едва она увидела Дика.

— А он где же?

— Опоздал на поезд — придется встречать его еще раз. — Дик сел, перебросил одну обутую в тяжелый ботинок ногу через другую. — Выглядите вы обе ослепительно. Я время от времени забываю, что мы — одна компания, и поражаюсь, увидев вас.

Бэйби — высокую и красивую — занимали главным образом мысли о ее близившемся тридцатилетии. Одно из проявлений их состояло в том, что она притащила с собой из Лондона сразу двух англичан, молодого и старого, — первый только-только вышел из Кембриджа, второй был ветераном викторианского распутства. Бэйби уже обзавелась кое-какими стародевичьими чертами — она чуралась прикосновений, от неожиданных испуганно вздрагивала, а затяжные, вроде поцелуев и объятий, пронизав тело Бэйби, попадали прямиком на передний край обороны, организованной ее сознанием. Корпус Бэйби, то есть собственно тело, всегда оставался почти неподвижным, зато она часто постукивала по полу ступней и потряхивала головой на манер почти старомодный. Ей нравилось предвкушение смерти, прообразом коей были несчастья, которые обрушивались на ее знакомых — а кроме того, она упорно цеплялась за мысль об ожидавшей Николь трагической участи.

Молодой англичанин Бэйби провожал женщин до облюбованного ими склона, а после спускался следом за ними, вспарывая снег полозьями бобслейных саней. Дик, подвернувший лодыжку при исполнении слишком амбициозного телемарка, с благодарностью довольствовался отведенным детям «младенческим» склоном, а то и просто пил в отеле квас в компании русского врача.

— Повеселись, Дик, прошу тебя, — попросила его Николь. — Познакомься с какой-нибудь малышкой, потанцуй с ней.

— Да о чем я с ней разговаривать буду?

Низкий, почти хриплый голос Николь поднялся на несколько нот, имитируя кокетливую меланхолию:

— Скажи: «Малышка, какая же вы хорошенькая». О чем же с ними еще разговаривать?

— Не люблю я этих малышек. Вечно от них оливковым мылом пахнет да мятными леденцами. Танцую с такой, а мне все кажется, что я детскую коляску перед собой толкаю.

Тема была опасная — Дик осторожничал, изображал стеснительность и старался на юных дев даже не смотреть.

— Давайте-ка поговорим о делах, — сказала Бэйби. — Прежде всего есть новость из дома — об участке, который мы обычно называем «вокзальным». Железнодорожная компания поначалу выкупила у нас только его середку, но теперь ей понадобилось и все остальное, а участок принадлежал маме. Придется подумать, во что нам вложить эти деньги.

Англичанин, сделав вид, что ему претит столь низменный поворот разговора, пошел приглашать девушку на танец. Проводив его неуверенным взглядом американки, пребывающей в плену пожизненной англофилии, Бэйби с ноткой вызова в голосе продолжила:

— Деньги большие. По три сотни тысяч на каждую. Я моими инвестициями распоряжаюсь сама, но Николь ничего о ценных бумагах не знает, да и вы, полагаю, тоже.

— Мне пора поезд встречать, — уклонился от ответа Дик.

Выйдя наружу, он вдохнул сырые снежные хлопья, которые были уже не видны на фоне темнеющего неба. Трое детей, проезжавших мимо в санях, прокричали на непонятном языке какое-то предупреждение; он услышал, как на ближайшем повороте они закричали снова, а чуть дальше послышался звон колокольчиков на санях, в темноте поднимавшихся в гору. Вокзал выжидающе посверкивал, юноши и девушки встречали других юношей и девушек, к приходу поезда Дик перенял ритм их движений и притворился перед Францем Грегоровиусом, что ему пришлось на целых полчаса оторваться от здешних нескончаемых удовольствий. Однако Франц оказался нацеленным на что-то с силой, отражавшей всякие попытки

Дика навязать ему другое настроение. «Я могу на день приехать в Цюрих, — написал ему в ответ на просьбу о встрече Дик, — или вы могли бы выбраться в Лозанну». Франц же ухитрился выбраться аж в Гштад.

Францу уже исполнилось сорок. К его здоровой зрелости добавились приятные церемонные манеры, однако наибольшее удовольствие доставляло ему несколько отдававшее чванливостью ощущение надежности своего положение, оно позволяло Францу с презрением относиться к потерпевшим крушение богачам, которых он лечил. Он мог бы получить от своих ученых предков в наследство более видное место в мире, но отдал предпочтение, и, похоже, сознательно, положению скромному, о чем свидетельствовал хотя бы сделанный им выбор супруги. Когда он и Дик пришли в отель, Бэйби Уоррен, произведя беглый осмотр, не обнаружила во Франце ни одного из почитаемых ею отличительных признаков — обходительности и прочих неуловимых достоинств, по которым люди из привилегированных кругов распознают друг друга, — и в дальнейшем обращалась с ним как с существом второго разряда. Николь всегда немного побаивалась его. А Дику Франц нравился, как нравились все друзья, без оговорок.

Вечером они спустились в деревню на маленьких санях, исполнявших здесь ту же роль, что гондолы в Венеции. Целью их был отель со старомодной швейцарской пивной, обшитой деревом, гулкой, полной часов, бочонков, глиняных кружек и оленьих рогов. Сидевшие за ее длинными столами компании сливались в одну большую, все как один ели фондю — до странного неудобоваримый вариант валлийского гренка с сыром, — облегчая выполнение этой задачи глинтвейном.

Здесь было занятно — так выразился молодой англичанин, и Дик признал, что другого слова не подберешь. От бодрящего, ударявшего в голову вина у него стало легко на душе, и Дик сделал вид, что мир вновь приведен в полный прядок седыми мужчинами золотых девяностых, которые садились за пианино и молодыми голосами выкрикивали старые песенки, а клубами ходивший по залу дым смягчал яркость нарядов. На миг ему показалось, что все они плывут на корабле и берег уже совсем близко, и в лицах всех здешних женщин он читал одно и то же невинное ожидание возможностей, всегда кроющихся в такой обстановке, в ночи. Он огляделся, пытаясь понять, здесь ли та, особо отмеченная им девушка, и ему показалось, что она сидит за столом позади него, но тут же забыл о ней, и придумал какой-то вздор, и попытался развеселить им свою компанию.

— Мне нужно поговорить с вами, — сказал по-английски Франц. — Я приехал всего на сутки.

— Я сразу заподозрил — у вас что-то есть на уме.

— У меня есть план — просто чудесный. — Его ладонь легла на колено Дика. — План, который изменит наши жизни.

— И какой же?

— Дик, существует клиника, которую мы могли бы купить, — почтенная клиника Брауна на Цугском озере. Современная, если не считать нескольких мелочей. Он болен, хочет уехать в Австрию, — думаю, чтобы там умереть. Это возможность, равной которой нам не найти никогда. Вы и я — какая пара! Вы только не говорите ничего, пока я не закончу.

По желтоватому блеску в глазах Бэйби Дик понял, что она их слышит.

— Мы должны вместе взяться за дело. Слишком сильно ваши руки оно не свяжет, но вы получите базу, исследовательскую лабораторию, центр. Сможете жить при клинике — ну, скажем, не больше полугода, пока погода будет хорошая. А на зиму уезжать во Францию или в Америку и писать, основываясь на свежем клиническом опыте, — Франц понизил голос. — Да и ей, когда под рукой окажется клиника с правильной атмосферой, выздоравливать будет легче.

На лице Дика появилось выражение, эту тему отнюдь не одобрявшее, и Франц, быстро облизав губы, оставил ее.

— Мы могли бы стать партнерами. Я — исполнительным директором, вы — теоретиком, блестящим консультантом и тому подобное. Я себя знаю — не гений, в отличие от вас. Но, думаю, я обладаю большими способностями — на свой лад; я свободно владею большинством современных клинических методов. И иногда месяцами практически возглавляю нашу клинику. Профессор говорит, что мой план превосходен, советует всерьез приняться за его осуществление. Тем более что он, по его словам, собирается жить вечно и работать до последней минуты.

Прежде чем перейти к обсуждению деталей, Дик соорудил в воображении несколько картин будущего.

— А финансовая сторона? — спросил он.

Франц выпятил подбородок, приподнял брови, наморщил лоб, выдвинул вперед кисти рук, локти, плечи, напряг мышцы ног — до того, что брюки его пошли буграми, — подтянул сердце к горлу, а голос поближе к нёбу.

— То-то и есть! Деньги! — посетовал он. — Моих не хватит. Цена в американских деньгах — двести тысяч долларов. Обновления — э-э... — он пожевал губами, словно с сомнением пробуя это слово на вкус, — ...шаги, с необходимостью которых вы согласитесь, обойдутся в двадцать тысяч американских долларов. Но эта клиника — золотая жила, уверяю вас, хоть я и не видел пока ее бухгалтерских книг. За двести двадцать тысяч долларов мы получим верный доход в...

Бэйби так ерзала от любопытства, что Дик решил привлечь ее к разговору:

— У вас большой опыт, Бэйби, не говорит ли он вам, что, когда европеец хочет *срочно-срочно* увидеть американца, это неизменно связано с деньгами?

— А в чем дело? — невинно осведомилась она.

— Сей юный приват-доцент полагает, что нам следует взяться за большое дело и постараться завлечь сюда из Америки людей, переживших нервный срыв.

Франц в тревоге уставился на Бэйби, а Дик продолжал:

— Но кто мы такие, Франц? У вас солидная репутация, я написал два руководства. Довольно ли этого, чтобы привлечь кого-либо? Да и нет у меня таких денег — даже десятой их части нет. — Франц цинично улыбнулся. — Честное слово. Николь и Бэйби богаты, как Крез, однако я наложить лапу на их состояния покамест не сумел.

Теперь к разговору прислушивались все — интересно, подумал Дик, слушает ли его и сидящая сзади девушка? Идея показалась ему привлекательной. Он решил предоставить Бэйби говорить за него — как все мы нередко позволяем женщинам высказываться на темы, в которых они мало что смыслят. А Бэйби вдруг обратилась в своего деда, хладнокровного и склонного к риску.

— По-моему, вам стоит обдумать это предложение, Дик. Не знаю, что именно сказал доктор Грегори, однако на мой взгляд...

Девушка за спиной Дика наклонилась, попав головой в кольцо дыма, и принялась подбирать что-то с пола. Лицо сидевшей напротив Николь казалось ему отражением его собственного лица — красота, неуверенно поселившаяся в ней, ставившая Дика в тупик, вливалась, точно приток, в реку его любви и даже силилась оградить ее от бед.

— Обдумайте, Дик, — взволнованно попросил Франц. — Тому, кто пишет о психиатрии, без реальной работы в клинике не обойтись. Юнг пишет, Блейлер пишет, Фрейд, Форель, Адлер — и все они постоянно работают с клиническими душевнобольными.

— У Дика есть я, — усмехнулась Николь. — Полагаю, необходимую ему порцию душевных болезней он уже получил.

— Это другое дело, — осторожно ответил Франц.

«Если Николь поселится рядом с клиникой, — думала Бэйби, — я смогу быть спокойной за нее».

— Мы должны тщательно все обмозговать, — сказала она.

Дика ее нахальство позабавило, однако потакать таковому не следовало.

— Решать буду я, Бэйби, — мягко сказал он. — Но ваше желание купить мне клинику очень мило.

Бэйби, поняв, что ее занесло, мигом пошла на попятную:

— Ну, разумеется, все зависит только от вас.

— Вопрос настолько важен, что на решение его уйдет не одна неделя. Не уверен, что мне так уж нравится мысль о нас с Николь, обосновавшихся в Цюрихе... — Дик повернулся к Францу, предвосхищая его возражение: — ...Я знаю, знаю. В Цюрихе есть газ, водопровод, электричество — я прожил там три года.

— Обдумайте все как следует, — сказал Франц. — Я уверен...

Две сотни пятифунтовых башмаков затопали в сторону двери, и их компания присоединилась к толпе. Снаружи Дик увидел в хрустком лунном свете ту самую девушку, она привязывала свои салазки к большим саням. Все погрузились в сани, защелкали кнуты, лошади напряглись и пошли резать грудью темный воздух. Смутные, наспех устроившиеся в санях фигуры проносились мимо компании Дика, юноши помоложе сбрасывали друг друга с санок, выталкивали из саней, и жертвы их валились в мягкий снег, поднимались, бежали, пыхтя, за санями и обессиленно падали в них или вопили, жалуясь, что все их покинули. По сторонам дороги лежали в благотворном покое поля; пересекаемое кавалькадой пространство казалось высоким, бескрайним. Многие уже притихли и прислушивались к снежному простору, томясь атавистическим страхом перед волками.

В Занене они присоединились к устроенным муниципалитетом танцам, смешавшись с пастухами, гостиничной прислугой, лавочниками, лыжными инструкторами, проводниками, туристами, крестьянами. Вступить в теплое замкнутое пространство после испытанных снаружи пантеистических, почти животных ощущений означало снова вернуть себе некое несуразное, но внушительное рыцарское имя, звонкое, как шпоры на сапогах воина, и громовое, как топот футболистов по бетонному полу раздевалки. Йодль, без которого не обходятся такие танцульки, развеял романтическую очарованность Дика этой картиной. Поначалу он решил было, что виной тому изгнание им девушки из своих мыслей, но затем сообразил — нет, не оно, а слова Бэйби: «Мы должны тщательно все обмозговать» — и не сказанное ею, но подразумевавшееся: «Вы принадлежите нам и рано или поздно признаете это. Изображать независимость нелепо».

Не один год прошел с тех пор, как Дику довелось втайне озлобиться на кого-то — дело было в Нью-Хейвене, на первом курсе, после прочтения пользовавшейся немалым успехом статьи об «умственной гигиене». Теперь он сорвался на Бэйби и пытался удержать злость в себе, в то же время негодуя на холодную наглость этой богачки. Пройдет еще не одна сотня лет, прежде чем какая-то из новых амазонок своим умом дойдет до мысли о том, что уязвить в мужчине можно лишь его гордость, что, когда кто-то лезет в его дела, он становится хрупким, как Шалтай-Болтай, пусть даже некоторые из этих дам и признают сей факт — с оговорками и лишь на словах. Профессия доктора Дайвера, сводившаяся к сортировке того, что остается от скорлупы разбитых яиц, научила его бояться любых срывов. И все же:

— Слишком много хороших манер, — сказал он, когда плавно скользившие сани понесли их обратно в Гштад.

— Что ж, по-моему, это неплохо, — откликнулась Бэйби.

— Да нет, — возразил он, обращаясь к безликой вязанке мехов. — Хорошие манеры есть допущение того, что каждый человек неизъяснимо хрупок и с него надлежит пылинки сдувать. А уважение к человеку не позволяет, конечно, походя называть его лжецом или трусом, однако если вы будете вечно щадить чувства людей и питать их тщеславие, то в конце концов перестанете понимать, *что*, собственно говоря, заслуживает в них уважения.

— По-моему, американцы относятся к своим манерам весьма серьезно, — заметил старик-англичанин.

— Пожалуй, — сказал Дик. — Манеры моего отца — это наследие тех времен, когда человек сначала стрелял, а уж потом извинялся. Вооруженные люди... да что там, вы, европейцы, не носили в обычной жизни оружия с начала восемнадцатого столетия...

— В сущности, возможно, нет...

— В сущности. И в действительности.

— У вас, Дик, манеры неизменно прекрасные, — примирительно сказала Бэйби.

Две женщины смотрели на него из зоопарка своих одежд не без тревоги. Молодой англичанин ничего не понял, он принадлежал к той породе людей, что любят скакать по карнизам и балконам, словно по снастям корабля, и сейчас надумал скоротать возвращение в отель нелепым рассказом о боксерском поединке между ним и его лучшим другом: о том, как два любящих товарища украшали один другого синяками, но, разумеется, с превеликой воспитанностью. Дика его рассказ развеселил.

— То есть при каждой зуботычине, которую вы от него получали, он все больше становился вашим другом?

— Я чувствовал все большее уважение к нему.

— Чего я не понимаю, так это изначальной причины драки. Вы и ваш лучший друг, повздорив по какому-то пустяковому...

— Если вы не понимаете, я вам ничего объяснить не смогу, — холодно прервал его молодой англичанин.

...*Вот это я и получаю, когда говорю, что думаю, — сказал себе Дик.*

Он уже устыдился своих приставаний к юноше, поняв, что нелепость его рассказа проистекает из детской простоты воззрений вкупе с замысловатостью изложения.

Толпа еще сохраняла праздничное настроение, они вступили с ней в пропахший мясом, которое жарилось здесь на открытом огне, ресторан, где бармен-тунисец манипулировал освещением в такт музыке, а еще одну постоянно звучавшую мелодию создавала глядевшая в большие окна луна над катком. В этом свете Дик наконец разглядел свою девушку, нашел ее вялой и неинтересной и отвернулся, чтобы полюбоваться мглой, кончиками сигарет, становившимися, когда освещение краснело, зелеными и серебристыми, белой полосой, которая падала на танцующих всякий раз, что открывалась и закрывалась дверь бара.

— А скажите-ка, Франц, — поинтересовался он, — вы думаете, что, проведя всю ночь над кружкой пива, сможете вернуться в клинику и убедить пациентов в могуществе вашей личности? Не кажется ли вам, что они сочтут вас гастропатом?

— Я иду спать, — объявила Николь. Дик проводил ее до лифта.

— Я бы составил тебе компанию, но мне нужно показать Францу, что в клиницисты я не гожусь.

Николь вступила в лифт.

— Бэйби очень практична, — задумчиво сказала она.

— Бэйби — одна из... — дверь лифта отрезала его от Николь, и Дик, вслушиваясь в металлическое жужжание, закончил фразу мысленно: «Бэйби — пустая, себялюбивая баба».

И однако же два дня спустя, направляясь с Францем в санях к вокзалу, Дик признался, что мысль о клинике ему по душе.

— Мы начинаем ходить по кругу, — сказал он. — Жить с таким размахом — значит с неизбежностью подвергать свои силы одному испытанию за другим, а Николь этого не выдержит. Летней пасторали на Ривьере пришел конец — на следующий год мы получим сезон во всей его красе.

Они проезжали мимо хрустких зеленых катков, где гремели венские вальсы и цвета горных школ полыхали на фоне бледно-синего неба.

— ...надеюсь, у нас все получится, Франц. Ни с кем, кроме вас, я в такую авантюру не ввязался бы...

Прощай, Гштад! Прощайте, юные лица, холодный аромат цветов, снежинки в темноте. Прощай, Гштад, прощай!

XIV

Дик проснулся в пять утра — всю ночь ему снилась война — и подошел к окну, чтобы взглянуть на Цугское озеро. Сон начался с картины мрачной, но величавой: солдаты в темно-синих мундирах пересекали темную площадь, а на переднем плане оркестры играли вторую часть из сюиты «Любовь к трем апельсинам» Прокофьева. Потом появились пожарные машины — символы несчастья, — потом кошмарный бунт калек на перевязочном пункте. Дик включил прикроватную лампу и записал сон во всех подробностях, добавив под конец наполовину ироничное замечание: «Военный невроз тыловика».

Сидя на краю кровати, он ощущал пустоту спальни, дома, самой ночи. В соседней комнате горестно забормотала что-то Николь, похоже, ей снилось одиночество, и Дик пожалел ее. Для него время стояло на месте, стремительно ускоряясь каждые несколько лет, как при быстрой перемотке кинопленки, а для Николь годы уносились вдаль часами, календарем, днями рождений, обостряя в ней сознание бренности ее красоты.

Даже последние, проведенные на берегу Цугского озера полтора года казались Николь потраченными ни на что, а смена времен года помечалась для нее только дорожными рабочими, чьи лица, красноватые в мае, коричневели в июле и чернели к сентябрю, а по весне опять становились белыми. После первого приступа болезни она ожила, преисполнилась надежд и больших ожиданий, но все же осталась лишенной собственной жизни, потому что у нее только и были что Дик да дети — впрочем, Николь лишь делала вид, что нежно любит их, росли же они, точно взятые ею на воспитание сироты. Люди, которые нравились ей больше других, по преимуществу бунтари, выводили ее из душевного равновесия, встречи с ними вредили Николь, — она искала в них живую энергию, которая наделяла их независимостью, силой, способностью творить, и искала напрасно, поскольку тайны их коренились в преодолении трудностей детства, давно ими забытых. Их же привлекала внешняя гармоничность и красота Николь, изнанка ее болезни. Жизнь она вела одинокую, а принадлежал ей лишь Дик, никому принадлежать не желавший.

Множество раз пытался он разрушить зависимость Николь от него, и всегда безуспешно. У них было немало хороших, общих минут, немало хороших разговоров бессонными, отданными любви ночами, но всякий раз, как он уходил от нее в собственный мир, в руках Николь оставалась пустота и она могла лишь вглядываться в нее, называть ее разными именами, зная, что на самом деле это — всего-навсего надежда на его возвращение.

Дик сложил подушку вдвое, лег, подсунув ее под зашеек, как делают, чтобы замедлить обращение крови, японцы, и проспал еще какое-то время. Он уже брился, когда Николь проснулась и начала расхаживать по дому, раздавая отрывистые, резкие распоряжения детям и слугам. К Дику пришел посмотреть, как он бреется, Ланье, — жизнь бок о бок с психиатрической клиникой наделила мальчика необычайной верой в отца, преклонением перед ним, а вместе с тем и преувеличенным безразличием к большинству прочих взрослых; в пациентах он либо видел лишь странные их стороны, либо относился к ним как к существам безжизненным, перелеченным, лишенным собственных личностей. Мальчиком он был красивым, обещал многое, и Дик уделял ему немало времени, отношения у них сложились примерно такие же, как между благожелательным, но требовательным офицером и почтительным рядовым.

— Скажи, — спросил Ланье, — почему после бритья у тебя непременно оказывается на макушке клочок пены.

Дик осторожно разделил покрытые мыльной пеной губы:

— Да я и сам не знаю. Меня это тоже удивляет. Думаю, когда я подравниваю бачки, пена остается на пальцах, но как она потом попадает на макушку — понятия не имею.

— Завтра я послежу за этим.

— Больше до завтрака вопросов не будет?

— Я не назвал бы это вопросом.

— Ну, как скажешь.

Еще через полчаса Дик, выйдя из дома, направился к административному зданию клиники. Дику было тридцать восемь лет, отпустить бороду он так и не удосужился, однако всем своим обликом на врача походил сильнее, чем в пору жизни на Ривьере. Вот уже полтора года он жил при клинике — безусловно, оборудованной лучше, чем любая другая в Европе. Как и клиника Домлера, она была современной и размещалась не в одном темном, зловещем здании, а в нескольких небольших, стоявших раздельно, создавая обманчивое впечатление маленькой деревни, — Дик и Николь многое сделали для нее по части вкуса, клиника стала, попросту говоря, красивой, и каждый заезжавший в Цюрих психиатр непременно ее посещал. Добавление сарайчика для хранения гольфовых клюшек могло бы придать ей окончательное сходство с загородным клубом. «Шиповник» и «Буки», корпуса, отведенные для тех, кто погрузился в вечную тьму, ограждались от главного здания двумя небольшими рощицами, маскировавшими эти бастионы безумия. За главным зданием были разбиты сад с огородом, в которых трудились не только садовники, но и пациенты. Трудотерапия практиковалась и в трех находившихся под общей крышей мастерских, с них-то доктор Дайвер и начинал свой утренний обход. В залитой солнечным светом столярной мастерской сладко пахло стружкой, утраченным нами деревянным веком; здесь всегда работало с полдесятка мужчин, стучащих молотками, чертивших эскизы, быстро перемещавшихся с одного места на другое — молчаливых, отрывавших, когда Дик проходил через мастерскую, серьезные взгляды от работы. Сам хороший столяр, Дик задержался здесь на некоторое время, чтобы обсудить с ними, — спокойно, заинтересованно, со знанием дела, — достоинства кое-каких инструментов. Следом шла переплетная, в ней трудились пациенты наиболее подвижные, энергичные, а такими были, хоть и не в обязательном порядке, те, у кого имелись наилучшие шансы на выздоровление. В последней мастерской пациенты вышивали бисером, плели корзины и занимались чеканкой. Лица их несли выражение человека, который только что, сокрушенно вздохнув, махнул рукой на невыполнимую задачу, однако вздохи здешних больных обозначали начало еще одного непрестанного цикла логических выкладок, не выстроенных, как у нормальных людей, в линию, но неизменно идущих по одному и тому же кругу. По кругу, по кругу и по кругу. Всегда. Впрочем, яркие цвета материалов, с которыми работали эти больные, создавали у заглядывавших сюда визитеров мгновенную иллюзию того, что все здесь хорошо и прекрасно, совсем как в детском саду. При появлении доктора Дайвера лица пациентов посветлели. Большинству их он нравился намного сильнее, чем доктор Грегоровиус. И в большинство это входил каждый, без исключения, из тех, кто еще помнил свою жизнь в широком мире. Были, конечно, и такие, кто считал, будто он пренебрегает ими, или что он — человек себе на уме, или что он — притворщик. Примерно так же относились к Дику и некоторые из тех, кого он встречал вне своей профессиональной жизни, но здесь любое отношение к нему было искажено и перекошено.

Одна из пациенток, англичанка, всегда заговаривала с ним о предмете, знатоком которого себя мнила:

— Музыка нынче вечером будет?

— Не знаю, — ответил он в этот раз. — Я еще не видел доктора Ладислау. Как вам понравилась вчерашняя игра миссис Мачс и мистера Лонгстрита?

— Не очень.

— По-моему, они хорошо играли — особенно Шопена.

— А по-моему, не очень.

— Когда же вы-то для нас сыграете?

Она пожала плечами, вопрос этот доставлял ей неизменное удовлетворение — и уже не один год.

— Когда-нибудь. Правда, я тоже играю не очень.

Оба знали, что она вообще не играет, — две ее сестры были блестящими музыкантшами, но она в общем их детстве даже нотной грамоты не освоила.

Из мастерских Дик отправился в «Шиповник» и «Буки». Снаружи два эти дома производили, как и все остальные, впечатление веселое; а внутреннее их убранство и меблировку придумала Николь, исходя при этом из необходимости неприметных решеток и щеколд, привинченной к полу мебели. Она дала волю воображению, изобретательность же, которой Николь похвастаться не могла, подстегивалась самой задачей: ни одному ученому визитеру без подсказки и в голову не пришло бы, что легкое, филигранное украшение окон — это крепкая, непроницаемая граница, которая замыкает отведенное пациенту пространство, что современная мебель из полых якобы трубок намного прочнее массивных творений эдвардианцев, что даже цветочные вазы сидят здесь на железных штифтах, а любое случайное украшение, любое приспособление так же необходимы, как балочные фермы в небоскребе. Неутомимые глаза Николь сумели углядеть в каждой комнате двух домов все полезное, что та могла дать. Когда же ее хвалили за это, Николь отрывисто отнекивалась, говоря, что она — всего лишь бригадир водопроводчиков.

Те, чьи компасы еще не размагнитились, усматривали в этих домах немало странного. Мужское отделение, «Шиповник», порой даже веселило доктора Дайвера — был там один удивительный маленький эксгибиционист, уверенный, что, если б ему удалось беспрепятственно пройтись нагишом от площади Звезды до площади Согласия, он смог бы разрешить множество проблем — и возможно, думал Дик, был совершенно прав.

Но самая интересная его больная лежала в главном здании. Эта тридцатилетняя женщина провела в клинике уже полгода — американка, художница, долгое время жившая в Париже. История ее болезни больших надежд не внушала. Двоюродный брат художницы, приехав в Париж, обнаружил ее совершенно обезумевшей, и после того, как она провела недолгое, ничего не давшее время в одном из шарлатанских заведений, что разбросаны по парижским пригородам и пользуют по преимуществу туристов, которые пали жертвами спиртного или наркотиков, привез ее в Швейцарию. В клинику она поступила редкостной красавицей — ныне все ее тело покрывали мучительные язвы. Никакие анализы крови положительной реакции не дали, и за неимением лучшего болезнь ее отнесли к категории нервных экзем. Вот уж два месяца, как она лежала в коросте и бинтах, словно истязаемая в «Железной деве». При этом умом она отличалась последовательным, если не блестящим — в пределах, поставленных ее особого рода галлюцинациями.

Практически она была пациенткой Дика. Во время приступов перевозбуждения лишь ему и удавалось «что-то с ней сделать». Некоторое время назад, в одну из многих ночей, проведенных ею в бессонных мучениях, Франц сумел загипнотизировать ее, и она получила несколько часов необходимого отдыха, но повторить свой успех он ни разу не смог. Дик не доверял гипнозу как инструменту и прибегал к нему редко, поскольку знал, что ему далеко не всегда удается привести себя в нужное для сеанса состояние, — как-то он попробовал загипнотизировать Николь, и та лишь пренебрежительно высмеяла его.

Женщина, лежавшая в двадцатой палате, увидеть Дика, когда он вошел, не смогла бы — лицо ее слишком сильно вспухло вокруг глаз. Голос у нее был сильный, богатый интонациями, низкий, волнующий.

— Как долго это будет продолжаться? Вечность?

— Теперь уж не очень долго. Доктор Ладислау говорит, что некоторые участки вашего тела очистились.

— Если б я знала, чем заслужила это, мне было бы легче смириться с ним.

— Тут нет никакой мистики, мы определили ваше заболевание как имеющее нервное происхождение. Оно родственно краске стыда — вы часто краснели в девичестве?

Она лежала, обратив лицо к потолку.

— С тех пор как у меня прорезались зубы мудрости, краснеть мне было не за что.

— Разве вы не совершили положенной каждому человеку квоты мелких грехов и ошибок?

— Мне не в чем себя упрекнуть.

— Вам повезло.

Она ненадолго задумалась, затем из-под лицевой повязки снова прозвучал, как из подземелья, ее голос:

— Я разделяю участь женщин моего поколения, вызывавших мужчин на битву.

— И к огромному вашему удивлению выяснилось, что битва эта ничем от других не отличается, — ответил Дик, перенимая ее манеру выражаться.

— Ничем от других не отличается, — она обдумала эти слова. — Тебе приходится выбирать поле боя самой, иначе твоя победа окажется пирровой — или же тебя сломят и уничтожат, обратят в призрачное эхо, отлетающее от разрушенной стены.

— Вас не сломили и не уничтожили, — сказал он. — Вы совершенно уверены, что побывали в настоящем бою?

— Да поглядите же на меня! — гневно вскричала она.

— Вы страдали, но ведь страдали многие женщины, ошибкой принимавшие себя за мужчин, —

разговор начинал обращаться в спор, и Дик решил отступить. — Как бы то ни было, не следует путать единичную неудачу с окончательным поражением.

Женщина фыркнула.

— Красивые слова, — фраза эта, пробившаяся сквозь коросту боли, вмиг поставила Дика на место.

— Мы были бы рады докопаться до истинных причин того, что привело вас сюда... — начал он, однако женщина перебила его:

— Я здесь как символ чего-то. И думала, что вы, возможно, знаете — чего.

— Вы больны, — машинально ответил Дик.

— От чего же тогда вы успели меня избавить?

— От болезни еще более сильной.

— И все?

— И все, — лгать ему было противно, однако тема разговора оказалась настолько обширной, что любые попытки сузить ее могли дать только ложь. — Остальное — лишь путаница и хаос. Я не стану читать вам нотации, мы слишком хорошо сознаем, какие телесные муки вы переносите. Но только разрешая повседневные проблемы, какими бы пустыми и скучными они ни казались, вы сможете расставить все по местам. А после этого, как знать, вдруг вам удастся вновь приступить к изучению...

Он смолк, удержавшись от неминуемого завершения этой фразы: «...границ человеческого сознания». Границы, которые должен исследовать художник, всегда оставались для нее недоступными. Она была женщиной слишком утонченной, порождением замкнутой среды — и со временем могла удовольствоваться некоторой разновидностью мирного мистицизма. А исследованием границ занимаются те, в чьих жилах еще сохранилась примесь крестьянской крови, женщины с широкими бедрами и толстыми лодыжками, способные принять кару как хлеб-соль каждой клеткой своей плоти, каждым изгибом души и тела.

«...Не для вас, — едва не сказал он. — Для вас это игра непосильная».

И все-таки страшное величие ее муки притягивало Дика — безоговорочно, почти сексуально. Ему хотелось обнять эту женщину, как обнимал он Николь, окружить заботой даже ее ошибки, потому что они были неотъемной ее частью. Оранжевый свет за опущенными шторами, саркофаг ее тела на койке, пятно вместо лица, голос, вникающий в пустую полость болезни и находящий там лишь отчужденные абстракции.

Когда он встал, по бинтам ее потекли, точно лава, слезы.

— Для чего-то же это нужно, — прошептала она. — Что-то должно родиться из этого.

Дик наклонился, поцеловал ее в лоб.

— Всем нам следует стремиться к доброте, — сказал он.

Покинув ее палату, он послал туда сестру. Нужно было повидать других пациентов: пятнадцатилетнюю американку, которую растили, исходя из того, что детство должно быть сплошным удовольствием, — с ней следовало поговорить еще и потому, что она недавно обкорнала маникюрными ножницами все свои волосы. Помочь ей было нечем — нервных расстройств в ее семье насчитывалось немало, а прошлое девочки не содержало ничего, на что удалось бы опереться. Отец, человек здоровый и добросовестный, старался защитить своих нервических отпрысков от жизненных невзгод и добился только того, что они не смогли развить в себе способность приспосабливаться к неизбежным сюрпризам жизни. Дик мог сказать ей лишь очень немногое: «Элен, если вам что-нибудь непонятно, обращайтесь к сестре, вы должны научиться принимать чужие советы. Пообещайте мне это».

Но много ли проку от обещаний умалишенного? Заглянул Дик и к хрупкому беженцу с Кавказа, надежно пристегнутому к подобию гамака, погруженного в теплую лекарственную ванну, и к трем дочерям португальского генерала, почти неприметно подвигавшимся в сторону частичного паралича. Зашел в соседнюю с ними палату и заверил пережившего нервный срыв психиатра, что тот выздоравливает, медленно, но выздоравливает, и психиатр попытался прочесть в лице Дика признаки веры в эти слова, потому что не выпасть из реальности ему удавалось, только цепляясь за уверенность — или отсутствие ее, — звучавшую в голосе доктора Дайвера. И после того, как Дик изгнал из клиники бездельника-санитара, настало время ленча.

XV

Трапезы с пациентами были частью его повседневной работы, но частью, нисколько Дику не нравившейся. Естественно, среди тех, кто усаживался за общий стол, обитатели «Шиповника» и «Буков» отсутствовали, — здесь появлялись обычные на первый взгляд люди, но почему-то всегда погруженные в тяжкую меланхолию. Присутствовавшие на ленче доктора старались поддерживать разговор, однако больные в большинстве своем казались истомленными утренними трудами, а может быть, их угнетала общая обстановка, — так или иначе, ели они молча, не отрывая глаз от тарелок.

По окончании ленча Дик вернулся к себе на виллу. У сидевшей в гостиной Николь лицо было странное.

— Прочти-ка, — сказала она.

Дик развернул письмо. Прислала его женщина, которую недавно выписали из клиники, хоть состояние ее и внушало докторам сомнения. Письмо без околичностей обвиняло Дика в том, что он совратил дочь этой женщины, бывшей рядом с матерью на критической стадии ее болезни. Миссис Дайвер, говорилось в письме, интересно будет узнать, получив эти сведения, кто такой «на самом деле» ее муж.

Дик перечитал письмо. Составленное на чистом и точном английском, оно тем не менее было письмом маньячки. Один-единственный раз Дик удовлетворил просьбу дочери, кокетливой брюнеточки, и взял ее с собой в Цюрих, а вечером вернул в клинику и на прощание поцеловал — машинально, почти снисходительно. Позже девушка попыталась обратить случившееся в роман, но Дик никакого интереса к ней не проявил, и впоследствии, а может быть, и вследствие этого она его невзлюбила и вскоре забрала мать из клиники.

— Это написано душевнобольной, — сказал он. — Никаких отношений у меня с этой девушкой не было. Она мне даже не нравилась.

— Да, — сказала Николь, — так я и стараюсь думать.

— Не могла же ты поверить в эту чушь?

— Я все время торчу здесь, безвылазно.

Дик присел рядом с ней и, добавив в свой голос укора, сказал:

— Это нелепость. Какое-то письмо от помешанной...

— Я тоже была помешанной.

Он встал и произнес голосом более властным:

— Давай не будем возиться с этой нелепицей, Николь. Иди собери детей, и поедем.

Дик вел машину, минуя один озерный мысок за другим, солнечный свет и вода отблескивали в ветровом стекле, пока машина не укрывалась от этого блеска в очередном хвойном туннеле. Это была машина Дика, карликовый «рено», такой маленький, что головы пассажиров торчали из него наружу — не считая голов сидевших на заднем сиденье детей, между которыми возвышалась, как мачта, Мадемуазель. Все они знали каждый километр дороги, знали, где услышат запах сосновых игл, где увидят черный печной дым. Высокое солнце сопровождало их, лучи его яростно били в глаза, растекались по соломенным шляпам детей

Николь молчала, Дику было не по себе от ее прямого, жесткого взгляда. Он часто испытывал рядом с ней одиночество, и нередко она досаждала ему недолгими личными откровениями, которые приберегала исключительно для него. «Я совсем как то — нет, скорее как это», — однако сегодня он обрадовался бы, ненадолго услышав дробную трескотню Николь, мельком открывавшую ее мысли. Положения, чреватые наибольшей опасностью, создавались, когда она уходила в себя и двери за собой закрывала.

В Цуге Мадемуазель покинула машину, оставив их вчетвером. Проехав сквозь целый зверинец мамонтовидных, расступавшихся перед ними паровых катков, Дайверы достигли Сельской ярмарки. Дик устроил машину на стоянке и, поскольку Николь так и сидела без движения, глядя на него, сказал: «Выходи, милая». Губы ее вдруг разделились в страшной улыбке, и живот Дика стянуло узлом, однако он, словно не заметив ничего, повторил: «Выходи. Ты не даешь вылезти детям».

— О, я выйду, будь уверен, — ответила она, выдрав эту фразу из какой-то истории, раскручивавшейся в ее голове так быстро, что он не мог ухватить ни одной подробности. — Не беспокойся. Я выйду.

— Так выходи же.

Они шли бок о бок, однако Николь смотрела в сторону, и на лице ее по-прежнему играла холодная ироническая улыбка. Ланье пытался заговорить с ней, но лишь после нескольких таких попыток ей удалось сосредоточить внимание на чем-то конкретном, на балаганчике Панча и Джуди и, словно зацепившись за него, сориентироваться в том, что ее окружало.

А Дик старался придумать, как ему вести себя. Двойственность отношений с Николь — отношений с одной стороны мужа, с другой психиатра, — все сильней и сильней парализовала его мыслительные способности. За эти шесть лет она несколько раз вынуждала Дика переходить границу допустимого, уступать бессильной, сентиментальной жалости либо упражняться в острословии, фантастическом и бессвязном, и он только задним числом понимал, что позволил себе расслабиться, что Николь вновь переиграла и его, и все присущее ему здравомыслие.

Обсудив с Топси балаганчик — тот ли там Панч, которого они видели в прошлом году в Каннах, — семья пошла дальше, среди лотков, под синим небом. Женские чепчики над бархатными безрукавками, яркие, раскидистые юбки самых разных кантонов выглядели жеманно-скромными среди голубых и оранжевых фургонов и киосков. Из шатра, в котором показывали танец живота, неслись завывания и позвякиванье.

Николь бросилась бежать совершенно неожиданно, — Дик не сразу и обнаружил-то, что рядом ее уже нет. Он различил вдалеке ее вившееся среди людской толпы желтое платье, охряный стежок на стыке реальности с нереальностью, и кинулся вслед за ним. Бег Николь был скрытным, таким же было и преследование. Послеполуденный жар пронизали после побега Николь вскрики и ужас, и Дик совершенно забыл о детях, но вскоре развернулся и бегом вернулся к ним, и заметался, держа их за руки, туда и сюда, и взгляд его тоже метался — от палатки к палатке.

— *Madame!* — крикнул он молодой женщине, сидевшей за белым лотерейным барабаном. — *Est-ce que je peux laisser ces petits avec vous deux minutes? C'est très urgent-je vous donnerai dix francs.*

— Mais oui[1].

Он подвел детей к ее палатке.

— Alors-restez avec cette gentille dame.

— Oui, Dick[2].

Дик снова понесся по следу Николь, но той нигде уже видно не было; он обежал по кругу карусель, стараясь не отставать от ее фигурок, и только тут понял, что бежит, не отрывая взгляда от одной и той же лошадки. Он протолкался сквозь толпу к стойке буфета, а оттуда, вспомнив об одном из пристрастий Николь, метнулся к шатру предсказателя судьбы и заглянул внутрь. Гулкий голос приветствовал его:

— La septième fille d'une septième fille née sur les rives du Nil... entrez, Monsieur...[3]

Отпустив полу шатра, Дик побежал к озеру, к последнему *plaisance*[4] — медленно поворачивавшемуся в небе чертову колесу. Там он ее и увидел.

Она одиноко сидела в корзинке колеса, оказавшейся в тот миг на самом верху, и когда корзинка начала спускаться, Дик услышал громкий хохот Николь и скользнул назад, в гущу людей, заметивших при следующем обороте колеса, что она бьется в истерике.

---

[1] Мадам... Не могу ли на пару минут оставить с вами этих малюток? Очень срочное дело, я заплачу десять франков. — Конечно (*фр.*).

[2] Побудьте с этой доброй дамой. — Да, Дик (*фр.*).

[3] Седьмая дочь седьмой дочери, рожденная на берегах Нила... Входите, месье... (*фр.*)

[4] Аттракцион (*фр.*).

— *Regardez-moi ça!*
— *Regarde donc cette Anglaise!*[1]

Корзинка снова дошла до низу, и колесо, и музыка замедлились, около десятка людей столпилось у корзинки Николь, чей странный смех украсил их физиономии улыбками идиотского сочувствия. Впрочем, едва она увидела Дика, смех замер. Николь выскочила из корзинки, попыталась проскользнуть мимо него, однако он схватил ее за руку и повел от колеса.

— Почему ты так распускаешься?
— Ты отлично знаешь почему.
— Нет, не знаю.
— Это же ни в какие ворота не лезет — отпусти мою руку, — ты совсем уж дурой меня считаешь. Думаешь, я не видела, как та девушка смотрит на тебя — та, темненькая. Комедия, фарс — ребенок, лет пятнадцать, не больше. Думаешь, не видела?
— Остановись на минутку, успокойся.

Они присели за столик, в глазах Николь плескалась подозрительность, она поводила перед ними ладонью, как будто что-то мешало ей ясно видеть.

— Я хочу выпить... бренди.
— Бренди тебе нельзя — если хочешь, выпей пива.
— Почему это мне нельзя бренди?
— Не будем в это вдаваться. Послушай меня, вся история с девушкой — иллюзия, тебе понятно это слово?
— Ну, конечно, когда я вижу то, что ты от меня хочешь упрятать, это иллюзия.

---

[1] Гляньте-ка на нее... Посмотрите на эту англичанку (*фр.*).

На Дика навалилось чувство вины — как в каком-нибудь страшном сне, где нас обвиняют в преступлении, и мы знаем неоспоримо: оно и вправду совершено, и только пробудившись, соображаем, что мы-то к нему никакого касательства не имеем. Он отвел взгляд.

— Я оставил детей в палатке цыганки. Надо забрать их.

— Кем ты себя возомнил? — гневно продолжала она. — Свенгали?[1]

Четверть часа назад они были семьей. Сейчас, когда он, сам того не желая, загнал Николь в угол, Дик увидел во всех них — детях и взрослых — зачаток катастрофы, нечто взрывоопасное.

— Мы поедем домой.

— Домой! — прорычала она с таким ожесточением, что на верхней ноте голос ее надломился и сорвался. — Сидеть там и думать, что все мы гнием и пепел детей гниет в каждой шкатулке, какую я открываю? Какая мерзость!

Дик почти с облегчением увидел, что последние ее слова выхолостили ярость Николь, что и сама она ощутила это всей своей кожей, Николь же, заметив, как опустело его лицо, поникла и взмолилась:

— Помоги, помоги мне, Дик!

Волна мучительной боли просквозила его. Ужасно, что здание столь прекрасное возвести невозможно, а можно только подвесить в воздухе отдельно от него, Дика. До какой-то точки он был

---

[1] Манипулирующий людьми гипнотизер из романа Джорджа Дю Морье «Трильби».

прав: для того мужчины и существуют, каждый из них — брус и идея, балочная ферма и логарифм. Но каким-то образом он и Николь слились в одно, не обратились в дополняющие одна другую противоположности, а уравнялись; она была и Диком тоже и иссушала его душу. Он не мог наблюдать за тем, как распадается ее личность, и не участвовать в этом распаде. Интуитивное понимание Николь воплощалось у него в нежность и сострадание, и все, что он мог, это действовать в духе современных методов, пытаться остановить распад — да, нужно будет сегодня же выписать для нее из Цюриха медицинскую сестру.

— Ты же *можешь* помочь мне.

От ласковой агрессивности, с которой это было сказано, Дик снова потерял почву под ногами, его потянуло к Николь.

— Ты помогал мне раньше — можешь помочь и теперь.

— Только тем, чем помогал раньше.

— Значит, может кто-то другой.

— Наверное. Но прежде всего помочь себе можешь ты. Пойдем поищем детей.

Палаток с белыми лотерейными барабанами оказалось на ярмарке много, — Дик испугался, заглянув в первую и наткнувшись на пустой непонимающий взгляд. Николь ревниво наблюдала за ним, но в поисках не участвовала, словно отвергая детей, негодуя на них как на часть простого и ясного мира, который ей хотелось повергнуть в хаос. В конце концов Дик отыскал их — окруженных женщинами, которые упоенно разглядывали его детей, как выложенный на прилавок добротный товар, и молча таращившей глаза крестьянской ребятней.

— *Merci, Monsieur, ah Monsieur est trop généreux. C'était un plaisir, M'sieur, Madame. Au revoir, mes petits*[1].

Назад они ехали под струящимся с неба печальным зноем; машину обременяли взаимные опасения, боль; разочарованные дети сидели, хмуро поджав губы. Горе явилось к ним в незнакомом, ужасном, темном наряде. Где-то под Цугом Николь с судорожной натугой повторила одно из прежних ее замечаний — о матово-желтом доме в стороне от дороги, который выглядел точно картина с еще не просохшей краской, но то была всего лишь попытка ухватить слишком быстро разматывавшийся канат.

Дик старался успокоиться, дать себе передышку — дома его ждала новая схватка, возможно, придется долгое время просидеть с Николь, приводя для нее вселенную в прежний вид. «Шизофрению» правильно называют раздвоением личности — Николь попеременно была то человеком, которому ничего объяснять не нужно, то тем, кому ничего объяснить *нельзя*. В обхождении с ней требовалось живое, положительное упорство, нужно было держать путь в реальность неизменно открытым, а путь бегства от нее труднопроходимым. Однако безумие с его блеском и разнообразием сродни воде, всегда находящей способ заполнить сточную канаву и выплеснуться из нее. Для борьбы с ним необходимы соединенные усилия многих людей.

---

[1] Спасибо, месье, месье так щедр. Я только удовольствие получила, месье, мадам. До свидания, мои маленькие (*фр.*).

А Дик чувствовал: нужно, чтобы на этот раз Николь излечилась самостоятельно, нужно подождать, когда она вспомнит прошлое и с отвращением от него отшатнется. И устало думал о возвращении к давнему распорядку их жизни, в который они год назад внесли значительные послабления.

Он свернул к холму, перевалив который можно было срезать путь к клинике, и едва успел нажать на педаль акселератора, чтобы проскочить короткий, шедший по склону участок дороги, как машину вдруг резко бросило влево, потом вправо, потом она накренилась, встав на два колеса, и Дик, в чье ухо вопила что-то Николь, ударил по безумно вцепившейся в руль руке, попытался выровнять машину, однако она, снова вильнув, слетела с дороги, прорвалась сквозь низкие кусты, накренилась опять и неторопливо остановилась, привалясь к древесному стволу.

Дети визжали, Николь визжала, сквернословила и норовила разодрать ногтями лицо Дика. Первая его мысль была о крене машины, и, неспособный оценить его, Дик отбросил от себя руку Николь, вылез через верх, вытащил детей и только тогда увидел, что машина держится прочно. Он постоял, не зная, что предпринять, дрожа и задыхаясь.

— Ты... — крикнул он.

Николь хохотала — шумно, бесстыдно, бесстрашно и беззаботно. Человек, только что появившийся здесь, никак не подумал бы, что это она была причиной аварии; Николь хохотала, точно ребенок после некой невинной выходки.

— Что, испугался? — укорила она Дика. — Жить-то хочется!

Говорила она с таким напором, что Дик, сколь ни был он потрясен, задумался — и вправду, уж не испугался ли он за себя и ни за кого больше, — однако, взглянув на застывшие лица детей, переводивших взгляд с одного их родителя на другого, почувствовал желание превратить ее смеющуюся маску в кровавое месиво.

Прямо над ними стояла харчевня, попасть в которую можно было, проехав полкилометра по извилистой дороге или поднявшись на сотню ярдов по лесистому боку холма.

— Возьми Топси за руку, — сказал он Ланье, — вот так, покрепче, а теперь поднимитесь на холм — видишь ту тропинку? Скажи в харчевне: «*La voiture Divare est cassée*»[1]. Пусть кто-нибудь спустится сюда.

Ланье, не понимавший, что случилось, но подозревавший нечто дурное, невообразимое, спросил:

— А вы, Дик?

— Мы подождем здесь.

Дети, не взглянув на мать, тронулись в путь.

— Поосторожнее, когда будете переходить дорогу! — крикнул им вслед Дик. — Сначала посмотрите в обе стороны!

Он и Николь посмотрели в глаза друг другу — глаза у обоих горели, как выходящие на один двор окна двух домов. Затем Николь достала пудреницу, взглянула в зеркальце, поправила волосы на виске. Дик наблюдал за карабкавшимися на холм детьми, пока те, добравшись до середины склона, не скрылись за соснами; тогда он обошел машину, чтобы выяснить, сильно ли она пострадала, и придумать,

---

[1] У Дайверов сломалась машина (*фр.*).

как вернуть ее на дорогу. На земле хорошо различались последние сто ярдов ее пути. Дика наполнило яростное отвращение, нимало на гнев не похожее.

Спустя несколько минут прибежал владелец харчевни.

— Мой Бог! — вскричал он. — Как это случилось, вы слишком быстро ехали? Вам повезло! Если б не дерево, вы бы кувырком слетели с холма!

Воспользовавшись присутствием Эмиля, реальностью его широкого черного передника, капель пота в складках лица, Дик прозаично помахал жене рукой, давая понять, что сейчас они помогут ей выбраться из машины, однако Николь перескочила через нижний ее край, не удержалась на склоне, упала на колени, встала. А после надменно понаблюдала за попытками двух мужчин сдвинуть машину с места. Дик, которого устраивало и такое ее настроение, сказал:

— Иди к детям, Николь, жди меня там.

Лишь после того, как она ушла, Дик вспомнил, что ей хотелось коньяку, а там, наверху, коньяк имеется, и сказал Эмилю, что Бог с ней, с машиной, надо будет остановить какой-нибудь грузовик, чтобы тот вытянул ее на дорогу. И оба торопливо направились к харчевне.

XVI

— Я хочу уехать, — сказал он Францу. — На месяц или того около, чем дольше, тем лучше.

— Отчего же нет, Дик? Мы ведь так с самого начала и договаривались, — это вы настояли на задержке. Если вы с Николь...

— Я не хочу уезжать с Николь. Один. Последний приступ допек меня окончательно. Если мне удается проспать два часа в сутки, так это одно из чудес Цвингли.

— То есть вам нужен долгий отпуск с воздержанием.

— Это называется «содержанием». Послушайте: если я поеду на берлинский Конгресс психиатров, сможете вы поддерживать здесь мир и покой? Она уже три месяца как в себе, сиделка ей нравится. Господи, вы единственный на свете человек, к которому я могу обратиться с такой просьбой.

Франц крякнул, прикидывая, можно ли на него положиться в том смысле, что он так всегда и будет блюсти интересы партнера?

На следующей неделе Дик поехал в цюрихский аэропорт и вылетел большим пассажирским самолетом в Мюнхен. Самолет с ревом поднялся в синеву, на Дика напало оцепенение, и он понял вдруг, как сильно устал. Огромный, вразумляющий покой овладевал им, и Дик решил оставить болезни больным, грохот — моторам, а выбор направления — пилоту. На Конгрессе он собирался посетить только одно заседание, — ему легко было представить, что там будет происходить: пересказ новых статей Блейлера и старика Фореля, суть которых он с большей легкостью усвоит дома, представление работы американца, который излечивал пациентов от *dementia præcox*[1], выдирая им зубы или прижигая миндалины, наполовину издевательский

---

[1] Раннее слабоумие (*лат.*).

интерес, коего удостоится эта идея, — удостоится, единственно по той причине, что Америка страна богатая и могущественная. Другие американские делегаты — рыжий Шварц с его лицом святого и бесконечным терпением, которое позволяет ему стоять одной ногой в Европе, а другой в Америке; десятки вольнопрактикующих платных психиатров с физиономиями висельников — эти приезжали на Конгресс в основном для того, чтобы укрепить свою репутацию и получить тем самым возможность подобраться поближе к сладкому пирогу уголовных процессов, — в частности, чтобы освоить новую софистику, которую можно будет вплетать в их шаблонные приемы, вконец запутывая всю иерархию человеческих ценностей. Приедут туда и циничные латиняне, и кто-нибудь из венских приближенных Фрейда. Отчетливо выделяться в этой компании будет великий Юнг — вежливый, могущественный, попеременно углубляющийся то в дебри антропологии, то в неврозы школьников. Поначалу верх возьмут американцы, с их почти ротарианскими формальностями и церемониями, затем первенство отвоюют более сплоченные и энергичные европейцы, и, наконец, американцы выложат свою козырную карту, объявив о колоссальных субсидиях и пожертвованиях, об огромных новых клиниках и учебных заведениях, и европейцы стушуются и отступят на второй план. Впрочем, этого он уже не увидит.

Самолет огибал Форарльбергские Альпы, и Дик ощущал, глядя на деревни внизу, пасторальную усладу. На виду их все время оставалось четыре-пять, каждая со своей церковью. Смотреть на землю сверху было совсем просто, так же просто, как играть в беспощадные игры с куклами и солдатиками. Вот таким и видят мир государственные деятели, полководцы и всякого рода пенсионеры. Ладно, он получил, может быть, и не отдых, но хороший эскиз отдыха.

Сидевший через проход от него англичанин заговорил с ним, однако Дик в последнее время проникся антипатией ко всему английскому. Англия напоминала ему богача, который, очухавшись после кошмарной оргии, заискивает перед домашними, разговаривая с каждым по отдельности, и все понимают, что он всего лишь пытается вернуть себе самоуважение, чтобы снова узурпировать прежнюю власть над ними.

В дорогу Дик купил с вокзальных лотков несколько журналов: «Столетие», «Кинематограф», «*L'Illustration*», «*Fliegende Blätter*»[1], но ему интереснее было воображать, как он слетает в деревни, как пожимает руки сельским жителям. Он сидел в церквях, как сидел когда-то в отцовской, в Буффало, вдыхая накрахмаленную затхлость воскресных одежд. Выслушивал в весело разукрашенной церкви мудрые речения Ближнего Востока, переживал Распятие, Смерть, Погребение и снова не мог решить, сколько центов опустить на блюдо для пожертвований — пять или десять, — как произвести впечатление на девушку, что сидела на скамье за его спиной.

Англичанин, произнеся несколько слов, позаимствовал его журналы, а Дик, довольный

---

[1] «Иллюстрация» (*фр.*), «Летучий листок» (*нем.*).

тем, что избавился от них, задумался о предстоявшем ему вояже. Волк в овечьей шкуре, сотканной из ворсистой австралийской шерсти, он размышлял об удовольствиях, которые припас для него пространный мир, — о славном своим бескорыстием Средиземноморье с заляпанными старой сладостной грязью стволами олив, о крестьянской девушке из-под Савоны с лицом зеленоватым и розовым, как на миниатюрах требника. Он сцапает ее и мигом уволочет за границу, и...

...да там и бросит, потому что его ждут не дождутся греческие острова, мглистые воды незнакомых портов, еще одна девушка, затерявшаяся на берегу, лунный свет народных напевов. В каком-то из углов сознания Дика хранились мишурные сувениры его детства. Но и там, в этой дешевой лавчонке, он умудрялся поддерживать слабый, изнуренный костерок разума.

XVII

Томми Барбан правил балом, Томми был героем, — Дик случайно столкнулся с ним на мюнхенской Мариенплац, в одном из тех кафе, где играют по мелочи, бросая кости на «гобеленовые» циновки. Воздух там полнился разговорами о политике и шлепками карт.

Томми сидел за столиком, оглашая кафе воинственным хохотом: «Умбу-ха-ха! Умбу-ха-ха!» Как правило, пил он не много, азартной игрой его было бесстрашие, и каждый из собутыльников Томми слегка побаивался его. Не так давно варшавский хирург удалил восьмушку его черепной коробки, сейчас рана понемногу затягивалась под волосами Томми, однако и самый хилый из посетителей кафе смог бы убить его, хлопнув по голове завязанной узелком салфеткой.

— ...князь Чиличефф... — помятый жизнью русский лет пятидесяти с припудренными сединой волосами, — ...мистер Мак-Киббе... мистер Ханнан...

Последний — шут этой компании, походивший на слепленный из черных глаз и волос живой мячик, — без промедления заявил Дику:

— Прежде чем мы пожмем друг другу руки, скажите, с какой целью вы волочились за моей сестрицей?

— Помилуйте, я...

— Вы слышали мой вопрос. Что привело вас в Мюнхен?

— Умбу-ха-ха! — громыхнул Томми.

— Вам что, своих сестриц мало? За ними бы и волочились.

Дик рассмеялся, заставив Ханнана изменить направление атаки:

— Ладно, оставим сестриц. Откуда мне знать, может, вы все придумали? Вот смотрите, вы — совершенно чужой мне человек, я вас и знаю-то меньше получаса, и вдруг вы лезете ко мне с баснями о ваших сестрицах. Откуда мне знать, что вы еще о себе утаили?

Томми снова расхохотался, а отсмеявшись, сказал добродушно, но твердо:

— Хватит, Карли. Садитесь, Дик, как вы? Как Николь?

Люди эти не так чтобы нравились ему, да и присутствие их рядом сильных чувств у него не вызывало, он просто набирался сил в передышке между боями, — так хороший спортсмен включается в игру лишь по мере необходимости, а большую часть времени отдыхает, между тем как спортсмен похуже лишь изображает спокойствие, но нервы у него постоянно напряжены и выматывают его.

Не сдавшийся окончательно Ханнан пересел за стоявшее рядом с их столиком пианино и взял несколько аккордов, время от времени возмущенно поглядывая на Дика и бормоча: «Его сестрицы» — и наконец, сыграв стихающую каденцию, объявил: «Я, кстати, и не про сестриц говорил, а про устриц».

— Так как вы? — повторил Томми. — Вид у вас не такой... — он примолк, подбирая слово, — ...не такой беспечный, как раньше, не такой щеголеватый — ну, вы понимаете, о чем я.

Слова его слишком походили на неприятные попреки убылью жизненной силы, и Дик едва не ответил ему выпадом по адресу удивительных костюмов, в которые были одеты Томми и князь Чиличефф, костюмы столь фантастического покроя и расцветки, что в них вполне можно было фланировать воскресными днями по Бийл-стрит[1], — не но успел, объяснение было уже на подходе.

— Я заметил, вы к нашим костюмам приглядываетесь, — сказал князь. — Мы, видите ли, только что из России.

---

[1] Одна из центральных улиц нью-йоркского Гарлема.

— А костюмы пошиты в Польше придворным портным, — добавил Томми. — Ей-ей, личным портным Пилсудского.

— Вы, стало быть, вояжировать изволили? — спросил Дик.

Оба рассмеялись, при этом князь с излишней силой хлопнул Томми по спине.

— О да, вояжировать. Вот именно. Большой вояж по всем Россиям. Большой и помпезный.

Дик ждал объяснений, и мистер Мак-Киббен дал их:

— Они бежали оттуда.

— Так вы там в тюрьме сидели?

— Я, — пояснил князь Чиличефф, глядя на Дика мертвыми желтоватыми глазами. — Правда, я не столько сидел, сколько прятался.

— И трудно было выбраться?

— Не без того. На границе пришлось ухлопать трех красногвардейцев. Двоих уложил Томми... — князь поднял, точно француз, два пальца, — ...одного я.

— Вот этого я не понимаю, — сказал мистер Мак-Киббен. — Почему они не хотели вас выпустить?

Ханнан повернулся от пианино и сообщил, подмигнув всем сразу:

— Мак думает, что марксист — это выпускник колледжа Святого Марка.

То была история совершенного в лучших традициях бегства — аристократ девять лет живет у своего старого слуги, работая в государственной пекарне; восемнадцатилетняя, знавшая Томми Барбана дочь в Париже... Слушая их рассказ, Дик думал о том, что эта высохшая, склеенная из папье-маше реликвия прошлого вряд ли стоит жизней трех молодых мужчин. Кто-то спросил, было ли Томми и Чиличеффу страшно.

— Было, когда я мерз, — ответил Томми. — На меня от холода вечно страх нападает. Мне и во время войны, как замерзну, сразу становилось страшно.

Мак-Киббен встал:

— Мне пора. Я завтра выезжаю машиной в Инсбрук — с женой, детьми... и гувернанткой.

— Я тоже собираюсь туда завтра, — сказал Дик.

— Да что вы? — воскликнул Мак-Киббен. — Так поедемте с нами. «Паккард» у меня большой, а пассажиров всего-то — моя жена, дети да я... ну и гувернантка...

— Но не могу же я...

— Правда, она не совсем гувернантка, — закончил Мак-Киббен, и взгляд его стал несколько жалковатым. — Кстати сказать, жена знакома с вашей своячницей, Бэйби Уоррен.

Такое знакомство Дика нисколько не вдохновило.

— Я уже обещал двум знакомым поехать с ними.

— О, — лицо Мак-Киббена вытянулось. — Ну что же, в таком случае до свидания.

Он отвязал от ножки соседнего столика пару чистокровных жесткошерстных терьеров и отвесил общий поклон, а Дик тем временем представил себе с грохотом несущийся к Инсбруку, битком набитый «паккард» с Мак-Киббенами, их детьми, багажом, гавкающими собаками... и гувернанткой.

— Газета уверяет, что убийца известен, — говорил между тем Томми. — Да только его кузины не хотят, чтобы об этой истории писали, потому что убийство произошло в подпольном кабаке. Что вы на этот счет думаете?

— Что семье его тут гордиться нечем.

Ханнан, чтобы привлечь к себе внимание, взял громкий аккорд.

— Я не верю, что его музыке суждена долгая жизнь, — сказал он. — Даже если сбросить со счетов европейцев, найдется десяток американцев, способных писать не хуже Норта.

Эти слова стали для Дика первым указанием на то, что разговор идет об Эйбе Норте.

— Да, но Эйб был среди них первым, — сказал Томми.

— Не согласен, — упорствовал Ханнан. — Ему сочинили репутацию хорошего композитора, потому что он пил как сапожник, а друзьям нужно было как-то объяснить это...

— Что там случилось с Эйби Нортом? Опять в переделку попал?

— Вы не читали утреннюю «Геральд»?

— Нет.

— Он погиб. Забит до смерти в нью-йоркском подпольном баре. Ему удалось добраться до его комнаты в Теннисном клубе, а там он умер...

— *Эйби Норт?*

— Да, — конечно, они...

— *Эйби Норт?* — Дик привстал. — Вы уверены, что он мертв?

Ханнан повернулся вместе с табуретом к Мак-Киббену:

— Только не до Теннисного — до Гарвардского. В Теннисном он не состоял, я уверен.

— Так в газете написано, — возразил Мак-Киббен.

— Значит, она ошиблась. Я совершенно уверен.

Забит до смерти в нью-йоркском подпольном баре.

— В Теннисном я знаю почти всех, — продолжал Ханнан. — Это *наверняка* был Гарвардский клуб.

Дик поднялся на ноги. Томми тоже. Князь Чиличефф оторвался от вялых раздумий о чем-то, быть может, о том, удастся ли ему выбраться из России, — он предавался им столь долгое время, что вряд ли мог отбросить их сразу, — и присоединился к покидавшим кафе Томми и Дику.

Эйби Норта забили до смерти.

По дороге к отелю — Дик проделал ее как в бреду — Томми рассказывал:

— Мы тут ждем, когда портные сошьют нам порядочные костюмы, в которых можно будет показаться в Париже. Я надумал заняться перепродажей акций, а в таком наряде меня и на биржу-то не пустят. В вашей стране кого ни возьми, все сколачивают миллионные состояния. Вы правда уезжаете завтра? Мы даже пообедать с вами не успеем. У князя когда-то была в Мюнхене любовница. Он позвонил ей, а она, оказывается, пять лет как умерла — и сегодня мы обедаем с двумя ее дочерьми.

Князь покивал:

— Возможно, мне удастся добиться приглашения и для доктора Дайвера.

— Нет-нет, — поспешил отказаться Дик.

Спал он крепко, а проснулся под медленный траурный марш, с которым проходила под его окном какая-то процессия — длинная когорта мужчин в армейских мундирах и знакомых касках 1914-го, дородных господ в сюртуках и цилиндрах, бюргеров, аристократов, простонародья. Общество ветеранов шествовало к могилам своих мертвецов, чтобы возложить венки. Люди вышагивали медленно и мерно, вспоминая об утраченном величии, тяготах прошлого, позабытых печалях. Лица их были скорбными лишь формально, а легкие Дика едва не разорвал вздох сожаления о погибшем Эйбе, о собственной его юности, ушедшей десять лет назад.

XVIII

В Инсбрук он приехал в сумерки и, отправив багаж в отель, прошелся по городу. Император Максимилиан молитвенно преклонял в закатном свете колени над бронзовыми фигурами скорбящих, по университетскому парку прогуливалась, читая что-то, четверка новоиспеченных иезуитов. Солнце садилось, мраморные напоминания о давних осадах, браках, годовщинах блекли, Дик проглотил *erbsen-suppe*[1] с накрошенными в него *würstchen*[2], выпил четыре бокала «Пильзнера» и отверг устрашающий десерт под названием «*kaiserschmarren*»[3].

Горы громоздились над городом, но Швейцария была далеко, и Николь тоже. Прохаживаясь уже в полной темноте по парку, Дик отрешенно

---

[1] Гороховый суп (*нем.*).
[2] Сосиски (*нем.*).
[3] Императорский омлет (*нем.*).

думал о ней, вспоминая лишь самое лучшее. Однажды она, спеша, подошла к нему по сырой траве в тонких, намокших от росы комнатных туфлях и встала на его ступни, уютно прижалась к нему, подняла лицо, предъявляя его, точно книгу, открытую на нужной странице.

— Думай о том, как ты меня любишь, — прошептала она. — Я не прошу вечно любить меня так, я прошу запомнить. Где-то во мне всегда будет та, кто я есть сейчас.

Но ведь он убежал от нее, чтобы спасти свою душу, и теперь стал думать об этом. Он потерял себя — в какой час, день, неделю, месяц или год, сказать невозможно. Когда-то он без труда вникал в суть вещей, решал самые сложные уравнения бытия так же легко, как и простейшие проблемы его простейших пациентов. Однако за время, прошедшее между днем, когда он нашел Николь, расцветавшую под тяжким гнетом на берегу Цюрихского озера, и мгновением встречи с Розмари, копье его как-то притупилось.

Наблюдение за тяжелой работой отца в бедных приходах поселило жажду денег в лишенной, по существу, приобретательских инстинктов душе Дика. Богатство вовсе не представлялось ему необходимым покоя ради, — он никогда не был более уверенным в себе, более самодостаточным, чем ко времени женитьбы на Николь. И все же его проглотили с потрохами, как обычного альфонса, а он, сам того не поняв, позволил намертво запереть весь его арсенал в банковских сейфах Уорренов.

«Мне следовало заключить брачный договор по европейскому образцу — впрочем, оно и сейчас не поздно. Восемь лет потратил я на попытки преподать толстосумам азбуку человеческой порядочности, но ничего, еще не вечер. У меня на руках осталось много не разыгранных пока козырей».

Он бродил среди кустов красновато-желтых роз и клумб со сладко пахшими влагой, неразличимыми в темноте папоротниками. Воздух был теплым для октября, но достаточно промозглым, чтобы облачиться в плотную твидовую куртку и стянуть ее ворот эластичной лентой. От темного дерева отделилась какая-то фигура, Дик узнал в ней женщину, мимо которой прошел в вестибюле, когда отправлялся на прогулку. В последнее время он немного влюблялся в каждую хорошенькую женщину, какая попадалась ему на глаза, в их замеченные издали очертания, в их тени на стене.

Она стояла спиной к нему, глядя на огни города. Дик чиркнул спичкой, — женщина наверняка услышала этот звук, но осталась неподвижной.

...Что это — приглашение? Свидетельство поглощенности чем-то своим? Он провел столь долгое время вне мира простых желаний и их исполнения, что стал нерешительным, несведущим. Как знать, быть может, те, кто скитается по средней руки курортам, владеют неким языком знаков, по которым они легко распознают своих.

...Наверное, следующий ход за ним. Незнакомым друг с дружкой детям надлежит улыбаться и предлагать: «Давай поиграем».

Он подошел чуть ближе, тень отступила в сторону. Возможно, его осадят, как одного из тех волокит-коммивояжеров, о которых он многое слышал в юности. Сердце Дика громко стучало, он повстречался с чем-то неизученным, непрепарированным, непроанализированным, необъясненным. Дик круто повернул назад, и одновременно женщина, отделившись от фриза черной листвы, обогнула скамью и неторопливым, но решительным шагом пошла по ведшей к отелю дорожке.

На следующее утро Дик в обществе еще двух мужчин и проводника отправился покорять Бирккаршпитце. Так приятно было оказаться над высотными пастбищами с их коровьими бубенцами. Дик предвкушал ночь в хижине, наслаждение усталостью, властностью проводника, собственной безвестностью. Однако в середине дня погода переменилась, посыпался ледяной дождь, потом град, в горах загремел гром. Дик и один из его спутников хотели продолжить восхождение, но проводник участвовать в нем отказался. И все сокрушенно потащились обратно в Инсбрук, решив предпринять назавтра вторую попытку.

После обеда в пустом ресторане отеля и бутылки крепкого местного вина на Дика напало возбуждение, остававшееся ему непонятным, пока он не вспомнил о парке. Уже перед ужином он снова прошел в вестибюле мимо той женщины, и на этот раз она одарила его ободряющим взглядом, однако беспокойство не покидало его. Зачем? В свое время я мог получить любую хорошенькую женщину, стоило лишь попросить, но зачем начинать все заново сейчас? Когда от желания остались только обломки, когда оно обратилось в призрака. Зачем?

Воображение его не унималось, и все-таки победа осталась за привычным воздержанием, породившим нынешнее неведение: Господи, да я могу с таким же успехом вернуться на Ривьеру и переспать с Джанис Карикаменто или юной Уилбургази. Но марать все прошедшие годы чем-то дешевым, легкодостижимым?

Однако возбуждение не покидало его, и Дик ушел с веранды, решив подняться в свой номер и все обдумать. Когда человек остается — телом и духом — наедине с собой, в нем зарождается одиночество, а оно порождает новое одиночество.

Поднявшись к себе, Дик стал расхаживать по номеру, обдумывая происходящее и выкладывая одежду на слабенький нагреватель, и опять на глаза ему попалась все еще не распечатанная телеграмма Николь из тех, которыми она ежедневно помечала его маршрут. Телеграмма пришла днем, и Дик решил не вскрывать ее до ужина — возможно, причиной тому был все тот же парк. Но она оказалась пересланной через Цюрих каблограммой из Буффало:

«Ваш отец мирно скончался этой ночью
          Холмс»

Дик весь сжался, пытаясь собрать силы, необходимые для того, чтобы воспротивиться потрясению, однако оно все же пронзило его от чресел, через желудок, до горла.

Он перечитал сообщение. Присел на кровать, тяжело дыша, глядя перед собой, и первая мысль его была о себе, как у ребенка, узнавшего о смерти отца: что теперь будет со мной, лишившимся самого первого, самого сильного моего защитника?

Этот атавизм миновал, и Дик снова принялся расхаживать по номеру, изредка останавливаясь, чтобы взглянуть на каблограмму. Официально Холмс был викарием отцовского прихода, но на деле, и лет десять уже, исполнял обязанности приходского священника. От чего умер отец? От старости — ему было семьдесят пять. Он прожил долгую жизнь.

Грустно, думал Дик, что отец умер в одиночестве — жену, братьев, сестер он пережил; в Виргинии еще остались двоюродные, но они были бедны и не могли приехать на север, вот Холмсу и пришлось самому подписать каблограмму. Отца Дик любил и часто старался представить себе, как тот поступил бы и о чем мог думать на его месте. Дик появился на свет через несколько месяцев после смерти двух его совсем юных сестер, и отец, понимавший, как это подействует на жену, постарался спасти сына от избалованности, став его нравственным наставником. Сил у него и тогда оставалось немного, но с задачей своей он справился.

В летнее время отец и сын вдвоем выходили в город, к чистильщику обуви — Дик в чистой, накрахмаленной холщовой матроске, отец в его неизменном добротно скроенном священническом одеянии, — он очень гордился своим красивым сыном. Он рассказывал Дику все, что знал о жизни, — не столь уж и многое, однако отец никогда не кривил душой, говоря о простых вещах, о правилах поведения, усвоенных им в роли священника. «Однажды в чужом городе — меня тогда только-только посвятили в сан — я вошел в заполненную людьми комнату и никак не мог понять, кто же здесь хозяйка. Ко мне приблизилось несколько знакомых, но я сбросил их со счетов, потому что увидел седую женщину, которая сидела у окна в другом конце комнаты. Я подошел к ней, представился. Впоследствии у меня завелось в том городе немало друзей».

Отец говорил от чистого сердца — он знал себе цену и до конца жизни сохранил высокую гордость, полученную им в наследство от двух вдов, которые вырастили его, внушив ему веру в то, что нет ничего выше «благих порывов», чести, вежливости и отваги.

Отец считал, что небольшое состояние жены целиком принадлежит его сыну, и в пору учебы Дика в колледже и в медицинской школе четырежды в год присылал ему чек на взятую из этих денег сумму. Он принадлежал к людям, о которых в «позолоченный век» было с самодовольной окончательностью сказано: «джентльмен, конечно, еще бы, но не больно-то пробивной».

...Дик послал за газетой. Продолжая расхаживать по номеру от лежавшей на бюро каблограммы и снова к ней, он выбрал уходившее в Америку судно. Потом попросил отельную телефонистку дозвониться до Цюриха и, ожидая, когда его соединят с Николь, перебирал в памяти то и это, жалея, что не всегда жил так достойно, как намеревался.

XIX

На протяжении часа Дик вглядывался в величавый фасад своей родины, нью-йоркскую гавань, и она, окрашенная печалью об умершем отце, представлялась ему грустной и грандиозной, однако, когда он сошел на берег, ощущение это истаяло и не вернулось к нему ни на улицах, ни в отелях, ни в поездах, которые несли его сначала в Буффало, а затем — с телом отца — на юг, в Виргинию. И лишь когда местный поезд поволокся среди мелколесья по суглинкам округа Уэстморленд, Дик вдруг ощутил свое единство со всем, что его обступило, а сойдя на дебаркадер вокзала, увидел знакомую звезду и холодную луну над Чесапикским заливом, услышал скрежет колес разворачивавшегося шарабана, очаровательно глупые голоса, плеск медлительных, тихих, осененных тихими индейскими названиями рек.

На следующий день отец упокоился на церковном погосте рядом с сотнями Дайверов, Дорсеев и Хантеров. Оставить его здесь, в окружении родни, — это было деянием дружеским. Потревоженную бурую почву покрыли разбросанные цветы. Близких людей у Дика в этом краю не сохранилось, вряд он когда-нибудь вернется сюда. Он преклонил колени на жесткой земле. Эти мертвые, он знал их всех, помнил их обветренные лица, блеск синих глаз, ожесточенные жилистые тела, души, сотворенные из новой земли в лесистой мгле семнадцатого столетия.

— Прощай, отец. Прощайте, все мои отцы.

Ступив на длинный крытый пароходный причал, ты попадаешь в страну, которая уже не здесь, но еще и не там. В подернутом дымкой желтом туннеле громкие голоса мешаются с их же эхом. Громыханье багажных тележек, груды чемоданов, скрипучее дребезжание лебедок, первый соленый запах моря. Ты проходишь сквозь них, торопливо, хоть время у тебя еще есть; прошлое, континент остаются позади; будущее — ярко светящийся иллюминатор в борту судна; узкий, тусклый, суматошный проход — твое вконец запутавшееся настоящее.

Ты поднимаешься по сходням, и картина мира пристраивается к тебе, сужается. Ты — гражданин страны, меньшей, чем Андорра, и ты больше ни в чем не уверен. Тела корабельных стюардов вытесаны для тесных кают; лица отплывающих надменны и провожающих тоже. Громкий скорбный гудок, судно зловеще вздрагивает, идея — вполне человеческая — движения овладевает им. Причал и лица на нем отскальзывают, корабль сам собой отделяется от них; лица уходят, становятся безгласными, причал обращается в одну из расплывчатых, разбросанных по берегу подробностей гавани. А сама она быстро перетекает в океан.

В него же перетекал и Альберт Мак-Киско, названный газетами самым бесценным грузом этого судна. Мак-Киско теперь в моде. Романы его суть пастиши произведений лучших писателей его времени, он побаивается нападок, но обладает даром смягчать и опошлять то, что заимствует, и потому многих читателей чарует легкость, с которой им удается следить за ходом его рассказа. Успех и укрепил его, и смирил. Себя он оценивает трезво — понимает, что выжить ему будет легче, чем большинству тех, кто превосходит его талантом, — и намеревается наслаждаться выпавшей ему удачей. «Я пока ничего не создал, — мог бы сказать он. – Да и не думаю, что обладаю подлинным дарованием. Но если буду стараться, то, возможно, смогу написать что-то достойное». Хорошему ныряльщику и шаткий трамплин нипочем. Несчетные унижения прошлого им забыты. Строго говоря, психологической основой его успеха стала дуэль с Томми Барбаном, на воспоминаниях о ней, пусть и отретушированных временем, он заново воздвиг чувство собственного достоинства.

Приметив на второй день плавания Дика Дайвера, Мак-Киско какое-то время неуверенно приглядывался к нему, а затем подошел, словно давний знакомец, и присел рядом. Дик отложил чтение и спустя несколько минут, потребовавшихся, чтобы понять, насколько переменился Мак-Киско, увидеть, что он избавился от досадного чувства неполноценности, обнаружил, что получает от разговора с ним удовольствие. Мак-Киско «разбирался» в вещах и явлениях самых разных, диапазон их был у него пошире, пожалуй, чем у Гёте, он рассыпал наспех слепленные сочетания чужих идей, выдавая их за собственные мнения, и слушать его было занятно. Знакомство возобновилось, Дик несколько раз пообедал за их столом. Собственно говоря, чету Мак-Киско приглашали за стол капитана, однако она с недавно обретенным ею снобизмом заверила Дика, что «терпеть не может эту компанию».

Виолетта обзавелась манерами знатной дамы, одевалась она теперь у великих модельеров, ее зачаровывали маленькие открытия, которые девочки из хороших семей совершают еще подростками. Вообще-то она могла бы получить эти сведения и в Бойсе, от мамы, однако душа Виолетты формировалась, увы, в захудалых синематографах штата Айдахо, и на разговоры с матерью времени у нее не хватало. Ныне она «вращалась» — наряду с миллионами ей подобных — в «высших» кругах и была счастлива, хоть муж по-прежнему шикал на нее, когда она произносила очередную наивную глупость.

Мак-Киско сошли с корабля в Гибралтаре. На следующий вечер, в Неаполе, Дик заприметил в автобусе, шедшем от гостиницы к вокзалу, растерянное, павшее духом семейство — двух девушек и их мать. Он видел всю троицу и раньше, на пароходе. Неодолимое желание помочь, понравиться охватило его: Дик рассказал им несколько анекдотов, угостил на пробу вином и с удовольствием наблюдал за тем, как к ним возвращается нормальный человеческий эгоизм. Он притворялся, что видит в них и то, и это, и пятое-десятое, и, попавшись в собственные силки, выпил, пожалуй, лишнего, чтобы поддержать созданную им самим иллюзию, и все это время три женщины усматривали в нем только одно — чудо, ниспосланное им небесами. Он расстался с ними уже ночью, когда силы его иссякли, а поезд проходил, раскачиваясь и фырча, Кассино, а следом Фразиноне. После кошмарного американского прощания на римском вокзале Дик, чувствуя себя изрядно утомленным, отправился в отель «Квиринал».

Разговаривая с портье, он вдруг насторожился и замер. Желудок его словно выстлало, согревая, вино, ударившее и в голову, — он увидел ту, которую жаждал увидеть, ради которой приплыл через океан в Средиземноморье.

Розмари тоже увидела его и узнала, еще не поняв, кто это; она испуганно оглянулась и, покинув женщину, с которой шла по вестибюлю, поспешила к нему. Дик, распрямившись, затаив дыхание, обернулся к ней. Она пересекала вестибюль, красивая, ухоженная, как молодая, умащенная маслом черного тмина кобылка с лоснистыми, округлыми боками. Дик встряхнулся, пытаясь прийти в себя, но все происходило слишком быстро, чтобы он успел предпринять что-либо, он только и постарался, что утаить свою усталость, да, встретив ее сияющий взгляд, разыграть неискреннюю пантомиму: «Так, значит, и *ты* здесь — вот уж не ожидал».

Розмари накрыла руками в перчатках его лежавшую на стойке портье ладонь:

— Дик, мы тут снимаем «Былое великолепие Рима» — по крайней мере, мы так думаем; и вот-вот закончим.

Он вперился в нее твердым взглядом, надеясь, что Розмари смутится и не заметит его щетину, смятый ворот рубашки, в которой он проспал эту ночь. На его счастье, Розмари спешила.

— Мы начинаем с утра пораньше, потому что к одиннадцати туман уже поднимается, — позвони мне в два.

Только войдя в свой номер, Дик смог взять себя в руки. Он позвонил портье, попросил разбудить его в полдень и буквально провалился в глубокий сон.

Звонок портье он проспал, проснулся в два, посвежевшим. Открыл чемодан, вынул из него костюм и белье, которое следовало постирать. Побрился, полежал с полчаса в теплой ванне, позавтракал. Солнце уже заглянуло на Виа Национале, Дик впустил его в номер, раздернув портьеры, закрепленные на старых позвякивавших медных кольцах. Ожидая, когда принесут из глажки костюм, он узнал из «Corriere della Sera», что «*una novella di Sinclair Lewis «Wall Street» nella quale autore analizza la vita sociale di una piccola citta Americana*»[1]. И стал думать о Розмари.

Собственно, поначалу никакие мысли в голову ему не приходили. Она молода, привлекательна, однако то же самое можно сказать и о Топси. Наверное, в эти четыре года у нее были любовники, и она спала с ними. Ну, ты же никогда не знаешь наверняка, какое место занимаешь в чьей-то жизни. И все-таки из этой мглы постепенно выступило прежнее его влечение к ней, — самая крепкая связь с человеком возникает, когда тебе ведомо, что ей препятствует, но ты все же стараешься сохранить близкие отношения с ним. Потом прошлое отлетело назад, и Дику захотелось удержать открытую готовность Розмари отдавать себя в ее бесценной оболочке, пока он сам не замкнет ее, пока она не примет в себя и его. Он перебрал все, чем способен привлечь Розмари, — за четыре года число таких его свойств подсократилось. Восемнадцатилетняя девушка может смотреть на мужчину тридцати четырех лет сквозь поднимающийся понемногу туман юности; в двадцать два

---

[1] «...в романе Синклера Льюиса «Уолл-стрит» проанализирована жизнь маленького американского городка» (*ит.*).

она видит его, тридцативосьмилетнего, с прозорливой ясностью. Более того, при первой их встрече чувства Дика пребывали в полном расцвете, но с той поры восторженности в нем поубавилось.

Слуга принес костюм, Дик надел белую сорочку, пристегнул воротничок, пристроил под него черный галстук-бабочку с жемчужиной на застежке; шнурок его очков для чтения проходил через такую же, небрежно болтавшуюся на спине дюймом ниже первой. На лицо его вернулась после сна румяная смуглость, след проведенных на Ривьере летних месяцев; чтобы размять тело, Дик встал на руки, вцепившись ими в подлокотники кресла, — и стоял, пока из карманов не посыпалась мелочь и не выпала самописка. В три он позвонил Розмари и получил приглашение зайти к ней. После исполненного им акробатического номера голова Дика немного кружилась, и он заглянул в бар, чтобы выпить джина с тоником.

— Приветствую вас, доктор Дайвер!

Только по причине присутствия Розмари в отеле Дик и смог мгновенно узнать Коллиса Клэя. Прежняя самоуверенность так и осталась при этом молодом человеке, а к ней прибавились непонятным образом раздавшиеся челюсти и общее выражение преуспевания на лице.

— Вы знаете, что Розмари здесь? — спросил Коллис.

— Да, я столкнулся с ней в вестибюле.

— Я был во Флоренции, услышал, что она в Риме, и на прошлой неделе приехал сюда. Мамину дочку теперь и не узнать. — Он тут же понял, что сморозил нечто неуместное, и поспешил поправиться: — Я хотел сказать, ее так усердно воспитывали, а теперь она набралась опыта... — ну, вы меня понимаете. Можете мне поверить, римляне за ней табунами ходят! И какие!

— Вы что-то изучали во Флоренции?

— Я? А, ну да, архитектуру. В воскресенье поеду обратно — задержался здесь, чтобы скачки посмотреть.

Дик не без труда отговорил Коллиса от того, чтобы добавить стоимость выпитого им джина к счету, который молодому человеку открыли в баре.

XX

Выйдя из лифта, Дик пошел по сделавшему несколько поворотов коридору и наконец оказался в длинном его отрезке и услышал далекий голос за освещенной снутри дверью. Розмари была в черной пижамной паре; столик с завтраком еще оставался в номере; она пила кофе.

— Ты все так же красива, — сказал Дик. — И даже похорошела немного.

— Хочешь кофе, юноша?

— Прости, что был столь непрезентабелен утром.

— Да выглядел ты не очень, но сейчас все в порядке? Так хочешь кофе?

— Нет, спасибо.

— Ты снова элегантен, а утром я даже испугалась слегка. В следующем месяце приедет мама, если, конечно, наша группа останется здесь. Она все время спрашивает, не видела ли я тебя, как будто думает, что мы живем в соседних домах. Мама всегда любила тебя — всегда считала, что мне следует поддерживать знакомство с тобой.

— Приятно, что она все еще помнит меня.

— Конечно, помнит, — заверила его Розмари. — Еще как.

— Я видел тебя в нескольких фильмах, — сказал Дик. — А однажды устроил себе личный просмотр «Папенькиной дочки».

— В нынешней картине у меня хорошая роль, — если ее не вырежут.

Она прошлась по номеру за спиной Дика, мимоходом коснувшись его плеча. Попросила по телефону, чтобы забрали столик, и устроилась в большом кресле.

— Я была девочкой, когда встретила тебя, Дик. Теперь я женщина.

— Расскажи мне о твоей жизни, все-все.

— Как там Николь — и Ланье, и Топси?

— У них все хорошо. Они часто вспоминают тебя...

Зазвонил телефон. Пока она разговаривала, Дик повертел в руках два романа — один Эдны Фербер[1], другой Альберта Мак-Киско. Пришел официант, увез столик; лишенная его присутствия Розмари в ее черной пижаме стала казаться Дику более одинокой.

— ...у меня гость... Нет, не очень хорошо. Мне придется поехать к костюмеру, на примерку, это надолго... Нет, сейчас нет...

---

[1] Эдна Фербер (1885—1968) — американская писательница, драматург и сценаристка.

В отсутствие столика Розмари как будто почувствовала себя свободнее, она улыбнулась Дику — так, точно им обоим удалось отделаться от всех забот на свете и теперь они мирно нежатся в своем собственном раю...

— Ладно, с этим покончено, — сказала она. — Понимаешь ли ты, что весь последний час я готовилась к встрече с тобой?

Телефон зазвонил снова. Дик встал, чтобы перенести шляпу с кровати на багажный столик, и Розмари испуганно прикрыла трубку ладонью:

— Ты ведь не уходишь?
— Нет.

Когда она положила трубку, Дик сказал, словно пытаясь удержать то, что от них уходило:

— Я теперь стараюсь не заводить разговоров, которые не дают никакой пищи для ума.

— Я тоже, — согласилась Розмари. — Тот, с кем я сейчас разговаривала, знал когда-то мою троюродную сестру. Представляешь, звонить человеку по такой причине!

Она выключила несколько ламп — для любви, надо думать. Для чего же еще лишать его возможности видеть ее? Дик посылал ей свои слова, как письма, — так, точно, покидая его, они достигают Розмари не сразу.

— Очень трудно сидеть совсем рядом с тобой и не целовать тебя.

Оба встали, сошлись в середине комнаты и поцеловались, страстно. Розмари прижалась к нему, а затем вернулась в кресло.

Не могло же все ограничиться приятной беседой в номере отеля. Либо вперед, либо назад;

и когда опять зазвонил телефон, Дик перешел в спальню и, раскрыв роман Альберта Мак-Киско, прилег на кровать. Вскоре к нему пришла Розмари, присела рядом.

— У тебя самые длинные ресницы на свете, — сообщила она.

— Мы возвращаемся на бал первокурсников. Среди нас присутствует мисс Розмари Хойт, знаток и ценительница ресниц...

Она поцеловала Дика, и он притянул ее на кровать, они лежали бок о бок и целовались, пока хватало дыхания. Ее дыхание было юным, нетерпеливым, возбуждающим. Губы Розмари слегка потрескались, но остались мягкими в уголках рта.

Когда от обоих только и осталось что руки, ноги, одежда, вздувшиеся мышцы на спине и плечах Дика, ее напрягшиеся горло и грудь, она прошептала:

— Нет, не сейчас — тут нужна постепенность.

Дик послушно загнал свою страсть в дальний угол сознания, но приподнял хрупкое тело Розмари — так, что оно оказалось в половине фута над ним, и легко сказал:

— Милая, это не так уж и важно.

Ее лицо, на которое он смотрел теперь снизу вверх, изменилось, в нем проступил вечный лунный свет.

— Если ты станешь моим, это будет лишь торжеством справедливости, — сказала она и, вывернувшись из его рук, подошла к зеркалу, взбила пальцами растрепавшиеся волосы. А после пододвинула к кровати кресло, села, погладила Дика по щеке.

— Расскажи о себе всю правду, — попросил он.

— Я всегда лишь ее и рассказываю.

— Пожалуй, но только одна твоя правда не сходится с другой.

Оба рассмеялись, однако Дик не отступал.

— Скажи, ты и вправду девственница?

— Не-е-ет! — пропела она. — Я переспала с шестьюстами сорока мужчинами, — если тебя устроит такой ответ.

— Меня это не касается.

— Я нужна тебе как объект психологического исследования?

— Считая тебя совершенно нормальной женщиной двадцати двух лет, живущей в тысяча девятьсот двадцать восьмом году, я полагаю, что разок-другой ты попытала счастья в любви.

— Попытки были... неудачными, — сказала она.

Поверить ей Дик не мог. Как не мог и понять, намеренно ли она отгораживается от него непроходимым барьером или делает это для того, чтобы ее последующая капитуляция стала более значимой.

— Давай погуляем по Пинчо[1], — предложил он.

Дик встал, встряхнулся, поправил одежду, разгладил волосы. Драгоценный миг пришел и ушел. В течение трех лет он был идеалом, по которому Розмари оценивала других мужчин, — естественно, его фигура приобрела в ее глазах размеры героические. Она не хотела, чтобы Дик походил на других мужчин, но требовала от него слишком многого, — как будто он наме-

---

[1] Один из холмов Рима.

ревался отнять у нее часть ее самой и унести с собой в кармане.

Прогуливаясь с ним по дерну между херувимами и философами, фавнами и фонтанчиками, она взяла Дика под руку, поерзала так и этак, устраиваясь поправильнее, как будто навсегда. Подобрала с земли веточку, переломила ее, но весенних соков в ней не обнаружила. И вдруг, увидев в лице Дика что-то желанное ей, поднесла его руку в перчатке к губам и поцеловала. А потом стала по-детски подпрыгивать, шагая с ним рядом, пока он не улыбнулся, и она рассмеялась, и обоим стало хорошо.

— Я не смогу никуда пойти с тобой вечером, милый, потому что давно пообещала одним людям провести его с ними. Но если поднимешься завтра пораньше, я возьму тебя на съемки.

Дик одиноко поужинал в отеле, спать лег рано и в половине седьмого встретился с Розмари в вестибюле. Сидя с ним рядом в машине, она светилась под утренним солнцем свежестью и новизной. Машина проехала через ворота Святого Себастьяна, потом по Аппиевой дороге и остановилась у декорации форума, большей, чем сам форум. Розмари сдала Дика на руки человеку, который повел его среди огромных подпорок: арки, ярусы сидений, посыпанная песком арена. Сниматься Розмари предстояло в павильоне, изображавшем узилище для схваченных христиан, — в конце концов Дик с его провожатым туда и пришли, и посмотрели, как Никотера, один из тех, кого прочили в новые Валентино, принимает позы и пыжится перед дюжиной «невольниц» с печальными, испуганными, подведенными тушью глазами.

Появилась Розмари в доходившей ей до колен тунике.

— Смотри внимательнее, — прошептала она Дику. — Я хочу знать твое мнение. Все, кто видел потоки, говорят...

— Что такое потоки?

— Материал, отснятый днем раньше. Они говорят, что это первая картина, в которой я выгляжу сексапильной.

— Что-то не замечаю.

— Он не замечает! А я вот выгляжу!

Пока электрик обсуждал что-то с режиссером, положив руку ему на плечо, облаченный в леопардовую шкуру Никотера увлеченно беседовал с Розмари. В конце концов режиссер грубо сбросил эту руку, вытер вспотевший лоб, и провожатый Дика заметил:

— Опять он с утра принял, и, похоже, немало.

— Кто? — спросил Дик, но, прежде чем провожатый успел ответить, к ним стремительно приблизился режиссер.

— Кто это принял — сам ты принял. — Он с негодованием обратился к Дику, словно тот был третейским судьей: — Видали? Как надрызгается, так у него все пьяные, да еще и в стельку!

Некоторое время он гневно взирал на провожатого Дика, затем хлопнул в ладони:

— Ладно — все на площадку!

Дику казалось, что он попал в большое, заполошное семейство. К нему подошла актриса и минут пять беседовала с ним в уверенности, что он — недавно приехавший из Лондона актер. Обнаружив наконец, что ошиблась, она в панике сбежала. В большинстве своем члены съемочной группы считали себя стоящими либо намного выше, либо намного ниже всего прочего мира — первых было гораздо больше. Они были смелы и прилежны и добились приметного положения в стране, которая за последнее десятилетие желала лишь одного — зрелищ.

Съемки закончились, когда поднявшийся от земли туман заволок солнце: живописец такому освещению порадовался бы, но не оператор — то ли дело прозрачный воздух Калифорнии. Никотера проводил Розмари до машины, пошептал ей что-то, — она без улыбки взглянула на него и сказала «до свидания».

Дик и Розмари позавтракали в «*Castelli dei Cæsari*»[1], превосходном ресторане, расположенном в вилле с высокой террасой, откуда открывался вид на развалины древнего рынка времен упадка неизвестно чего. Розмари выпила коктейль и немного вина, Дик выпил побольше — достаточно, чтобы отогнать от себя чувство неудовлетворенности. Потом они, раскрасневшиеся, счастливые, примолкшие от волнующих предвкушений, поехали в отель. Она хотела, чтобы Дик взял ее, и он взял, и то, что началось когда-то на пляже как детская влюбленность, получило наконец должное разрешение.

XXI

Вечером Розмари предстояло праздновать день рождения кого-то из участников съемочной группы. Дик наткнулся в вестибюле на Коллиса Клэя, но, поскольку хотел пообедать в одиночестве, соврал,

---
[1] «Цитадель Цезаря» (*ит.*).

что у него назначена в «Эксцельсиоре» встреча. Они с Коллисом выпили по коктейлю, и смутная неудовлетворенность Дика вылилась в совершенно отчетливое нетерпение, — оправдать самовольную отлучку из клиники ему теперь было нечем. Не страсть, к рассуждениям не склонная, владела им, но романтическое воспоминание. Николь была его женщиной — она слишком часто вгоняла Дика в тоску и все-таки оставалась его женщиной. Время, потраченное на Розмари, было свидетельством самопотворства, — время, потраченное на Коллиса, было ничем, помноженным на ничто.

На пороге «Эксцельсиора» он столкнулся с Бэйби Уоррен. Большие красивые глаза ее — совершенные стеклянные шарики — уставились на Дика с удивлением и любопытством.

— Я думала, вы в Америке, Дик! Николь с вами?
— Я вернулся оттуда через Неаполь.

Траурная повязка на его руке напомнила Бэйби о том, что следует сказать:

— Я так расстроилась, услышав о вашем горе.

Ничего не попишешь, пришлось обедать с ней вместе.

— Расскажите мне обо всем, — потребовала она.

Дик изложил ей факты в смягченном их варианте, и Бэйби помрачнела. Нужно было срочно найти кого-то, повинного в катастрофе, случившейся с ее сестрой.

— Вам не кажется, что доктор Домлер с самого начала выбрал неправильный курс лечения?
— Методы лечения большим разнообразием не отличаются, но, разумеется, для каждого больного следует тщательно подбирать лечащего врача.

— Дик, я не хочу лезть к вам с советами или притворяться, будто понимаю что-то в вашем деле, но не думаете ли вы, что смена обстановки может сослужить ей хорошую службу? Вырваться из атмосферы недугов, зажить, как другие...

— Вы же сами обеими руками голосовали за клинику, — напомнил ей Дик. — Говорили, что все время тревожитесь за Николь...

— Я говорила это, когда вы жили отшельниками на Ривьере, в горах, вдали от кого бы то ни было. Я не имею в виду возвращение к такой жизни. Но вот Лондон, к примеру. Англичане — самые уравновешенные люди на свете.

— Ну уж, — не согласился он.

— Уверяю вас. Я прекрасно их знаю. По-моему, вам стоит обзавестись домом в Лондоне, проводить там весенний сезон — на Тальбот-сквер продается прелестное гнездышко, вы можете получить его уже с обстановкой. И зажить среди разумных, уравновешенных англичан.

Она, наверное, пересказала бы ему все старые пропагандистские байки 1914-го, но Дик, рассмеявшись, заметил:

— Я читал недавно роман Майкла Арлена[1], и если сказанное им...

Бэйби уничтожила Майкла Арлена одним взмахом салатной ложки:

— Он только о выродках и пишет. А я говорю о порядочных англичанах.

---

[1] Майкл Арлен (1895—1956) — американский писатель, учившийся и долгое время живший в Англии.

Этими словами она сбросила со счетов своих знакомых, и место их в сознании Дика смогли занять лишь враждебные, бесчувственные англичане, которые встречались ему в маленьких отелях Европы.

— Разумеется, это не мое дело, — повторила Бэйби в виде прелюдии к следующему наскоку, — но оставлять ее одну в такой обстановке...

— Я поехал в Америку, потому что умер мой отец.

— Я понимаю и уже говорила вам, как огорчила меня его смерть, — Бэйби принялась перебирать пальцами стеклянные виноградины своих бус. — Но у вас теперь *столько* денег. На все хватит — и следует потратить их во благо Николь.

— Прежде всего я не понимаю, чем смогу заниматься в Лондоне.

— Но почему же? Мне кажется, вы смогли бы работать там не хуже, чем в любом другом месте.

Дик откинулся на спинку кресла, вгляделся в Бэйби. Если ей и случилось заподозрить мерзкую правду, подлинную причину болезни Николь, она наверняка отказалась принять ее — просто отправила в пыльный чулан, как купленную по ошибке картину.

Разговор продолжился в «Ульпии», заставленном винными бочками погребке, где к ним подсел Коллис Клэй, и даровитый гитарист громко распевал, перебирая струны, «*Suona Fanfara Mia*»[1].

— Возможно, я не тот, кто нужен Николь, — сказал Дик. — Но она, скорее всего, так или иначе вышла бы за человека моего типа, за мужчину, которого сочла бы надежной опорой — и вечной.

---

[1] «Играй, мой оркестр» (*ит.*).

— Вы думаете, с кем-то другим она была бы счастливее? — спросила Бэйби, а затем словно подумала вслух: — Ну, уж это-то устроить можно.

И только увидев, как Дик согнулся вдвое от невольного хохота, она сообразила, какую глупость сморозила.

— О, поймите меня правильно. Не думайте, что мы не благодарны вам за все, что вы сделали, — заверила она Дика. — И мы понимаем, как вам было тяжело...

— Ради бога, — запротестовал он. — Не люби я Николь, все пошло бы иначе.

— Но ведь вы ее любите? — испуганно спросила Бэйби.

Коллис явно вознамерился встрять в их разговор, и Дик поспешил сменить тему:

— Не поговорить ли нам о ком-то другом — о вас, к примеру? Почему вы не выходите замуж? До нас доходили слухи о вашей помолвке с лордом Пэйли, кузеном того...

— О нет, — она смутилась и постаралась уклониться от разговора. — Это было давно, в прошлом году.

— Так почему вы не замужем? — упорствовал Дик.

— Не знаю. Одного из тех, кого я любила, убили, другой бросил меня.

— Расскажите о них, Бэйби. О вашей частной жизни, о взглядах. Вы никогда не делаете этого — мы только о Николь и говорим.

— И тот, и другой были англичанами. Не думаю, что в мире найдутся люди, которых можно поставить рядом с первоклассным англичанином.

Вы так не считаете? Если они существуют, я их не встречала. Тот мужчина был... впрочем, это долгая история. Я таких терпеть не могу, а вы?

— Я тоже! — согласился Коллис.

— Да как вам сказать... хорошие я слушаю с удовольствием.

— Это еще одно из ваших достоинств, Дик. Вы умеете поддерживать общий разговор, не давать ему заглохнуть, вставляя одну короткую фразу, а то и слово. Чудесный дар, по-моему.

— Всего лишь ловкий фокус, — мягко ответил Дик. Это было третье из тех мнений Бэйби, с которыми он никак уж не мог согласиться.

— И, конечно, мне нравится, когда соблюдают формальности, — я люблю, чтобы все шло как положено, все и всегда. Я знаю, вам такая любовь, наверное, не по вкусу, но согласитесь — она свидетельствует об основательности моей натуры.

На это Дик и возразить не потрудился.

— Разумеется, я знаю, что обо мне говорят: Бэйби Уоррен рыщет по Европе, охотясь за новинками, и упускает лучшее, что есть в жизни, но, по-моему, все обстоит иначе, и я — одна из немногих, кто стремится найти действительно самое лучшее. Я знакома с большинством известных людей нашего времени. — Металлическое бренчание струн — гитарист заиграл что-то новое — попыталось заглушить ее голос, но Бэйби не уступила. — А больших ошибок я сделала лишь очень немного...

— ...зато очень больших, Бэйби.

Она уловила в его глазах отсвет лукавства

и заговорила о другом. Казалось, найти общую для них почву было невозможно. Впрочем, чем-то она понравилась Дику, и, провожая ее, надумавшую вернуться в «Эксцельсиор», он осыпал Бэйби комплиментами, от которых у нее заблестели глаза.

На следующий день Розмари настояла на том, чтобы угостить Дика ленчем. Они зашли в маленькую *trattoria*, где заправлял итальянец, проведший немалое время в Америке, угостились яичницей с ветчиной, вафлями. Потом отправились в отель. Сделанное Диком открытие — он не любит ее, а она его — скорее усилило, чем ослабило страсть, которую он питал к Розмари. Теперь он знал, что занять в ее жизни еще большее место не сможет, и оттого она стала чужой для него женщиной. Дик полагал, что многие мужчины, говоря о своей любви, именно это и подразумевают, а вовсе не отчаянный нырок души в неведомые глубины, где все краски сливаются в одну, неопределимую, — такой была когда-то его любовь к Николь. Некоторые мысли о ней — о том, что она может умереть, потонуть в мраке рассудка, полюбить другого, — доставляли ему физическую боль.

В гостиной Розмари сидел Никотера, эти двое поболтали немного о своих профессиональных делах. А после того, как Розмари намекнула ему, что пора уходить, он рассыпался в юмористических протестах, но все же удалился, нахально подмигнув на прощание Дику. Заверещал, как всегда, телефон, разговор отнял у Розмари десять минут, в которые нетерпение Дика все возрастало.

— Пойдем ко мне, — предложил он. Розмари согласилась.

Он сидел на большом диване, она лежала у него на коленях, пальцы его перебирали прелестные пряди ее волос.

— Ты позволишь мне снова полюбопытствовать? — спросил он.

— О чем ты хочешь узнать?

— О мужчинах. Я любознателен, чтобы не сказать — одержим нездоровым интересом.

— Ты хочешь услышать о времени, прошедшем после нашего расставания?

— Или до него.

— О нет!

Это ее возмутило.

— До тебя никого не было. Ты первый, кто стал мне небезразличным. Да так и остался единственным. — Она задумалась. — По-моему, прошло около года.

— Кем он был?

— Ну, кем — мужчиной.

Такая уклончивость была Дику на руку.

— Готов поспорить, я сам могу рассказать тебе, как все было: первый роман оказался неудачным, и после него долгое время ничего не происходило. Второй сложился получше, но ты с самого начала мужчину этого не любила. Третий был неплох...

Он продолжал, растравляя себя:

— Потом состоялся роман совсем уж настоящий, однако и он развалился под собственной тяжестью. К тому времени ты стала бояться, что тебе нечего будет дать тому, кого ты наконец полюбишь. — Дик чувствовал, как в нем поднимает голову самый настоящий викторианец. — Затем последовало с полдюжины эпизодических интрижек, так оно до нынешнего времени и шло. Похоже?

Розмари усмехнулась, позабавленная, хоть в глазах ее и стояли слезы, и, к большому облегчению Дика, сказала:

— Это настолько далеко от правды, что дальше и некуда. Но рано или поздно я встречу кого-то и полюблю, и буду любить, и никогда от себя не отпущу.

Теперь зазвонил *его* телефон, — Дик узнал голос Никотера, просивший позвать Розмари. Он накрыл трубку ладонью.

— Ты хочешь говорить с ним?

Она подошла к аппарату, затараторила что-то на быстром итальянском, которого Дик не понимал.

— Эти телефоны берут много времени, — сказал он. — Уже четыре с лишком, а у меня на пять назначена встреча. Тебе лучше пойти поиграть с синьором Никотера.

— Не глупи.

— В таком случае, пока я здесь, ты могла бы, сдается мне, отправить его в отставку.

— Это не просто. — И Розмари вдруг заплакала. — Дик, я люблю тебя, как никого не любила. Но что ты можешь мне дать?

— А что дал кому бы то ни было Никотера?

— Тут другое.

...Потому что молодость тянется к молодости.

— Жалкий макаронник! — выпалил Дик. Он был вне себя от ревности и не хотел еще раз испытать боль.

— Он всего лишь мальчишка, — сказала, шмыгнув носом, Розмари. — Ты же знаешь, я прежде всего твоя.

В ответ Дик обнял ее, однако она устало откинулась в его руках, так он и держал ее несколько мгновений, словно в конце балетного адажио, — глаза закрыты, волосы спадают назад, словно у утопленницы.

— Отпусти меня, Дик. Я запуталась, как никогда в жизни.

Он оказался рыжим грубияном, и когда неоправданная ревность начала заносить, точно снег, привычную для Розмари участливость Дика, его способность все понять, она инстинктивно отшатнулась от него.

— Я хочу знать правду, — сказал он.

— Ну хорошо — да. Я была с Никотерой, и не раз, он хочет жениться на мне, но я не хочу. И что? Чего ты от меня ждал? Ты мне руки не предлагал. По-твоему, я должна вечно строить глазки дурачкам наподобие Коллиса Клэя?

— Ты была с ним прошлой ночью?

— Это тебя не касается, — навзрыд выпалила она. — Нет, прости, Дик, касается. Ты и мама — единственные, кто мне небезразличен.

— А Никотера?

— Откуда мне знать?

Теперь изворотливость Розмари наделяла скрытым смыслом и самые пустые ее слова.

— Чувствуешь ты к нему то же, что чувствовала ко мне в Париже?

— С тобой я ощущаю покой и счастье. В Париже было иначе. Да и невозможно помнить, что ты чувствовала когда-то. Вот ты умеешь это?

Он встал и начал подбирать одежду для вечера, — если ему придется носить в сердце всю людскую горечь и ненависть, то любить ее он больше не станет.

— Плевала я на Никотеру! — заявила вдруг Розмари. — Но завтра наша группа уезжает в Ливорно. Ох, ну почему все так?

Новый поток слез.

— Как обидно! Зачем ты приехал сюда? Мы могли бы просто помнить друг друга! А теперь я чувствую себя так, точно поссорилась с мамой.

Дик начал одеваться, и она встала, подошла к двери.

— Не пойду я сегодня на день рождения. — То была ее последняя попытка. — Останусь с тобой. Да мне и не хочется никуда идти.

В душе его начала подниматься волна нежности, однако Дик ее отогнал.

— Я буду у себя в номере, — сказала Розмари. — До свидания, Дик.

— До свидания.

— Как обидно, обидно. Ах, как обидно. И почему все так?

— Сам давно пытаюсь понять.

— Но зачем было так со мной поступать?

— Похоже, я обратился в Черную Смерть, — неторопливо сообщил он. — И разучился приносить людям счастье.

XXII

В этот вечерний час людей в баре «Квиринала» было всего лишь пятеро — первоклассная итальянская девица, сидевшая на табурете у стойки, настырно втолковывая что-то скучающему бармену, который отвечал ей только: «*Si... Si... Si*»[1], светлокожий, высокомерного вида египтянин, одинокий, но в сторону итальянки старавшийся не смотреть, и двое американцев.

Дик всегда живо осознавал все, что его окружало, — в отличие от Коллиса Клэя, жившего в некоторой мгле, ибо самые резкие впечатления словно истаивали в его слишком рано омертвевшей воспринимающей аппаратуре, — и потому первый из них говорил, а второй слушал с видом человека, обдуваемого легким ветерком.

События второй половины этого дня вымотали Дика, а вину за них он почему-то валил на жителей Италии. Время от времени он обводил бар взглядом, словно надеясь, что итальянцы услышат его и вознегодуют.

— После полудня я пил с моей свояченицей чай в «Эксцельсиоре». Мы заняли последний свободный столик, и вот входят двое мужчин, оглядываются — все занято. Потом один из них подходит к нам и говорит: «Разве этот столик не зарезервирован для княжны Орсини?»; я отвечаю: «Таблички на нем не было», а он: «Я все же думаю, что он заказан княжной Орсини», и тут уж я не нашелся с ответом.

---

[1] Да... Да... Да (*ит.*).

— Как же он поступил?

— Ретировался, — Дик крутнулся вместе с креслом. — Не нравится мне эта публика. Позавчера на пару минут оставил Розмари у входа в магазин, и тут же какой-то офицерик принялся гоголем расхаживать перед ней взад-вперед, то и дело прикасаясь к фуражке.

— Не знаю, — помолчав немного, сказал Коллис. — Я жил бы, скорее, уж здесь, чем в Париже, где тебе каждую минуту в карман залезть норовят.

Коллису было здесь хорошо, и он гнал от себя все, что грозило испортить ему настроение.

— Не знаю, — повторил он. — Мне здесь нравится.

Дик вызвал из памяти картину, несколько дней назад запечатлевшуюся в его мозгу, и принялся разглядывать ее. Он шел к отделению «Американского экспресса» мимо благоухающих кондитерских виа Национале, миновал грязный туннель, поднялся по Испанской лестнице, и душа его воспарила при виде цветочных лотков и дома, в котором умер Китс. Его занимали только люди, города он осознавал едва-едва, отмечая лишь стоявшую в них погоду, — пока они не окрашивались какими-то осязаемыми событиями. Рим же покончил с его мечтами о Розмари.

Появился посыльный, вручил ему записку.

«Я не пошла на день рождения, — сообщала она. — Сижу у себя в номере. Рано утром мы уезжаем в Ливорно».

Дик вернул записку посыльному, добавив к ней чаевые.

— Скажите мисс Хойт, что не нашли меня.

И, повернувшись к Коллису, предложил перебраться в «Бонбоньери».

На прощание они мельком оглядели так и сидевшую у стойки проститутку, уделив ей минимум взыскуемого ее профессией внимания, и она ответила им живым и смелым взглядом; они прошли по пустому вестибюлю, удрученному шторами, в чьих чопорных складках сохранялась викторианская пыль; они покивали ночному портье, и тот ответил кивком, полным скорбного подобострастия, присущего всем ночным служителям. Потом они ехали в такси по безрадостным улицам, пронизывая сырую ноябрьскую ночь. Женщин на улицах не было, только стайки бледных мужчин в темных, наглухо застегнутых плащах стояли на панелях, за холодными каменными бордюрами.

— Боже ты мой! — вздохнул Дик.

— Что такое?

— Не идет у меня из головы тот малый: «Я все же думаю, что столик заказан княжной Орсини». Знаете, кто они такие, эти старинные римские семейства? Разбойники, которые после распада Рима прибрали к рукам храмы и дворцы и сели народу на шею.

— А мне Рим по душе, — стоял на своем Коллис. — Может, вам на бега заглянуть?

— Я не любитель бегов.

— Женщины там точно с цепи срываются...

— Да я просто-напросто знаю — ничто мне здесь не понравится. Я люблю Францию, где каждый мнит себя Наполеоном, — а здесь каждый мнит себя Христом.

В «Бонбоньери» они спустились в кафешантан, обшитый панелями, которые выглядели среди холодного камня безнадежно недолговечными. Апатичный оркестрик наигрывал танго, с десяток пар передвигались по просторному полу замысловатой, грациозной поступью, столь оскорбительной для американского глаза. Избыток официантов на корню пресекал любую суету и шумиху, какую способна создать даже небольшая компания энергичных людей; во всей этой сцене главенствовало, вдыхая в нее подобие жизни, ожидание конца чего-то — танца, ночи, равновесия сил, хранящих ее от распада. Попавший сюда восприимчивый человек мгновенно понимал: что бы он ни искал, здесь ему этого не найти.

Для Дика это было яснее ясного. Он огляделся — а ну как взгляд его зацепится за нечто такое, что позволит ему продержаться еще час на подъеме духа, а не на одном лишь воображении. Но ничего не увидел, и пришлось вновь ухватиться за Коллиса. Дик уже описал ему кое-какие из своих нынешних настроений и почувствовал скуку — у слушателя его и память была коротка, и реакции притуплены. А проговорив с ним еще с полчаса, ощутил не подъем духа, но упадок.

Они выпили бутылку итальянского «муссо», и Дик побледнел, стал несколько шумноват. Он подозвал к их столику дирижера, напыщенного, неприятного багамского негра, и через несколько минут разругался с ним.

— Вы попросили меня присесть.
— Ладно. И дал вам пятьдесят лир, так?
— Ладно. Ладно. Ладно.

— Ладно. Я дал вам пятьдесят лир, так? А потом вы подходите и просите меня засунуть еще какие-то деньги в трубу!

— Вы попросили меня присесть, так? Попросили?

— Я попросил вас присесть и дал вам пятьдесят лир, так?

— Ладно. Ладно.

Разозлившийся негр встал и ушел, оставив Дика в настроении еще более скверном. Но тут он увидел девушку, улыбнувшуюся ему с другого конца зала, и сразу же блеклые фигуры окружавших его римлян словно отпрянули, обрели благопристойность и робость. Юная английская девушка, светлые волосы, здоровое, приятное английское личико, — она улыбнулась снова, посылая ему приглашение, которое он мигом понял, которое отрицает существование плоти, даже лаская ее.

— Или вам карта поперла, или я ничего не смыслю в бридже, — сказал Коллис.

Дик встал и направился к девушке.

— Вы не танцуете?

Пожилой англичанин, с которым она сидела за столиком, почти виновато сказал:

— Я скоро ухожу.

Протрезвевший от возбуждения Дик танцевал. Он обнаружил в этой девушке отсветы всего, чем когда-то радовала его Англия, — веселый голос ее напоминал о тихих парках на взморье, и, отклоняясь назад, чтобы лучше видеть ее лицо, Дик говорил с ней так искренне, что голос его подрагивал. Она пообещала прийти, когда ее спутник уйдет, к столику Дика и Коллиса, посидеть с ними. Англичанин встретил ее возвращение новыми извинениями и улыбками.

Дик же, вернувшись к своему столику, заказал еще одну бутылку игристого.

— Она похожа на какую-то киноактрису, — сказал он. — Никак не вспомню какую.

Он нетерпеливо оглянулся через плечо:

— Не понимаю, что ее задерживает?

— Я бы с удовольствием занялся фильмами, — задумчиво сообщил Коллис. — Предполагается, что я перейму отцовский бизнес, но он не кажется мне таким уж привлекательным. Двадцать лет просидеть в бирмингемской конторе это...

В голосе его звучало недовольство натиском материалистической цивилизации.

— Ниже вашего достоинства? — осведомился Дик.

— Нет, я не о том.

— Именно о том.

— Откуда вам знать, что я имел в виду? И если вы так любите работать, то почему не практикуете?

К этому времени настроение испортилось у обоих, но, поскольку головы их туманил хмель, о размолвке своей они миг спустя забыли. Коллис решил, что ему пора уходить, на прощание они тепло пожали друг другу руки.

— Подумайте об этом, — с глубокомысленным видом сказал Дик.

— О чем?

— Вы знаете.

Чуть раньше он что-то такое говорил Коллису об отцовском бизнесе — и дал молодому человеку дельный, мудрый совет.

Клэй растворился в пространстве. Дик прикончил бутылку, еще раз потанцевал с англичанкой, заставив свое не очень послушное тело отважно кружиться и скользить по полу. А затем случилось нечто удивительное. Он танцевал с девушкой, музыка смолкла, — и девушка вдруг исчезла.

— Вы ее не видели?
— Кого?
— Девушку, с которой я танцевал. Вдруг раз, и пропала. Должна быть где-то здесь.
— Нет здесь никого! Это женская уборная!

Дик задержался у стойки бара. Рядом стояли двое мужчин, но о чем с ними было говорить? Он мог бы рассказать им о Риме, о жестокой заре семейств Колонна и Гаэтани, однако понимал, что такое начало беседы будет несколько неосмотрительным. С прилавка сигарного киоска вдруг полетели на пол какие-то куколки, поднялась суматоха, у Дика возникли смутные подозрения, что причина и того и другого в нем, и он вернулся в кафешантан и выпил чашку черного кофе. Коллис исчез, англичанка исчезла, похоже, ему осталось только вернуться с тяжелым сердцем в отель и завалиться спать. Он оплатил счет, взял шляпу и пальто.

В водостоках и между грубыми камнями брусчатки стояла грязная вода; над Кампаньей поднималась болотная дымка, запах пота усталых цивилизаций примешивался к утреннему воздуху. Четверо таксистов с темными мешочками под выпученными глазами подступили к Дику. Одного, подсунувшегося нос к носу, он резко оттолкнул.

— *Quanto a Hotel Quirinal?*

— *Cento lire*[1].

Шесть долларов. Дик покачал головой и предложил тридцать, вдвое больше, чем они взяли бы днем, однако таксисты пожали, как один человек, плечами и отошли.

— *Trente-cinque lire e mancie*[2], — твердо сказал он.
— *Cento lire*.

Дик перешел на английский:

— Тут всего-то полмили. Везите за сорок.
— О нет.

Он очень устал. Открыл дверцу одной из машин, забрался внутрь.

— Отель «Квиринал»! — сказал он водителю, упрямо оставшемуся стоять у окошка. — Сотри ухмылку с физиономии и отвези меня в «Квиринал».
— Ну нет.

Дик вылез. У двери «Бонбоньери» кто-то препирался с таксистами, а закончив, попытался растолковать их резоны Дику; и снова один из них подошел к нему вплотную, на чем-то настаивая, размахивая руками, и Дик оттолкнул его.

— Мне нужен отель «Квиринал».
— Он говорит, один сотня лир, — объяснил переводчик.
— Я понял. Даю пятьдесят. Да отстаньте вы.

Это тому, настырному, опять подступившему слишком близко. Настырный взглянул на него и презрительно сплюнул.

Все неистовое нетерпение последней недели воспрянуло в Дике, воплотившись в жажду наси-

---

[1] Сколько до отеля «Квиринал»? — Сто лир (*ит.*).
[2] Тридцать пять плюс чаевые (*ит.*).

лия — почтенного, традиционного орудия его родины, — он шагнул вперед и влепил настырному пощечину.

Таксисты набросились на него, грозно размахивая руками, бестолково пытаясь взять Дика в кольцо, — он, прижавшись спиной к стене, неловко отмахивался, даже посмеиваясь немного, и в следующие несколько минут рядом с дверью «Бонбоньери» шла потешная потасовка — бестолковые наскоки, показные, не попадающие в цель удары, таксисты то наседали на Дика, то отпрыгивали назад. Потом Дик споткнулся, упал, что-то зашиб, не поняв что, но сумел подняться, и тут руки, из которых он пытался вырваться, вдруг отцепились сами собой. Прозвучал новый голос, затеялся новый спор, однако теперь Дик просто стоял, привалившись к стене, задыхаясь и гневно досадуя на унизительность своего положения. Он понимал, что никакого сочувствия не заслуживает, и все же не мог уверовать в то, что сам кругом виноват.

В конце концов таксисты согласились отправиться в полицейский участок — пусть все решает начальство. Кто-то поднял и отдал Дику его шляпу, кто-то некрепко взял его за руку, и таксисты, немного пройдясь вместе с ним по улице, свернули за угол и вошли в голое, тускло освещенное единственной лампочкой помещение, по которому бездельно слонялись карабинеры.

Их капитан сидел за столом, остановивший драку любитель лезть не в свои дела принялся пространно втолковывать ему что-то по-итальянски, временами указывая на Дика; таксисты то и дело прерывали его объяснения короткими вспышками брани и обвинений. Капитан начал нетерпеливо кивать. Наконец он поднял вверх ладони, и гидра перепалки, испустив несколько прощальных восклицаний, издохла. Капитан обратился к Дику.

— Говоришь итальяно? — спросил он.
— Нет.
— Говоришь франсе?
— *Oui*[1], — враждебно ответил Дик.
— *Alors. Écoute. Va au Quirinal. Espèce d'endormi. Écoute: vous êtes saoûl. Payez ce que le chauffeur demande. Comprenez-vous?*[2]

Дик покачал головой.
— *Non, je ne veux pas.*
— *Come?*
— *Je paierai quarante lires. C'est bien assez*[3].

Капитан встал.
— *Écoute!* — не предвещавшим ничего хорошего тоном воскликнул он. — *Vous êtes saoûl. Vous avez battu le chauffeur. Comme ci, comme ça.*

Он вонзил в воздух правую руку, потом левую.
— *C'est bon que je vous donne la liberté. Payez ce qu'il a dit-cento lire. Va au Quirinal*[4].

Задыхаясь от унижения, Дик ответил ему яростным взглядом.
— Хорошо.

---

[1] Да (*фр.*).
[2] Так вот. Слушай. Поезжай в «Квиринал». Слушай: вы пьян. Платите, сколько говорит шофер. Вы поняли? (*фр.*).
[3] Нет, не согласен. — *Что?* — Я заплачу сорок лир. Довольно и этого (*фр.*).
[4] Слушай! ... Вы пьян. Вы били шофера. Вот так, вот так... Хватит и того, что я не лишаю вас свободы. Платить, сколько он говорит — сто лир. Поезжай в «Квиринал» (*фр.*).

Он слепо повернулся к двери и сразу увидел глумливо щерившегося, кивавшего человека, который привел его сюда.

— Я поеду, — крикнул Дик, — но прежде поквитаюсь с этим сопляком.

И проскочив мимо вытаращивших глаза карабинеров, замахнулся левой и двинул весельчака в челюсть. Тот полетел на пол.

Какой-то миг он, варварски торжествуя, простоял над поверженным, но едва первая стрела сомнения пронзила его, как все вокруг закружилось и полетело куда-то; сначала Дика свалили с ног ударом дубинки, а после кулаки и башмаки принялись выбивать на нем варварскую барабанную дробь. Он почувствовал, как переломился, будто дранка, его нос, как глаза выскочили из орбит и со шлепком, словно закрепленные на резиночках, вернулись обратно в голову. Ребро треснуло под впечатавшимся в него каблуком. Дик лишился сознания, а придя в себя, понял, что сидит на стуле и руки его скованы наручниками. Он машинально забился, но тут к нему подошел, промокая носовым платком челюсть, сбитый им с ног лейтенант в штатском, примерился, замахнулся, и Дик снова полетел на пол.

Когда доктор Дайвер затих окончательно, на него вылили ведро воды. Одному его глазу удалось приоткрыться и, пока Дика волокли, ухватив за запястья, по полу, различить сквозь кровавый туман мертвенно-бледное, человеческое лицо одного из таксистов.

— Отель «Эксцельсиор», — слабо выкрикнул Дик. — Скажи мисс Уоррен. Двести лир! Мисс

Уоррен. *Due centi lire!*[1] Ах вы, грязные... Богом прокля...

Его волокли и волокли по невнятным неровностям пола, кровавый туман клубился в глазах, Дик задыхался и плакал и наконец очутился в какой-то комнатушке, и там его бросили на каменный пол. Карабинеры вышли, лязгнула дверь, он остался один.

XXIII

До часу ночи Бэйби Уоррен читала, лежа в постели, на удивление скучный роман Мэрион Кроуфорд из римской жизни; потом постояла у окна, глядя на улицу. По другой ее стороне прохаживались, покачиваясь из стороны в сторону, точно косые гроты при смене галса, двое карабинеров, нелепые в их похожих на свивальники накидках и арлекинских шляпах, — наблюдая за ними, Бэйби вспомнила гвардейского офицера, который не сводил с нее глаз за ленчем. Он источал самонадеянность высокого представителя низкорослого племени и явно не считал себя связанным какими-либо обязательствами, кроме одного — быть высоким. Если бы он подошел к ее столику и сказал: «Давайте уйдем отсюда вместе», она, пожалуй, ответила бы: «Почему же и нет?» — по крайней мере, так Бэйби думала сейчас, ибо ей все еще казалось, что здешняя непривычная обстановка обращает ее в бесплотное существо.

Мысли ее медленно перетекли от гвардейца к двум карабинерам, потом к Дику... она вернулась в постель и погасила свет.

---

[1] Двести лир! (*ит.*)

Незадолго до четырех ее разбудил бесцеремонный стук в дверь.

— Да... в чем дело?

— Это портье, мадам.

Она накинула кимоно, открыла дверь, сонно уставилась на портье.

— Ваш друг по имени Дивер попал в беду. У него вышли неприятности с полицией, и она посадила его в тюрьму. Он прислал такси, чтобы сказать, водитель говорит, что ему обещаны двести лир, — портье осторожно помолчал, ожидая утверждения этого расхода. — Водитель говорит, у мистера Дивера страшные неприятности. Он подрался с полицией, его ужасно избили.

— Я сейчас спущусь.

Оделась она под аккомпанемент беспокойных ударов сердца и через десять минут вышла из лифта в темный вестибюль. Доставивший сообщение шофер уже укатил; ночной портье подозвал, выйдя на улицу, другую машину, объяснил водителю, как найти полицейский участок. Пока они ехали туда, за окнами машины стала подниматься, редея, тьма и неустойчивое равновесие между ночью и днем странно раздражило нервы не до конца проснувшейся Бэйби. Она устремилась в погоню за днем и время от времени нагоняла его на широких авеню, однако чем бы ни было то, что отталкивало день от земли в небо, оно не унималось ни на миг, — несколько нетерпеливых порывов ветра, и свет снова начинал расползаться. Такси проскочило мимо шумливого фонтана, который расплескивал по земле обширную тень, свернуло в проулок до того кривой, что домам приходилось коробиться и гнуться, чтобы следовать за ним, попрыгало, громыхая, по булыжникам и рывком встало у пары ярких караульных будок, прислоненных к сырой зеленой стене. И тут же из фиолетовой мглы арочного прохода полетел громкий, срывающийся на визг голос Дика:

— Есть здесь англичане? Американцы? Англичане есть? Есть кто-нибудь... о господи! Мерзкие макаронники!

Голос сменился глухими ударами в дверь. Потом вернулся снова:

— Есть здесь американцы? Англичане?

Она побежала проходом на голос, вылетела во двор, крутнулась в мгновенном замешательстве на месте и увидела маленькое караульное помещение, из которого и неслись крики. Двое карабинеров вскочили на ноги, но Бэйби метнулась мимо них к двери камеры.

— Дик! — позвала она. — Что с вами?

— Они выбили мне глаз! — закричал он. — Надели на меня наручники и били, растреклятые...

Бэйби круто повернулась к карабинерам.

— Что вы с ним сделали? — прошептала она с такой силой, что те отшатнулись, испуганные собирающейся грозой ее гнева.

— *Non capisco inglese*[1].

Она осыпала их французскими ругательствами; бурная, полная уверенности в себе ярость Бэйби затопила караулку, и карабинеры начали ежиться и подергиваться, пытаясь выбраться из-под покровов позора, которыми она их облекала.

---

[1] Не понимаем по-английски (*ит.*).

— Сделайте же что-нибудь! Сделайте!
— Мы ничего не можем без приказа.
— Bene. *Bay-пау! Bene!*[1]

Бэйби еще раз опалила их яростью взглядом, и карабинеры залепетали какие-то извинения, переглядываясь, с ужасом понимая: где-то все они дали маху. Бэйби снова подошла к двери камеры, припала к ней, почти лаская, как будто дверь могла наделить Дика ощущением ее присутствия и силы, и прокричала:

— Я еду в посольство, скоро вернусь.

И, бросив на карабинеров последний, полный бесконечной угрозы взгляд, выбежала во двор.

У американского посольства таксист потребовал, чтобы она расплатилась. Было еще темно, когда Бэйби взбежала по ступенькам крыльца и надавила на кнопку звонка. Давить пришлось трижды, лишь после этого сонный швейцар-англичанин открыл перед ней дверь.

— Мне нужно увидеть кого-нибудь, — сказала Бэйби. — Все равно кого, но немедленно.

— Все спят, мадам. У нас до девяти закрыто.

Она нетерпеливо отмахнулась от его слов.

— Это важно. Человек... американец страшно избит. Сидит в итальянской тюрьме.

— Так спят же все. В девять часов...

— Я не могу ждать. Ему выбили глаз — моему зятю, из тюрьмы его не выпускают. Мне необходимо с кем-то поговорить — вы что, не понимаете? У вас не все дома? Или вы идиот — только и можете, что стоять здесь с глупой рожей?

---

[1] Хорошо! Ну, хорошо же! Хорошо! (*ит.*)

— Я не могу ничего для вас сделать, мадам.

— Так разбудите кого-нибудь! — Бэйби схватила его за плечи, изо всех сил потрясла. — Вопрос жизни и смерти. Если вы не разбудите кого-то, наживете жуткие неприятности...

— Будьте любезны, мадам, уберите руки.

С лестницы за спиной швейцара донесся усталый, явно принадлежавший выпускнику Гротонской школы голос:

— В чем дело?

Швейцар с облегчением ответил:

— Тут леди, сэр, и она меня трясет.

Он отступил назад, чтобы все рассказать, и Бэйби проскользнула в вестибюль. Вверху лестницы стоял вырванный из объятий сна совершенно удивительный молодой человек в белом, узорчатом персидском халате. Лицо его было чудовищно и ненатурально розовым, живым и мертвым одновременно, а верхнюю губу украшало нечто, сильно похожее на кляп. Увидев Бэйби, он тоже отступил, укрыв голову в тени.

— В чем дело? — снова спросил он.

Бэйби рассказала ему, в чем дело, при этом возбуждение бросило ее к подножию лестницы. Рассказывая, она поняла, что кляп — это на самом деле наушник, а лицо молодого человека покрыто кольд-кремом, впрочем, и эти пустяковые факты преспокойно укладывались в рамки ночного кошмара. Необходимо, горячо воскликнула она под конец рассказа, чтобы он поехал с ней в тюрьму и освободил Дика.

— Неприятная история, — сказал молодой человек.

— Да, — умиротворяюще согласилась она. — Да?

— Драка с полицией, — в голосе его появилась нотка личной обиды, — боюсь, до девяти утра ничего предпринять не удастся.

— До девяти утра? — ошеломленно переспросила Бэйби. — Но вы же наверняка можете что-то сделать! Поехать со мной в тюрьму, потребовать, чтобы его больше не били.

— Нам не дозволено лезть в такие дела. Ими ведает консульство. А оно откроется только в девять.

Его лицо, обездвиженное кремом и повязкой и оттого казавшееся совершенно бесстрастным, разозлило Бэйби.

— Я не могу ждать до девяти. Зять сказал, что ему выбили глаз, — его изувечили! Я должна забрать его оттуда. Найти врача. — Она махнула рукой на сдержанность и, говоря это, сердито заплакала, понимая, что молодого человека способно пронять скорее смятение ее, чем слова. — Сделайте что-нибудь. Вы же обязаны защищать попавших в беду американских граждан.

Однако молодой человек, уроженец Восточного побережья, оказался ей не по зубам. Поняв, что Бэйби не понимает его положения, он терпеливо покачал головой, потуже запахнул персидский халат и спустился на несколько ступенек.

— Запишите для леди адрес консульства, — приказал он швейцару, — найдите адрес и телефон доктора Голаццо и запишите их тоже.

Он повернулся к Бэйби, теперь на лице его обозначилось выражение выведенного из себя Христа.

— Дорогая леди, здешний дипломатический корпус представляет правительство Соединенных Штатов при правительстве Италии. К защите наших граждан, если только на сей счет не поступает специальное распоряжение Государственного департамента, мы никакого отношения не имеем. Ваш зять нарушил закон этой страны и попал в тюрьму — точно так же, как итальянец мог попасть в тюрьму Нью-Йорка. Освободить его вправе только итальянский суд, и если на вашего зятя заведут дело, вы сможете получить помощь и поддержку консульства, которое как раз и создано для защиты прав граждан Америки. Но консульство раньше девяти не откроется. Будь он даже моим родным братом, я не смог бы сделать ничего...

— Но позвонить в консульство вы можете? — спросила, не дав ему договорить, Бэйби.

— Нет, мы не можем вмешиваться в их дела. Когда в девять часов там появится консул...

— В таком случае дайте мне его домашний адрес.

Короткая пауза, затем молодой человек снова покачал головой. Он принял от швейцара листок с адресами, вручил его Бэйби.

— А теперь прошу меня простить.

Он проводил ее до двери: на миг фиалковый свет зари пал на его розовую маску, на полотняный чехольчик усов, а затем Бэйби осталась на крыльце одна. В посольстве она провела десять минут.

Площадь, на которую глядел его парадный подъезд, была пуста, если не считать старика, собиравшего окурки палкой с острым наконечником. В конце концов Бэйби поймала такси и доехала до консульства, но там никого не было, только три жалкие женщины отшкрябывали ступени лестницы. Втолковать им, что ей нужен домашний адрес консула, Бэйби не удалось, и ее снова окатил прилив тревоги, и она выбежала из консульства и велела таксисту везти ее в тюрьму. Где это, он не знал, но Бэйби смогла при помощи слов *semper dritte, dextra* и *sinestra*[1] попасть в примерные окрестности тюрьмы, там она вышла из машины и углубилась в лабиринт показавшихся знакомыми улочек. Впрочем, и улочки, и дома на них были все на одно лицо. Выйдя после очередных бесплодных блужданий на площадь Испании, она увидела вывеску «Американского экспресса» и слово «Американский» согрело ей душу. В одном из окон компании горел свет, Бэйби, перебежав площадь, подергала дверь, та оказалась запертой; часы за ее стеклом показывали семь. И тут она подумала о Коллисе Клэе.

Бэйби вспомнила название его отеля, чинной, обставленной красной плюшевой мебелью виллы напротив «Эксцельсиора». Женщина-портье помогать Бэйби была не расположена — права будить мистера Клэя она не имела, а пропустить к нему мисс Уоррен одну не желала. Но в конце концов, уверовав, что дело идет не об амурах, пошла вместе с ней.

---

[1] Все время прямо, направо... налево (*ит.*).

Коллис лежал на кровати голым. В отель он вернулся вчера «под мухой», да ему и сейчас потребовалось какое-то время, чтобы заметить свою наготу. Пришлось искупить ее чрезмерными проявлениями скромности. Он схватил одежду, убежал с ней в ванную комнату, торопливо оделся, бормоча: «Господи! Она как пить дать рассмотрела меня во всех подробностях». Они сделали несколько телефонных звонков, выяснили адрес тюрьмы и отправились туда.

Дверь камеры была открыта, Дик, ссутулясь, сидел на стуле караулки. Карабинеры смыли с его лица кровь — далеко не всю, — причесали Дика и в знак примирения нахлобучили ему на голову шляпу.

Бэйби стояла в дверном проеме, дрожа.

— С вами останется мистер Клэй, — сказала она. — А я поеду за консулом и врачом.

— Ладно.

— Главное, сохраняйте спокойствие.

— Ладно.

— Я скоро вернусь.

Она поехала в консульство; времени было уже за восемь, ей разрешили посидеть в приемной. Консул появился около девяти, Бэйби, дошедшая от усталости и сознания собственной беспомощности до грани истерики, повторила ему свой рассказ. Консула услышанное расстроило. Никогда не затевайте драк в чужих городах, посоветовал он Бэйби, впрочем, она поняла — прежде всего ему требуется, чтобы она подождала вне его кабинета, — и с отчаянием прочитала в старых глазах консула стремление принять в случившейся катастрофе участие сколь возможно меньшее. Ожидая, когда он предпримет что-либо, Бэйби потратила несколько минут на звонок доктору, уговорила его посетить Дика. В приемной собралось еще несколько человек, кое-кого из них консул принимал. Прождав полчаса, Бэйби улучила момент, когда кто-то покидал его кабинет, и проскочила туда, не дав секретарше опомниться.

— Это возмутительно! Американца избили до полусмерти, бросили в тюрьму, а вы пальцем о палец ударить не желаете!

— Минуточку, миссис...

— Хватит, я ждала достаточно долго! Вы немедленно едете в тюрьму и вызволяете его!

— Миссис...

— Мы занимаем в Америке видное положение... — губы ее жестко покривились. — Если бы не желание избежать скандала, мы... но я позабочусь, чтобы о вашем безразличии сообщили куда следует. Да будь мой зять гражданином Британии, он получил бы свободу еще три часа назад, а вас заботят не столько ваши обязанности, сколько отношения с полицией.

— Миссис...

— Вы надеваете шляпу и немедленно едете со мной!

Упоминание о шляпе напугало старика, он принялся суетливо протирать очки, копаться в бумагах на столе. Не помогло: перед ним возвышалась негодующая Женщина Америки; куда ему было противиться иррациональной, все сметающей на своем пути силе, которая уже сломала моральный хребет целого народа и обратила целый континент в детские ясли. И старик позвонил, попросил прислать к нему вице-консула, — Бэйби одержала победу.

Дик грелся в лучах солнца, обильно вливавшихся в окно караульного помещения. С ним были Коллис и двое карабинеров, все ждали продолжения событий. Полуслепой глаз Дика смутно различал карабинеров: тосканские крестьяне с коротковатой верхней губой, трудно было связать их с жестокостями прошлой ночи. И он попросил одного из них сбегать за пивом.

От пива голова Дика прояснилась, а весь ночной эпизод мгновенно окрасился в тона сардонического юмора. У Коллиса невесть почему сложилось впечатление, что к случившемуся имеет какое-то касательство девушка-англичанка, однако Дик был уверен — она исчезла задолго до его ссоры с таксистами. Вообще же Коллису по-прежнему не давало покоя то, что мисс Уоррен увидела его голым.

Ярость Дика понемногу улеглась, теперь он чувствовал себя преступником, причем абсолютно невменяемым. Происшедшее с ним было настолько ужасным, что все лишилось смысла, во всяком случае, до времени, когда он, Дик, сумеет изгнать его из памяти, а поскольку это было маловероятно, положение оставалось безнадежным. Отныне он будет совсем другим человеком, и в нынешнем его саднящем состоянии Дика обуревали причудливые предчувствия насчет того, каким именно. Все выглядело так, точно с ним расправилась какая-то безликая стихийная сила. Ни один зрелый человек арийской расы не способен остаться, испытав унижение, в выигрыше; простив, он обратит унижение в часть своей жизни, отождествит себя с тем, что его унизило, — исход в данном случае невозможный.

Коллис заговорил о том, как можно было бы поквитаться с полицией, но Дик лишь молча покачал головой. В караулку вошел лейтенант карабинеров, такой отглаженный, начищенный и энергичный, что хватило бы и на троих; карабинеры вскочили и замерли по стойке «смирно». Лейтенант мигом сцапал пустую пивную бутылку и окатил подчиненных потоком брани. Подняв таким образом свое настроение, он первым делом приказал убрать пивную бутылку из помещения. Дик взглянул на Коллиса, оба усмехнулись.

Появился вице-консул, замученный работой молодой человек по фамилии Суонсон, и все отправились в суд. Коллис и Суонсон шли по сторонам от Дика, двое карабинеров поспешали сзади. В утреннем воздухе висела желтоватая дымка; на площадях и под аркадами толпились люди. Дик, сдвинувший шляпу пониже на лоб, шел быстро, задавая шаг остальным, и в конце концов один из коротконогих карабинеров побежал вровень с ним, протестуя. Суонсон успокоил его.

— Осрамил я вас, верно? — жизнерадостно поинтересовался Дик.

— С итальянцами лучше не связываться, они и убить могут, — смущенно ответил Суонсон. — Для первого раза они вас, скорее всего, отпустят, но будь вы итальянцем, получили бы пару месяцев тюрьмы. И моргнуть не успели бы!

— Вы сами-то в тюрьме сидели?

Суонсон усмехнулся.

— А он мне нравится, — сообщил Клэю Дик. — Весьма приятный молодой человек и превосходные советы дает, но, ручаться готов, сидел в тюрьме. И скорее всего, не одну неделю.

Суонсон засмеялся.

— Я хотел сказать, что вам следует быть осторожным. Вы и не знаете, что это за публика.

— О, теперь-то знаю, — сердито выпалил Дик. — Это проклятые богом вонючки.

Он обернулся к карабинерам:

— Вы поняли?

— Я оставлю вас здесь, — поспешил сказать Суонсон. — Так мы договорились с вашей свояченицей. Наш адвокат встретит вас в зале суда, наверху. Будьте поосторожнее.

— Всего хорошего, — Дик благовоспитанно пожал ему руку. — Большое вам спасибо. Чует мое сердце, вас ждет большое будущее...

Суонсон улыбнулся и поспешил уйти, на ходу возвращая лицу официальное неодобрительное выражение.

Они вступили во внутренний, мощенный плитами двор, по четырем стенам которого шли вверх, в залы суда, наружные лестницы. Пока они пересекали его, орава толпившихся во дворе бездельников провожала их шипением, воем, свистом, криками гнева и презрения. Дик заозирался по сторонам.

— Что это значит? — испуганно спросил он.

Один из карабинеров что-то сказал этим людям, и они смолкли.

Вошли в зал. Присланный консульством потрепанный итальянский адвокат долго совещался о чем-то с судьей. Дик и Коллис ждали, стоя в сторонке. Какой-то владевший английским мужчина повернулся к ним от выходившего на двор окна и объяснил, почему их появление наделало столько шуму. Некий житель Фраскати изнасиловал и убил пятилетнего ребенка, и этим утром его должны были привезти в суд, — толпа приняла Дика за него.

Прошло еще несколько минут, и адвокат уведомил Дика, что тот свободен, — суд счел его наказанным в достаточной мере.

— В достаточной? — воскликнул Дик. — Да за что наказанным-то?

— Пойдемте, — сказал Коллис. — Тут вы ничего не добьетесь.

— Но что я сделал? Всего-навсего подрался с таксистами!

— Полиция заявила, что вы подошли к детективу, притворившись, будто хотите пожать ему руку, и ударили его...

— Вранье! Я предупредил, что ударю его, а что он детектив — не знал.

— Вам лучше уйти, — настоятельно порекомендовал адвокат.

— Пойдемте, — повторил, беря Дика под руку, Коллис. Они начали спускаться по лестнице.

— Я хочу произнести речь! — воскликнул вдруг Дик. — Хочу рассказать этим людям, как насиловал пятилетнюю девочку. Может, я и не то еще...

— Да пойдемте же.

Бэйби и врач ожидали их в такси. Смотреть на нее Дику не хотелось, а врач ему не понравился, строгие манеры этого господина явственно обличали в нем наименее приемлемый тип европейца — католика-моралиста. Дик коротко пересказал свои представления о случившемся, ответа на его рассказ ни у кого не нашлось. В «Квиринале», в номере Дика, врач смыл с него остатки крови и загустевший пот, вправил нос, позаботился о сломанных ребрах и пальцах, обработал мелкие раны и наложил повязку на глаз, пообещав, что все обойдется. Дик попросил дать ему четверть грана морфия, — спать ему не хотелось нисколько, тело переполняла нервная энергия. Морфий усыпил его, врач и Коллис ушли, а Бэйби осталась дожидаться сиделку из английской частной лечебницы. Ночь выдалась тяжелая, но Бэйби была довольна — какими бы прежними заслугами ни мог похвастаться Дик, отныне она обладала моральным превосходством над ним, а оно было не лишним — пригодится, пока от Дика будет хоть какая-то польза.

ЧАСТЬ ТРЕТЬЯ

I

Фрау Кете Грегоровиус перехватила мужа на дороге, которая вела от клиники к их вилле.

— Как Николь? — мягко спросила она; впрочем, голос ее прервался, показав, что, пока она нагоняла мужа, этот вопрос вертелся у нее на языке.

Франц удивленно взглянул на нее.

— Николь здорова. Почему ты спрашиваешь об этом, дражайшая моя?

— Ты так часто навещаешь ее — вот я и решила, что она больна.

— Поговорим об этом дома.

Кете смиренно согласилась. Единственный рабочий кабинет Франца находился в административном корпусе, в гостиной сидели дети с их домашним учителем, поэтому супруги прошли в спальню.

— Извини меня, Франц, — сказала Кете, не дав мужу открыть рот. — Извини, дорогой, я не имела права задавать этот вопрос. Я знаю свое место и горжусь им. Но у нас с Николь сложились неприязненные отношения.

— Птички в гнезде без раздоров живут! — рявкнул Франц. Впрочем, сообразив, что тон его противоречит сказанному, повторил эту заповедь размеренно и ритмично, как его прежний начальник доктор Домлер, умевший придать значительность и самой избитой банальности. — Птички — в гнезде — *без раздоров* — живут.

— Я понимаю. Ты не можешь сказать, что мне не хватает вежливости в разговорах с Николь.

— Я могу сказать, что тебе не хватает здравого смысла. Николь — наполовину пациентка и, возможно, останется такой до конца жизни. В отсутствие Дика за нее отвечаю я. — Франц замялся; временами он позволял себе, словно бы в шутку, утаить от Кете ту или иную новость. — Утром пришла телеграмма из Рима. Дик переболел гриппом, завтра выезжает сюда.

Кете, почувствовав облегчение, сменила тон на менее личный, но тему разговора постаралась сохранить:

— По-моему, Николь не так уж и больна, как вам кажется, — она использует болезнь, чтобы вертеть вами. Ей следовало бы податься в кино, как твоей Норме Толмадж, — американка только там счастлива и бывает.

— Ты ревнуешь меня к Норме Толмадж, к женщине с экрана?

— Просто мне не нравятся американцы. Они эгоисты, такие эгоисты!

— А Дик?

— Дик нравится, — признала она. — Он не такой, он думает о других.

...Как и Норма Толмадж, сказал себе Франц. При всей ее красоте, Норма Толмадж вполне может быть достойной, благородной женщиной.

Просто ее заставляют играть дурацкие роли; нет, Норма Толмадж — это женщина, знакомство с которой — великая честь.

Впрочем, Кете уже забыла о Норме Толмадж, пылком призраке, испортившем ей один давний вечер, — они тогда возвращались домой из цюрихского кинотеатра.

— ...Дик женился на Николь ради денег, — сказала она. — Проявил слабость — ты сам как-то ночью намекал на это.

— Ты становишься злой.

— Мне не следовало так говорить, — согласилась она. — Ты правильно сказал, мы должны жить все вместе, как птицы. Но это бывает не просто, когда Николь ведет себя, как... когда она отступает от меня и даже старается не дышать — как будто я плохо пахну!

И это была чистая правда. Большую часть работы по дому Кете выполняла сама, а одежды у нее было не много. Любая американская продавщица, стирающая каждый вечер две перемены нижнего белья, мигом унюхала бы, подойдя к ней, намек на вчерашний пот — не столько запах, сколько аммиачное напоминание о вечных трудах и распаде. Францу оно представлялось таким же естественным, как густой, темный аромат волос Кете. Исчезни они, ему не хватало бы обоих; а для Николь, сызмала ненавидевшей запах пальцев одевавшей ее няни, оно было оскорблением, которое остается только терпеть.

— А дети, — продолжала Кете, — она не любит, когда ее дети играют с нашими...

Но Франц решил, что с него довольно:

— Попридержи язык, такие разговоры оскорбляют меня профессионально — наша клиника оплачена деньгами Николь. Давай что-нибудь поедим.

Кете понимала, что вспышка ее неблагоразумна, однако последнее замечание Франца напомнило ей о том, что американцы — люди денежные, и неделю спустя она облекла свою неприязнь к Николь в новые слова.

Случай для этого представился после обеда, на который они пригласили Дайверов вслед за возвращением Дика. Едва успел затихнуть звук их шагов по ведшей от дома Грегоровиусов дорожке, как Кете захлопнула дверь и сказала Францу:

— Ты заметил, какой стала кожа у него под глазами? Он распутничал в Риме!

— Полегче, — ответил Франц. — Дик, едва вернувшись, все мне рассказал. Он боксировал, переплывая Атлантику. Американские пассажиры часто так развлекаются.

— И я должна этому верить? — усмехнулась она. — Ему больно шевелить правой рукой, на виске незаживший шрам — видно, что вокруг него выбривали волосы.

Франц этих подробностей не заметил.

— И что же? — поинтересовалась Кете. — По-твоему, такие вещи идут на пользу клинике? И вином от него сегодня разило — уже не в первый после его возвращения раз.

Она понизила голос, желая подчеркнуть важность того, что собиралась сказать:

— Дик больше не производит впечатление серьезного человека.

Поднимавшийся по лестнице Франц только плечами пожал, словно отмахиваясь от ее настырности. А уже в спальне заявил:

— Он, безусловно, человек и серьезный, и блестящий. Из всех, кто за последние годы получил в Цюрихе степень по невропатологии, Дик был признан самым блестящим — мне таким не стать никогда.

— Стыд и срам!

— Это правда, и стыдно было бы не признавать ее. Когда у меня появляется интересный больной, я обращаюсь к Дику. Его публикации образцовы, спроси в любой библиотеке. Студенты в большинстве своем считают его англичанином, поскольку не верят, что подобная глубина доступна американцу. — Франц тяжело вздохнул и полез под подушку, где лежала его пижама. — Не понимаю, почему ты так взъелась на него, Кете, — я думал, он тебе нравится.

— Стыд и срам! — повторила она. — Ты здесь главный, ты делаешь всю работу. Все это похоже на историю о зайце и черепахе — и по-моему, заяц свое уже отбегал.

— Чш! Чш!

— Ну, как знаешь. Но это правда.

Он прихлопнул открытой ладонь воздух:

— Хватит!

Ну что же, они обменялись мнениями, как на дебатах. Кете призналась себе, что была слишком строга к Дику, который нравился ей, перед которым она трепетала, — он был таким внимательным, так ее понимал. Что касается Франца, сказанное Кете накрепко засело в его голове, и в скором времени он разуверился в серьезности Дика. А там и убедил себя в том, что никогда в нее не верил.

II

Николь получила от Дика приглаженную версию римской катастрофы — рассказ о том, как он из человеколюбия пришел на выручку пьяному знакомому. Он не сомневался в том, что Бэйби Уоррен будет держать язык за зубами, поскольку яркими красками расписал ей ужасающие последствия, коими правда может грозить Николь. Впрочем, все это было пустяком в сравнении с глубоким следом, который римский эпизод оставил в его душе.

Основная реакция Дика на случившееся свелась к тому, что он с головой ушел в работу, и в итоге Франц, уже надумавший порвать с ним, никак не мог подыскать повод для ссоры. Дружбу, сколько-нибудь заслуживающую своего названия, невозможно уничтожить за какой-то час, если не резать при этом по живому, и потому Францу пришлось уверить себя — вера эта все крепла и крепла в нем, — что интеллектуальная и эмоциональная жизнь Дика идет на скорости, которая действует ему, Францу, на нервы, мешает работать, даром что прежде этот контраст между ними он считал благотворным. Что же, нужда и не такому научит.

Вбить в трещину первый клин Францу удалось только в мае. В тот день Дик пришел в его кабинет белым, усталым и, садясь, сказал:

— Все, она ушла.

— Умерла?

— Сердце не выдержало.

Дик сидел, изнуренно сгорбившись, в кресле у двери. Последние три ночи он провел у постели нравившейся ему все сильнее покрытой струпьями безвестной женщины-художницы, — официально для того, чтобы вкалывать ей адреналин, на деле же, чтобы пролить сколько удастся света в ожидавшую ее тьму.

Отчасти понимая, что он должен чувствовать, Франц поспешил высказать свое мнение:

— У нее был нейросифилис. И никакие Вассерманы меня в этом не разубедят. Спинно-мозговая жидкость...

— Какая разница, — отозвался Дик. — О господи, какая теперь разница! Если ей хотелось унести свою тайну с собой, пусть ее.

— Вы бы отдохнули с денек.

— Не беспокойтесь, я так и сделаю.

Клин уже был у Франца в руках; взглянув на составленную им телеграмму, которая предназначалась для брата художницы, он спросил:

— А не хотите немного проехаться?

— Не сейчас.

— Я не об отпуске. В Лозанне есть один больной. Я целое утро проговорил по телефону с его отцом, чилийцем...

— Она была такой отважной, — сказал Дик. — И продолжалось все так долго.

Франц сочувственно покачал головой, и Дик спохватился:

— Простите, что перебил.

— Смена обстановки вам не помешает... у отца сложные отношения с сыном... он не может уговорить юношу лечь в нашу клинику. И хочет, чтобы кто-нибудь из нас приехал туда.

— А что с юношей? Алкоголизм? Гомосексуальность? Когда речь идет о Лозанне...

— Всего понемногу.

— Съезжу. Какие-нибудь деньги нам это сулит?

— Я бы сказал, большие. Проведите там два-три дня, и если решите, что молодой человек нуждается в наблюдении, привезите его сюда. В любом случае не спешите, постарайтесь отдохнуть; дело делом, но и об удовольствиях забывать не стоит.

Два часа проспав в поезде, Дик посвежел и к сеньору Пардо-и-Сьюдад-Реаль отправился в приподнятом настроении.

Собеседования такого рода протекали, как правило, одинаково. Беспримесная истеричность представителя семьи зачастую оказывалась столь же интересной в психологическом отношении, как и состояние больного. И этот случай не стал исключением: сеньор Пардо-и-Сьюдад-Реаль, представительный испанец со стальной сединой, благородной осанкой и всеми наружными аксессуарами богатства и власти, гневно расхаживал по люксу, который он занимал в *Hôtel de Trois Mondes*[1], и излагал историю своего сына с самообладанием пьяной женщины.

— Я не знаю, что еще можно придумать. Мой сын развратен. Он был развратным в Харроу и продолжал развратничать в кембриджском

---

[1] «Отель Три Части Света» (*фр.*).

«Кингз-Колледже». Развратен непоправимо. Теперь к этому добавилось пьянство, выявляющее его худшие черты, и непрерывные скандалы. Я перепробовал все — составил вместе с хорошо мне знакомым врачом план и послал их обоих путешествовать по Испании. Каждый вечер Франциско получал дозу вытяжки из шпанских мушек и отправлялся с врачом в приличный бордель — в первую неделю с чем-то это вроде бы помогало, но результата так и не дало. И наконец, на прошлой неделе, вот в этой самой комнате, вернее, в ванной, — он указал на дверь, — я заставил Франциско раздеться по пояс и отхлестал его плетью...

Утомленный всплеском эмоций, он присел, и тогда заговорил Дик:

— И это было глупостью, и поездка по Испании — пустой тратой времени, — он пожал плечами, стараясь придавить разбиравший его смех: ни один достойный уважения медик не решился бы на столь любительский эксперимент! — Я обязан сказать вам, сеньор, что в таких случаях мы ничего не обещаем. С пьянством мы еще как-то справляемся — при условии, что пациент готов нам помогать. Но прежде всего мне нужно поговорить с юношей и добиться его доверия, только так я смогу выяснить, сознает ли он сам, что с ним происходит.

...Молодому человеку, с которым он уселся на террасе отеля, было лет двадцать — красивый, настороженный.

— Мне необходимо понять, как вы относитесь к вашему положению, — сказал Дик. — Считаете ли, что оно ухудшается? И хотите ли как-то поправить его?

— Пожалуй, да, — ответил Франциско. — Я очень несчастен.

— Как вы полагаете, причина тут в пьянстве или в присущей вам аномалии?

— Я думаю, что пьянство — это, скорее, ее результат. — До этого мгновения Франциско оставался серьезным, но тут неодолимое озорство взяло над ним верх, и он, рассмеявшись, добавил: — Все безнадежно. В «Кингзе» меня прозвали «Королевой Чили». А эта поездка по Испании — единственное, чего мы добились: меня стало тошнить от одного только взгляда на женщину.

Дик резко одернул его:

— Если вам нравится купаться в грязи, я ничем вам помочь не смогу и просто зря трачу время.

— Нет, давайте поговорим — мне с вами спокойно, не то что с другими, — в повадке молодого человека проступила некоторая извращенная мужественность, проявлявшаяся ныне в старательном сопротивлении отцу. Однако в глазах его появилось и плутоватое выражение, нередкое у обсуждающих свои наклонности гомосексуалистов.

— Происходящее с вами более чем заурядно, — начал Дик. — Вы тратите жизнь на него и его последствия, а на поступки достойные, приемлемые для общества, у вас не остается ни времени, ни сил. Если вы хотите жить, ничего не боясь, вам следует прежде всего обуздать вашу чувственность, — и первым делом оставить пьянство, которое ее провоцирует...

Дик проговаривал это автоматически, он уже десять минут назад понял, что пытаться вылечить Франциско не станет. Они приятно пробеседовали около часа — о планах молодого человека, о его доме в Чили. Подходить столь близко к пониманию такого характера — с отличной от медицинской точки зрения — Дику еще не доводилось, и постепенно он пришел к заключению, что само обаяние Франциско позволяет ему купаться в беспутстве, а обаяние, всегда считал Дик, неизменно живет своей, независимой жизнью, проявляется ли оно как безумная доблесть несчастной женщины, скончавшейся нынче утром в клинике, или как отважная грациозность, с которой этот пропащий молодой человек следует по своей грязноватой, давно протоптанной другими дорожке. Дик пытался препарировать его историю, разобрать ее на кусочки достаточно малые, чтобы их можно было сохранять по отдельности, — понимая, впрочем, что жизнь во всей ее безраздельности может качественно отличаться от сегментов, из которых она состоит, а жизнь человека, приближающегося к сорокалетию, рассматривать, похоже, можно лишь как набор таких сегментов. Его любовь к Николь и Розмари, его дружба с Эйбом Нортом и Томми Барбаном посреди изломанной вселенной послевоенных лет, — казалось, эти люди прижались так близко к нему, что определили саму его личность, сделали для него необходимым принимать все или ничего; и похоже, теперь он до конца своей жизни обречен нести в себе отдельные «я» этих людей, которых встретил и полюбил слишком рано, — и полнота его и зрелость возможны лишь в той мере, в какой будут зрелыми они. Ну и без одиночества ему не обойтись — ведь так легко быть любимым — и так трудно любить.

Он сидел на террасе, разговаривая с Франциско, и в круг его внимания внезапно вторгся призрак из прошлого. Из зарослей парка выбрался высокий, странно покачивавшийся господин, который с робкой решимостью направился к Дику и Франциско. Какое-то время он составлял такую, словно оправдывавшуюся в чем-то часть здешнего, распираемого жизнью ландшафта, что Дик его даже не заметил, но после встал и рассеянно пожал призраку руку, думая: «Боже ты мой, да я расшевелил осиное гнездо!» — и пытаясь при этом вспомнить, как его зовут.

— Доктор Дайвер, не так ли?
— Ну да, ну да... — мистер Дамфри, я прав?
— Ройал Дамфри. Имел удовольствие однажды ночью обедать в вашем прелестном саду.
— Конечно, — Дик, в надежде умерить энтузиазм мистера Дамфри, призвал себе на помощь бесстрастную хронологию. — Это было в девятьсот... двадцать четвертом... двадцать пятом...

Он остался стоять, однако Ройал Дамфри, сколь ни был он робок поначалу, повел себя весьма прытко: заговорил с Франциско на бесцеремонный, как у задушевного друга, манер, но тот, по-видимому стыдясь знакомства с ним, напустил на себя, как и Дик, холодность, надеясь отпугнуть незваного гостя.

— Доктор Дайвер, пока вы не ушли, хочу сказать вам одно. Мне никогда не забыть тот вечер в саду, любезность вашу и вашей супруги. Это одно из лучших воспоминаний моей жизни, одно из счастливейших. Всегда думаю о том вечере как о собрании самых культурных людей, каких мне довелось повстречать.

Дик бочком-бочком отступал к ближайшей двери.

— Рад, что у вас остались столь приятные воспоминания. А теперь мне надо бы повидаться с...

— Понимаю, — сочувственно произнес Ройал Дамфри. — Я слышал, он уже при смерти.

— Кто при смерти?

— Возможно, мне не следовало так говорить, но у нас с ним общий доктор.

Дик помолчал, изумленно глядя на него.

— О ком вы говорите?

— Ну как же, об отце вашей супруги... возможно, я...

— О *ком*?

— Полагаю, я... выходит, что я первый...

— Вы хотите сказать, что мой тесть здесь, в Лозанне?

— Но я думал, вы знаете, думал, вы потому и приехали.

— Кто его доктор?

Занеся имя врача в записную книжку, Дик извинился и поспешил к телефонной будке.

Да, доктор Данже готов хоть сейчас принять доктора Дайвера у себя дома.

Доктор Данже оказался молодым женевцем; поначалу он боялся, что у него отберут денежного больного, однако, когда Дик уверил его в противном, признал, что мистеру Уоррену и вправду жить осталось недолго.

— Ему всего пятьдесят, но его печень уже не способна к регенерации, а спровоцировано это алкоголизмом.

— Неизлечим?

— Его организм не принимает ничего, кроме жидкостей, — я дал бы ему три дня, самое большее неделю.

— А его старшей дочери, мисс Уоррен, известно о состоянии отца?

— Он запретил сообщать об этом кому бы то ни было, в курсе дела только его слуга. Я всего лишь этим утром счел необходимым сказать ему правду, — он сильно разволновался, хотя с самого начала болезни обратился к религии и смирился с неизбежным.

Дик поразмыслил.

— Хорошо... — медленно произнес он, — в любом случае о членах семьи я позабочусь. Но, думаю, им захочется, чтобы его кто-то проконсультировал.

— Как скажете.

— Я уверен, что вправе обратиться к вам от их имени с просьбой позвонить одному из лучших специалистов, живущих поблизости от вашего озера, — Гербрюгге из Женевы.

— Я тоже подумывал о Гербрюгге.

— А я проведу здесь, самое малое, еще один день и буду позванивать вам.

Вечером Дик заглянул к сеньору Пардо-и-Сьюдад-Реаль, они поговорили.

— У нас большие земельные владения в Чили... — сказал старик. — Сын мог бы управлять ими. Или же я готов принять его в какое-то из моих парижских предприятий, их у меня около дюжины...

Он покачал головой, прошелся мимо окон, за которыми сыпал весенний дождик, такой веселый, что даже озерные лебеди не стали прятаться от него.

— Мой единственный сын! Можете вы взять его с собой?

И испанец вдруг опустился на колени у ног Дика.

— Вы можете вылечить моего единственного сына? Я верю в вас — заберите его с собой, излечите.

— Отправить его в клинику силой на нынешних основаниях невозможно. Я не сделал бы этого, даже если бы мог.

Испанец поднялся с коленей.

— Я поспешил... увлекся мыслью...

Спускаясь в вестибюль, Дик столкнулся в лифте с доктором Данже.

— Я собирался подняться в ваш номер, — сказал тот. — Мы можем поговорить на террасе?

— Мистер Уоррен умер? — спросил Дик.

— Нет, все без изменений — на утро назначена консультация. А пока он захотел увидеть дочь... вашу жену... и просто места себе не находит. Похоже, была какая-то ссора...

— Мне о ней все известно.

Двое врачей смотрели один на другого, думая каждый о своем.

— Может быть, вы поговорите с ним перед тем, как принять решение? — предложил Данже. — Смерть его будет мирной — он просто ослабнет и угаснет.

Дик не без усилия над собой, но согласился.
— Хорошо.

Отельный люкс, в котором мирно слабел и угасал Деверё Уоррен, был того же размера, что у сеньора Пардо-и-Сьюдад-Реаль, — отель содержал немало покоев, в которых состоятельные развалины, беглецы от правосудия и претенденты на престолы княжеств средней руки жили на производных от опиума и барбитола, бесконечно слушая неизбывную, как радио, вульгарную музыку своих старых грехов. Этот уголок Европы не столько притягивает людей, сколько принимает их, не задавая неудобных вопросов. Здесь пересекаются многие пути — тех, кто направлялся в частные санаториумы или горные приюты для туберкулезников, и тех, кого сочли *persona non gratis*[1] во Франции или Италии.

В люксе было темновато. За мужчиной, чьи исхудалые пальцы перебирали на белой простыне бусины четок, присматривала монахиня с лицом святой. Мистер Уоррен все еще был красив, и голос его, пока он разговаривал с Диком после ухода Данже, понемногу креп, обретая своеобразные густые переливы.

— К концу жизни начинаешь понимать столь многое, доктор Дайвер. Мне только теперь стало ясно, что в ней самое главное.

Дик выжидательно молчал.

— Я был дурным человеком. Вам известно, должно быть, насколько ничтожно мое право еще раз увидеть Николь, но Тот, Кто выше любого из

---

[1] Нежелательные лица (*лат.*).

нас, говорит: прощение и жалость. — Четки выпали из его слабых пальцев и соскользнули с гладкого покрывала кровати. Дик поднял их, вернул больному. — Если бы мне удалось десять минут поговорить с Николь, я был бы счастлив, как никто на свете.

— Единолично я такого решения принять не могу, — сказал Дик. — Николь не очень крепка.

На самом деле решение он уже принял, однако счел нужным изобразить колебания.

— Но я могу сообщить о вашем желании моему коллеге, врачу Николь.

— Как ваш коллега решит, так и будет — спасибо, доктор. Позвольте мне сказать, что я в таком огромном долгу перед вами...

Дик поспешил встать:

— О решении я сообщу вам через доктора Данже.

Из своего номера он позвонил в клинику на Цугском озере. После долгого ожидания ему ответила Кете — из дома.

— Мне нужно поговорить с Францем.

— Франц в горах. Я и сама туда собираюсь, — передать ему что-нибудь, Дик?

— Это касается Николь — ее отец умирает здесь, в Лозанне. Скажите об этом Францу, он поймет, как это важно, и попросите его позвонить мне сюда.

— Хорошо.

— Скажите, что я буду у себя в номере с трех до пяти и с семи до восьми, а затем меня можно будет найти в ресторане отеля.

Рассказывая о своем расписании, он забыл добавить, что Николь ничего говорить не следует, а когда вспомнил, трубка уже смолкла. Ну ладно, Кете наверняка сообразит и сама.

...Пока Кете поднималась по голому склону, поросшему дикими цветами и продуваемому непонятно откуда налетавшим ветром, — зимой пациенты клиники катались здесь на лыжах, весной совершали небольшие восхождения, — сознательного намерения рассказать Николь о звонке Дика она не питала. Сойдя с поезда, она сразу увидела Николь, пытавшуюся угомонить разыгравшихся детей. Приблизившись к ним, Кете мягко опустила ладонь на ее плечо:

— Вы так умело обращаетесь с детьми, поучите их летом плавать.

Николь, и без того уж рассерженная поднятым детьми шумом, рефлекторно, почти грубо сбросила с себя руку Кете. Рука неловко повисла в воздухе, и Кете тоже отреагировала машинально, и, увы, реакция ее была словесной:

— Думаете, я с вами обниматься собралась? Я всего лишь хотела сказать о Дике, — он позвонил мне и, к сожалению...

— С Диком что-то случилось?

Тут Кете поняла, что ляпнула лишнее, совершила бестактность, что следует как-то успокоить Николь, но та повторила вопрос:

— ...что означает ваше «к сожалению»?

— К Дику оно не относится. Мне нужно поговорить с Францем.

— О Дике?

Лицо Николь побелело от ужаса, и в ответ на это глаза детей, слышавших перепалку взрослых, испуганно округлились. И Кете сдалась:

— Ваш отец болен, он в Лозанне, Дик хочет поговорить об этом с Францем.

— Что значит «болен», насколько сильно? — не отставала Николь, но тут появился излучавший профессиональное благодушие Франц, и Кете с радостью предоставила дальнейшее ему — впрочем, сделанного было уже не воротить.

— Я еду в Лозанну, — объявила Николь.

— Минутку, — сказал Франц. — По-моему, это неразумно. Давайте я сначала поговорю с Диком.

— Но тогда я пропущу поезд, он вот-вот уйдет вниз, — возразила Николь. — И пропущу цюрихский трехчасовой! Если мой отец умирает, я должна...

Она не закончила, ей стало страшно.

— Я *должна* ехать! Надо бежать, а то не успею, — последнее она произнесла уже на бегу — вереница венчавших гору приземистых вагончиков дрогнула, дым, вырвавшийся из паровозной трубы, окутал ее. Николь, обернувшись, прокричала: — Будете звонить Дику, скажите, что я выехала, Франц!..

...Дик сидел в своем номере, читая «Нью-Йорк Геральд», как вдруг туда ласточкой впорхнула монахиня — и одновременно зазвонил телефон.

— Умер? — с надеждой спросил Дик.

— *Monsieur, il est parti* — он исчез, месье.

— *Comment?*[1]

— *Il est parti* — и слуга его тоже, и чемоданы.

Невероятно. Человек, находившийся в таком состоянии, выбрался из постели и ушел.

---

[1] Что? (*фр.*).

Дик поднял телефонную трубку — звонил Франц.

— Не стоило вам говорить Николь, — пожурил его Дик.

— Это Кете ей сказала, такое неблагоразумие.

— Пожалуй, это я виноват. Женщине можно рассказывать только о том, что уже сделано. Ну хорошо, Николь я встречу... знаете, Франц, тут случилось нечто совсем уж из ряда вон — старик поднялся с кровати и сбежал...

— Как-как? Что вы сказали?

— Я сказал «сбежал», старик Уоррен, он сбежал!

— А что тут такого?

— Считалось, что он умирает от общего упадка сил... а он встал и удрал, поехал в Чикаго, я полагаю. ...Не знаю, тут со мной сиделка. ...*Не знаю*, Франц, — я только что об этом услышал. ...Перезвоните попозже.

Бо́льшую часть следующих двух часов Дик провёл, пытаясь проследить перемещения Уоррена. Больной воспользовался паузой, возникшей, когда дневную сиделку сменяла ночная, спустился в бар, проглотил четыре стопки виски; потом расплатился с отелем банкнотой в тысячу долларов, велел отправить ему сдачу по почте и отбыл, — предположительно, в Америку. Дик и Данже помчались на вокзал, чтобы перехватить его, но преуспели только в одном: Дик опоздал к поезду Николь. Он встретился с ней уже в вестибюле отеля, вид у нее был усталый, она поджимала губы, и это встревожило Дика.

— Как отец? — сразу спросила она.

— Гораздо лучше. Похоже, у него еще оставался изрядный запас сил. — Дик замялся, ему не хотелось оглушать ее правдой. — Собственно говоря, он вылез из постели и уехал.

Нужно было выпить — поиски Уоррена пришлись на время обеда, — он провел недоумевающую Николь в гриль-бар, там они уселись в уютные кожаные кресла, и Дик заказал виски с содовой и стакан пива:

— Врач, который им занимался, ошибся в прогнозе или еще что — подожди минутку, у меня не было времени обдумать все по-человечески.

— Он *уехал?*

— В Париж, вечерним поездом.

Они посидели в молчании. От Николь веяло тягостной трагической апатией.

— Это инстинкт, — наконец сказал Дик. — Он действительно умирал, но старался вернуться к прежнему ритму жизни — он ведь не первый, кто уходит со своего смертного одра, — знаешь, как старые часы: встряхнешь их, и они снова пойдут, просто по привычке. Вот и твой отец...

— Ой, хватит, — попросила она.

— Главным его топливом был страх, — продолжал Дик. — Он испугался — и сбежал. Глядишь, так и до девяноста проживет.

— Прошу, не рассказывай мне ничего, — сказала Николь. — Не надо... я больше не выдержу.

— Хорошо. Молодой прохвост, ради которого я сюда приехал, безнадежен. Мы можем вернуться домой хоть завтра.

— Не понимаю, почему ты должен... ввязываться в такие истории, — выпалила она.

— Нет? Я и сам не всегда понимаю.

Она накрыла его ладонь своей.

— Прости мне эти слова, Дик.

Кто-то принес в бар патефон, и теперь посетители его сидели, слушая «Свадьбу накрашенной куклы».

III

Неделю спустя, утром, Дик, зайдя в регистратуру, чтобы забрать свою почту, услышал доносившийся снаружи шум: уезжал один из пациентов клиники, Вон Кон Моррис. Его родители, австралийцы, ретиво запихивали чемоданы сына в большой лимузин, рядом с которым стоял, безуспешно пытаясь утихомирить гневно махавшего руками Морриса-старшего, доктор Ладислау. Подходя к ним, доктор Дайвер увидел и молодого Морриса, с холодным цинизмом наблюдавшего за приготовлениями к отъезду.

— Почему такая спешка, мистер Моррис?

Мистер Моррис, увидев Дика, вытаращил глаза, — покрытое красными прожилками лицо австралийца и крупные клетки его костюма, казалось, погасли и тут же вспыхнули, точно электрическая лампочка. На Дика он пошел так, словно собирался побить его.

— Самое время уезжать — и нам, и тем, кто прибыл сюда вместе с нами, — начал он, однако умолк, чтобы перевести дух. — Самое время, доктор Дайвер. Самое что ни на есть!

— Может быть, зайдете в мой кабинет? — предложил Дик.

— Ну уж нет! Поговорить с вами я готов, но что касается вас и вашего заведения, я умываю руки.

И он погрозил Дику пальцем.

— Как раз это я вашему доктору и втолковывал. Мы только зря потратили время и деньги.

Доктор Ладислау с присущей ему вялой неопределенной славянской уклончивостью пошевелился, изображая несогласие. Ладислау Дику не нравился. Он увел распалившегося австралийца на дорожку, ведшую к кабинету, еще раз пригласил зайти, но тот лишь потряс головой.

— Вы-то мне и были нужны, доктор Дайвер, *вы* и никто другой. Я обратился к доктору Ладислау лишь потому, что вас, доктор Дайвер, никак не могли найти, доктор Грегоровиус появится только под вечер, а ждать я не мог. Нет, сэр! Услышав от сына всю правду, я не мог ждать ни минуты.

Он угрожающе подступил к Дику, который стоял, опустив руки, готовый сбить его, если потребуется, с ног.

— Мой сын лег к вам из-за алкоголизма, а сегодня сказал мне, что слышал, как от вас пахнет вином. Да, сэр! — Моррис коротко потянул носом воздух, но, по-видимому, ничего не унюхал. — И не один раз, а два, говорит Вон Кон, он учуял в вашем дыхании запах спиртного. Мы с женой за всю жизнь ни капли не выпили. Мы отдали вам Вон Кона на излечение, а от вас всего за месяц дважды пахло вином! Какое ж тут может быть лечение?

Дик не знал, как себя повести, — мистер Моррис вполне мог устроить скандал прямо посреди клиники.

— В конце концов, мистер Моррис, нельзя требовать от людей отказа от того, что представляется им продуктом питания, лишь потому, что ваш сын...

— Но вы же доктор, милейший! — взревел Моррис. — Это рабочие могут дуть пиво — пусть себе, им же хуже будет, — но вы-то должны излечивать...

— Вы слишком много себе позволяете. Ваш сын попал к нам из-за клептомании.

— А откуда она взялась? — Моррис почти перешел на визг. — Оттуда, что он пил по-черному. Знаете такой цвет? Черный! Да у меня родного дядю из-за этого самого на виселице удавили, вы поняли? Мой сын лег в санаторию, а там от доктора спиртным разит!

— Я вынужден попросить вас удалиться.

— *Попросить*! Да *мы* и так удаляемся!

— Будь вы повоздержаннее, мы могли бы рассказать вам о том, чего нам удалось добиться к настоящему времени. Но, естественно, при таком отношении к нам мы лечить вашего сына не станем...

— И вы еще имеете наглость говорить мне о воздержанности?

Дик поманил доктора Ладислау и, когда тот приблизился, сказал:

— Будьте добры, попрощайтесь от нашего имени с пациентом и его родными.

Он коротко кивнул Моррису, дошел до своего кабинета и секунду-другую неподвижно стоял прямо за его дверью. Ждал, когда они уедут — грубияны-родители, их отпрыск, вкрадчивый дегенерат: легко предсказать, что эта семейка будет делать дальше — болтаться по Европе, запугивая тех, кто хоть в чем-то выше их, своим непробиваемым невежеством и непомерными деньгами. А после того, как лимузин укатил, Дик вплотную занялся вопросом: в какой мере спровоцировал случившееся *он*. Усаживаясь за обеденный стол, он всякий раз пил клерет; он выпивал стаканчик — обычно горячего рома — на ночь; а время от времени позволял себе побаловаться после полудня джином, который почти не оставляет следа в дыхании. В среднем это складывалось в полпинты спиртного в день — слишком много, чтобы организм успевал полностью его пережечь.

Оправдаться перед собой ему было нечем, и потому Дик, сев за стол, расписал что-то вроде лечебного режима, который позволил бы ему сократить потребление спиртного наполовину. От врачей, шоферов, протестантских пасторов не должно пахнуть вином, это могут позволить себе лишь художники, брокеры да кавалерийские офицеры; а стало быть, он повинен в непростительной небрежности. Впрочем, он все еще блуждал в тумане, когда полчаса спустя на территорию клиники въехала машина проведшего две недели в Альпах, полного сил Франца, которому до того не терпелось вернуться к работе, что он окунулся в нее, не успев добраться до своего кабинета. Дик ждал его там.

— Ну-с, как себя чувствует Эверест?

— При нашей с вами хватке нам и Эверест покорить — плевое дело. Надо бы об этом подумать. Здесь-то как все идет? Как моя Кете, как ваша Николь?

— Дома у нас все идет гладко. А вот в клинике разыгралась нынче утром пренеприятная сцена.
— То есть? Какая?

Пока Франц звонил на свою виллу, Дик расхаживал по кабинету. А когда семейный разговор завершился, сказал:

— Утром забрали юного Морриса, и с немалым шумом.

Веселое лицо Франца вытянулось.

— Что он выписался, я знаю. Столкнулся на веранде с Ладислау.

— И что сказал вам Ладислау?

— Только одно: юный Моррис уехал, а об остальном расскажете вы. Так в чем же причина?

— В обычной непоследовательности.

— Дрянной был мальчишка.

— Верно, та еще головная боль, — согласился Дик. — Как бы там ни было, когда я появился на поле брани, его отец уже бичевал Ладислау, что твой плантатор раба. Кстати, как нам быть с Ладислау? Стоит держать его и дальше? Я бы сказал: нет — слабоват и толком ни с чем не справляется.

Дик медлил, говорить всю правду ему не хотелось, вот он и увел разговор в сторону, чтобы собраться с мыслями и придумать формулировку покороче. Франц, так и не снявший полотняного плаща и дорожных перчаток, опустился на край стола. И Дик наконец сказал:

— Разговаривая с отцом, мальчишка уверил его, что ваш выдающийся сослуживец — горький пьяница. Отец — фанатик, а его отпрыск, похоже, уловил в моем дыхании следы местного вина.

Франц сел за стол, поразмыслил, покусывая нижнюю губу, и наконец сказал:

— Мне вы можете рассказать все.

— Да хоть сейчас, — отозвался Дик. — Вам наверняка известно, что я — последний, кто стал бы злоупотреблять спиртным.

Глаза Дика не отрывались от глаз Франца, и те и другие поблескивали.

— Ладислау позволил этому господину расходиться настолько, что мне пришлось едва ли не оправдываться перед ним. Хорошо еще не при пациентах, вы ведь понимаете, как трудно бывает отстаивать свою правоту в таких ситуациях!

Франц снял наконец плащ и перчатки, подошел к двери и сказал секретарше: «Нас ни для кого нет». Потом вернулся к столу, ненужно порылся в лежавших на нем письмах, не столько размышляя — ибо о чем можно в подобных случаях размышлять? — сколько пытаясь подобрать маску, спрятавшись под которой ему будет проще сказать то, что давно уже вертелось у него на языке.

— Дик, я отлично знаю, что вы человек непьющий, уравновешенный — пусть даже наши взгляды на спиртное расходятся. Однако пора сказать вам, Дик, и сказать прямо: я не раз замечал, что вы прибегаете к вину не в самые подходящие для этого моменты. Конечно, причины для этого у вас имеются. Может быть, вам стоит взять еще один отпуск с сохранением воздержания?

— Содержания, — автоматически поправил его Дик. — Бросить все и уйти — для меня это не решение.

Теперь их обоих одолевала досада — Франца в основном потому, что его встретила при возвращении такая неприятная, мутная история.

— По временам, Дик, вы словно забываете о здравом смысле.

— Никогда не понимал, чем он может помочь при решении сложных проблем, если, конечно, здравый смысл не подразумевает, что врач общей практики способен провести любую операцию лучше хирурга.

Весь их разговор внушал ему редкостное отвращение. Объясняться, латать дыры — разве это к лицу людям их лет? — нет, уж лучше жить дальше, вслушиваясь в дребезжащее эхо прежних истин.

— Так продолжаться не может, — внезапно сказал он.

— Да, и я думал об этом, — признался Франц. — Работа здесь больше не вдохновляет вас, Дик.

— Все верно. Я хочу уйти, — мы могли бы выработать какое-то соглашение о постепенном возврате денег Николь.

— И об этом я уже думал, понимая, к чему все идет. Я могу найти другой источник финансирования, и, возможно, ваши деньги вернутся к вам еще до конца этого года.

Дик вовсе не предполагал, что решение будет принято с такой быстротой, как не предполагал и того, что Франц с такой легкостью согласится на их разрыв, и тем не менее на душе у него стало легче. Он давно уже и не без отчаяния чувствовал, что этическая сторона его профессии понемногу утрачивает для него ясные очертания, обращаясь в нечто безжизненное.

IV

Дайверам предстояло вернуться домой, на Ривьеру. Вилла «Диана» была уже сдана на все лето, поэтому оставшееся у них на руках время пришлось делить между немецкими минеральными водами и прославленными своими кафедральными соборами французскими городами, в которых Дик и Николь проводили — и были счастливы — по нескольку дней. Дик кое-что писал, не придерживаясь при этом никакой системы; ныне жизнь его текла в ожидании: не поправки здоровья Николь, которое в пору этих разъездов можно было назвать только цветущим, и не новой работы, — просто в ожидании как таковом. Основной смысл этой поре придавали дети.

Они росли, Ланье было уже одиннадцать, Топси девять, и Дик испытывал к ним все больший интерес. Ему удалось достучаться до их сердец через головы, так сказать, гувернанток и слуг, а исходил он, выстраивая отношения с детьми, из того, что и принуждение их к чему бы то ни было, и боязнь такого принуждения суть неравноценные подмены долгого и тщательного присмотра, выверок, стараний получить соразмерную картину, попыток стать для них авторитетом, не заигрывая с ними, но неукоснительно выполняя родительский долг. И теперь он знал своих детей намного лучше, чем Николь, и взбадривая себя винами то одной, то другой страны, подолгу беседовал и играл с ними. Они обладали томительным, почти печальным обаянием, свойственным детям, которые слишком рано научились не плакать и не смеяться, забывая обо всем на свете, но довольствоваться простыми правилами поведения, простыми, дозволенными им радостями. И свыклись с размеренным ходом жизни, который диктуется опытом почтенных семейств западного мира, скорее выросших, чем взращенных. По мнению Дика, к примеру, ничто так не способствовало развитию наблюдательности, как вынужденное молчание.

Ланье был мальчиком непредсказуемым, немыслимо любознательным. Он мог, к примеру, спросить, поставив Дика в тупик: «А скажи, папа, сколько нужно шпицев, чтобы победить льва?» С Топси все было проще. Девятилетняя, светленькая, она так походила на Николь, что в прошлом это даже пугало Дика. Но в последнее время девочка стала такой же крепкой, как любой американский ребенок. Дик был доволен обоими, но если и давал им понять это, то лишь обиняками. Нарушать же правила достойного поведения не дозволял им ни в коем случае. «Человек либо обучается вежливости дома, — говорил Дик, — либо его учит этому жизнь, но уже кнутом, и ее уроки бывают болезненными. Так ли мне важно, «обожает» меня Топси или нет? Я ее в жены брать не собираюсь».

Что еще отличало для Дайверов то лето и осень от прочих, так это обилие денег. После продажи их доли в клинике и того, что произошло в Америке, денег у них оказалось так много, что расходование их и сохранение купленного стало само по себе серьезным занятием. А усвоенная Дайверами манера путешествовать приобрела вид попросту баснословный.

Ну, например, поезд останавливается в Бойене, где они собираются прогостить две недели. Подготовка к выходу из спального вагона начинается еще на итальянской границе. Из вагона второго класса приходят, чтобы помочь с багажом и собачками, две горничных — гувернантки и мадам Дайвер. Ручной багаж поступает в распоряжение мадемуазель Беллуа, пара силихэм-терьеров препоручается одной горничной, а пара пекинесов другой. Для того чтобы вокруг нее закипела жизнь, женщине быть нищей духом вовсе не обязательно, довольно и обильного разнообразия ее интересов, и Николь, если ее не настигал приступ болезни, способна была позаботиться обо всем. Например, о немалом количестве тяжелого багажа — из товарного вагона вот-вот начнут выгружать четыре больших, похожих на платяные шкафы сундука, сундук обувной, три сундука шляпных, а с ними и два шляпных чемодана, далее — сундуки гувернантки и горничных, портативный картотечный шкаф, аптечку, короб со спиртовкой, оборудование для пикника, шкафчик с четырьмя теннисными ракетками в особых зажимах, фонограф, пишущую машинку. Помимо того, купе, в которых ехало семейство Дайверов и его свита, вмещали дополнительные саквояжи, сумки, пакеты — все до единого пронумерованные, даже на чехле для тростей имелась своя, особая бирка. Что и позволяло минуты за две проверить на любом вокзале присутствие всего необходимого — и одно отправить на хранение, а другое прихватить с собой — по «малому дорожному списку» или «большому дорожному списку», оба закреплены на бюварах с металлической оплеткой и хранятся в сумке Николь. Систему эту она придумала еще девочкой, когда разъезжала по Европе с постепенно угасавшей матерью. Примерно такую же использует полковой интендант, которому приходится думать о желудках и снаряжении трех тысяч солдат.

Дайверы вышли из поезда в ранние сумерки долины. Жители деревни наблюдали за их высадкой с благоговением, родственным тому, какое сто лет назад порождало путешествие лорда Байрона по Италии. Дайверов принимала у себя графиня ди Мингетти, прежняя Мэри Норт. Жизненный путь Мэри, начавшийся в Ньюарке, в комнатке над мастерской обойщика, привел ее к нынешнему удивительному супружеству.

Титул «граф ди Мингетти» был пожалован мужу Мэри римским папой в знак признания его богатства, — он владел и управлял месторождениями марганца в Юго-Западной Азии. Кожа его была не настолько светла, чтобы он мог позволить себе пересечь, двигаясь в спальном вагоне с севера на юг, линию Мейсона-Диксона[1], родовые корни графа уходили в одну из народностей кабило-берберо-сабейско-индийского пояса, тянувшегося от Северной Африки в Азию, более благосклонной к европейцам, чем даже полукровки тамошних портов.

Когда два этих царственных дома, восточный и западный, сошлись лицом к лицу на вокзальном перроне, великолепие Дайверов стало казаться — в сравнении — простотой первых посе-

---

[1] Установленная в 70-х годах восемнадцатого столетия граница между свободными и рабовладельческими штатами США.

ленцев. Свиту их хозяев составляли: итальянец-мажордом с жезлом, четверо слуг в тюрбанах и на мотоциклах и пара служанок в коротких вуалях, почтительно стоявших за спиной Мэри — эти дамы поприветствовали Николь поклонами столь низкими, что она подпрыгнула от неожиданности.

И Мэри, и Дайверам такая встреча показалась отчасти комичной. Мэри захихикала, словно извиняясь за эту пышность, однако в голосе ее, когда она представила гостям мужа, назвав его азиатский титул, зазвенела неподдельная гордость.

Переодеваясь в отведенных им покоях к обеду, Дик и Николь обменивались пародийно благоговейными взглядами: такое богатство, желавшее, чтобы его сочли демократичным, на самом деле имело в виду ослепить их присущим ему шиком.

— Малышка Мэри Норт знает, чего она хочет, — пробормотал сквозь покрывавшую его лицо мыльную пену Дик. — Эйб многому ее научил, и теперь она вышла замуж за Будду. Если большевики когда-нибудь овладеют Европой, она вмиг выскочит за Сталина.

Николь огляделась в поисках дорожного несессера.

— Попридержи язык, ладно? — и тут же рассмеялась. — Оба просто великолепны. Военные корабли, завидев эту чету, палят из всех орудий, то ли приветствуя ее, то ли стараясь пугнуть. А когда Мэри прибывает в Лондон, ей подают личный выезд королевы.

— Готов в это поверить, — согласился Дик и, услышав, как Николь просит сквозь приоткрытую дверь, чтобы ей принесли несколько булавок, крикнул: — Слушай, скажи, чтобы мне подали виски, а то меня что-то мутит от здешнего горного воздуха!

— Она подаст, не волнуйся, — ответила уже из-за двери ванной комнаты Николь, — это одна из тех дам, что встречали нас на вокзале. Правда, на сей раз она без вуали.

— Мэри что-нибудь рассказала тебе о своей жизни? — спросил он.

— Не многое. Ее теперь интересует светская жизнь, — она дотошно расспросила меня о нашей родословной и прочем — можно подумать, я об этом что-нибудь знаю. Насколько я поняла, новый муж препоручил ее заботам двух очень смуглых детей от прежнего его брака — один из них страдает каким-то азиатским недугом, определить который пока не удалось. Мне это показалось странным. Мэри должна была понимать, как мы к этому отнесемся.

Николь встревоженно примолкла.

— Она понимает, не волнуйся, — заверил ее Дик. — Скорее всего, у ребенка постельный режим.

За столом Дик беседовал с Гасаном, оказавшимся выпускником английской закрытой школы. Больше всего Гасана интересовали ценные бумаги и Голливуд. Дик, подстегнув воображение шампанским, рассказал ему несколько смехотворно нелепых баек.

— Миллиардов? — поражался Гасан.

— Триллионов, — заверял его Дик.

— Честно сказать, я не понимаю...

— Ну, может, и миллионов, — признался Дик. — Но каждый постоялец отеля получает по гарему или его подобию.

— Не только артисты и режиссеры?

— Каждый — будь он хоть коммивояжером. Мне тоже попытались всучить дюжину кандидаток, да вот Николь воспротивилась.

Когда они вернулись в свои апартаменты, Николь укорила его:

— Зачем было столько пить? И не стоило тебе прибегать в разговоре с ним к слову «черномазый».

— Прости, я хотел сказать «чернокожий», да как-то сорвалось с языка.

— Это совсем на тебя не похоже, Дик.

— И снова прости. Я и вправду последнее время не похож на себя.

Ночью Дик открыл окно ванной комнаты, выходившее в узкий, похожий на трубу двор шато, серый, как крыса, но отзывавшийся в те мгновения эхом простой, странной музыки, печальной, как звучание флейты. Двое мужчин пели под нее на каком-то восточном языке или диалекте, полном «к» и «л», — Дик высунулся в окно, однако их не увидел; в звуках явно присутствовало некое религиозное значение, и он, усталый, бесчувственный, позволил им возносить мольбы и за него, но какие именно — помимо просьбы не дать ему потонуть во все возраставшей меланхолии, — не знал.

На следующий день они поднялись на поросший скудным леском горный склон, чтобы пострелять сухопарых птиц, дальних родственниц куропаток. То было невнятным подражанием английской охоте, — компания неумелых загонщиков била палками по кустам, и Дик, чтобы не попасть в кого-то из них, стрелял в небо.

Когда Дик и Николь вернулись к себе, их ждал Ланье.

— Отец, ты велел сразу сказать вам, если мы столкнемся с больным мальчиком.

Николь стремительно повернулась к сыну и замерла.

— ...так вот, мам, — продолжал Ланье, также повернувшийся к ней, — он каждый вечер принимает ванну и вчера тоже, как раз передо мной, и мне пришлось залезть в его воду, а она была грязная.

— Что? Как это?

— Я видел, как из нее вынимали Тони, а потом они позвали меня, и вода была грязная.

— Но... и ты искупался в ней?

— Да, мама.

— О боже! — воскликнула Николь и посмотрела на Дика.

— Но почему же Люсьена не налила тебе свежей воды? — спросил тот.

— Люсьена не может. Там нагреватель какой-то странный, кипятком плюется, — она вчера руку ошпарила и теперь боится его, вот одна из тех двух женщин и...

— Иди в нашу ванную комнату и помойся.

— Только не говорите, что я вам сказал, — попросил от двери Ланье.

Дик последовал за ним, обрызгал ванну дезинфицирующим раствором, а вернувшись, сказал Николь:

— Нужно либо поговорить с Мэри, либо просто уехать.

Николь кивнула, соглашаясь, а Дик продолжил:

— Людям вечно кажется, что их дети чище всех прочих и болезни у них не такие заразные.

Он налил из графина вина, сгрыз печенье, двигая челюстями в такт плеску наполнявшей ванну воды.

— Скажи Люсьене, что ей следует освоиться с нагревателем... — предложил он. И тут в двери показалась одна из двух азиаток:

— *El Contessa*...

Дик поманил ее в комнату, закрыл дверь и приятным тоном осведомился:

— Что, больному мальчику стало лучше?

— Лучше, да, однако сыпь все еще появляется довольно часто.

— Это плохо — мне очень жаль. Но вы присмотрите за тем, чтобы наши дети не купались в одной с ним воде. И речи идти не может — уверен, ваша хозяйка рассердится, если узнает, что вы так поступили.

— Я? — ее словно гром поразил. — Но я просто увидела, что ваша горничная не справляется с нагревателем, показала ей, как и что, и пустила воду.

— Да, но после купания больного вы должны полностью сливать воду и мыть ванну.

— *Я?*

Женщина вздохнула, прерывисто и длинно, судорожно всхлипнула и выскочила из комнаты.

— Ей, конечно, следует осваиваться в западной цивилизации, но не за наш же счет, — мрачно заметил Дик.

В тот вечер за ужином он решил, что визит их придется сократить: от Гасана они услышали только короткое замечание насчет его страны — там много гор, немало коз и козьих пастухов. Человеком он оказался замкнутым, чтобы втянуть его в разговор, требовались серьезные усилия, а Дик в последнее время приберегал их для собственной семьи. Сразу после ужина Гасан ушел, предоставив Мэри и Дайверов самим себе, однако прежнее их единение было расколото — между ними пролегли теперь неспокойные дебри светской жизни, в которых Мэри только еще предстояло освоиться. И потому Дик почувствовал облегчение, когда в половине десятого Мэри получила записку, прочла ее и поднялась из кресла:

— Вам придется извинить меня. Муж ненадолго уезжает, я должна быть с ним.

На следующее утро Мэри вошла в их комнату сразу после принесшего кофе слуги. Она была одета, они нет; походило на то, что встала она уже довольно давно. Лицо ее казалось застывшим — таким, словно Мэри с трудом сдерживала одолевавшие ее приступы гнева.

— Что это за история с купанием Ланье в грязной ванне?

Дик попытался что-то сказать, но Мэри ему не позволила:

— И как вы могли потребовать от сестры моего мужа, чтобы она мыла ванну для Ланье?

Она стояла, глядя на них, Дик и Николь сидели, придавленные подносами с завтраком, в кровати, бессильные, точно идолы.

— От *сестры?* — в один голос воскликнули они.

— Вы приказали одной из его сестер вымыть ванну!

— Мы не... — снова в один голос, затем Дик: — ...я разговаривал с туземной служанкой...

— Вы разговаривали с сестрой Гасана.

Дик смог сказать лишь одно:

— Я полагал, что они горничные.

— Я же сказала вам — они Гимадуны.

— Кто? — Дик все же выбрался из постели, накинул халат.

— Позапрошлой ночью, у фортепьяно, я все вам объяснила. И не говорите мне, что вы были слишком веселы и ничего не поняли.

— А, так речь шла о них? Я не расслышал начала. И никак не связывал... мы не знали об их родстве, Мэри. Ладно, нам остается только одно — повидаться с ней и извиниться.

— Повидаться и извиниться! Я объяснила вам, что, когда глава их семьи — глава семьи! — женится, обычай требует, чтобы две его самых старших сестры стали Гимадунами, камеристками его супруги.

— Так Гасан покинул вчера дом из-за этого?

Мэри помялась, потом кивнула.

— Он был вынужден, — да, они все уехали. Этого требовала его честь.

Теперь уже и Николь поднялась и начала одеваться. А Мэри продолжала:

— И все из-за какой-то воды. Как будто в нашем доме может произойти нечто подобное! Надо расспросить Ланье.

Дик присел на стул у кровати и знаком дал Николь понять, что дальнейший разговор придется вести ей. Мэри подошла к двери и по-итальянски заговорила со служанкой.

— Минутку, — сказала Николь. — На это я не согласна.

— Вы предъявили нам обвинение, — ответила Мэри тоном, какого никогда себе с Николь не позволяла. — Я имею право все выяснить.

— Я не хочу втягивать в это ребенка, — Николь натянула на себя платье — рывком, как кольчугу.

— Ничего страшного, — сказал Дик. — Позовем Ланье. Необходимо понять, что такое история с водой — факт или выдумка.

Ланье, одетый — духовно и физически — лишь наполовину, вглядывался в сердитые лица взрослых.

— Послушай, Ланье, — начала Мэри, — почему ты решил, что в твоей воде кто-то уже купался?

— Говори, — сказал Дик.

— Просто она была грязной, вот и все.

— Разве ты не слышал из своей комнаты, как в ванну льется вода?

Такую возможность Ланье признавал, однако от слов своих не отказался — вода была грязной. Разговор немного пугал Ланье, и мальчик попытался ускорить его:

— Она и не могла литься, потому что...

Договорить ему не дали:

— Почему?

Он постоял перед ними в коротком кимоно, возбуждая в родителях сочувствие, а в Мэри нетерпение, — потом сказал:

— Вода была грязная, с мыльной пеной.

— Если ты не уверен в своих словах... — начала Мэри, но Николь перебила ее:

— Перестаньте, Мэри. Когда в воде плавает пена, логично предположить, что она грязная. А отец говорил Ланье, чтобы он...

— Никакой пены в воде быть не могло.

Ланье молчал, укоризненно глядя на выдавшего его отца. Николь взяла сына за плечи, развернула и отослала из комнаты. Дик нарушил напряженную тишину смехом.

Этот звук наполнил Мэри о прошлом, о былой дружбе, и она поняла, как далеко зашла, и сказала, смягчившись:

— С детьми никогда ничего не поймешь.

Прошлое возвращалось к ней, она испытывала все большую неловкость.

— Вы только не покидайте меня — Гасан ведь все равно собирался уехать. В конце концов, вы же *мои* гости — ну ошиблись, ну напортачили, с кем не бывает?

Однако Дик, рассерженный ее виляниями да и словом «напортачили» тоже, отвернулся от Мэри и начал собирать свои вещи, сказав лишь:

— Нехорошо получилось с этими женщинами. Я был бы рад извиниться перед той, с которой разговаривал.

— Если бы вы внимательно слушали меня тогда, у фортепиано!

— Уж больно длинно и скучно вы говорили, Мэри. Я слушал, пока хватало терпения.

— Угомонись! — сказала Николь.

— Этот комплимент я ему возвращаю, — разозлилась Мэри. — До свидания, Николь.

И она ушла.

После подобной сцены надеяться, что она выйдет проводить их, Дайверам не приходилось. Отъезд их организовал мажордом. Дик оставил формальные записки Гасану и его сестрам. Конечно, отъезд стал единственным для них выходом, однако у всех и особенно у Ланье на душе было невесело.

— Я настаиваю, — сказал он в поезде, — вода была грязной.

— Довольно, — ответил ему отец. — Забудь, если не хочешь, чтобы я с тобой развелся. Ты знаешь, что во Франции принят новый закон о разводе с детьми?

Ланье восторженно захохотал, и Дайверы снова стали единой семьей, — хотелось бы знать, думал Дик, сколько раз это сможет повториться.

V

Николь подошла к окну и перегнулась через подоконник, чтобы понять причину разразившейся на террасе перебранки; апрельское солнце розовато сияло на праведной физиономии кухарки Огюстины и синевато на мясницком ноже, которым она пьяно размахивала. Огюстина служила у Дайверов с февраля, со времени их возвращения на виллу «Диана».

Навес над нижним окном позволял Николь видеть лишь голову Дика и тяжелую трость с бронзовым набалдашником в его руке. Нож и трость, которыми спорящие грозили друг дружке, походили на короткий меч и трезубец сражающихся гладиаторов. Первыми долетели до Николь слова Дика:

— ...равно, сколько кухонного вина вы употребляете, но когда я вижу, как вы прикладываетесь к «шабли-мутону»...

— Он мне еще про пьянство рассказывать будет! — вскричала, взмахнув своей саблей, Огюстина. — Сам-то небось пьет без просыпу!

Николь крикнула:

— Что случилось, Дик?

Он ответил по-английски:

— Старуха принялась за марочные вина. Я ее увольняю, вернее, пытаюсь.

— Господи! Ладно, только не подпускай ее к себе с этим ножом.

Огюстина повернулась, потрясая им, к Николь. Старый рот ее походил на две сросшихся вишенки.

— Давно вам хотела сказать, мадам, ваш муж пьет в своем домике, как поденщик, и...

— Замолчите и оставьте нас! — перебила ее Николь. — Не то мы жандармов вызовем.

— *Вы*, жандармов? Да у меня брат в жандармах служит! Вы — паршивые американцы!

Дик по-английски крикнул Николь:

— Уведи пока детей из дома, я все улажу.

— ...паршивые американцы, понаехали сюда и пьют наши лучшие вина! — вопила Огюстина, развивая популярную в деревне тему.

Дик твердо сказал:

— Уходите сейчас же! Я заплачу то, что вам причитается.

— Еще как заплатите! И чтоб вы знали... — она подступала к Дику, размахивая ножом столь неистово, что ему пришлось поднять трость повыше, — увидев это, Огюстина метнулась в кухню и немедленно вернулась, добавив к ножу секач.

Положение складывалось не из приятных — Огюстина была женщиной крепкой, и разоружить ее удалось бы, лишь рискуя нанести ей серьезный ущерб и навлечь на себя гнев закона, весьма сурового к тем, кто нападает на граждан Франции. Дик в попытке припугнуть ее крикнул Николь:

— Звони в полицию! — И, снова повернувшись к Огюстине, указал на ее вооружение: — Вот за *это* вас ждет арест.

— *Ха-ха!* — демонически хохотнула она, однако приближаться к нему не стала.

Николь позвонила в *poste de police* и получила в ответ что-то вроде эхо Огюстинина хохота — бормотание, обмен какими-то словами, затем связь прервалась.

Вернувшись к окну, Николь крикнула Дику:
— Дай ей что-нибудь сверх платы!
— Если б я мог добраться до телефона!

Однако такая возможность у него отсутствовала, и Дик капитулировал. За пятьдесят франков, возросших до ста, поскольку ему не терпелось избавиться от Огюстины как можно скорее, она сдала свою крепость, прикрыв отступление громовыми гранатами наподобие «*Salaud!*»[1]. Удалилась же она, только когда за ее вещами приехал племянник. Не без опасений ожидая его неподалеку от кухни, Дик услышал хлопок пробки, но махнул на него рукой. Больше никакого шума не было, по-

---
[1] Сволочь! (*фр.*)

сле появления сразу рассыпавшегося в извинениях племянника Огюстина весело, по-компанейски простилась с Диком и, подняв лицо к окну Николь, воскликнула: «*All revoir, Madame! Bonne chance!*[1]»

Дайверы поехали в Ниццу и пообедали *bouillabaisse* (это такое блюдо из морских окуней и мелких омаров, тушенных с изрядным количеством шафрана) и бутылкой холодного «шабли». Дик сказал, что ему жаль Огюстину.

— Мне вот ни капельки, — ответила Николь.

— А мне жаль — хоть я и не прочь спустить ее с нашего обрыва.

В последнее время они решались заводить разговор лишь в редких случаях, да и нужные слова неизменно приходили к ним с опозданием, ко времени, когда достучаться друг до друга обоим было трудно. Но сегодняшний бунт Огюстины пробудил обоих от спячки, а жар и холод пряной похлебки и подмороженного шабли заставили их разговориться.

— Так больше продолжаться не может, — сказала Николь. — Или может, как по-твоему?

Дик спорить с нею не стал, и она, испуганная этим, прибавила:

— Временами я думаю, что виновата во всем сама, что это я погубила тебя.

— Так я, выходит, уже погиб? — приятным тоном осведомился Дик.

— Я не о том. Но раньше ты стремился что-то создать, а сейчас, похоже, довольствуешься разрушением.

---

[1] До свидания, мадам! Всего хорошего! (*фр.*)

Николь страшновато было критиковать его в выражениях столь общих, однако продолжавшееся молчание мужа страшило ее еще сильнее. Она догадывалась: что-то происходит за этим молчанием, за жестким взглядом синих глаз, за почти неестественным интересом к детям. Ее удивляли нехарактерные прежде для Дика гневные вспышки, — он вдруг начинал развивать длинный свиток презрительных выпадов, направленных против какого-то человека, народа, класса, образа жизни, образа мыслей. Казалось, в душе его рассказывает сама себя некая непредсказуемая история, о содержании которой она, Николь, может лишь догадываться — в те мгновения, когда фрагменты этой истории прорываются наружу.

— В конце концов, чем радует тебя такая жизнь? — спросила она.

— Сознанием того, что ты становишься с каждым днем все сильнее. Что твоя болезнь следует закону убывающих рецидивов.

Голос мужа словно доносился до нее издали, как будто они разговаривали о чем-то, их не касающемся, отвлеченном, и Николь испуганно вскрикнула: «Дик!» — и рука ее рванулась через стол к его руке. Дик же рефлекторно отдернул свою и добавил:

— Но нам следует думать о многом, не правда ли? Обо всем сразу, не только о тебе.

Он накрыл ее ладонь своей и прежним его приятным голосом заговорщика, жаждущего удовольствий, озорства, выгоды и наслаждения, спросил:

— Видишь вон ту посудину?

На мелких волнах залива мирно покачивалась моторная яхта Т. Ф. Голдинга, всегда, казалось, готовая к романтическому плаванию, не имеющему ничего общего с действительными ее перемещениями.

— Давай подплывем к ней и спросим у людей на борту, как им живется. Выясним, счастливы ли они.

— Мы же его почти не знаем, — возразила Николь.

— Он приглашал нас. К тому же его знает Бэйби — она за него едва замуж не вышла, ведь так было дело?

Когда они отошли в наемном баркасе от берега, начало смеркаться, и на снастях «Маржи» стали одна за другой вспыхивать лампочки. Уже у самой яхты к Николь снова вернулись сомнения:

— У него вечеринка...

— Всего лишь радио работает, — высказал предположение Дик.

Их словно ждали — огромный беловолосый мужчина в белом костюме, вглядевшись в них с палубы, воскликнул:

— Уж не Дайверы ли пожаловали?

— Эй, на «Марже», трап давай!

Баркас подошел к трапу, они начали подниматься, Голдинг нагнулся, протянул Николь руку.

— Прямо к ужину и поспели.

На корме заиграл оркестрик.

— Просите меня о чем хотите — не просите только вести себя хорошо...

Гигантские руки Голдинга словно метнули Дайверов к корме, не прикоснувшись к ним, и Николь пожалела, что приплыла сюда, и рассердилась на Дика. Они держались особняком от тех, кто здесь сейчас веселился, особенно когда Дик работал, а ее здоровье таких развлечений не дозволяло, и потому приобрели репутацию людей, которые отвечают отказом на любое приглашение. И те, кто появлялся на Ривьере в последние годы, выводили из этой необщительности Дайверов, что они мало кому по душе. Тем не менее Николь считала, что, поставив себя в такое положение, следует за него и держаться, не потакая своим пустяковым прихотям.

Вступив в главный салон яхты, они увидели впереди людей, словно бы танцевавших в полумраке скругленной кормы. Это оказалось иллюзией, насланной чарами музыки, непривычного освещения, окружающей водной глади. На самом деле только стюарды по корме и сновали, гости же лениво нежились на широком диване, повторявшем ее изгиб. Взглядам Дайверов открылись платья — белые, красные, невнятных цветов, — крахмальные манишки мужчин, один из которых, поднявшись с дивана и отвесив поклон, исторг из груди Николь редкий для нее вскрик удовольствия:

— Томми!

Он чинно склонился к ее руке, однако Николь, отмахнувшись от этой галльской изысканности, прижалась щекой к его щеке. Они сели, а вернее сказать, прилегли на отдающее Антонинами ложе. Красивое лицо Томми посмуглело до того, что утратило все приятные качества сильного загара, не обретя, однако ж, прекрасной негритянской лиловости, — просто темная кожа, и только. Чужеродность этого цвета, созданного неведомыми Николь солнцами, тело Томми, напитанное плодами экзотических земель, его язык, в котором звучали неуклюжие отзвуки множества диалектов, настороженная готовность вскочить в любую минуту по внезапной тревоге — все это зачаровало и взволновало ее, и в первый миг их встречи она словно пала, духовно, ему на грудь, забыв о себе, обо всем... Впрочем, инстинкт самосохранения взял свое, и Николь, вернувшаяся в ее привычный мир, заговорила с Томми легко и свободно.

— Вы страшно похожи на киношного искателя приключений, но почему же не появлялись у нас так долго?

Томми Барбан вглядывался в нее непонимающе, но с опаской, глаза его поблескивали.

— Пять лет, — продолжала она горловым, имитирующим неведомо что голосом. — *Слишком долго*. Разве не могли вы поубивать некоторое количество народу, а после вернуться и подышать немного одним с нами воздухом?

В драгоценном для Томми присутствии Николь он с редкостной быстротой вновь обращался в европейца.

— *Mais pour nous héros,* — сказал он, — *il nous faut du temps, Nicole. Nous ne pouvons pas faire de petits exercises d'héroisme – il faut faire les grandes compositions*[1].

— Говорите со мной по-английски, Томми.

---

[1] Нам, героям... требуется время, Николь. Мелкими упражнениями в героизме мы не обходимся, нам подавай большие масштабы (*фр.*).

— *Parlez français avec moi, Nicole*[1].

— Смысл получится совсем другой — на французском вы можете быть героическим и отважным, сохраняя достоинство, — да вы и сами знаете это. На английском быть героическим и отважным, не становясь немного нелепым, нельзя — и это вы знаете тоже. Говоря по-английски, я сохраняю преимущество перед вами.

— Да, но в конце концов... — он вдруг усмехнулся. — Даже на английском я храбр, героичен и прочее.

Николь изобразила совершеннейшее изумление, но Томми остался стоять на своем.

— Просто я знаю по опыту то, что показывают в кино, — сказал он.

— Неужели все это похоже на кино?

— Смотря какое, возьмите того же Рональда Колмана, вы видели его фильмы о *Corps d'Afrique du Nord*[2]? Совсем не плохи.

— Ладно, теперь, сидя в кино, я буду знать, в этот миг с вами происходит именно то, что я вижу.

Разговаривая с Томми, Николь все время сознавала присутствие рядом маленькой, хорошенькой молодой женщины с чудесными, металлического оттенка волосами, казавшимися в палубном свете почти зелеными, — она сидела за Томми и могла слушать либо их разговор, либо тот, что вели другие ее соседи. Ясно было, что до появления Дайверов она безраздельно владела вниманием Томми, поскольку теперь — через силу, как это называлось

---

[1] Говорите со мной по-французски, Николь (*фр.*).
[2] Северо-африканский корпус (*фр.*).

когда-то, — простилась с надеждой вернуть себе его внимание, встала и с недовольным видом пересекла полумесяц палубы.

— В конце концов, я и есть герой, — спокойно и лишь наполовину шутливо заявил Томми. — Обладатель яростной, как правило, храбрости, которая иногда обращает меня в подобие льва, а иногда — смертельно пьяного человека.

Николь подождала, пока эхо этой похвальбы смолкнет в сознании Томми, — ибо знала, что он, скорее всего, никогда еще таких слов не произносил. Потом окинула взглядом сборище совершенно ей не знакомых людей и, как обычно, увидела лица ярых невротиков, изображающих спокойствие, любящих загородные места лишь по причине ужаса, который внушают им города и звучание их собственных голосов, задающих тональность и строй разговоров... И спросила:

— Кто та женщина в белом?

— Та, что сидела рядом со мной? Леди Каролина Сибли-Бирс...

Тут они услышали ее голос:

— *Это мерзавец, каких мало. Мы с ним всю ночь проиграли в «железку», теперь он должен мне тысчонку швейцарских.*

Томми, рассмеявшись, сказал:

— Сейчас она — самая испорченная женщина Лондона. Всякий раз, возвращаясь в Европу, я обнаруживаю свежий урожай самых испорченных женщин Лондона. Она — наисвежайшая, хотя, сдается мне, уже появилась еще одна, которую считают почти такой же испорченной.

Николь снова вгляделась в нее через палубу —

хрупкая, будто чахоточная больная, — невозможно поверить, что обладательница таких узких плеч, таких слабых ручек способна нести стяг декаданса, последнюю регалию угасающей империи. Она походила скорее на плоскогрудых, коротко стриженных модниц Джона Хелда[1], чем на рослых и томных блондинок, что позировали живописцам и романистам начиная с предвоенных времен.

Приближался Голдинг, старавшийся умерить резонансное излучение своего огромного тела, передающее, точно гаргантюанский усилитель, сигналы хозяйской воли, и Николь, хоть еще и норовила сопротивляться ему, согласилась с доводами, которые он настойчиво излагал: сразу после ужина «Маржа» направляется в Канны; пусть Дайверы и успели отобедать, место для икры и шампанского у них в желудках наверняка найдется; да и в любом случае Дик говорит сейчас по телефону их шоферу, чтобы тот перегнал машину из Ниццы в Канны и оставил перед «*Café des Alliées*», а оттуда Дик сам ее заберет.

Они перешли в столовую, Дика усадили рядом с леди Сибли-Бирс. Николь увидела, что обычно красноватое лицо мужа побледнело; он безапелляционно излагал что-то — до Николь долетали только обрывки:

— ...Вас, англичан, это устраивает, вы все равно исполняете пляску смерти... Сипаи в разрушенном форту, то есть сипаи ломятся в его ворота, но внутри идет веселье. Зеленая шляпка раздавлена и смята, будущее отсутствует.

---

[1] Джон Хелд (1889–1958) — американский иллюстратор и карикатурист.

Леди Каролина отвечала ему короткими фразами, которые пестрели завершающими «Что?», обоюдоострыми «Вполне!» и мрачными «Черио!», а это всегда подразумевает близкую опасность, однако Дик ее упреждающих сигналов, похоже, не замечал. Он вдруг произнес нечто особенно запальчивое, — слов Николь не разобрала, но увидела, как лицо молодой женщины потемнело и ожесточилось, и услышала ее резкий ответ:

— В конце концов, друг есть друг, а врун есть врун.

Опять он человека обидел — неужели так трудно придержать язык на срок чуть более долгий? Насколько же долгий? Да, наверное, до самой смерти.

Молодой белокурый шотландец из игравшего на палубе оркестрика (представленного его барабанщиком как «Рэгтайм-джазмены Эдинбургского колледжа искусств»), сев за пианино, запел нечто монотонное, как «Денни Дивер»[1], аккомпанируя себе басовыми аккордами. Слова он произносил с великой точностью, как будто они давили на него с нестерпимой силой:

> Одна дама из адских мест
> Вся тряслась, услышавши благовест,
> Потому что была она дрянь-дрянь-дрянь,
> Ну и тряслась, услышавши благовест.
> Из адских мест (БУМ-БУМ),
> Из адских мест (ТУМ-ТУМ),
> Одна дама из адских мест...

---

[1] Стихотворение Редьярда Киплинга.

— Это еще что? — шепотом спросил Томми у Николь.

Ему ответила девушка, сидевшая по другую его руку:

— Слова Каролины Сибли-Бирс. Музыка исполнителя.

— *Quelle enfanterie!* — пробормотал Томми в начале второго куплета, намекавшего на иные сомнительные наклонности трясучей дамы. — *On dirait qu'il récite Racine!*[1]

Леди Каролина никакого внимания исполнению ее опуса не уделяла, во всяком случае, внешне. Снова взглянув в ее сторону, Николь поняла, что эта дама умеет производить сильное впечатление — и не какими-либо чертами ее личности или характера, а просто силой, о которой свидетельствовала принятая ею поза. Николь сочла ее опасной и оказалась права — это подтвердилось, когда все встали из-за стола. Дик, впрочем, остался сидеть, с застывшим на лице странным выражением, которое очень скоро вылилось в неуместно резкие слова:

— Не нравятся мне инсинуации, произносимые оглушающим английским шепотом.

Уже прошедшая половину пути до двери, леди Каролина развернулась, и возвратилась к нему, и произнесла негромко и сдавленно, постаравшись, впрочем, чтобы ее услышали все:

— Сами напросились — презрительными отзывами о моих соплеменниках, о моей подруге Мэри

---

[1] Экое ребячество! ...Можно подумать, он Расина декламирует (*фр.*).

Мингетти. Я же только и сказала, что в Лозанне вас видели в компании сомнительных личностей. Это что — оглушающий шепот? Или он только *вас* оглушает?

— Вы и сейчас говорите недостаточно громко, — нашелся, хоть и не сразу, Дик. — Стало быть, я теперь печально известен...

Голдинг заглушил конец его фразы громовыми «Что! Что!» — и, напирая на гостей могучим телом, погнал их отару к двери. Обернувшись на пороге, Николь увидела, что Дик по-прежнему сидит за столом. Ее разозлил нелепый выпад этой женщины, но равно злил и Дик, который затащил их обоих сюда, и выпил лишнего, и выпустил коготки своей иронии, и был в результате унижен, а еще пуще сердилась Николь на себя, поскольку понимала, что это она первым делом и растравила гнев англичанки, отняв у нее Томми Барбана.

Однако прошло лишь несколько мгновений, и она увидела Дика, совершенно, по всему судя, овладевшего собой, — он стоял у трапа и о чем-то разговаривал с Голдингом; а затем в течение получаса не видела его вовсе и, наконец, прервав замысловатую малайскую игру с бечевкой и кофейными зернами, сказала Томми:

— Мне нужно найти Дика.

Сразу после ужина яхта пошла на запад. Ясная ночь струилась вдоль ее бортов, мягко ухали дизельные двигатели, весенний ветер резко отбросил назад волосы вышедшей на нос Николь, и она, увидев стоявшего у флагштока Дика, ощутила острый укол тревоги. Он тоже увидел ее и безмятежно сказал:

— Славная ночь.
— Мне стало тревожно.
— Ах, тебе стало тревожно?
— Не говори со мной таким тоном. Если бы я могла сделать для тебя хоть какую-то малость, мне было бы так приятно, Дик.

Он отвернулся от нее к звездной вуали над Африкой.

— Я тебе верю, Николь. И временами верю: чем меньше она была бы, тем тебе было б приятнее.
— Не говори так — не надо.

На лице Дика, бледном в свете, который ловили и снова отбрасывали в небеса белые брызги, не было и следа ожидавшегося Николь раздражения. Оно казалось отстраненным; глаза Дика постепенно сфокусировались на ней, словно на шахматной фигуре, которую он собирался передвинуть по доске, и с такой же неторопливостью Дик сжал ее запястье и притянул Николь к себе.

— Так, выходит, ты погубила меня? — ласково осведомился он. — Что ж, в таком случае погибли мы оба. А значит...

Похолодев от страха, она предложила ему второе запястье. Пусть так, она уйдет с ним — и в этот миг полной отзывчивости и самозабвения Николь вновь живо ощутила красоту ночи, — пусть так, пусть...

...но Дик вдруг отпустил ее и повернулся к ней спиной, вздохнув:

— Эхе-хе!

Слезы потекли по лицу Николь, и тут она услышала приблизившиеся шаги, это был Томми.

— А, так он нашелся! Николь боялась, что вы прыгнете за борт, Дик, — сказал он, — из-за поношений этой английской *poule*[1].

— Среди такой красоты и за борт прыгнуть приятно, — мирно ответил Дик.

— Конечно! — торопливо согласилась Николь. — Давайте наденем спасательные круги и спрыгнем. По-моему, нам необходимо проделать что-нибудь эффектное. А то мы слишком скучно живем.

Томми потянул носом воздух, словно пытаясь вынюхать, что тут произошло.

— На сей счет надо попросить совета у леди Фигли-Мигли — она должна знать все новейшие веянья. И хорошо бы еще заучить ее песенку «Одна дама *l'enfer*»[2]. Я переведу слова, продам казино и наживу на успехе песенки целое состояние.

— Вы богаты, Томми? — спросил Дик, когда они уже шли к корме.

— По нынешним временам не очень. Биржу я забросил, надоело. Но оставил кое-какие акции в руках друзей, и те приглядывают за ними. Все идет хорошо.

— И Дик богатеет, — сказала Николь. Только теперь голос ее начал подрагивать.

На юте танцевали три пары — это Голдинг, взмахнув огромными лапищами, привел их в движение. Николь с Томми присоединились к ним, и Томми словно невзначай обронил:

— Похоже, Дик попивает.

---

[1] Курица, бабенка (*фр.*).
[2] Ад (*фр.*).

— Очень умеренно, — ответила преданная Николь.

— Одни умеют пить, другие не очень. Видно, что Дик не умеет. Вы бы сказали ему, что не стоит.

— Я? — изумленно воскликнула она. — *Я* буду говорить Дику, что ему стоит делать, что нет?

Когда они достигли каннского рейда, Дик еще оставался, хоть и пытался скрыть это, неуверенным в движениях, сонным. Голдинг помог ему спуститься в шлюпку «Маржи», и уже сидевшая там леди Каролина демонстративно отодвинулась подальше. На берегу он отвесил ей преувеличенно формальный поклон, и на миг Николь показалось, что Дик собирается попрощаться с ней соленой шуточкой, однако жесткие пальцы Томми стиснули мякоть его руки, и все трое направились к ожидавшей их машине.

— Я отвезу вас домой, — предложил Томми.

— К чему вам такие хлопоты — мы возьмем такси.

— Да я только рад буду, — если вы сможете приютить меня на ночь.

Устроившийся на заднем сиденье Дик безмолвствовал, пока мимо них проплывал желтый монолит Гольф-Жуана, а следом — не стихающий карнавал Жуан-ле-Пена, с его пропитанной музыкой и многоязычными вскриками ночью. И лишь когда машина свернула в холмы, к Тарме, он вдруг выпрямился от ее толчка и произнес короткую речь:

— Очаровательная представительница... э-э... — на миг он сбился, — ...оплот... э-э... принесите мне порцию мозгов с гнильцой *a l'Anglaise*[1].

---
[1] По-английски (*фр.*).

После чего стал погружаться в умиротворенный сон — рыгнул и удовлетворенно потонул в мягкой и теплой тьме.

VI

Дик вошел в спальню Николь с утра пораньше.

— Я ждал, когда ты встанешь. Нечего и говорить, вчерашним собой я недоволен, но как насчет того, чтобы обойтись без посмертного вскрытия?

— Согласна, — холодно ответила она, придвигая лицо к зеркалу.

— Это нас Томми домой привез? Или мне приснилось?

— Томми, и ты это знаешь.

— Весьма вероятно, — согласился Дик, — поскольку слышал, как он кашляет. Думаю, надо к нему заглянуть.

Николь его уходу обрадовалась, и едва ли не впервые в жизни, — похоже, он наконец лишился кошмарной способности всегда оказываться правым.

Томми ворочался в постели, ожидая кофе с молоком.

— Как вы себя чувствуете? — спросил Дик.

Услышав жалобу на боль в горле, Дик мигом обратился в профессионала.

— Надо бы пополоскать или еще что.

— У вас найдется — чем?

— Как ни странно, не найдется, — может быть, у Николь?

— Не стоит ее тревожить.

— Она уже встала.

— Как она?

Дик неторопливо повернулся от двери.

— Вы ожидали, что мой вчерашний загул убьет ее? — на редкость приятным тоном осведомился он. — Теперешняя Николь вырезана из... из болотной сосны, и нет на свете дерева крепче, если не считать новозеландского бакаута...

Спускавшаяся сверху Николь услышала обрывок их разговора. Она знала, как знала всегда, что Томми любит ее; знала, что он испытывал неприязнь к Дику, что Дик понял это раньше самого Томми и готов был сочувственно отнестись к его неразделенной страсти. Миг спустя за этой мыслью последовало чисто женское удовлетворение. Она склонилась над столом, за которым завтракали дети, и принялась давать гувернантке обстоятельные наставления на день, а наверху двое мужчин продолжали с заботой думать о ней.

Счастливое настроение сохранилось и в саду. Николь не ждала каких-то новых событий — пусть все остается как есть, пусть мужчины перебрасываются ее именем, она столь долгое время не знала собственного существования — даже в качестве мячика.

— Ну что, кролики, все хорошо, верно? Или не верно? Эй, кролик, я с тобой говорю! Все хорошо? Эй? Или, по-твоему, все очень странно?

Кролик, который в жизни ничего, почитай, кроме капустных листьев не видел, нерешительно подергал носом туда-сюда и согласился — хорошо.

Николь продолжала копошиться в саду. Срезала и складывала в условленных местах цветы, —

позже садовник соберет их и отнесет в дом. Когда же она добралась до стены над морем, ей захотелось поговорить, однако поговорить было не с кем, и Николь просто постояла, раздумывая. Мысль об интересе к другому мужчине отчасти скандализировала ее, но ведь берут же другие женщины любовников, почему же нельзя и ей? Ясное весеннее утро развеивало запреты созданного мужчинами мира, мысли ее были легки и радостны, как мысли цветка, ветер вздувал волосы, и голова Николь словно летела за ним. Другие женщины берут любовников — и те же силы, что понукали ее прошлой ночью отдаться на волю Дика во всем, даже в смерти, теперь заставляли кивать ветру в довольстве и счастье, которые доставляла ей логичность вопроса: почему же нельзя и ей?

Присев на невысокую стенку, Николь окинула взглядом море. Однако из другого моря, из волнующейся дали фантазии выплыло, чтобы лечь рядом с ее сегодняшним уловом, нечто новое, осязаемое. Если она не нуждается, всей душою своей, всегда оставаться единой с Диком — с тем человеком, каким он показал себя ночью, — ей следует стать кем-то еще, не просто призраком его сознания, обреченным вечно вышагивать, как на параде, по кругу, по обводу медали, которой он сам себя наградил.

Этот участок стены Николь выбрала потому, что под ним обрыв сменялся покатым лугом, на котором был разбит огород. Она увидела за переплетеньем ветвей двух мужчин с граблями и лопатами, разговаривавших на смеси ниццского диалекта с провансальским. Слова их и жестикуляция увлекли Николь, а понемногу она начала понимать и кое-какие их фразы:

— Вот тут я ее и уложил.

— А я свою вон туда, в виноградник, отволок.

— Да ей все одно было — и ему тоже. А тут эта чертова собака. Стало быть, уложил я ее...

— Ты грабли-то прихватил?

— Ты же их сам нес, шут гороховый.

— Слушай, мне все едино, где ты ее валял. Я до той ночи ни одной бабы, почитай, с самой свадьбы не потискал — двенадцать лет. А ты говоришь...

— Нет, ты про собаку послушай...

Николь наблюдала за ними сквозь ветви; слова их представлялись ей правильными — одному хорошо одно, другому другое. Однако разговор этот был мужским, и по пути к дому ею вновь овладели сомнения.

Дик с Томми сидели на террасе. Она прошла между ними в дом, вынесла оттуда рисовальный блокнот и принялась набрасывать голову Томми.

— Дело гладко — глядеть сладко, — легко заметил Дик.

Как он может говорить банальности, когда щеки его еще настолько бледны, что рыжеватая бородка кажется красной, такой же, как налитые кровью глаза? Николь повернулась к Томми:

— Я не умею сидеть без дела. Когда-то у меня была полинезийская обезьянка, очень славная, так я часами гоняла ее с места на место, пока меня не начинали ругать почем зря...

Она решительно не желала смотреть на Дика. Он извинился, вошел в дом, Николь увидела, как он выпил подряд два стакана воды, и ожесточилась еще пуще.

— Николь... — начал было Томми, но замолчал и откашлялся, пытаясь изгнать из горла хрипоту.

— Я намажу вас особой камфорной мазью, — предложила она. — Американской — Дик в нее верит. Подождите меня минуту.

— Мне правда пора ехать.

Дик вышел на террасу, сел.

— Во что это я верю?

Когда Николь вернулась с баночкой в руке, ни один из мужчин не шелохнулся, хоть, догадалась она, у них только что произошел разгоряченный разговор неведомо о чем.

Шофер ждал у двери, держа сумку, в которой лежала вчерашняя одежда Томми. Увидев его в позаимствованном у Дика наряде, Николь опечалилась — и напрасно, Томми мог себе позволить точно такой же.

— Доберетесь до отеля, вотрете мазь в горло и грудь, а потом подышите ею, — сказала она.

— Погоди, — негромко сказал Дик, когда Томми сошел по ступеням, — не отдавай ему всю баночку, она же у нас последняя, а их приходится из Парижа выписывать.

Томми на пару шагов вернулся к лестнице и теперь мог услышать их, все трое постояли немного в солнечном свете — Томми перед самым капотом машины, отчего сверху казалось, что вот он сейчас наклонится вперед и взвалит ее себе на спину.

Николь тоже сошла на дорожку.

— Берегите баночку, — сказала она. — Это большая редкость.

Она услышала мрачное молчание присоединившегося к ней Дика и на шаг отступила от него, и замахала рукой вслед машине, увозившей Томми и драгоценную камфорную мазь. Потом повернулась к мужу — дабы получить свою порцию лекарства куда менее приятного.

— Никакой необходимости в твоем широком жесте не было, — сказал Дик. — Нас как-никак четверо, и уже не один год при всяком кашле...

Они посмотрели друг другу в глаза.

— Мы всегда сможем разжиться другой баночкой... — на большее ее не хватило, она просто пошла за Диком наверх, где он молча лег на свою кровать.

— Завтрак тебе сюда принести? — спросила Николь.

Он кивнул — все так же безмолвно, не отрывая взгляда от потолка. Вконец растерявшаяся Николь пошла отдавать необходимые распоряжения. Потом, снова поднявшись наверх, заглянула в спальню Дика, — синие глаза его обшаривали потолок, точно прожектора темное небо. Она с минуту постояла в двери, наполовину боясь войти, сознавая, что грешна перед ним... Подняла руку, словно желая погладить его по голове, однако он отвернулся, как недоверчивый домашний зверек. Николь не выдержала и снова сбежала вниз, будто перепуганная, не понимающая, как угодить больному, кухарка, с ужасом думая о том, чем она, младенец, привыкший получать пищу от пересохшей ныне груди, будет жить дальше.

Прошла неделя, и Николь забыла о чувствах, которые возбудила в ней встреча с Томми, — она вообще легко забывала людей. Однако, когда задули жаркие июньские ветра, пришло известие, что он снова в Ницце. Томми прислал им обоим коротенькое письмо, которое Николь вскрыла заодно с другими, прихваченными ею из дома, под пляжным парасолем. Прочитав письмо, она перебросила его Дику, в ответ и он бросил ей телеграмму:

МОИ ДОРОГИЕ БУДУ ЗАВТРА В ГОССЕ УВЫ БЕЗ МАМЫ НАДЕЮСЬ ПОВИДАТЬ ВАС.

— Что же, буду рада увидеться с ней, — хмуро сказала Николь.

VII

Впрочем, следующим утром Николь отправилась на пляж полной вновь оживших опасений насчет того, что Дик обдумывает некое отчаянное решение их проблем. С вечера, проведенного ими на яхте Голдинга, она понимала: что-то происходит. Ее прежнее надежное, всегда гарантировавшее ей неуязвимость положение отделялось от неминуемого теперь качественного скачка, после которого изменится сама химия ее плоти и крови гранью столь тонкой, что Николь и думать-то о ней всерьез не решалась. Ее и Дика образы — размытые, переменчивые — представлялись ей призраками, кружившими в фантастическом танце. Вот уже несколько месяцев в каждом слове, ими произносимом, чуялись отзвуки какого-то иного значения, которому предстояло выявиться окончательно в обстоятельствах, понемногу создаваемых Диком. И пусть это умонастроение сулило Николь новые надежды (возможно), ибо долгие годы ничем не замутненного существования вдохнули жизнь в те качества ее натуры, которые едва не убила болезнь, качества, о которых Дик и не ведал — не по причине какой-то его нерадивости, а просто потому, что натура одного человека никогда не впитывается полностью натурой другого, — оно все же внушало тревогу. Самой неприятной стороной их отношений стало ныне все возраставшее безразличие Дика, воплотившееся в пьянство. Николь не знала, чего ей ждать — погибели или пощады; притворство, проступавшее в голосе Дика, сбивало ее с толку; догадаться, как он поступит в следующую минуту, она не могла, полная картина раскрывалась перед ней слишком медленно, — как не могла и понять, что произойдет в самом конце, когда совершится тот самый скачок.

Что будет потом, ее не тревожило, — она избавится от бремени, полагала Николь, у нее откроются глаза. Она создана для перемен, для полета, и деньги — ее плавники и крылья. Вот представьте себе: шасси гоночного автомобиля, проведшее многие годы под кузовом семейного лимузина, вдруг взяло да и зажило собственной жизнью, — такое, примерно, ждет и ее. Николь уже ощутила, как на нее повеяло свежим ветерком, — рывок, вот чего она опасалась, и того, что произойдет он, когда его не ждешь.

Дайверы вышли на пляж — она в белом купальном костюме, он в белых трусах, в нарядах, казавшихся еще более белыми на их темных телах. Дик, заметила Николь, высматривает детей среди сутолоки парасолей и тел, и, поскольку о ней он в эти минуты определенно не думал, она смогла приглядеться к нему словно бы со стороны и решила, что Дик стремится не столько обезопасить детей, сколько обезопаситься ими. Быть может, пляжа-то он и боялся, как боится низложенный властитель собственного двора, втайне посещенного им. Николь уже невзлюбила мир Дика с его тонкими шутками и учтивостью, забыв, что многие годы он был единственной доступной ей связью с миром. Пусть Дик оглядывает свой пляж, ныне изгаженный, приспособленный к вкусам лишенных вкуса людей; пусть обыскивает хоть весь день, ему все равно не найти ни единого камня, оставшегося от Китайской стены, которой он когда-то оградил это место, как не найти и оставленного кем-то из давних друзей отпечатка ступни.

На мгновение Николь пожалела об этом. Она вспомнила осколки стекла, которые вооруженный граблями Дик выгребал из груды старого сора, вспомнила матросские штаны и свитера, купленные ими на одной из глухих улочек Ниццы, — наряды, которые позже вошли в моду у парижских модельеров, правда, те шили их из шелка, — вспомнила французских девочек-простушек, забиравшихся на волнолом и, словно птички, кричавших взрослым: «*Dites donc! Dites donc!*»[1], вспомнила утренний ритуал мирного, спокойного упоения солнцем и морем и множество выдумок Дика, по-

---

[1] Послушайте! Послушайте! (*фр.*)

гребенных сейчас под наслоением лет надежнее, чем под песком...

Ныне пляж обратился просто в место для купания, в «клуб», хотя о нем, как и о многоязыком сообществе, на нем собиравшемся, трудно было сказать, кто в него не допускается.

Тут она увидела, что Дик, стоя на коленях, обшаривает пляж взглядом в поисках Розмари, и сердце ее ожесточилось снова. Взгляд Николь последовал за его взглядом, перебирая новые парафериалии пляжа — висящие над водой трапеции и гимнастические кольца, переносные раздевальни, буйки, прожектора, оставшиеся на берегу после вчерашних ночных *fêtes*, модернистского вида буфет, белый, с пошлым орнаментом из лихо закрученных усов.

К воде Дик обратился в последнюю очередь, поскольку плескались в этом синем раю лишь очень немногие — дети да склонный к эксгибиционизму гостиничный слуга, метроном этого утра, раз за разом картинно нырявший в море с пятидесятифутовой скалы, — в большинстве своем постояльцы Госса сбрасывали укрывавшие их дряблую наготу пижамы всего один раз за день, в час для короткого трезвительного окунания.

— Вон она, — сказала Николь.

Она смотрела, как взгляд Дика провожает Розмари от плота к плоту; впрочем, вздох, от которого дрогнула ее грудь, был лишь остаточным эхо чувств пятилетней давности.

— Давай сплаваем к ней, поговорим, — предложил он.

— Сплавай один.

— Нет, вместе.

Такая безоговорочность пришлась ей не по вкусу, но в конце концов они все же поплыли вдвоем к Розмари, за которой неотступно, как форель за блесной, следовала стайка рыбешек, словно перенимавших у нее ослепительный блеск.

Николь осталась в воде, Дик забрался к Розмари на плот, они сидели, обсыхая и разговаривая, — совершенно так, как если бы их не связывала ни любовь, ни даже случайные прикосновения. Розмари была прекрасна — молодость девушки уязвила Николь, впрочем, ее порадовало то, что в сравнении с ней Розмари несколько полновата. Николь плавала вокруг плота, слушая Розмари, которая изображала веселье, радость, ожидание, делая это с большей, чем пять лет назад, сноровкой.

— Я так соскучилась по маме, но мы с ней встретимся только в понедельник, в Париже.

— Вы приезжали сюда пять лет назад, — сказал Дик. — Такая маленькая, смешная в одном из тогдашних отельных халатов!

— Как вы все помните! Всегда помнили — и всегда что-нибудь приятное.

Снова началась давняя игра — обмен комплиментами, — поняла Николь и нырнула, а вынырнув, услышала:

— Я собираюсь притвориться, будто все происходит пять лет назад, будто мне опять восемнадцать лет. Вам всегда удавалось внушить мне чувство — ну, знаете, наверное, счастья, — вам и Николь. А сейчас мне начинает казаться, что вы по-прежнему там, на пляже, под зонтами — и таких славных людей я никогда еще не встречала, да может быть, и не встречу больше.

Отплывая от них, Николь поняла, что окутавшее сердце Дика темное облако немного приподнялось, что он вступил в игру с Розмари, призвав в помощники свое былое умение обращаться с людьми, это потускневшее произведение искусства; и подумала, что если бы Дик выпил сейчас стаканчик-другой, то, пожалуй, принялся бы демонстрировать прямо здесь, на плоту, свои акробатические кунштюки, спотыкаясь на том, что прежде проделывал с легкостью. Этим летом она заметила, впервые, что Дик перестал нырять в воду с высоты.

Немного позже он присоединился к Николь, плававшей от плота к плоту.

— Розмари познакомилась тут с владельцами скороходного катера, вон того, видишь? Не хочешь поплавать на акваплане? Думаю, будет весело.

Вспомнив, что когда-то Дику удавалось вставать на руки, вцепившись ими в установленный на конце плотика стул, Николь решила пойти ему навстречу, как могла бы пойти навстречу Ланье. В их последнее лето на Цугском озере Дик увлеченно предавался этой приятной водной забаве и однажды сумел, стоя на плотике, взвалить себе на плечи мужчину весом в двести фунтов и выпрямиться. Но ведь женщины выходят замуж и за все дарования своих избранников, а после, что лишь естественно, не столько поражаются им, сколько притворяются пораженными. Николь же и притворяться труда себе не давала, хоть и ответила Дику: «Да», и добавила: «Да, я тоже так думаю».

Она, впрочем, знала, что Дик немного устал, что только близость волнующей молодости Розмари и подталкивает его к предстоящим усилиям, Николь уже привыкла к тому, что мужа вдохновляют на такого рода подвиги свежие тела их детей, и теперь холодно гадала, не выставит ли он себя на посмешище.

Дайверы оказались самыми старыми из пассажиров катера, — молодые люди вели себя вежливо, уважительно, однако Николь чувствовала за этим вопрос: «А кто они такие?» — и жалела, что сейчас Дику, с головой ушедшему в предстоящий трюк, не до применения еще одного из его талантов — способности овладевать любой ситуацией, все улаживать.

В двухстах ярдах от берега мотор заглушили, один из молодых людей плюхнулся в воду, подплыл к бессмысленно болтавшемуся на зыби плотику, выровнял его, неторопливо выбрался из воды, встал на колени, а затем, когда катер пошел и плотик за ним, поднялся на ноги. Отклонившись назад, он заставил свое легкое суденышко тяжеловесно ходить из стороны в сторону, описывая медленные, дух занимающие дуги, под конец каждой из которых плотик нагоняла, ударяя в бок, поднятая им волна. В конце концов молодой человек вывел плотик прямо за корму катера, выпустил из рук веревку и, постояв с мгновение, спиной опрокинулся в воду, уйдя в нее, точно памятник, воздвигнутый в честь некой победы, после чего над поверхностью появилась его показавшаяся вдруг совсем маленькой голова. Катер описал круг и вернулся к нему.

Николь от катания отказалась, вместо нее на плотике проехалась, аккуратно и традиционно, Розмари, ободряемая шутливыми выкриками ее поклонников. Трое из них вступили в себялюбивую борьбу за честь вытащить кинозвезду из воды в катер, ухитрившись в итоге ободрать о борт ее бедро и колено.

— Ваш черед, доктор, — сказал стоявший у штурвала мексиканец.

Дик и последний оставшийся сухим молодой человек спрыгнули с двух бортов и поплыли к плотику. Дик намеревался повторить свой фокус с подъемом тела, — Николь наблюдала за ним с презрительной улыбкой. Пуще всего ее раздражало телесное хвастовство мужа перед Розмари.

Когда плотик набрал скорость, достаточную для того, чтобы люди на нем уверились в его уравновешенности, Дик опустился на колени, просунул голову между ногами молодого человека, ухватился за лежавшую у его колен веревку и начал подниматься.

Наблюдавшие за ним пассажиры катера увидели: что-то у него не ладится. Он стоял на одном колене, фокус был в том, чтобы встать и выпрямиться в одно плавное движение. Дик на мгновение замер, отдыхая, затем лицо его покривилось, и он, собравшись с силами, встал.

Плотик был узким, партнер Дика, хоть и весил меньше полутораста фунтов, вес свой распределять не умел, да еще и бестолково цеплялся за голову Дика. Когда тот с последним надрывающим спину усилием распрямился, плотик перекосило, и пара атлетов обрушилась в воду.

Розмари закричала:

— Здорово! У них почти получилось!

Катер вернулся к пловцам, и Николь увидела лицо Дика — раздосадованное, как она и ожидала: ведь всего два года назад он проделал этот трюк без особого труда.

Во второй раз он повел себя осмотрительнее. Приподнялся немного, дабы убедиться в своей сбалансированности, снова опустился на колено, а затем, прохрипев: «Алле-гоп!», встал, но выпрямиться не успел — колени его вдруг подогнулись и Дик, падая, отбросил ногами плотик, чтобы тот его не ударил.

На сей раз, когда катер вернулся за ним, всем, кто был на борту, стало ясно, что Дик разозлился.

— Не возражаете, если я попробую еще раз? — крикнул он, рассекая воду. — Мы почти справились.

— Конечно. Валяйте.

Николь, увидев, как он бледен, попыталась остановить Дика:

— Тебе не кажется, что на сегодня хватит?

Он не ответил. Напарника Дика, заявившего, что с него довольно, подняли в катер, мексиканец-штурвальный услужливо вызвался занять его место.

Новый партнер оказался грузнее старого. Пока катер набирал ход, Дик отдыхал, ничком лежа на плотике. Затем подлез под мексиканца, ухватился за веревку, напряг мышцы, чтобы подняться.

И не смог. Николь увидела, как он сменил положение тела, как натужился снова и замер, когда вес мексиканца целиком лег на его плечи. Еще одна попытка — Дик приподнялся на дюйм, на два, — Николь, напрягаясь с ним вместе, просто-напросто чувствовала, как на лбу мужа открываются потовые железы, — он постоял немного, удерживая достигнутое, а потом со звучным шлепком упал на колени, и оба пассажира плотика — голова Дика лишь самую малость промазала мимо его закраины, — рухнули в море.

— Скорее назад! — велела штурвальному Николь и, еще произнося эти два слова, увидела, как Дик ушел под воду, и тихо вскрикнула: но нет, он вынырнул, и лег на спину, и «Шато», развернувшись, пошел к нему. Казалось, что катер идет к пловцам целую вечность, а когда подошел, Николь увидела, что Дик обессилел, что лицо его лишено выражения, что он остался наедине с морем и небом, и ужас ее внезапно сменился презрением.

— Сейчас мы поможем вам, доктор... бери его за ногу... так... теперь все вместе...

Дик сидел, отдуваясь и глядя в пустоту перед собой.

— Я же говорила, не стоит, — не сумев удержаться, сказала Николь.

— Он выложился в первые два раза, — сказал мексиканец.

— Такая глупость, — упорствовала Николь. Розмари тактично молчала.

Прошла минута, Дик справился с дыханием:

— На этот раз я и бумажную куколку не поднял бы.

Ответом ему стал разрядивший напряжение всплеск общего смеха. Когда Дик сходил на берег, все уважительно помогали ему. И только Николь была раздражена — впрочем, теперь ее раздражало все.

Она присела с Розмари под зонтом, Дик ушел к буфетной стойке за выпивкой и скоро вернулся с хересом для женщин.

— Первую в жизни рюмку я выпила вместе с вами, — сказала Розмари и в приливе энтузиазма добавила: — Ох, я так рада видеть вас и *знать*, что все хорошо. Я беспокоилась...

Тут она спохватилась и изменила окончание фразы:

— ...вдруг все иначе.

— До вас дошли разговоры о том, что я покатился по наклонной плоскости?

— О нет. Просто я слышала... слышала, что вы изменились. И рада увидеть своими глазами, что это не так.

— Это так, — ответил Дик, присаживаясь. — Изменения начались давным-давно, только поначалу заметными не были. Когда моральный дух человека надламывается, манеры его еще долгое время остаются неизменными.

— Вы практикуете на Ривьере? — поспешила спросить Розмари.

— Пациентов здесь отыскать несложно, — он обвел взглядом попиравших золотистый песок людей. — Кандидаты отличные. Вы заметили нашу старую знакомую миссис Абрамс, изображающую герцогиню при королеве Мэри Норт? Не завидуйте ей, представьте, как она совершает долгое восхождение по черной лестнице отеля «Ритц» — на четвереньках, дыша пылью ковровых дорожек.

Розмари перебила его:

— Это и вправду Мэри Норт?

Она вгляделась в неспешно приближавшуюся к ним женщину, сопровождаемую небольшой свитой людей, которые, судя по их ухваткам, привыкли к всеобщему вниманию. Подойдя футов на десять, Мэри скользнула по Дайверам взглядом — не из самых приятных, такой говорит людям, на которых он падает, что их узнали, но никакого внимания не удостоят, — ни Дайверам, ни Розмари Хойт и в голову никогда не пришло бы бросить подобный на кого бы то ни было. А следом Дик с насмешливым удовольствием отметил, что Мэри, узнав Розмари, планы свои переменила. Она подошла, с приязненной сердечностью сказала несколько слов Николь, без улыбки, как если бы он был носителем некой заразы, кивнула Дику, — тот ответил ей иронически уважительным поклоном, — и обратилась к Розмари:

— Мне говорили, что вы здесь. Надолго?

— До завтра, — ответила Розмари.

Она тоже поняла, что Мэри подошла к Дайверам лишь для того, чтобы заговорить с нею, и из солидарности с друзьями повела себя довольно холодно. Нет, поужинать этим вечером с Мэри она не сможет.

Мэри обратилась к Николь — тоном любезным, но жалостливым.

— Как дети? — спросила она.

Дети как раз подошли к ним — попросить у матери разрешения искупаться, в чем гувернантка им отказала.

— Нет, — ответил за нее Дик. — Делайте, что говорит Мадемуазель.

Николь, считавшая себя обязанной поддерживать авторитет гувернантки, разрешения не дала, и Мэри, которая — на манер героини Аниты Лус[1] — готова была мириться лишь с *Faits Accomplis*[2] и, собственно говоря, даже благопристойнейшего французского пуделька в дом свой не впустила бы, смерила Дика таким взглядом, точно он был повинен в самом что ни на есть разнузданном деспотизме, Дик же, устав от притворства, с насмешливой участливостью поинтересовался:

— А как ваши детки и их тетушки?

Мэри ему не ответила — просто отошла от Дайверов, напоследок сочувственно погладив попытавшегося увернуться от ее ладони Ланье по головке. Дик, проводив ее взглядом, сказал:

— Как подумаю, сколько времени я потратил на то, чтобы привести ее в божеский вид...

— Мне она нравится, — отозвалась Николь.

Ожесточение, прозвучавшее в голосе Дика, удивило Розмари, привыкшую считать его человеком, который все прощает и все может понять. И тут она вспомнила, что, собственно, слышала о нем. Переплывая Атлантику, она разговорилась со служащими Государственного департамента, европеизированными американцами, достигшими положения, в котором о человеке почти невозможно сказать, из какой страны он родом: ясно, что не из какой-то великой державы — ну, может быть, из некоторого балканского государства, все граждане коего на одно лицо, — и кто-то, упомянув

---

[1] Анита Лус (1888—1981) — американская писательница-юмористка.

[2] Свершившиеся факты (*фр.*).

вездесущую, всем на свете известную Бэйби Уоррен, заметил, что младшая сестра ее связалась, себе на беду, с опустившимся доктором. «Его уже ни в одном приличном доме не принимают», — сказала какая-то дама.

Слова эти растревожили Розмари — пусть Дайверы и не имели, по ее представлениям, ни малейшего отношения к обществу, в котором подобный факт (если это был факт) мог иметь какое-либо значение, — они все же свидетельствовали о враждебном, созданном кем-то общественном мнении. «Его уже ни в одном приличном доме не принимают». Воображению Розмари представился Дик, который, поднявшись на крыльцо некоего особняка, предъявляет свою визитную карточку и слышит от швейцара: «Вас больше пускать не велено», и после бредет по улице лишь для того, чтобы выслушивать то же самое от несчетных швейцаров несчетных послов, министров, *Chargés d'Affaires*[1]...

А Николь между тем думала о том, как бы ей убраться отсюда. Она понимала, что сейчас уязвленный Дик оживится и попытается очаровать Розмари, увлечь ее внимание. И разумеется, он тут же сказал, желая ослабить произведенное им неприятное впечатление:

— Мэри молодец — она умело распорядилась своей жизнью. Но так трудно продолжать любить человека, который тебя больше не любит.

А Розмари, мигом усвоив его настроение, склонилась к Дику и заворковала:

[1] Поверенных в делах (*фр.*).

— О, вы такой славный, не могу представить себе того, кто не простил бы вам чего угодно, как бы вы с ним ни обошлись, — и почувствовав, что она, пожалуй, переусердствовала, да еще и посягнула на права Николь, опустила взгляд на песок между ними: — Я хотела спросить у вас обоих, что вы думаете о моих последних картинах, — если вы их видели.

Николь не ответила, она видела одну, но сразу же и думать о ней забыла.

— Всего за минуту на ваш вопрос не ответить, — сказал Дик. — Вот, предположим, Николь говорит вам: Ланье заболел. Как вы себя поведете, услышав об этом? Как поведет себя любой человек? Он начнет *играть* — лицом, интонациями, словами, — лицо изобразит печаль, голос — потрясение, слова — сочувствие.

— Да... верно.

— В театре не так. В театре лучшие актеры приобретают славу, пародируя общепринятые эмоциональные реакции — страх, любовь, сочувствие.

— Понимаю, — сказала Розмари, хоть на деле и не поняла.

Николь, уже утратившая нить его рассуждений, обозлилась еще сильнее. Дик продолжал:

— Подлинность реакций — вот опасность, которая подстерегает актрису. Предположим, опять-таки, что кто-то говорит вам: «Ваш любовник погиб». В жизни вы, услышав это, возможно, сломаетесь. Однако на сцене вы должны вести за собой зрителей, а уж «реагировать» следует им самим. Во-первых, у актрисы имеются реплики, которые она обязана произносить, во-вторых, ей необходимо приковать внимание публики к себе, а не к убитому китайцу или кем он там был. Значит, ей нужно проделать нечто неожиданное. Если публика считает ее персонажа женщиной жесткой, она должна проявить мягкость, если мягкой — жесткость. Выйти за рамки роли, понимаете?

— Не совсем, — призналась Розмари. — Что значит — выйти за рамки?

— Нужно делать то, чего от вас не ожидают, манипулировать аудиторией, заставляя ее переключиться с объективного факта на вас. И только после этого снова вернуться в прежние рамки.

Николь решила, что сыта по горло. Она стремительно встала, даже не попытавшись скрыть досаду. Розмари, уже несколько минут наполовину осознававшая ее, примирительно обратилась к Топси:

— Тебе не хотелось бы, когда ты вырастешь, стать актрисой? Мне кажется, у тебя получилось бы.

Николь, наставив на нее суровый взгляд, медленно и раздельно объявила голосом своего деда:

— Вкладывать такие мысли в головы чужих детей абсолютно непозволительно. Не забывайте, у нас могут иметься совсем другие планы на ее счет. — Она резко повернулась к Дику. — Я возьму машину и поеду домой. А за тобой и детьми пришлю Мишель.

— Ты уже несколько месяцев как за рулем не сидела, — возразил он.

— Ничего, водить я не разучилась.

И Николь, даже не взглянув на Розмари, чье лицо выражало бурную «реакцию» на ее поведение, вышла из-под зонта.

Пока она переодевалась в кабинке, лицо ее оставалось твердым, как металлическая плита.

Но стоило ей выехать на дорогу, накрытую сводом сосновых ветвей, и увидеть белку, летевшую с одной из них на другую, колыхание хвои под ветром, птицу, разрезавшую воздух вдали, солнечные лучи меж стволами, как голоса пляжников стихли за ее спиной и все переменилось, — Николь ощутила покой, счастье, свою новизну; мысли ее стали ясными, как звон хороших колоколов, она почувствовала себя излеченной, и излеченной по-новому. Душа ее начала раскрываться, как большая, сочная роза, выбираясь из лабиринтов, по которым блуждала годами. Пляж показался Николь ненавистным, да и другие места, в которых она изображала планету, вращавшуюся вокруг Солнца по имени Дик, тоже.

«Ну вот, все почти завершилось, — думала она. — Теперь я смогу обойтись без его поддержки». И как счастливый ребенок, ожидающий скорого окончания детства, знающий, что так все и было задумано Диком, она, приехав домой, улеглась на кровать и написала Томми Барбану в Ниццу короткое, призывное письмо.

Да, но то было днем, а к вечеру нервная энергия Николь пошла, как это водится, на убыль, душевный подъем спал, воображение притупилось. Она снова испугалась того, что было у Дика на уме, снова почувствовала, что за его теперешним поведением стоит некий план, а планов его Николь боялась — слишком уж хорошо они срабатывали, отличаясь исчерпывающей логичностью, усвоить которую она не могла. Николь привыкла уже, что обо всем думает он, и даже в отсутствие

Дика каждым ее поступком автоматически правили его предпочтения, теперь же ей следовало противопоставить свои намерения намерениям мужа, а этого она не умела. Но думать было необходимо, она уже точно знала дверь, которая открывалась в страшный фантастический мир, знала, где начинается путь к избавлению, которое никаким избавлением не было, и знала, что величайшим грехом для нее стал бы — и ныне, и в будущем — самообман. Урок оказался долгим, однако Николь его усвоила. Либо думаешь ты, либо другим приходится думать за тебя, отнимая у тебя силы, извращая и переиначивая твои естественные наклонности, переделывая и выхолащивая тебя.

Они спокойно поужинали, Дик, весело разговаривая с детьми в сумеречной комнате, выпил много пива. Потом он сел за рояль, сыграл несколько песен Шуберта и джазовые, недавно присланные из Америки. Николь, стоя за его плечом, подпевала своим хрипловатым, сочным контральто.

> Thank y' father-r
> Thank y' mother-r
> Thanks for meeting up with one another...

— Мне эта не по душе, — сказал Дик и попытался перевернуть страницу.
— Ох, поиграй еще! — воскликнула Николь. — Что же мне, до скончания лет прятаться от слова «отец»?

> ...Thank the horse that pulled the buggy that night!
> Thank you both for being justabit tight...

После они посидели с детьми на плоской крыше, любуясь фейерверками, которые далеко внизу, на берегу, запускались далеко отстоящими одно от другого казино. Оба чувствовали одиночество и печаль оттого, что в сердцах их не осталось места друг для друга.

Наутро Николь поехала за покупками в Канны, а вернувшись, нашла записку от Дика, — он взял ту машину, что поменьше, и на несколько дней уехал в Прованс. Николь еще не дочитала ее, а уже затрезвонил телефон — Томми Барбан звонил из Монте-Карло: он получил письмо и ехал к ней. Она говорила какие-то радушные слова и чувствовала, как трубка возвращает ей тепло ее губ.

VIII

Она омылась, умастила и припудрила тело, сминая пальцами ног большое купальное полотенце. Внимательно изучила обозначившиеся на ляжках микроскопические морщинки, гадая при этом, как скоро изящное стройное здание ее тела начнет раздаваться вширь, тяготея к земле. Лет через шесть, но пока я все же гожусь в дело, — строго говоря, гожусь лучше всех, кого знаю.

Она не преувеличивала. Единственное физическое различие между Николь нынешней и Николь пятилетней давности состояло всего-навсего в том, что она не была больше юной девушкой. Но была в достаточной мере одержима новомодным преклонением перед юностью, кинематографическими картинами, в которых так и мельтешат лица девочек-подростков, исподволь уверяя нас, что именно они вершат все труды этого мира, что в них скрыта вся его мудрость — и потому завидовала молодости.

Впервые за многие годы она облачилась в длинное, до щиколок, платье, набожно перекрестилась флакончиком «Шанель № 16». К часу дня, когда приехал Томми, она больше всего походила на самый ухоженный из садов мира.

Как приятно вновь получить все это, почувствовать, что тебя обожают, притвориться, что в тебе скрыта тайна! Она потеряла два огромных заносчивых года девичьей жизни — и ныне, казалось ей, наверстывала их. С Томми она поздоровалась так, словно он был одним из многих мужчин, павших к ее ногам, и, направляясь садом к рыночному зонту, шла впереди него, а не рядом. Привлекательные женщины девятнадцати и двадцати девяти лет схожи в их беззаботной самоуверенности; впрочем, на третьем десятке лет требования, которые предъявляет к женщине ее лоно, уже не позволяют ей видеть в себе центр всего сущего. Первые пребывают в возрасте невинности, их можно сравнить с юным кадетом, вторых же — с бойцом, гордо уходящим с поля выигранной битвы.

Впрочем, если девушка девятнадцати лет почерпывает уверенность в избытке внимания к ней, то женщина двадцатидевятилетняя питается материями более тонкими. Жаждущая, она выбирает аперитивы с бо́льшим разумением, удовлетворенная, смакует, точно икру, свое потенциальное могущество. Не предвидя, по счастью, того, что в дальнейшие годы прозорливость ее начнет замутняться паникой, страхом остановки и страхом продолжения. Однако достигая и девятнадцати, и двадцати девяти, женщина совершенно уверена, что никакие страсти-мордасти ее за ближайшим поворотом не поджидают.

Какие-либо невнятно одухотворенные романтические отношения Николь не интересовали, — она желала завести «роман», желала перемен. Она понимала, думая на манер Дика, что на поверхностный взгляд ее затея пошловата, — потакать своим прихотям, не испытывая никаких чувств, означало — подвергать опасности всех своих близких. С другой же стороны, в своем теперешнем положении она винила Дика и искренне полагала, что такой опыт может стать для нее целительным. Все это лето Николь раззуживали наблюдения за людьми, которые делали в точности то, что хотели, и никакого наказания не несли — более того, несмотря на намерение себе больше не лгать, она предпочитала думать, что просто нащупывает свой путь и в любую минуту может пойти на попятную...

Они вступили в легкую тень, и Томми поймал Николь затянутыми в белую парусину руками, развернул и притянул к себе, чтобы заглянуть ей в глаза.

— Не шевелитесь, — сказала она. — Отныне я буду подолгу разглядывать вас.

От волос его исходил какой-то легкий аромат, белая одежда чуть слышно пахла мылом. Губы Николь были плотно сжаты, она не улыбалась, оба просто смотрели друг другу в лицо.

— Ну как, нравится вам то, что вы видите? — промурлыкала она.

— *Parle français.*

— Хорошо, — и она повторила вопрос по-французски: — Нравится вам то, что вы видите?

Томми притянул ее еще ближе.

— Мне нравится все, что я в вас вижу. — Он помолчал. — Я думал, что знаю ваше лицо, но, похоже, что-то я в нем проглядел. Когда вы успели обзавестись этим непорочно-жуликоватым взглядом?

Она вырвалась из его рук, возмущенная и разгневанная, и воскликнула по-английски:

— Так вот для чего вам потребовался французский? — Но, увидев приближавшегося с хересом дворецкого, понизила голос: — Чтобы оскорблять меня с еще большей верностью?

И Николь в один мах плюхнулась маленькими ягодицами на серебряную парчу мягкого кресла.

— У меня нет с собой зеркала, — сказала она снова по-французски, но резко, — однако если мои глаза изменились, так лишь потому, что я выздоровела. А выздоровев, возможно, снова стала прежней, думаю, мой дед был жуликом, и я это качество унаследовала, только и всего. Такое объяснение удовлетворяет ваш логический разум?

Похоже, Томми не очень хорошо понимал, о чем она говорит.

— А где Дик — он появится к ленчу?

Уразумев, что сказанному им о ее взгляде Томми придает значение относительно малое, Николь рассмеялась и решила о нем забыть.

— Дик путешествует, — сказала она. — Тут объявилась Розмари Хойт, и либо они сейчас вместе, либо она разогорчила его настолько, что ему захотелось уехать, чтобы одиноко мечтать о ней.

— Знаете, вы все-таки сложная женщина.

— О нет, — торопливо заверила она. — На самом деле нет... я всего лишь... во мне всего лишь живет целая куча простых людей.

Мариус принес дыню и ведерко со льдом. Николь, в голове которой все же застряли слова о жуликоватом взгляде, молчала, она получила от Томми крепкий орешек, а ведь он мог бы расколоть его сам и скармливать ей частями.

— Почему они не оставили вас в естественном вашем состоянии? — наконец спросил Томми. — Вы же самый яркий человек, какого я знаю.

Она не ответила.

— Уж это мне вечное желание укрощать женщин! — презрительно фыркнул он.

— В любом обществе существуют определенные... — она почувствовала, как призрак Дика толкает ее под локоть, и умолкла, а Томми продолжил:

— Мне много раз приходилось силком приводить в порядок мужчин, но я не рискнул бы проделать это и с вдвое меньшим числом женщин. А такое «доброе» тиранство — кому оно пошло на пользу — вам, ему, кому-то еще?

Сердце Николь встрепенулось и упало, она вспомнила, чем обязана Дику.

— Наверное, у меня...

— У вас слишком много денег, — перебил ее Томми. — В этом-то вся и соль. И Дику нечего им противопоставить.

Дворецкий пришел за остатками дыни, Николь помолчала, размышляя.

— Как по-вашему, что мне делать?

Впервые за десять лет она отдавалась во власть другому человеку, не мужу. Все, что скажет сейчас Томми, останется в ней навсегда.

Они пили вино, и легкий ветерок трепал сосновые иглы, и сластолюбивое послеполуденное солнце осыпало слепящими крапинами клетчатую скатерть стола. Томми зашел за спину Николь, провел руками по ее рукам, сжал ее ладони. Щеки их соприкоснулись, а следом и губы, и у нее перехватило дыхание — наполовину от страстного желания, наполовину от изумления перед его неожиданной силой...

— Может быть, отправишь куда-нибудь до вечера гувернантку с детьми?

— У них урок музыки. Да я и не хочу оставаться здесь.

— Поцелуй меня еще раз.

Чуть позже, в шедшей к Ницце машине, Николь думала: «Значит, у меня непорочно-жуликоватый взгляд, вот оно как? Ну и хорошо, нормальный жулик лучше сумасшедшего пуританина».

Эти слова Томми словно снимали с нее любую вину и ответственность, и Николь с упоительной дрожью думала о себе новой. Впереди маячили новые ландшафты, населенные людьми, ни одному из которых она не обязана подчиняться и ни одного любить. Она глотнула воздуха, изогнулась, втянула голову в плечи и повернулась к Томми.

— А нам *обязательно* ехать так далеко — в твой отель в Монте-Карло?

Томми резко, так что взвизгнули покрышки, затормозил.

— Нет! — ответил он. — И Боже ты мой, я никогда еще не был так счастлив, как в эту минуту.

Они проехали через Ниццу, затем дорога пошла, следуя синим изгибам моря, немного вверх. Вскоре Томми круто свернул вниз, к берегу, машина выскочила на туповатый мыс и остановилась за маленьким приморским отелем.

Реальность его на миг испугала Николь. У отельной стойки какой-то американец вел с портье нескончаемое, судя по всему, препирательство касательно обменного курса. Пока Томми заполнял полицейские бланки, в которых указал свое настоящее имя и поддельное — Николь, она прохаживалась по вестибюлю, наружно спокойная, но жалкая внутренне. Они получили обычный для Средиземноморья номер: почти аскетичный, почти чистый, заслоненный ставнями от сверкавшего за окнами моря. Простейшие удовольствия — в простейших условиях. Томми заказал два коньяка, и когда дверь за слугой закрылась, сел в кресло, смуглый, покрытый шрамами, красивый, с приподнятыми дугами бровей — воинственный Пак, старательный Сатана.

Еще не покончив с коньяком, оба вдруг встали и сошлись в середине комнаты; потом оба сидели на кровати, и Томми целовал смелые колени Николь. Еще продолжавшая слабо сопротивляться, подергиваться, как обезглавленное животное, она понемногу забывала о Дике, о своем новом непорочном взгляде и о самом Томми, погружаясь все глубже и глубже в эти минуты, в мгновение.

...Он встал и отворил ставни, чтобы выяснить причину разраставшегося под их окнами громкого гомона, тело его было смуглее и сильнее, чем у Дика, свет играл на тугих, перекрученных, как канаты, мышцах. В одно из мгновений и он забыл о ней, — и почти в ту секунду, как тела их разъединились, у нее возникло предчувствие, что все будет не так, как она ожидала. И Николь ощутила безымянный страх, который предшествует всем нашим чувствам — радостным и печальным, — с такой же неизбежностью, с какой рокот грома предшествует грозе.

Томми осторожно глянул с балкона вниз и доложил:

— Я вижу только двух женщин на балконе под нами. Беседуют о погоде и покачиваются взад-вперед в американских креслах-качалках.

— Это от них столько шуму?

— Нет, источник шума под ними. Прислушайся.

>   Oh, way down South in the land of cotton
>   Hotels bum and business rotten
>   Look away...

— Американцы.

Николь широко раскинула руки по постели и уставилась в потолок; пудра на ее теле увлажнилась, приобрела млечный оттенок. Ей нравилась нагота этой комнаты, жужжание единственной мухи под потолком. Томми перенес к кровати кресло, смел с него на пол одежду, сел; нравилась Николь и непритязательность его невесомых одежд и эспадрилий, смешавшихся на полу с белой парусиной.

Он прошелся взглядом по длинному белому телу, резко переходившему в загорелые конечности и лицо, и с серьезной усмешкой сказал:

— Ты вся новехонькая, как младенец.

— С непорочными глазками.

— На этот счет я приму необходимые меры.

— С непорочными глазками справляться непросто — особенно с изготовленными в Чикаго.

— Мне известны все старинные средства крестьян Лангедока.

— Поцелуй меня, Томми, в губы.

— Весьма по-американски, — сказал он, однако поцеловал. — Когда я последний раз был в Америке, то встречал девушек, способных одними губами разорвать человека на части, — они рвут и самих себя, пока по их лицам не размазывается кровь, выступившая на губах, — но сверх этого ни-ни.

Николь приподнялась, опершись на локоть.

— Нравится мне эта комната, — сказала она.

— Мне она кажется скудноватой. Но как хорошо, милая, что ты не стала ждать, пока мы доберемся до Монте-Карло.

— Почему же скудноватой? Нет, комната чудесная, Томми, — как голые столы Сезанна и Пикассо.

— Ну, не знаю, — он и не пытался понять ее. — Опять они шумят. Боже мой, уж не убивают ли там кого?

Он подошел к окну и представил новое донесение:

— Похоже, это американские матросы — двое дерутся, прочие их подзадоривают. Они с военного корабля, который стоит на рейде. — Томми обернул бедра полотенцем и вышел на балкон. — И *poules* их с ними. Мне рассказывали, что женщины следуют за моряками из порта в порт, куда бы ни пошел корабль. Но разве это женщины! Можно подумать, что при их денежном довольствии моряки ничего лучшего и позволить себе не могут. А я еще помню женщин, сопровождавших армию Корнилова! Да мы ни на кого меньшего, чем балерина, и смотреть не стали бы!

Николь радовало, что он знал столь многих женщин, — теперь само это слово ничего для него не значило, и она сможет удерживать его долго, до тех пор, пока ее личность главенствует над универсалиями ее тела.

— Врежь ему, чтобы скрючился!
— Йааах!
— Во, в самое то место попал!
— Давай, Далшмит, сучий сын!
— *Йа-йа!*
— *ИИИ-ЙЕХ-ЙАХ!*

Томми отвернулся.

— По-моему, эта комната себя исчерпала, ты согласна?

Николь была согласна, но прежде, чем начать одеваться, они на миг припали друг к другу, а затем им еще долгое время казалось, что комната эта ничем не хуже других...

Одевшись наконец и снова глянув с балкона вниз, Томми воскликнул:

— Боже мой, эти женщины в качалках, на балконе под нами, даже с места не сдвинулись! Разговаривают, как будто ничего не случилось. Они приехали сюда, чтобы отдохнуть за малые деньги, и никакие американские моряки или европейские шлюхи удовольствия им не испортят.

Он подошел к Николь, ласково обнял ее и зубами вернул на место соскользнувшую с плеча бретельку; и тут воздух снаружи словно разорвало: Крр-АК-БУММM! — военный корабль сзывал свой экипаж.

Теперь под окном началось настоящее столпотворение, поскольку никто пока не знал, к каким берегам уйдет корабль. Официанты буйными голосами выкрикивали суммы, которые желали получить; в ответ неслись опровержения и богохульства; кто-то получал слишком большие счета, кто-то слишком малую сдачу; напившимся до бесчувствия матросам помогали грузиться в шлюпки; и весь этот гам покрывало рявканье военных полицейских. Крики, слезы, взвизги, обещания — первая шлюпка отчалила, женщины толпились на пристани, крича и маша платками.

Томми увидел девчушку, выскочившую, размахивая салфеткой, на балкон под ним, но еще не успел понять, сдались ли наконец две англичанки в качалках, решились ли заметить ее присутствие, как кто-то постучал в их с Николь дверь. Два возбужденных женских голоса умоляли впустить их, отперев. Томми обнаружил в коридоре двух девушек — юных, тощих, вульгарных, — скорее не изловленных, чем заблудившихся в отеле. Одна навзрыд плакала.

— Можно на вашу террасу? — страстно взмолилась с корявым американским выговором другая. — Можно, пожалуйста? Помахать нашим дружкам? Пожалуйста, можно? Тут все заперто.

— Прошу вас, — сказал Томми.

Девушки выскочили на балкон, и их громкие дисканты понеслись над общим гамом.

— Пока, Чарли! Чарли, мы *наверху*!

— Телеграфируй в Ниццу, до востребования!

— Чарли! Он меня не видит!

Одна из них вдруг задрала юбку, дернула за край трусиков, содрала их и разорвав окончательно, получила приличных размеров флаг, коим и замахала что было сил, визжа: «Бен! Бен!» Когда Томми с Николь вышли из комнаты, он еще трепетал в синем небе. О, скажи мне, видишь ли нежные краски незабвенного тела? — а на корме боевого корабля уже всползал вверх его звездно-полосатый соперник.

Они пообедали в новом Пляжном казино Монте-Карло... а много позже поплавали в Больё, в открытой небу, залитой белым лунным светом пещерке, в образованной венцом бледных валунов чаше светящейся воды, из которой виднелся на востоке Монако, а за ним далекие огни Ментоны. Николь нравилось, что Томми привез ее сюда, нравился вид и новые для нее причуды ветра и воды — такие же новые, как они друг для друга. Говоря символически, она лежала, перекинутая через его седельную луку, так же безбоязненно, как если бы Томми похитил ее в Дамаске и сейчас скакал с ней по Монгольскому плато. Мгновение за мгновением все, чему научил ее Дик, уходило куда-то, и теперь Николь была куда ближе к себе изначальной, став прообразом всех смутных капитуляций, что совершались в окружавшем ее мире. Открытой любви и лунному свету женщиной, которая радуется безудержности своего любовника.

Когда они проснулись, луна уже ушла, а воздух похолодел. Николь не без труда села, спросила о времени, и Томми сказал: около трех.

— Мне пора домой.

— Я думал, мы заночуем в Монте-Карло.

— Нет. Там гувернантка, дети. Мне нужно попасть туда до рассвета.

— Как скажешь.

Оба на секунду окунулись в воду, и Томми, увидев, что Николь дрожит, энергично растер ее полотенцем. В машину они уселись с еще влажными волосами, с посвежевшей, горящей кожей, возвращаться не хотелось обоим. Было уже светло, и, пока Томми целовал ее, Николь чувствовала, как он растворяется в белизне ее щек и зубов, в ее прохладном лбе и пальцах, гладивших его щеку. Еще не отвыкшая от Дика, она ожидала каких-то растолкований, оговорок, но не услышала ничего. И уверившись, сонно и счастливо, что так и не услышит, соскользнула на сиденье пониже и дремала, пока машина не загудела по-новому, поднимаясь к вилле «Диана». У ворот Николь на прощание поцеловала Томми почти автоматически. Звук ее шагов по дорожке изменился, ночные шумы сада внезапно ушли в прошлое, тем не менее она была рада, что вернулась. День пронесся, как барабанная дробь, и хоть Николь получила от него удовольствие, все же к таким темпам она была пока непривычна.

IX

Назавтра, в четыре пополудни, у ворот виллы остановилось вокзальное такси, и из него вылез Дик. Застигнутая этим врасплох, Николь сбежала к нему с террасы, прерывисто дыша от усилий, которые требовались, чтобы держать себя в руках.

— А где машина? — спросила она.

— Я оставил ее в Арле. Мне как-то разонравилось водить.

— Я поняла из записки, что ты уехал на несколько дней.

— Там мистраль, да еще и дождь.

— Хорошо провел время?

— Насколько это возможно для того, кто от чего-то бежит. Я довез Розмари до Авиньона и там посадил на поезд. — Они вместе поднялись на террасу, Дик опустил саквояж на пол. — Не стал писать об этом, решив, что ты навоображаешь бог знает что.

— Какой ты заботливый, — к Николь возвращалась уверенность в себе.

— Я хотел понять, есть ли у нее что мне предложить, а для этого следовало остаться с ней наедине.

— И как — есть у нее что предложить?

— Розмари так и не выросла, — ответил Дик. — Возможно, оно и к лучшему. А что делала ты?

Она почувствовала, как лицо ее дрогнуло, точно у кролика.

— Вечером была на танцах с Томми Барбаном. Мы поехали...

Он поморщился, прервал ее:

— Не надо рассказывать. Делай что хочешь, но знать что-либо наверняка я не хочу.

— А тебе и нечего знать.

— Ладно, ладно. — И следом, как будто он отсутствовал неделю: — Как дети?

В доме зазвонил телефон.

— Если это меня, я в отъезде, — сказал, мгновенно отвернувшись, Дик. — Мне нужно заняться кое-чем в кабинете.

Николь дождалась, когда он скроется из виду, вошла в дом, сняла трубку.

— Николь, *comment vas-tu*[1]?

— Дик вернулся.

Томми застонал.

— Давай встретимся в Каннах, — предложил он. — Мне нужно поговорить с тобой.

— Не могу.

— Скажи, что любишь меня. — Николь молча покивала трубке, и он повторил: — Скажи, что любишь меня.

— О, конечно, — заверила она Томми. — Но прямо сейчас ничего сделать нельзя.

— Разумеется, можно, — нетерпеливо ответил он. — Дик же видит, что между нами происходит, и совершенно ясно, что он сдался. Чего же он может от тебя ожидать?

— Не знаю. Я должна... — Она замолчала, удержавшись от слов «...подождать, пока спрошу об этом Дика», и закончила иначе: — Завтра я напишу тебе и позвоню.

---

[1] Как ты? (*фр.*)

Она бродила по дому, пожалуй, довольная тем, чего успела достичь. Да, нагрешила и была довольна этим, — она больше не охотилась только на ту дичь, которой некуда деться из загона. Вчерашний день возвращался к ней в бесчисленных подробностях, понемногу вытеснявших из ее памяти схожие мгновения тех времен, когда ее любовь к Дику была еще нова и невредима. Николь начинала взирать на эту любовь с пренебрежением, внушать себе, что она с самого начала была запятнана слезливой сентиментальностью. Память женщины вечно старается угодить своей хозяйке, и Николь почти уж забыла, что чувствовала, когда в предварявший их супружество месяц она и Дик обладали друг дружкой в потаенных, укрытых от всего света уголках. Точно так же она лгала прошлой ночью Томми, уверяя его, что ни разу еще испытала столь полного, завершенного, совершенного...

...а затем раскаяние в этом миге предательства, с такой надменностью принизившего десять лет ее жизни, заставило Николь направиться к убежищу Дика.

Беззвучно приблизившись к коттеджу, она увидела мужа, сидевшего в шезлонге у стены над обрывом, и какое-то время молча наблюдала за ним. Он думал о чем-то, пребывая сейчас в мире, который принадлежал только ему, и по малым изменениям его лица, по приподнимавшейся или опускавшейся брови, по сужавшимся или расширявшимся глазам, по сжимавшимся или раскрывавшимся губам, по шевелению его пальцев Николь понимала, что Дик перебирает этапы своей истории, разворачивавшейся в его голове — своей, не ее. Вот он стиснул кулаки и наклонился вперед, вот по лицу его прошло выражение муки и отчаяния — и ушло, оставив лишь след в глазах Дика. Едва ли не впервые в жизни Николь пожалела его — тому, кто был когда-то болен душой, трудно жалеть здоровых людей, и Николь, лицемерно уверявшая всех, что Дик вернул ее к жизни, которой она лишилась, на самом деле видела в нем неисчерпаемый, не знающий усталости источник энергии, — и забыла о бедах, которые он из-за нее претерпел, в тот же миг, в какой забыла о собственных горестях, определявших ее поведение. Знал ли он, что лишился власти над нею? Желал ли этого? Николь пожалела его, как иногда жалела Эйба Норта с его постыдной судьбой, как все мы жалеем стариков и младенцев.

Она подошла, обняла мужа рукою за плечи, коснулась лбом его лба и сказала:

— Не грусти.

Дик холодно взглянул на нее и ответил:

— Не прикасайся ко мне!

Она в замешательстве отступила на пару шагов.

— Извини, — отрешенно продолжал он. — Я просто размышляю о том, что думал о тебе...

— Может, впишешь в свою книгу новую классификацию расстройств?

— Это приходило мне в голову — «Более того, помимо названных нами психозов и неврозов...».

— Я пришла не для того, чтобы ссориться с тобой.

— Тогда *зачем* ты пришла, Николь? Я ничего больше сделать для тебя не могу. Я пытаюсь спасти себя.

— От моей скверны?

— При моей профессии приходится временами иметь дело с людьми самыми сомнительными.

От этого оскорбления из глаз Николь брызнули гневные слезы.

— Ты трус! Пустил свою жизнь под откос, а вину за это хочешь свалить на меня.

Дик не ответил, и она вновь ощутила гипнотическую силу его ума, проявлявшуюся порою невольно, но неизменно имевшую под собой сложный фундамент истин, которого Николь не то что разрушить, но даже пошатнуть не удавалось. И ей снова пришлось отбиваться от этого ума, защищаться от него выражением маленьких, красивых глаз, надменностью состоятельной хозяйки положения, только еще нарождавшейся близостью с другим мужчиной, накопившимися за годы обидами; она противопоставляла Дику свое богатство и веру в то, что сестра не любит его и стоит сейчас на ее стороне; мысль о новых врагах, которых принесла Дику созревшая в нем горечь; противопоставляла свое торопливое вероломство неспешности, с которой он пил и ел, свое здоровье и красоту его физическому упадку, свою беспринципность его нравственным устоям, — в этой внутренней битве Николь использовала даже свои слабости, отважно сражалась, пуская в ход старые консервные банки, посуду, бутылки, пустые вместилища ее прощенных грехов, гневных вспышек, ошибок. И вдруг, спустя всего две минуты, поняла, что победила, что может теперь оправдаться перед собой без вранья и уверток, что перерезала пуповину. И, проливая равнодушные слезы, пошла на ослабевших ногах к принадлежавшему наконец только ей дому.

Дик подождал, пока она скроется из глаз. Потом уткнулся лбом в парапет. Курс лечения доведен до конца. Доктор Дайвер свободен.

X

В два часа ночи Николь разбудил телефон, а следом она услышала голос отвечавшего на звонок Дика, — он ночевал в соседней комнате, на «беспокойной», как они ее называли, кровати.

— *Oui, oui... mais à qui est-ce-que je parle?.. Oui...*[1] — интонация удивленная. — А нельзя ли мне поговорить с одной из леди, господин офицер? Обе занимают очень высокое положение, знакомы с людьми, которые могут создать политические осложнения самого серьезного... Это так, клянусь вам... Ну хорошо, сами увидите.

Дик встал и, поскольку он уже уяснил положение, все, издавна известное ему о себе, твердило: ты должен вмешаться, — давнее фатальное стремление порадовать кого только можно, давнее действенное обаяние, оба они вмиг вернулись к нему с криками: «Воспользуйся мной!» Придется ехать и улаживать историю, до которой ему нет ни малейшего дела, просто потому, что он в слишком ранние годы — быть может, в тот день, когда понял, что остался последней надеждой своего хиреющего клана, — обзавелся привычкой быть любимым. В почти схожем случае — тогда, в клинике

[1] Да, да... С кем я говорю?.. Да... (*фр.*)

Домлера на Цюрихском озере — он, осознав свою силу, принял решение и выбрал Офелию, выбрал сладкую отраву и выпил ее. Пуще всего желая быть отважным и добрым, он с еще даже большей силой желал быть любимым. Так было. Так будет и впредь, понял он, когда телефонная трубка легла, архаически звякнув, на аппарат.

Николь, промолчав довольно долгое время, окликнула мужа:

— Кто это? Кто?

Дик начал одеваться, едва выпустив трубку из рук.

— Антибский *poste de police*. Они задержали Мэри Норт и ту самую Сибли-Бирс. Дело серьезное — рассказать мне что-либо полицейский не пожелал, только твердил: «*pas de mortes – pas d'automobiles*»[1], — однако дал понять, что почти все остальное есть.

— Но почему они позвонили *тебе*? Как странно.

— Дабы не пострадали репутации наших дам, необходимо, чтобы их выпустили под залог, а внести его может лишь тот, кто владеет какой-либо недвижимостью в Приморских Альпах.

— Ну и нахалки.

— Да я не против. Придется, правда, вытаскивать из отеля старика Госса...

После его отъезда Николь долго лежала без сна, гадая, каким образом эти двое могли нарушить закон, и наконец заснула. В начале четвертого часа Дик вошел в спальню, и Николь, мгновенно пробудившись, спросила: «Что?», словно обращаясь к персонажу своего сна.

---

[1] Жертв нет — разбитых машин нет (*фр.*).

— История фантастическая, — начал Дик. Он присел в изножье кровати и стал рассказывать, как вырвал старика Госса из эльзасской комы, попросил его забрать из кассы все деньги и отвез в полицейский участок.

— Я для этой *Anglaise*[1] делать ничего не желаю, — ворчал Госс.

Мэри Норт и леди Каролина, наряженные французскими матросами, сидели на скамье меж дверей двух грязноватых камер. Лицо леди хранило негодующее выражение британца, который ожидает, что Средиземноморский флот его страны сей минут разведет пары и устремится к нему на подмогу. Мэри Мингетти пребывала в состоянии паники и упадка всех сил, она буквально бросилась к Дику, вцепилась в его брючный ремень — так, точно тот был крепчайшим их связующим звеном, и принялась умолять Дика сделать что-нибудь. Между тем начальник полиции рассказывал о случившемся Госсу, который выслушивал каждое его слово с великой неохотой, но успевал при этом показывать, сколь высоко он ценит присущее полицейскому мастерство рассказчика, и давать понять, что самого его, прирожденного слугу, услышанное нимало не удивляет.

— Это была просто шалость, — презрительно сообщила леди Каролина. — Мы изображали матросов в увольнительной, подцепили двух глупых девиц. А они раскусили нас и устроили в меблированных комнатах безобразный скандал.

---

[1] Англичанка (*фр.*).

Дик, точно священник на исповеди, серьезно кивал, глядя в каменный пол, — он разрывался между потребностью саркастически расхохотаться и желанием прописать ей пятьдесят плетей и две недели на хлебе и воде. Его сбивало с толку отсутствие в лице леди Каролины какого-либо представления о зле — кроме того, что причинили ей трусливые прованские девчонки и тупая полиция; впрочем, Дик давно уже пришел к мысли, что определенные слои англичан привычно варятся в такой концентрированной эссенции антисоциальности, в сравнении с которой пресыщенность Нью-Йорка выглядит простеньким расстройством желудка у объевшегося мороженого дитяти.

— Я должна выйти отсюда, пока Гасан ничего не узнал, — умоляюще говорила Мэри. — Дик, вы же всегда все улаживали, всегда это умели. Скажите им, что мы сразу уедем домой, что заплатим любые деньги.

— Только не я, — надменно заявила леди Каролина. — Ни шиллинга. Но я с превеликим интересом послушаю, что скажет об этом наше консульство в Каннах.

— Нет, нет! — настаивала Мэри. — Нам нужно до утра выбраться отсюда!

— Я попробую что-нибудь сделать, — сказал Дик и добавил: — Но заплатить, конечно, придется.

И посмотрев на них, как на невинных овечек, коими они, разумеется, не были, покачал головой:

— Из всех дурацких причуд...

Леди Каролина самодовольно улыбнулась.

— Вы ведь тот доктор, что психов лечит, верно? Значит, можете нам помочь, а Госс так просто *обязан!*

Дик отошел с Госсом в сторону, дабы выяснить, что тот узнал. Дело оказалось более серьезным, чем полагал Дик, — одна из «подцепленных» девушек принадлежала к почтенной семье. Семья рвала и метала или делала вид, что рвет и мечет; с ней придется договариваться отдельно. Со второй, портовой девчонкой, поладить будет легче. Имелись также положения французского закона, согласно которым двух леди могли посадить за содеянное ими в тюрьму или, самое малое, с позором изгнать из страны. Вдобавок существовало все возраставшее различие в терпимости по отношению к заезжей публике — одни горожане наживались за счет колонии иностранцев, других злил связанный с нею рост цен. Изложив все это, Госс препоручил дальнейшее Дику. И тот приступил к переговорам с начальником полиции.

— Вам, разумеется, известно, что правительство Франции желает привлечь в страну побольше американских туристов, желает так сильно, что этим летом Париж распорядился подвергать американцев аресту лишь за самые серьезные преступления.

— Видит Бог, это достаточно серьезно.

— Но скажите, у вас имеются *Cartes d'Identité* этих леди?

— Документов у них с собой не было — только две сотни франков и несколько колец. Не было даже шнурков, на которых они могли удавиться!

Услышав это и почувствовав облегчение, Дик продолжал:

— Итальянская графиня по-прежнему остается американской гражданкой. Она приходится внучкой... — и Дик начал медленно и зловеще нанизывать вранье на вранье, — Джону Д. Рокфеллеру Меллону[1]. Слышали о таком?

— О господи, конечно. За кого вы меня принимаете?

— Вдобавок она — племянница лорда Генри Форда[2] и, следовательно, связана с компаниями «Ситроен» и «Рено»... — Дик подумал, что на этом лучше бы и остановиться, однако искренность его тона производила на полицейского впечатление настолько сильное, что пришлось продолжить: — Арестовать ее — все равно что арестовать члена английской королевской семьи. Вам может грозить... *война!*

— А что насчет англичанки?

— Перехожу к англичанке. Она помолвлена с братом принца Уэльского — герцогом Бекингемом[3].

— Хорошенькую он получит женушку!

— Так вот, мы готовы выплатить... — Дик быстро произвел расчеты, — по тысяче франков

---

[1] Джон Д. Рокфеллер (1839—1937) и Эндрю Меллон (1855—1937) были в то время богатейшими людьми Америки.
[2] Американский автопромышленник Генри Форд (1863—1947) лордом, разумеется, не был.
[3] Принц Уэльский — титул наследника английской короны, и никакой герцог Бекингем быть его братом не может. К тому же последний представитель рода Бекингемов скончался в 1889 году.

каждой девушке и еще тысячу отцу «серьезной». К этим деньгам мы добавим две тысячи, которые вы по своему усмотрению распределите между... — он пожал плечами, — теми, кто произвел арест, хозяйкой меблированных комнат и так далее. Я лично вручу вам пять тысяч и буду надеяться, что вы незамедлительно поговорите с кем следует. После этого леди можно будет предъявить обвинение, ну, скажем, в нарушении общественного спокойствия, и освободить их под залог, а назначенный штраф будет завтра доставлен полицейскому судье посыльным.

Начальник полиции еще не успел раскрыть рта, а Дик уже понял по его лицу, что все уладится. Начальник неуверенно произнес:

— Запись об аресте я не сделал, поскольку не видел их *Cartes d'Identité*. Ладно, посмотрим... давайте деньги.

Час спустя Дик и месье Госс высадили двух женщин у отеля «Мажестик», рядом с ландо леди Каролины, в котором дремал ее шофер.

— Помните, — сказал Дик, — вы должны месье Госсу по сотне долларов каждая.

— Хорошо, — согласилась Мэри, — завтра я отдам ему чек и еще кое-что добавлю.

— Ну уж нет! — все они изумленно повернулись к леди Каролине, — полностью пришедшая в себя, она преисполнилась теперь праведного гнева. — Все это ни в какие ворота не лезет. Я не позволю тебе отдавать этим людям сто долларов.

Глаза стоявшего у машины коротышки Госса засверкали.

— Так вы мне не заплатите?

— Конечно, заплатит, — сказал Дик.

Но душу Госса уже обожгла память об оскорблении, нанесенном ему в Лондоне, где он когда-то служил младшим официантом, и маленький француз направился, весь в лунном свете, к леди Каролине.

Старик выпалил в нее очередью обвинений, а когда она с ледяным смешком повернулась к нему спиной, сделал еще шаг и залепил маленькой ступней в самую воспетую из мишеней мира. Взятая врасплох леди Каролина всплеснула, точно подстреленная, руками, и ее укрытое матросской формой тело распростерлось по тротуару.

Голос Дика перекрыл ее яростные вопли:

— Угомоните ее, Мэри! Иначе вы обе через десять минут окажетесь в ножных кандалах!

По дороге в отель старик Госс не промолвил ни слова, и лишь когда они проезжали в Жуан-ле-Пене мимо казино, в котором еще рыдал и кашлял джаз, вздохнул и сказал:

— Никогда не видел женщин, как такие женщины. Я знал много великих куртизанок мира и часто относился к ним с большим уважением, но женщин, похожих на этих женщин, еще не встречал.

XI

Дик и Николь привычно ходили в парикмахерскую вдвоем, и стриглись там, и мыли шампунем головы в смежных залах. Из зала Дика до Николь доносились щелчки ножниц, подсчеты сдачи, «вуаля» и «пардоны». На следующий после его возвращения день они туда и отправились, чтобы подстричься и вымыть головы под душистым ветерком вентиляторов.

Когда они подходили у фасаду «Карлтона», окна которого смотрели в лето с упрямой слепотой, достойной подвальной двери, их обогнала машина с Томми Барбаном за рулем. Николь мельком углядела его лицо, замкнутое и задумчивое, впрочем, увидев ее, он насторожился и округлил глаза, и это ее встревожило. Ей сразу захотелось оказаться рядом с ним, а час, который она проведет в парикмахерской, представился Николь пустым промежутком времени, из которых и состояла вся ее жизнь, очередной маленькой тюрьмой. *Coiffeuse*[1] с ее белым халатом, влажноватой губной помадой и ароматом одеколона показалась Николь еще одной из ее многочисленных сиделок.

В соседнем зале дремал под фартуком и слоем мыльной пены Дик. Зеркало Николь отражало проход между мужским и женским залами, отразило оно, испугав ее, и Томми, появившегося в нем и резко свернувшего в мужской. Радость нахлынула на Николь — она поняла: Томми пришел, чтобы раскрыть все карты.

Разговор двух мужчин долетал до нее урывками.

— Здравствуйте, нам нужно поговорить.

— ...серьезное?

— ...серьезное.

— ...ничего не имею против.

Минуту спустя Дик вошел в кабинку Николь, лицо мужа, которое он наспех ополоснул и теперь вытирал полотенцем, показалось ей недовольным.

---

[1] Парикмахерша (*фр.*).

— Явился твой друг, в растрепанных чувствах. Хочет поговорить с нами — я не возражаю. Пошли!

— Но меня еще не достригли.

— Не важно — идем с нами!

Раздосадованная, Николь попросила вытаращившую глаза *coiffeuse* снять с нее простынку и, ощущая себя невзрачной растрепой, вышла с Диком из отеля. На улице Томми склонился над ее рукой.

— Пойдемте в «*Café des Alliées*», — сказал Дик.

— Куда угодно, лишь бы нам не мешали, — согласился Томми.

Усевшись под кронами деревьев — лучшего места летом не найти, — Дик спросил:

— Будешь что-нибудь, Николь?

— *Citron pressé*[1]

— А мне *demi*[2], — сказал Томми.

— «Черно-белый» и сифон, — попросил Дик.

— *Il n'y a plus de Blackenwite. Nous n'avons que le Johnny Walkair*[3].

— *Ca va*[4].

> She's... not... wired for sound
> but on the quiet
> you ought to try it...

— Ваша жена вас больше не любит, — без предисловий начал Томми. — Она любит меня.

Двое мужчин взирали один на другого со странным бессилием. В таком положении сказать друг

---

[1] Лимонный сок (*фр.*).
[2] Полулитровая кружка пива (*фр.*).
[3] «Блакенвайта» нет. Только «Джонни Волкер» (*фр.*).
[4] Годится (*фр.*).

другу мужчинам почти и нечего, поскольку отношения их всего лишь косвенны и определяются тем, в какой мере тот или другой обладал или намерен обладать женщиной, о которой у них идет речь, и потому эмоции их проходят через ее раздвоенное «я», как через неисправную телефонную линию.

— Минуту, — сказал Дик. — *Donnez moi du gin et du siphon*[1].

— *Bien, Monsieur*[2].

— Отлично. Продолжайте, Томми.

— Мне совершенно ясно, что ваш брак с Николь себя исчерпал. Она покончила с вами. Я ждал этого пять лет.

— А что скажет Николь?

Оба повернулись к ней.

— Я сильно привязалась к Томми, Дик.

Он кивнул.

— Я больше не интересна тебе, — продолжала она. — Стала всего лишь привычкой. После Розмари все изменилось.

Томми, которого такой поворот не устраивал, резко сказал:

— Вы не понимаете Николь. Относитесь к ней как к пациентке, и лишь потому, что когда-то она была больна.

И тут в разговор их вторгся назойливый американец, вида отчасти зловещего, торговавший вразнос только что прибывшими из Нью-Йорка номерами «Геральд» и «Нью-Йорк Таймс».

---

[1] Принесите-ка мне джину и сифон (*фр.*).
[2] Хорошо, месье (*фр.*).

— В них чего только нет, ребята, — объявил он. — Давно здесь?

— *Cessez cela! Allez Ouste!*[1] — рявкнул Томми и опять повернулся к Дику. — Так вот, никакая женщина не станет терпеть...

— Ребята, — снова встрял американец. — По-вашему, я тут напрасно время теряю, да только не все так думают.

Он вытянул из бумажника посеревшую газетную вырезку. Дик мгновенно узнал ее — карикатуру, на которой миллионы американцев с мешками золота спускаются по трапам лайнеров.

— Думаете, мне из этих деньжат ни фига не достанется? Еще как достанется. Я только что из Ниццы прикатил, на «Тур де Франс».

Томми вновь попытался отогнать его яростным «*allez-vous-en*»[2], а Дик признал в этом настырнике того, кто когда-то, пять лет назад, остановил его на улице Святых Ангелов.

— А когда «Тур де Франс» доберется сюда? — спросил Дик.

— Да с минуты на минуту, приятель.

Он наконец ушел, весело помахав на прощанье рукой, и Томми снова обратился к Дику:

— *Elle doit avoir plus avec moi qu'avec vous*[3].

— Говорили бы вы по-английски! Что означает ваше «*doit avoir*»?

— «*Doit avoir*»? Что со мной она будет счастливее.

---

[1] Отстань! Пошел прочь! (*фр.*)
[2] Пошел ты к черту (*фр.*).
[3] Я даю ей больше, чем вы (*фр.*).

— Ну да, прелесть новизны. Но когда-то и мы с Николь были счастливы вместе, Томми.

— *L'amour de famille*[1], — презрительно обронил Томми.

— Если вы с Николь поженитесь, вас тоже ожидает «*l'amour de famille*», нет?

Некий все возраставший шум заставил Дика замолчать, — вот он достиг конца извилистой улицы, от которой начинался променад, и вдоль бордюра выстроилась компания, быстро обращавшаяся в толпу оторвавшихся от сиесты людей.

Пронеслась стайка мальчишек на велосипедах, за ними набитые спортсменами с вымпелами и лентами машины, гудевшие, предвещая появление гонщиков, из дверей ресторанов высыпали на неожиданный шум повара в дезабилье, и из-за поворота вылетели первые велосипедисты. Впереди шел встреченный сотрясшим воздух «ура» одиночка в красной фуфайке, трудолюбиво и уверенно крутивший педали, уходя от валившего на запад солнца. За ним — вплотную друг к другу — троица гонщиков в пестрых поблекших майках, ноги каждого покрывала желтая короста слепленной потом пыли, лица ничего не выражали, в глазах светилась тяжкая, бесконечная усталость.

Томми, глядя Дику в лицо, сказал:

— Я считаю, что Николь нужен развод, надеюсь, у вас возражений не будет?

За первыми гонщиками последовала растянувшаяся на две с лишним сотни ярдов ватага

---

[1] Семейное счастье (*фр.*).

из еще полусотни велосипедистов, некоторые из них улыбались и даже смущались, некоторые явным образом выложились до конца, но в большинстве своем они были усталыми и безразличными ко всему на свете. Следом прокатила свита мальчишек, несколько безнадежно отставших гонщиков, грузовичок с потерпевшими аварию или смирившимися с поражением велосипедистами. Дайверы и Томми вернулись за свой столик. Николь хотелось, чтобы Дик заговорил первым, однако он, наполовину выбритый — под стать наполовину подстриженной ей, — довольствовался молчанием.

— Разве не правда, что ты несчастен со мной? — начала она. — Без меня ты сможешь вернуться к работе, и она пойдет лучше, потому что тебе не придется больше тревожиться обо мне.

Томми нетерпеливо поерзал.

— Это все пустое. Мы с Николь любим друг друга, остальное не важно.

— Ну что же, — отозвался доктор. — Раз мы обо всем договорились, не вернуться ли нам в парикмахерскую?

Однако Томми жаждал ссоры:

— Есть несколько моментов...

— Мы с Николь все обговорим, — бесстрастно сказал Дик. — Не волнуйтесь, — в принципе я со всем согласен, а Николь и я хорошо понимаем друг друга. Без трехсторонних переговоров избежать недоразумений будет легче.

Волей-неволей признав правоту Дика, Томми все же не смог не поддаться свойственному его народу желанию хоть в чем-нибудь да одержать верх.

— Давайте поставим точки над «i», — сказал он. — С этой минуты и до времени, когда будут обговорены все подробности, за интересы Николь отвечаю я. И если вы как-то злоупотребите тем, что еще живете с ней под одной крышей, я взыщу с вас немилосердно.

— Я не любитель вторгаться в сухие чресла, — ответил Дик.

Он кивнул на прощание и пошел к отелю, и Николь проводила его непорочнейшим из ее взглядов.

— Ну что же, — признал Томми, — он был достаточно честен. Милая, ты будешь этой ночью со мной?

— Думаю, да.

Вот так все и закончилось — без драм. Николь поняла, что Дик переиграл ее, предугадав все случившееся еще при эпизоде с камфорной мазью. Но ее все равно охватило возбуждение и счастье, а странное, пустое желание открыться во всем Дику стремительно покидало ее. И тем не менее взгляд Николь провожал Дика, пока он не обратился в точку, смешавшуюся с другими, сновавшими в летней толпе.

XII

Последний, перед тем как покинуть Ривьеру, день доктор Дайвер провел с детьми. Он больше не был человеком молодым, полным светлых мыслей и мечтаний на собственный счет, ему всего лишь хотелось получше запомнить своих детей. Им сказали, что зиму они проведут в Лондоне, с их тетушкой, а после поедут к нему в Америку. И *Fräulein*[1] останется с ними, без согласия отца ее не уволят.

Дик был доволен тем, что уделял дочери столь большое внимание, — относительно сына он особой уверенности не питал, ибо никогда не знал, так ли уж много способен дать этим вечно льнувшим к нему, пытавшимся забраться на его плечи, жаждавшим притиснуться к его груди малышам. Однако, когда он прощался с ними, ему захотелось снять с их прекрасных шей головы и провести часы, прижимая их к себе.

Он обнялся со стариком садовником, шесть лет назад разбившим сад на вилле «Диана»; поцеловал на прощание ходившую за детьми прованскую женщину. Она провела с ними почти десять лет и теперь упала на колени и плакала, пока Дик не поднял ее рывком на ноги и не вручил ей триста франков. Николь допоздна пролежала в постели, как они и условились, Дик оставил ей записку и еще одну — Бэйби Уоррен, только что вернувшейся с Сардинии и остановившейся в доме Дайверов. И напоследок основательно приложился к подаренной кем-то бутылке бренди, имевшей три фута в высоту и вмещавшей десять кварт.

А после решил оставить чемоданы на вокзале Канн и попрощаться с пляжем Госса.

Когда Николь и ее сестра пришли в то утро на пляж, взрослых людей там еще не было, лишь авангард детей. Белое солнце маялось в белом не-

---

[1] Гувернантка (*нем.*).

бе, обещавшем безветренный день. В баре официанты пополняли запасы льда; американский фотограф расставлял свою технику в ненадежной тени, бросая быстрые взгляды на лестницу всякий раз, как с нее доносились шаги. Его будущая добыча еще отсыпалась в затемненных номерах отеля после пьяной зари.

Выйдя из палатки для переодевания, Николь увидела Дика, — он сидел на возвышавшейся над пляжем скале, купаться явно не собираясь. Николь отступила в тень палатки. Через минуту к ней присоединилась Бэйби, сказавшая:

— Дик все еще здесь.

— Я видела.

— А я надеялась, что ему хватит такта уехать.

— Это его пляж — в каком-то смысле, Дик его и открыл, старик Госс всегда говорит, что обязан всем Дику.

Бэйби, смерив сестру спокойным взглядом, сказала:

— Зря мы прервали тогда его велосипедную прогулку. Человек, севший не в свои сани, теряет голову, какими бы очаровательными выдумками он это ни приукрашивал.

— Дик шесть лет был мне хорошим мужем, — ответила Николь. — За все это время он ни разу не причинил мне боли и делал все, чтобы оградить меня от любых неприятностей.

Бэйби, немного выпятив нижнюю челюсть, сказала:

— Собственно, этому его и учили.

Сестры сидели в молчании; Николь устало размышляла о том о сем; Бэйби прикидывала, не выйти ли ей наконец замуж за последнего соискателя ее руки и состояния, самого настоящего Габсбурга. Не то чтобы она *думала* об этом. Ее романы давно уже стали настолько походить один на другой, что, по мере того как Бэйби увядала, они обретали ценность лишь как темы для разговора. Чувства ее существовали, строго говоря, лишь в словах, коими она их описывала.

— Он ушел? — спросила наконец Николь. — По-моему, его поезд отходит в полдень.

Бэйби выглянула из их укрытия.

— Нет, — сказала она. — Перебрался на террасу, разговаривает с какими-то женщинами. Ну ничего, народу собралось уже столько, что он *навряд ли* увидит нас.

Тем не менее Дик видел, как они вышли из палатки, и наблюдал за ними, пока обе не скрылись из глаз. Теперь он сидел на террасе с Мэри Мингетти, попивая анисовую водку.

— В ночь нашего спасения вы были совершенно таким, как прежде, — говорила Мэри. — Только под самый конец ужасно обошлись с Каролиной. Почему вы не всегда так милы? Вы же умеете.

Положение, в котором Мэри Норт объясняет ему, как себя вести, представлялось Дику фантастическим.

— Ваши друзья по-прежнему любят вас, Дик. Но стоит вам выпить, как вы начинаете жутко грубить людям. Этим летом я только и делала, что оправдывала вас в разговорах.

— Классическая фраза доктора Элиота.

— Нет, правда. Никого же не интересует, пьяны вы или трезвы... — она помялась, — даже Эйб, напиваясь до упаду, никогда не оскорблял людей так, как вы.

— Вы все такие скучные, — обронил Дик.

— Да ведь других-то нет! — воскликнула Мэри. — Если вам не нравятся приятные люди, водитесь с неприятными, сами увидите, что из этого выйдет! Каждому хочется жить спокойно и весело, и если вы делаете людей несчастными, они перестают питать вашу душу.

— А мою кто-то питал? — спросил он.

Мэри-то как раз и жила сейчас спокойно и весело, хоть и не сознавала этого, а к Дику она подсела лишь из боязни обидеть его. Еще раз отказавшись от выпивки, она сказала:

— Вы просто-напросто потакаете своим слабостям, вот ваша беда. И, думаю, вам легко представить, как отношусь к этому я, хлебнувшая горя с Эйбом, — я же видела, как замечательный человек обращается в алкоголика...

По ступенькам вприпрыжку, с наигранной беспечностью, спускалась леди Каролина Сибли-Бирс.

Дику было хорошо — он шел впереди этого дня и уже чувствовал себя как человек, прекрасно отобедавший, — однако интерес к Мэри выказывал лишь осмотрительный, сдержанный. Глаза его, чистые, как у ребенка, просили ее сочувствия, Дик сознавал: им овладевает привычная потребность убедить ее в том, что он — последний из уцелевших на этом свете мужчин, а она — последняя женщина..

...Тогда ему не придется поглядывать на тех, других, мужчину и женщину, темного и светлую, два металлических изваяния на фоне небес...

— Я ведь когда-то нравился вам, верно? — спросил он.

— *Нравился* — да я *любила* вас. Вас все любили. Вы могли получить любую женщину — стоило лишь попросить...

— Между мною и вами всегда была протянута некая нить.

Она с готовностью клюнула на эту приманку:

— Ведь правда, Дик?

— Всегда — я знал ваши беды, знал, как храбро вы с ними справляетесь.

Однако в душе его уже поднимался привычный смех, и Дик понимал: долго противиться ему он не сможет.

— Я всегда думала, что вы знаете многое, — с воодушевлением сказала Мэри. — И обо мне — больше, чем кто бы то ни было. Наверное, поэтому я и испугалась так, когда у нас случился разлад.

Дик взирал на Мэри с добротой и лаской, свидетельницами чувств, которые он якобы испытывал к ней; взгляды их устремились один к другому, соединились, сопряглись. А затем внутренний смех Дика стал настолько громким, что он испугался, как бы Мэри не услышала его, и щелкнул выключателем, и свет погас, и они вернулись под солнце Ривьеры.

— Мне пора, — сказал он и встал, слегка покачнувшись. Теперь он чувствовал себя не лучшим образом — ток его крови замедлился. Он поднял правую руку и перекрестил пляж, благословляя его, точно римский папа, с высокой террасы. Несколько лиц повернулось к нему под зонтами.

— Я подойду к нему, — сказала, встав на колени, Николь.

— Ну нет, — ответил, потянув ее вниз, Томми. — Пусть остается один.

XIII

Выйдя второй раз замуж, Николь переписывалась с Диком, обсуждая деловые вопросы и будущее детей. Когда она говорила (а случалось это нередко): «Я любила Дика и никогда его не забуду», Томми отвечал: «Конечно, не забудешь — с какой же стати?»

Дик обосновался в Буффало, начал практиковать, но, по-видимому, без большого успеха. В чем там было дело, Николь не знала, однако через несколько месяцев услышала, что он перебрался в штат Нью-Йорк, в городок под названием Батавия, и занимается там общей практикой, а спустя еще какое-то время — что Дик подвизается в том же качестве, но уже в Локпорте. О тамошней его жизни она совершенно случайно узнала немало подробностей: Дик снова увлекся велосипедной ездой, пользуется большим успехом у местных дам, на столе его лежит толстая стопка бумажных листов, серьезный трактат на какую-то медицинскую тему, который он вот-вот закончит. Его считали обладателем образцовых манер, и однажды он произнес на посвященном вопросам здравоохранения собрании прекрасную речь об употреблении наркотиков; но затем сошелся с работавшей в продуктовом магазине женщиной, оказался замешанным в связанное с врачеванием судебное разбирательство и Локпорт покинул.

После этого он уже не просил, чтобы дети приехали в Америку, а на письмо Николь, в котором она интересовалась, не нуждается ли он в деньгах, и вовсе не ответил. В последнем полученном от него письме Дик сообщил, что практикует в Женеве, штат Нью-Йорк, — у Николь осталось впечатление, что он осел там основательно и живет с какой-то женщиной. Николь нашла Женеву в атласе — самое сердце района «Пальчиковых озер», очень приятное место. Возможно, предпочитала думать она, настоящая его карьера, опять-таки как у Гранта, засевшего в Галене, еще впереди. Последнее письмо Дика пришло из Хорнелла, все тот же штат Нью-Йорк, — городка, не так чтобы близкого к Женеве и очень маленького; так или иначе, он почти наверняка жил в этой части страны — не в одном городе, так в другом.

Оглавление

Часть первая 7
Часть вторая................................. 187
Часть третья................................. 388

Все права защищены. Книга или любая ее часть не может быть скопирована, воспроизведена в электронной или механической форме, в виде фотокопии, записи в память ЭВМ, репродукции или каким-либо иным способом, а также использована в любой информационной системе без получения разрешения от издателя. Копирование, воспроизведение и иное использование книги или ее части без согласия издателя является незаконным и влечет уголовную, административную и гражданскую ответственность.

Литературно-художественное издание

Фрэнсис Скотт Фицджеральд

НОЧЬ НЕЖНА

Ответственный редактор *М. Яновская*
Художественные редакторы *Р. Фахрутдинов, А. Сауков*
Технический редактор *Г. Романова*
Компьютерная верстка *Г. Сенина*
Корректор *Н. Сгибнева*

Страна происхождения: Российская Федерация
Шығарылған елі: Ресей Федерациясы

ООО «Издательство «Эксмо»
123308, Россия, город Москва, улица Зорге, дом 1, строение 1, этаж 20, каб. 2013.
Тел.: 8 (495) 411-68-86.
Home page: www.eksmo.ru E-mail: info@eksmo.ru
Өндіруші: «ЭКСМО» АҚБ Баспасы,
123308, Ресей, қала Мәскеу, Зорге көшесі, 1 үй, 1 ғимарат, 1 үй, 1 ғимарат, 20 қабат, офис 2013 ж.
Тел.: 8 (495) 411-68-86.
Home page: www.eksmo.ru E-mail: info@eksmo.ru
Тауар белгісі: «Эксмо»
Интернет-магазин: www.book24.ru
Интернет-магазин: www.book24.kz
Интернет-дүкен: www.book24.kz
Импортёр в Республику Казахстан ТОО «РДЦ-Алматы».
Қазақстан Республикасындағы импорттаушы «РДЦ-Алматы» ЖШС.
Дистрибьютор и представитель по приему претензий на продукцию,
в Республике Казахстан: ТОО «РДЦ-Алматы»
Қазақстан Республикасында дистрибьютор және өнім бойынша арыз-талаптарды
қабылдаушының өкілі «РДЦ-Алматы» ЖШС,
Алматы қ., Домбровский көш., 3«а», литер Б, офис 1.
Тел.: 8 (727) 251-59-90/91/92; E-mail: RDC-Almaty@eksmo.kz
Өнімнің жарамдылық мерзімі шектелмеген.
Сертификация туралы ақпарат сайтта: www.eksmo.ru/certification

Сведения о подтверждении соответствия издания согласно законодательству РФ
о техническом регулировании можно получить на сайте Издательства «Эксмо»
www.eksmo.ru/certification
Өндірген мемлекет: Ресей. Сертификация қарастырылмаған

Дата изготовления/Подписано в печать 06.07.2022. Формат 76x100 $^1/_{32}$.
Гарнитура «NewBaskerville». Печать офсетная. Усл. печ. л. 22,52.
Доп. тираж 3000 экз. Заказ Э-14546.
Отпечатано в типографии ООО «Экопейпер».
420044, Россия, г. Казань, пр. Ямашева, д. 36Б.

book 24.ru

Официальный интернет-магазин издательской группы "ЭКСМО-АСТ"

ЧИТАЙ·ГОРОД

Москва. ООО «Торговый Дом «Эксмо»
Адрес: 123308, г. Москва, ул. Зорге, д.1, строение 1.
Телефон: +7 (495) 411-50-74. **E-mail:** reception@eksmo-sale.ru

По вопросам приобретения книг «Эксмо» зарубежными оптовыми
покупателями обращаться в отдел зарубежных продаж ТД «Эксмо»
E-mail: **international@eksmo-sale.ru**

*International Sales: International wholesale customers should contact
Foreign Sales Department of Trading House «Eksmo» for their orders.*
international@eksmo-sale.ru

По вопросам заказа книг корпоративным клиентам, в том числе в специальном
оформлении, обращаться по тел.: +7 (495) 411-68-59, доб. 2261.
E-mail: **ivanova.ey@eksmo.ru**

Оптовая торговля бумажно-беловыми
и канцелярскими товарами для школы и офиса «Канц-Эксмо»:
Компания «Канц-Эксмо»: 142702, Московская обл., Ленинский р-н, г. Видное-2,
Белокаменное ш., д. 1, а/я 5. Тел./факс: +7 (495) 745-28-87 (многоканальный).
e-mail: kanc@eksmo-sale.ru, сайт: www.kanc-eksmo.ru

Филиал «Торгового Дома «Эксмо» в Нижнем Новгороде
Адрес: 603094, г. Нижний Новгород, улица Карпинского, д. 29, бизнес-парк «Грин Плаза»
Телефон: +7 (831) 216-15-91 (92, 93, 94). **E-mail:** reception@eksmonn.ru

Филиал ООО «Издательство «Эксмо» в г. Санкт-Петербурге
Адрес: 192029, г. Санкт-Петербург, пр. Обуховской обороны, д. 84, лит. «Е»
Телефон: +7 (812) 365-46-03 / 04. **E-mail:** server@szko.ru

Филиал ООО «Издательство «Эксмо» в г. Екатеринбурге
Адрес: 620024, г. Екатеринбург, ул. Новинская, д. 2щ
Телефон: +7 (343) 272-72-01 (02/03/04/05/06/08)

Филиал ООО «Издательство «Эксмо» в г. Самаре
Адрес: 443052, г. Самара, пр-т Кирова, д. 75/1, лит. «Е»
Телефон: +7 (846) 207-55-50. **E-mail:** RDC-samara@mail.ru

Филиал ООО «Издательство «Эксмо» в г. Ростове-на-Дону
Адрес: 344023, г. Ростов-на-Дону, ул. Страны Советов, 44А
Телефон: +7(863) 303-62-10. **E-mail:** info@rnd.eksmo.ru

Филиал ООО «Издательство «Эксмо» в г. Новосибирске
Адрес: 630015, г. Новосибирск, Комбинатский пер., д. 3
Телефон: +7(383) 289-91-42. E-mail: eksmo-nsk@yandex.ru

Обособленное подразделение в г. Хабаровске
Фактический адрес: 680000, г. Хабаровск, ул. Фрунзе, 22, оф. 703
Почтовый адрес: 680020, г. Хабаровск, А/Я 1006
Телефон: (4212) 910-120, 910-211. **E-mail:** eksmo-khv@mail.ru

Республика Беларусь: ООО «ЭКСМО АСТ Си энд Си»
Центр оптово-розничных продаж Cash&Carry в г. Минске
Адрес: 220014, Республика Беларусь, г. Минск, проспект Жукова, 44, пом. 1-17, ТЦ «Outleto»
Телефон: +375 17 251-40-23; +375 44 581-81-92
Режим работы: с 10.00 до 22.00. **E-mail:** exmoast@yandex.by

Казахстан: «РДЦ Алматы»
Адрес: 050039, г. Алматы, ул. Домбровского, 3А
Телефон: +7 (727) 251-58-12, 251-59-90 (91,92,99). E-mail: RDC-Almaty@eksmo.kz

**Полный ассортимент продукции ООО «Издательство «Эксмо» можно приобрести в книжных
магазинах «Читай-город»** и заказать в интернет-магазине: www.chitai-gorod.ru.
Телефон единой справочной службы: 8 (800) 444-8-444. Звонок по России бесплатный.

Интернет-магазин ООО «Издательство «Эксмо»
www.book24.ru
Розничная продажа книг с доставкой по всему миру.
Тел.: +7 (495) 745-89-14. E-mail: **imarket@eksmo-sale.ru**

ПРИСОЕДИНЯЙТЕСЬ К НАМ!

МЫ В СОЦСЕТЯХ:
vk eksmo
eksmo.ru

eksmo.ru

В электронном виде книги издательства вы можете
купить на **www.litres.ru**

ЛитРес:
один клик до книг